Gerade noch schwebt ein Heißluftballon über dem Werdenfelser Land. Dann ist er verschwunden. Ein Absturz? Ein Unfall? Oder Mord? Kommissar Jennerwein und sein Team ermitteln auf windigen Gipfeln und bei aufgeblasenen Lokalprominenten. Doch Jennerwein ist nicht recht bei der Sache. Seine Gedanken drehen sich um einen Unbekannten, den er regelmäßig im Gefängnis besucht. Ein ehemaliger RAF-Täter? Ein meisterlicher Trickbetrüger? Und warum sucht Jennerwein den Rat des Bestatterehepaars a.D. Grasegger? Da taucht der Unbekannte im Kurort auf und Jennerwein muss sein eigenes Team in die Irre führen – sonst droht ihm selbst der Absturz …

»Ein irrwitziges Vergnügen, weil man schwindlig wird vor lauter Wahnsinn, den Maurer hier versprüht. Urkomisch, gnadenlos und auch mal fast poetisch.« *Daniella Baumeister, Hessischer Rundfunk*

»Es ist wirklich ein rundum unterhaltsam-intellektueller Genuss, den neuen Maurer-Krimi zu lesen.« *Westfalenpost*

»Jörg Maurers neuer Fall für Kommissar Hubertus Jennerwein ist ein ausgefuchstes, lehrreiches und hochkomisches Stück Erzählprosa, das seinesgleichen sucht.« *Joachim Feldmann, Culturmag*

Jörg Maurer stammt aus Garmisch-Partenkirchen. Er studierte Germanistik, Anglistik, Theaterwissenschaften und Philosophie und wurde als Autor und Kabarettist mehrfach ausgezeichnet, u. a. mit dem Kabarettpreis der Stadt München, dem Agatha-Christie-Krimi-Preis, dem Ernst-Hoferichter-Preis, dem Publikumskrimipreis MIMI und dem Radio-Bremen-Krimipreis. Für seinen Reiseführer ›Bayern für die Hosentasche‹ erhielt er 2017 den ITB BuchAward.

Weitere Titel des Autors:
›Föhnlage‹, ›Hochsaison‹, ›Niedertracht‹, ›Oberwasser‹, ›Unterholz‹, ›Felsenfest‹, ›Der Tod greift nicht daneben‹ und im Scherz Verlag ›Im Grab schaust du nach oben‹

Die Webseite des Autors: *www.joergmaurer.de*

Weitere Informationen finden Sie auf www.fischerverlage.de

Jörg Maurer

Schwindelfrei ist nur der Tod

Alpenkrimi

FISCHER Taschenbuch

MIX
Papier aus verantwortungsvollen Quellen
FSC® C083411
www.fsc.org

2. Auflage: Juni 2017

Erschienen bei FISCHER Taschenbuch
Frankfurt am Main, Juni 2017

Kapitelvignette: Torsten Lorenz / Fotolia
Satz: Dörlemann Satz, Lemförde
Druck und Bindung: CPI books GmbH, Leck
Printed in Germany
ISBN 978-3-596-03145-0

Der Gesundheitstipp

Die einen brauchen es mindestens einmal am Tag – die anderen sehen nicht ein, warum sie andauernd mit einem Fuß im Gefängnis stehen sollen. Aus gesundheitlicher Sicht gibt es aber durchaus Argumente für den regelmäßigen Griff in fremde Taschen.

Jeder Zehnte verstößt öfter gegen die einschlägigen Diebstahlsparagraphen. Für diese Menschen ist das Klauen so normal wie das tägliche Zähneputzen. »Es werden immer mehr«, sagt Dr. Klaus Stubenrauch, leitender Arzt der Abteilung für Naturheilkunde im Münchner Paul-Heyse-Krankenhaus. »Und es ist ein gesunder Trend.«

Amerikanische Untersuchungen bei Kaufhausdieben haben es ergeben: Schon beim Ausspähen geeigneter Beutestücke steigt die Hauttemperatur auf bis zu 40° an – daher kommt auch die rosige Farbe vieler Diebe, wenn sie in Aktion sind. Die Gefäße weiten sich, der Blutdruck sinkt. Das Herz muss nun volle Arbeit leisten und schlägt schneller, die Atmung steigt.

Kurz vor dem eigentlichen Zugriff ziehen sich die Gefäße schlagartig zusammen, und der Körper schaltet kurzzeitig auf Alarm. Adrenalin und weitere Hormone werden ausgeschüttet und machen den Dieb putzmunter. Geschafft! »Das Gefühl ist unbeschreiblich«, so Dr. Stubenrauch. »Ein- bis zweimal in der Woche sollte man klauen. Erst durch die zyklische Wiederholung profitiert der Körper von den Vorteilen.«

Nach solchen Aktionen empfiehlt es sich, auf einer Liege zu entspannen. Das Herz schlägt jetzt kräftig und langsam, die Haut fühlt sich wohlig und geschmeidig an. Durch die vermehrte Durchblutung werden Schadstoffe schneller abtransportiert. Zudem kann die Haut laut einer Studie mehr Feuchtigkeit speichern, was der Faltenbildung entgegenwirkt. Klauen hält jung!

Die Atemwege profitieren ebenfalls von regelmäßigen Raubzügen – Asthmatiker und Menschen, die unter einer chronischen Bronchitis leiden, können sich dadurch viel Linderung verschaffen. Aber auch zur Infektabwehr werden Eigentumsdelikte angepriesen. »Zehn bis zwölf Diebstähle vor der Erkältungssaison sind optimal«, empfiehlt Dr. Stubenrauch. »Das erhöht die Anzahl weißer Blutkörperchen. Und die sind wichtig im Kampf gegen Krankheitserreger.«

Nur in wenigen Fällen wird vom Klauen abgeraten. Verboten ist es bei einer Erkältung oder nach Alkoholkonsum. Patienten mit Herzrhythmusstörungen und ältere Menschen sollten deswegen sicherheitshalber ihren Hausarzt konsultieren. Schwangere hingegen können klauen, wenn sie es bereits gewohnt sind – doch sie sollten allzu schwere Tragelasten beim Wegschaffen der Beute vermeiden.

(Quelle: World Health Summit 2014)

1

Dieser Augusttag war der klebrigste und heißeste seit Beginn der Wetteraufzeichnungen. Eine der Prachtalleen der Landeshauptstadt, die sonst so geschäftige Prinzregentenstraße, lag da wie eine zertretene Spaghettinudel. Von der nahe gelegenen Bierbrauerei wehte fetter, süßlicher Hopfengeruch, und aus einem der offenen Fenster dudelte der Sommerhit *Chirpy Chirpy Cheep Cheep*. Eine junge Frau mit schwarzglänzenden langen Haaren stand an der Spüle und wusch Porzellanteller, im Hintergrund prangte das unvermeidliche Che-Guevara-Poster. Sie drehte das Küchenradio lauter, wippte mit den Hüften im Takt und biss in eine trockene Brezel vom Vortag. Irgendetwas lag in der Luft. Irgendetwas musste jetzt passieren.

Die Frau trat ans Fenster und blickte hinunter auf die Straße. Gegenüber der Deutschen Bank hatte sich eine Menschenansammlung in doppelter Schulklassengröße gebildet, und alle starrten gebannt und bewegungslos auf die Eingangstür. Dann ertönten Polizeisirenen, zunächst noch ganz fern und leise, doch als sie sich näherten, kam Unruhe in die gaffende Menge.

»Endlich!«, stieß ein Mann mit Trachtenjanker hervor. »Endlich kommens!«

»Ist ja auch Zeit geworden!«, entgegnete sein Nachbar. Er trug einen viel zu kleinen Hut. Das verlieh seinem ohnehin nicht pfiffigen Gesicht einen dümmlichen Zug. Trotzdem. In diesem Fall hatte er recht. Ein paar Umstehende nickten zustimmend. Väter schulterten ihre quengelnden Kinder zwecks besserer Sicht, einer schoss ein Polaroid-Foto. Doch niemand zückte sein Handy. Niemand zückte sein Handy? Natürlich nicht, es war der 4. August des Jahres 1971.

Das Polizeiauto bog schrill quäkend um die Ecke. Es war überraschend klein, viele stöhnten enttäuscht auf, sie hatten einen geräumigen Bus erwartet, eine imposante Grüne Minna, die die Verbrecher verschlucken und erst im Gefängnishof wieder ausspucken würde. Aber es war lediglich ein VW-Käfer, der hier eine Vollbremsung hinlegte. Ein VW-Käfer? Wie gesagt: 1971. Einige schlugen die Hände vor den Mund und schnappten nach Luft, weil sie befürchteten, dass er umkippte, zwei Reifen hingen bereits in der Luft. Doch dann kam der Wagen endlich zum Stehen. Viele der Zuschauer klatschten und johlten. Das leiernde Martinshorn verstummte, das Blaulicht erlosch flackernd. Einen bösen Gedanken lang geschah nichts. Schließlich sprangen die Türen auf, zwei Uniformierte mit Schirmmützen und in speckigen Lederjacken schossen rechts und links heraus und warfen sich bäuchlings auf den staubigen Asphaltboden. Dort blieben sie in unbequem gekrümmter Haltung liegen, mit einer Hand an der Dienstwaffe, und brüllten sich unverständliche Befehlslaute zu, zerhackte Fetzen polizeilicher Anweisungskürzel – Kauderwelsch, das nach Gefahr, Gewalt und Panik klang. Aber die Menge war zufrieden. Die Polizei war ja da. Das war die Hauptsache.

»Papa, was ist denn das?«

»Ein Bankraub, du Dummerl!«

Der kleine Kasimir starrte auf die Beamten in den speckigen Lederjacken, die ein paar Schritte vor ihm am Boden kauerten.

Er war sich unsicher, ob nicht das die Bankräuber waren. Aber er wollte nicht nachfragen und dadurch blöd dastehen. Ein Bankraub, das war was für Erwachsene, da fragte man besser nicht weiter. Auf der anderen Seite der Straße, vor dem Feinkostgeschäft, bauten Pressefotografen ihre Klappstühle und Geräte auf. Kriminalberichterstatter ließen spitze Bleistifte über den Stenoblock rasen und notierten erste Eindrücke: trügerische Stille ... lauernde Gefahr ... Chirpy Chirpy Cheep Cheep. Doch dann stießen sich einige der Gaffer aufgeregt an und deuteten hinüber zur Bank. In einem der Erdgeschossfenster des Bankgebäudes Prinzregentenstraße 70 war ein Kopf aufgetaucht, der in eine rötliche, spitze Ku-Klux-Klan-Mütze gehüllt war. Langsam hob der dazugehörige Mensch den Arm. Er hielt einen Stock in der Hand, vielleicht auch ein Gewehr, er schüttelte das gefährlich aussehende Ding und drohte damit, dann war er auch schon wieder verschwunden. Die Menge stöhnte auf. Sie war enttäuscht.

»Papa, wann ist denn der Bankraub zu Ende?«

Einige lachten.

»Da musst du schon die Bankräuber fragen«, antwortete der Papa.

»Aber warum bleiben die so lang da drin?«

»Bis das ganze Geld eingepackt ist, das dauert wahrscheinlich seine Zeit.«

Der Bub war damit zufrieden. Die beiden Speckjacken, die aus dem VW-Käfer gesprungen waren, robbten einige Meter auf dem Boden dahin, die Menge wich vor ihnen zurück. Einer der beiden Beamten, der dickere, richtete seine Waffe aufs Fenster. Doch dann schüttelte er den Kopf und ließ sie wieder sinken. Ein paar der Zuschauer lachten hämisch.

»Schauts, dassts euch schleichts!«, rief der andere Polizist der Masse zu. Doch niemand schlich sich. Niemand fühlte sich angesprochen, niemand ging heim, ganz im Gegenteil. Den neu Hinzukommenden wurde berichtet, was inzwischen geschehen war.

»Ein Bankraub!«

»Was? Ein Bankraub?! Wie gibts denn so was?«

»Ja, die Deutsche Bank haben sie überfallen.«

»Wer denn?«

Ja, wer jetzt? Es wurde spekuliert. Bankräuber halt. Verzweifelte. Ausgestoßene. Oder Politische? Verwegene RAF'ler? Visionäre Anarchisten, die vielleicht sogar die Bayerische Räterepublik wieder einführen wollten? Jedenfalls keine kleinen Bazis und Striezis, sondern große Kaliber. Mit einem Bankraub spielte man, gleich hinter dem Mord, in der kriminellen Bundesliga. Komisch bloß, dass es so was mitten in München gab. In Chicago, ja, da hätte man sich das eingehen lassen. Oder in Frankfurt. Aber in der bocksgemütlichen Landeshauptstadt? Und dann auch noch in der altehrwürdigen Prinzregentenstraße?

»Wahrscheinlich drogensüchtige Ausländer aus dem Hasenbergl!«

»Oder arbeitsscheues, langhaariges Gesindel aus Ramersdorf!«

Die beiden übel beleumundeten Stadtviertel der Landeshauptstadt waren sicher gute Nährböden für bankräuberische Sumpfpflanzen.

Die Kirchturmuhr St. Gabriel schlug sechs, die Geschichte zog sich jetzt schon zwei Stunden hin. Der Mann mit der roten Ku-Klux-Klan-Mütze hatte sich erst ein einziges Mal gezeigt, die Polizei hatte nach Meinung der Zuschauer viel zu wenig unternommen. Trotzdem hatte sich die Straße in den zwei Stunden gut gefüllt, die Veranstaltung geriet langsam in die

Nähe eines kleinen Volksfestes. Vorne braute sich ein Fetzenspektakel zusammen, was hinten noch fehlte, waren Würstelbuden und Losverkäufer. Schiffschaukeln, Ochsenbratereien, Karussells, Bierzelte, Blasmusik, Trachtenumzüge ... Doch die richtige, kernige Gemütlichkeit kommt selbstverständlich auch ohne das alles aus. Weitere Polizeiautos fuhren vor, peinlich darauf bedacht, keinen der Schaulustigen über den Haufen zu fahren. Ein grüner BMW glitt langsam durch den Auflauf, einige der Zuschauer schlugen zur Gaudi mit der flachen Hand aufs Autodach. So wenig Respekt hatte man in den Siebzigern vor den Bullen. Erste Sympathiekundgebungen mit den Outlaws kamen auf. Die Bankräuber hatten offensichtlich telefonisch nach Verpflegung verlangt, denn jetzt sah man die beiden Polizisten, die als Erste gekommen waren, wie sie eilig aus dem Feinkostladen gegenüber traten, vollbepackt mit prallen, bunten Tüten, aus denen es köstlich dampfte. Sie liefen zur Bank, die beiden Speckigen – eben noch Diener der Staatsmacht, jetzt Laufkellner für Ramersdorfer Ganoven.

»Und was ist mit uns? Kriegen wir nichts?«, rief ein Witzbold mit Hund.

Gelächter. Zustimmender Applaus.

»So ein Bankraub macht hungrig«, rief ein anderer. »Drinnen wie draußen. Für mich zwei Kaviarbrötchen und ein Glas Champagner bitte!«

Erneutes Gelächter. Bravorufe. Man amüsierte sich großartig.

Die Speckjacken legten die Tüten vorsichtig vor der gläsernen Eingangstür der Bank ab und entfernten sich im Rückwärtsgang. Das hatte etwas Höfisches, wie wenn sie Mundschenke des Großherzogs gewesen wären. Eine behaarte Verbrecherhand schob sich tastend durch die Glastür und zog die Feinkostpackerln ins Innere des Gebäudes.

»Ich an seiner Stelle hätte die Tüte nicht mit der Hand, sondern mit der Waffe hineingezogen«, raunte der Mann mit dem zu kleinen Hut seinem Nachbarn zu. Der mit der Trachtenjoppe blinzelte ihn an, schätzte ihn ab. Rechnete sich aus, dass er in dem Alter –

»Minsk, 1941«, wisperte der mit dem zu kleinen Hut weiter. »Neunundzwanzigste motorisierte Infanterie-Division, Durchbruch bei Białystok –«

Bevor er jedoch seine Kriegsgeschichte erzählen konnte, fuhren zwei weitere Polizeiautos vor, wieder sprangen Speckige heraus und brüllten ihren Kollegen etwas zu. Langsam schien sich die Schlinge um die Banditen zuzuziehen.

Der kleine Kasimir gähnte. Kein Wunder, dass er langsam müde wurde, bei dem aufregenden Tag heute. Am Nachmittag im Englischen Garten hatte er das erste Mal in seinem Leben Radieserl gegessen. Sogar einen Schluck Bier hatte er trinken dürfen. Und dann beim Heimweg war er mit seinem Vater mitten in einen Banküberfall hineingerumpelt! Er wusste jetzt schon, dass es nach den Ferien viel zu erzählen gab in der Schule. Und dann der übliche Aufsatz über das schönste Ferienerlebnis. Die Überschrift hatte er sich schon überlegt: *Wie ich einmal bei einem Bankraub mitgemacht habe.*

Aber jetzt! Wie bei einem Tennisspiel drehten sich alle Köpfe und Fotoapparate synchron und wie von hundert Schnüren der Neugier gezogen auf die andere Seite. Einer der Gangster kam vor die Tür. Die rote Ku-Klux-Klan-Haube trug er immer noch. Einige buhten bei seinem Auftritt, doch die meisten hielten den Atem an und schwiegen ehrfurchtsvoll. Der Bankräuber stieß eine Geisel vor sich her, der er die Waffe an den Kopf hielt.

»Eine alte Schmeisser«, flüsterte der Mann mit dem zu kleinen Hut. »Entweder eine MP 38 oder vielleicht sogar eine 40-er. Meine Augen sind nicht mehr die allerbesten. Aber damals –«

Der mit dem Trachtenjanker glaubte ihm jetzt, dass er in Minsk dabei gewesen war.

Die junge Frau droben am Fenster hatte sich ein Handtuch um die nassen Haare gebunden. Sie öffnete ihren schon von Haus aus spöttisch geschnittenen Mund zu einem breiten Lächeln. Wenn einer raufgeschaut hätte, hätte er unter dem Handtuch die üppigste Lockenpracht vermutet. Er hätte im abendlichen Licht das hervortretende, energische Kinn erkennen können, aber auch die mandelförmigen, fast orientalisch geschwungenen Augen mit dem katzenhaften, sich in der Ferne verlierenden Blick. Es schaute natürlich niemand rauf, weil unten weit mehr los war. Ein Bankraub, mit echten Bankräubern und echten Geiseln. Da spielte die Musik. Aber *wenn* einer raufgeschaut hätte, dann hätte er den Eindruck gehabt, dass dort oben am Fenster Nofretete stand, die Gemahlin des Pharao und Herrscherin über die sieben östlichen Münchner Stadtviertel einschließlich Ramersdorf.

2

Vierundvierzig Jahre später hob Kriminalhauptkommissar Jennerwein den Kopf und blinzelte in die Sonne. In der Ferne konnte er schon sein Ziel erkennen, einen zweistöckigen Jugendstilbau, den eine abweisende, graue Mauer vollständig umschloss. Er wollte jemanden besuchen, aber seine Vorfreude hielt sich in Grenzen. Hubertus Jennerwein war ein gutaussehender, aber unauffälliger Mann in mittleren Jahren. Sein Blick war wach und klar, sein Gang zielstrebig, die Hände hielt er auf dem Rücken verschränkt. Ein eventuell entgegenkommender Sherlock Holmes hätte aus diesen Kleinigkeiten blitzschnell den absolut integren, sehr erfolgreichen, mit kleinen privaten Geheimnissen ausgestatteten Ermittler im Gehobenen Dienst abgeleitet. »Erfolgsquote hoch, Ruf bestens, Privatleben nicht vorhanden«, hätte Holmes zu Dr. Watson gesagt. Und er hätte wieder einmal vollkommen richtig gelegen.

Jennerwein war schon öfter in diesem mittelgroßen Städtchen gewesen, einem unentschlossenen Ding zwischen Voralpendorf und Flachlandsiedlung, weder Stadt noch Gemeinde, weder schön noch hässlich, weder richtig bedeutend noch gänzlich unwichtig. Die Altstadt war teils mittelalterlich, teils Bausünde – selbst der amerikanische Bombenschütze damals vor siebzig Jahren schien unentschlossen gewesen zu sein. Jennerwein warf einen Blick auf die Uhr: noch zehn Minuten bis zum verabredeten Termin. Er überquerte einen belebten Platz. Die unentschiedene Kulisse färbte anscheinend ab: Alle Menschen, die hier durchströmten, schienen sich zögerlich zu bewegen, stockend war ihr Gang, zerrissen ihre Gespräche, orientierungslos ihr Blick. Kommissar Jennerwein ließ sich mitreißen von dieser wackligen Atmosphäre, langsam geriet er in den gefährlichen Sog des Selbstzweifels, der ihn in letzter Zeit immer häufiger heimsuchte. Hatte er eigentlich den richtigen Beruf gewählt? War er ein guter Kriminaler? War das andauernde Herumstochern in menschlichen Abgründen die angemessene Beschäftigung für ihn? Jennerwein versuchte, sich zu konzentrieren. Natürlich hatte er den richtigen Beruf gewählt. Er hatte niemals eine Alternative in Erwägung gezogen. Er war der geborene Kämpfer für die gerechte Sache. Schon in der Schulzeit hatte er sich für die Polizeiarbeit interessiert. Er hatte ganz sicher seinen Traumberuf ergriffen. Oder etwa doch nicht? Warum quälten ihn manchmal solche Anfechtungen? Jennerwein riss sich von seinen dunkelgrauen Gedanken los.

Er stand am Eingangstor des abweisenden Gebäudes und klingelte. Der Pförtner öffnete, Jennerwein zückte seinen Ausweis, doch der Pförtner schüttelte den Kopf.

»Ich weiß schon, wer Sie sind«, knurrte er und winkte ihn herein. Jennerwein durchschritt einige Gänge, kam an verschlossenen Türen vorbei, stieg abgeschabte Treppen hinauf. Er kannte den Weg. Es war früher Nachmittag, keine Seele schien im Haus zu sein. Endlich betrat er das schmucklose, spartanisch eingerichtete Zimmer.

»Herr Dirschbiegel kommt gleich«, sagte ein blasser Jüngling mit roten Flecken im Gesicht. Das Namensschildchen an seinem Revers war nicht ausgefüllt. Oder der Zettel war herausgefallen und lag jetzt irgendwo im Staub, achtlos zertreten von den Hausbewohnern und deren Besuchern. Jennerwein sah sich um. Kein Bild an der Wand, keine Blumenvase auf dem Tisch, kein Gramm Deko. Er schloss die Augen vor dem gestalterischen Elend. Er als Beobachter, Ermittler und Schnüffler brauchte stets etwas, das seine Phantasie und seine Schlussfolgerungslust entzünden und befriedigen konnte. Und wenn es vertrocknete Blumen auf dem Tisch waren. Der Namenlose stand immer noch da, wie ein Hotelpage, der auf Trinkgeld wartet.

»Ich komme schon allein zurecht«, sagte Jennerwein.

Der blasse Jüngling mit den roten Flecken im Gesicht verschwand. Als Jennerwein aus dem Fenster sah, traf sein Blick auf die Mauer. Seit seinem letzten Besuch war ein Graffito dort hingesprüht worden. Jennerwein interessierte sich sehr für diese Art von Malerei. Kryptische Schriften und geheimnisvolle Botschaften zogen ihn an. Dieser Painter hier war begabt. Ob es ein Hausbewohner war? Jennerwein fiel ein, dass er ganz vergessen hatte, sein Smartphone vorschriftsmäßig beim Pförtner abzugeben. Er holte es heraus, um das Graffito zu fotografieren.

Ja, richtig: ein Smartphone. Jennerwein besaß seit neuestem eines. Sein Ermittlerteam hatte ihm das chromstahlgewordene Symbol der restlos durchnetzten Zeit zum runden Dienstjubiläum geschenkt. Und jeder seiner Mitstreiter hatte mit einer besonderen App oder einem kleinen Zusatzgag eine persönliche Note beigesteuert. Von Hauptkommissar Ludwig Stengele, dem Allgäuer Bergfex, stammte der Peakfinder, der jeden Berggipfel dieser Welt identifizieren und klassifizieren konnte. Die Polizeipsychologin Dr. Maria Schmalfuß wiederum hatte ihm eine Audiodatei installiert, auf der das beruhigende Geräusch des stetigen Umrührens in einer Kaffeetasse zu hören war:

»Besser als jedes Meeresrauschen! Das wird Ihnen beim Nachgrübeln helfen, Hubertus!«

Das selbstgeschnitzte urige Smartphone-Holzkasterl aus Werdenfelser Zirbelholz stammte von Polizeihauptmeister Johann Ostler. Kommissarin Nicole Schwattke hatte ihm die Jammer-GPS-App heruntergeladen, mit der man alle Handys im Umkreis von zehn Metern stilllegen konnte. Sehr praktisch bei längeren Bahnfahrten. Das Geschenk von Polizeiobermeister Franz Hölleisen, dem Metzgerssohn, war schließlich eine Weißwurst-Restaurant-Finder-App, die sogar in Helsinki zwei Ergebnisse lieferte.

Jennerwein schoss ein paar Aufnahmen von der bunten Wandkunst, war ganz in Perspektive, Tiefenschärfe und Farbtemperatur eingetaucht, da vernahm er eine wohlbekannte Stimme in seinem Rücken.

»Pünktlich wie immer?«

Es war Dirschbiegels rauer, spottlustiger Ton. Jennerwein antwortete seufzend.

»Ich bin in einem Elternhaus aufgewachsen, in dem gerade auf diese Tugend viel Wert gelegt wurde. Manchmal zu viel.«

»Das lobe ich mir«, setzte Dirschbiegel hinzu. »Nur so funktioniert der Beamtenapparat. Pünktlich zum Dienst, pünktlich am Tatort, pünktlich zum Verhör, pünktlich zur Hinrichtung.«

Jennerwein entgegnete nichts. Gegen Dirschbiegels Sarkasmus anzukommen war zwecklos. Sie setzten sich und blickten sich schweigend an, Dirschbiegel herausfordernd, Jennerwein mit einem skeptisch-prüfenden Gesichtsausdruck. Dirschbiegel war der Ältere. Sein zerfurchtes, markantes Gesicht stand in großem Gegensatz zu der lockeren, unaufdringlichen Eleganz Jennerweins. Dirschbiegel hatte sorgfältig geschnittene, graumelierte Haare, er war glatt rasiert, und in seinen Augen glomm ein unruhiges Feuer. Es war das unruhige Feuer dessen, der noch nicht alle Ziele im Leben erreicht hatte. Er verschränkte die Arme vor der breiten Brust und wartete. Sie hatten telefonisch vereinbart, sich auf ein Stündchen zu treffen, und von diesem Stündchen waren jetzt schon fünf wortlose Minuten verstrichen. Schließlich brach Jennerwein das Schweigen, wie ein Schachspieler, der nach genauer Abwägung aller komplizierten Eröffnungszüge den einfachsten wählt. Bauer e2 auf e4:

»Wie gehts?«

»Geht so«, antwortete Dirschbiegel barsch.

»Gibt es Pläne?«

»Was für Pläne?«

»Pläne für die Zukunft zum Beispiel.«

Dirschbiegel verzog das Gesicht zu einer unentschiedenen Grimasse. Trotz seines Alters war Dirschbiegel ein Mann, zu dem der Ausdruck *Bursche* gut gepasst hätte, er zeigte etwas Jungenhaft-Verschmitztes.

»Ich mache mir nie große Gedanken über die Zukunft«, sagte er.

»Ich frage ja bloß. Morgen ist dein Entlassungstermin.«

»Wird wohl so sein.«

»Ich kann dich abholen. Natürlich nur, wenn du willst.«

Dirschbiegel schüttelte den Kopf. Wieder verstrichen einige Minuten, ohne dass ein Wort fiel. Das Graffito war aus dieser Perspektive für Jennerwein nicht mehr zu sehen. Und im Zimmer selbst gab es keinen Punkt, auf dem sein Blick hätte ruhen können. Dirschbiegels Gesicht kannte er schon. Seit langem.

»Ich fühle mich hier drin nicht wohl«, sagte Jennerwein plötzlich genervt und stand auf. »Wollen wir ein Stück gehen?«

»Wenn es sein muss.«

So schritten sie durch die unwirtlichen Gänge und Trakte des Gefängnisses: der Häftling, der morgen entlassen werden sollte, und sein Besucher, der Kriminalhauptkommissar. Dahinter marschierte der namenlose Blasse mit den roten Flecken im Gesicht. An seinem Gürtel baumelten ein Achter und ein Schlüsselbund, seine Uniform war tadellos gepflegt, die Schuhe schienen gerade eben erst gewienert zu sein. Diesen Mann anzugreifen hieße, den Staat selbst anzugreifen. Trotz der eintönigen Zellen- und Verwaltungstrakte, an denen sie vorbeikamen, war Jennerwein froh, sich nicht mehr im kahlen Besucherraum aufhalten zu müssen. Dessen absolute Schmucklosigkeit hatte ihm großen Stress bereitet. Eine Gruppe von Gefängnisinsassen, die einen quietschenden Wagen mit klappernden Tellern und Tassen schob, blieb stehen und musterte die ungleiche Dreiergruppe misstrauisch. Ein drahtiger Frankenstein mit vollständigem Gesichtstattoo trat vor.

»Na, Dirschi! Brauchst du jetzt schon zwei Wachtel?«

Jennerwein konnte beim besten Willen nicht erkennen, ob die Brille echt oder tätowiert war.

»Hallo, Dirschi!«, rief ein kleiner, stämmiger Danny-DeVito-Typ mit hochgekrempelten Hosenbeinen. »Ich hab gehört, du kommst morgen raus?«

»Möglicherweise«, gab dieser freundlich lächelnd zurück.

»Gibst du den Kurs heute trotzdem noch?«

»Klar.«

»Du hältst hier im Gefängnis Kurse?«, fragte Jennerwein, als Danny DeVito mit seinen Kumpanen außer Sicht war.

»Ja. Sozusagen ehrenamtlich.«

»Fließt das in die Abschlussbeurteilung mit ein?«

»Möglich.«

»Kann ich da zuschauen?«

»Ich fürchte, ich bin nicht in der Position, das verbieten zu können.«

Als sie den Hof überquerten, bemerkte Jennerwein erneut, dass viele Mitgefangene Dirschbiegel ehrfurchtsvoll grüßten. Einige verbeugten sich sogar. Es war keine Spur von Ironie darin zu finden.

»Du scheinst ja ein großes Renommee in dieser JVA zu besitzen«, sagte Jennerwein anerkennend.

»Das macht allein die Würde des Alters«, entgegnete Dirschbiegel trocken.

Von wegen Würde des Alters, dachte Jennerwein. Er kannte keinen würdeloseren Alten als Dirschbiegel. Dieser Häftling hatte fast sein halbes Leben im Gefängnis verbracht, und man konnte nicht den Eindruck gewinnen, dass er von Verurteilung zu Verurteilung auch nur eine Spur klüger geworden wäre.

»Wann beginnt der Kurs?«

»In einer Stunde.«

Das Büro des Gefängnisdirektors war geräumig, der junge Mann mit den Flecken im Gesicht servierte Erfrischungsgetränke und kleine harte Plätzchen. Jennerwein hatte beschlossen, die Wartestunde zu nutzen und den Direktor zu besuchen, eine graue Riesenmaus mit traurigen Augen.

»Wie lange war der Häftling Insasse Ihrer Anstalt?«, fragte Jennerwein.

»Zwölf Monate hätte er zu verbüßen gehabt. Sieben hat er abgesessen.«

»Wegen guter Führung vorzeitig entlassen?«

»Er hat sich untadelig verhalten. Mehr noch. Er organisiert Veranstaltungen, verwaltet die Gefängnisvideothek und leitet Präventionsgruppen.«

Jennerwein blickte den Direktor skeptisch an.

»Haben Sie den Eindruck, Kommissar, dass unlautere Absichten dahinterstecken?«

»Vielleicht bereitet er etwas vor.«

Der Direktor lächelte riesenmäusisch.

»Sie meinen, dass er sich absichtlich hat einschleusen lassen? Zu welchem Zweck?«

»Keine Ahnung. Vielleicht um Leute anzuwerben, um Kontakte zu knüpfen, um an Informationen zu kommen –«

»Nach einer Rekrutierung sieht mir das nicht aus. Außerdem hat Dirschbiegel bisher immer alleine gearbeitet.«

Trotzdem spürte Jennerwein, dass hier etwas nicht stimmte. Dirschbiegel war anders als sonst gewesen. Irgendwie nervös, angespannt, nicht ganz so locker, wie er ihn kannte. Zwölf Monate Knast hatte er bekommen, und gar nicht einmal wegen erneuter Eigentumsdelikte, sondern wegen Verstößen gegen Bewährungsauflagen, Nichteinhaltung von Platzverweisen – Jennerwein hatte einen kurzen Blick in die Akte im Büro des Direktors geworfen. Er hatte das Gefühl, dass ihm die Riesenmaus nicht weiterhelfen konnte. Er stand auf, um sich zu verabschieden.

»Gibt es denn einen Raum, in dem ich mich noch eine Stunde aufhalten kann?«, fragte er an der Tür.

»Sie können in meinem Vorzimmer warten.«

»Danke, dann will ich lieber im Gefängnishof spazieren gehen.«

»Wie Sie wollen. Mein Assistent bringt Sie zu einem der Bunkerhöfe. Da ist Uli Hoeneß immer entlanggelaufen.«

»Auf den Spuren von Uli Hoeneß? Davon habe ich immer geträumt. Also gut. Dann bleibe ich im Hof, bis der Kurs beginnt.«

Die Riesenmaus zog verwundert die Augenbrauen hoch. »Wie bitte? Sie wollen an Dirschbiegels Kurs teilnehmen?«

»Ja, warum nicht? Ich bin schon äußerst gespannt auf seine didaktischen Fähigkeiten.«

3

Der Himmel über den Alpen war so blau wie das Briefpapier von Kaiserin Sisi. Eine silberne Boeing stieg hoch und schrieb eine Zeile Fernweh darauf.

Hört man etwas über die Alpen, dann denkt man meist nur an die bayrischen und vergisst, dass diese nur einen kleinen Teil der eigentlichen Alpen bilden, die von Südfrankreich bis nach Slowenien reichen. In Nizza fangen sie an, vor Maribor hören sie auf, oder kurz vor Wien, wie man will. Im Osten verzweigen sie sich nämlich eigensinnig. Sie bilden jedenfalls den größten Steinhaufen, den Europa zu bieten hat, aber sie beginnen zaghaft, als meerumspülte *Alpes Maritimes* an der Côte d'Azur. Dort schneckeln und rollen sie sich ein, zieren sich praktisch noch ein bisschen, so, als ob sie sich nicht recht trennen könnten von den croissantduftenden Straßencafés. Dann aber plustern sie sich gewaltig auf, türmen sich hoch zum Mont Blanc, bilden das Rückgrat der alpinen Schweiz und des hochgebirgigen Teils von Österreich, um dann, nach zwölfhundert Kilometern, kleinlaut und mau kurz vor Wien zu verbröckeln. Von oben betrachtet, sehen die Alpen ein bisschen aus wie eine dösende Eidechse – Bodensee und Gardasee sind die zwei herausgestreckten Füßchen, Aflenz und Bruck die Äugerl.

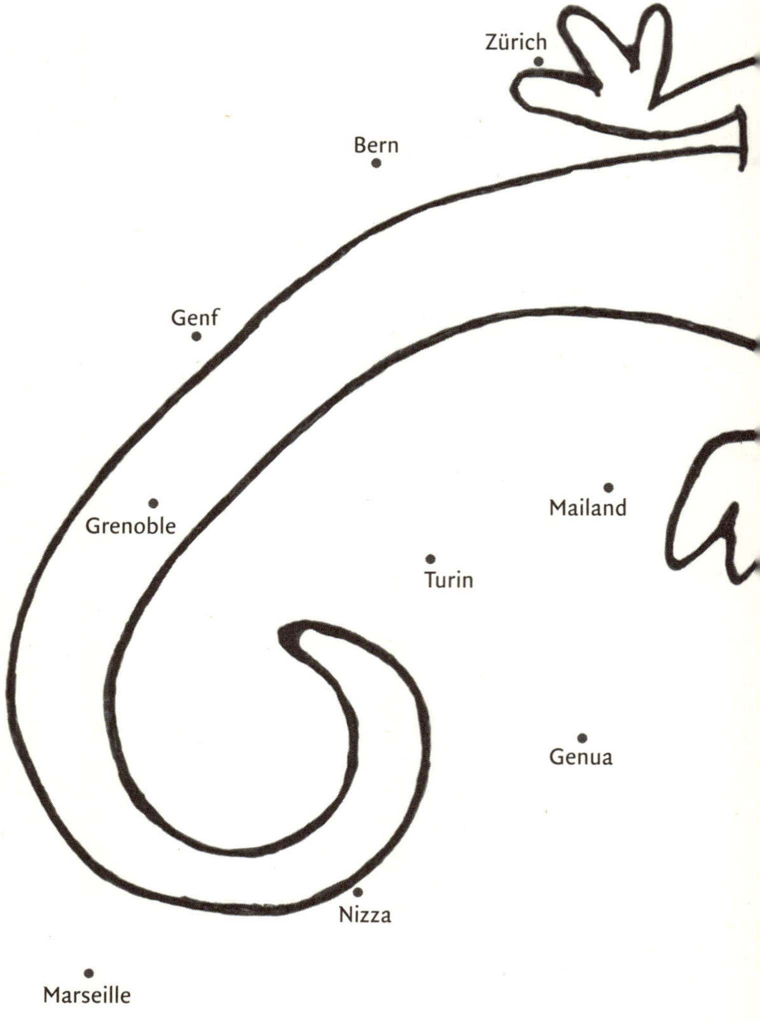
Zürich
Bern
Genf
Grenoble
Mailand
Turin
Genua
Nizza
Marseille

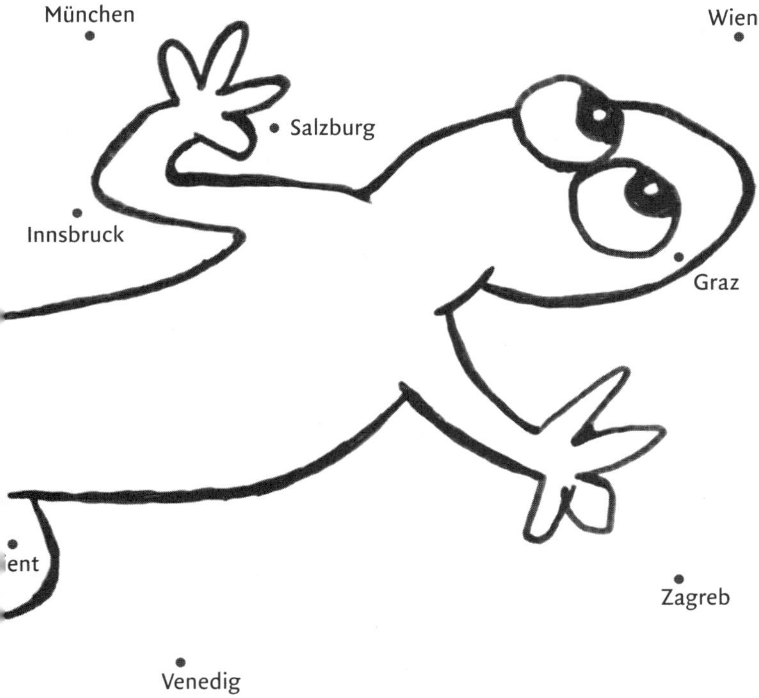
München
Wien
Salzburg
Innsbruck
Graz
ent
Zagreb
Venedig

Würde die massive Eidechse wie der heidnisch-germanische Steingott Saxnōt Richtung Wiener Becken wegspringen, wäre sie mit einem kleinen Satz und einem großen Platsch im Schwarzen Meer. Es ist wirklich jammerschade, dass sich um diesen europäischen Kalk- und Granitsteinhaufen zu Zeiten Karls des Großen keine eigene Nation gebildet hat – dieses Land würde zu Recht den Namen *Alpenrepublik* tragen, ein uneinnehmbares Bollwerk gegen alle möglichen Ansinnen von Nord und Süd, reichgefressen durch die Zölle, die erhoben werden könnten, beschwipst von der allgegenwärtigen Höhenluft. Das wäre ein Volk der Bergsteiger und Gipfelstürmer geworden! Mit Wal-Lungen, Pratzen wie Tatzelwürmern und Wadeln wie Mörtelsäcken, unschlagbar beim Fensterln, Jodeln und Skispringen. Wie von selbst hätte sich Rätoromanisch als Landessprache angeboten, eine würzige Mischung aus Französisch, Italienisch, Alemannisch, Bajuwarisch und Slowenisch – ein gejodeltes Latein, eine gejauchzte Berg- und Talfahrt menschlichen Ausdrucksvermögens. So aber teilen sich ein paar umwässerte und vom Flachland degenerierte Nationen die Alpen. Acht Anrainerstaaten melken die steinerne Eidechse. Sofern man Liechtenstein und Monaco mitzählen will.

Marco Zunterer träumte davon, die Alpen vollständig zu umkreisen. Und zwar mit seinem Heißluftballon. Starten wollte er im Kurort, der für ihn den Mittelpunkt, das pochende Herz der Eidechse bildete. Bei Guinness hatte er schon angefragt wegen eines neuen Rekords, und die waren gar nicht so abgeneigt, seine vollständige Alpenumrundung ins Buch aufzunehmen. In Höhen von sechs-, acht- oder sogar zehntausend Meter wollte er aufsteigen bei dieser Eidechsen-Tour. Frühstückskaffee über Nizza, Abendjause mit Blick auf Wien-Simmering, so etwas in der Art. Tragen sollte ihn ein seltener und unregelmäßig auftretender Wind, der die Alpenränder heiß und staubig umstrich, und von dem die Alten sagten, dass auf ihm der Sonnengott mit seinem Wagen führe. Marco fand, dass er genau der Richtige für dieses Abenteuer war, denn er hatte seine Wurzeln in fast jedem der Anrainerstaaten. Die eine Großmutter stammte aus Tirol, die andere aus Graubünden, ein Urgroßonkel aus Bayern, ein entfernterer aus Ligurien und ein paar Ahnen waren sogar aus dem Slowenischen heraufgekommen. Marco fühlte sich als staatenloser Alpländer, er wäre ein idealer Bürger für diese gedachte Republik der Kletterer, Kraxler und Luftikusse gewesen. Nach der Bundeswehrzeit hatte er den Ballonpilotenschein gemacht und zunächst beim süddeutschen Marktführer Schott *(»Schott's Alpenträume«)* gearbeitet, dann hatte er sich in die Selbständigkeit gestürzt. Seit Jahren chauffierte er nun schon Geburtstagskinder, Absolventen von Flugangstbewältigungsseminaren und kreischende japanische Touristen durch die Lüfte.

Übermorgen war es wieder so weit. Da sollte die nächste Tour starten, eine Fahrt vom Kurort aus Richtung Spitzingsee, wegen des spektakulären Blicks immer dicht am Alpenrand entlang, natürlich nur bei günstigem Wind. Und der Wind war günstig. Erstens sagte der Wetterbericht das, und zweitens hatte Marco so ein vages meteorologisches Gefühl von seinem slowenischen Urgroßvater geerbt, er spürte einen bevorstehenden Umschwung im großen Zeh. Nach der Landung südlich des Sees sollte sie das Verfolgerteam aufsammeln und wieder zurückbringen. Marco blickte aus dem Fenster seines Arbeitszimmers. Der Abendhimmel war in ein sternengepunktetes Schlafanzugblau getaucht, nur die weißglänzende Alpspitze wehrte sich trotzig gegen die Nacht: *Will aufbleiben!*

Sein Blick blieb an dem Geräteschuppen hängen, der im Garten stand. Dort drinnen lagerte sein gesamtes Betriebsvermögen: die verpackte Ballonhülle, der Korb, der Brenner, die Gaszylinder, die Navigationsgeräte, das ganze restliche Equipment. Er hatte sich beim Kauf für einen großen, rechteckigen Peddigrohr-Korb aus bester philippinischer Korbweide mit einem Fassungsvermögen von zwölf Personen entschieden. Ein Prachtstück! Er löste den Blick von seiner flugtauglichen Geschäftsgrundlage, beugte sich über seinen Computer und schrieb eine Rundmail:

Liebe Alpengucker!
Übermorgen ist es endlich so weit, da packen wir es an. Wir treffen uns Punkt 6 Uhr in der Früh in Grainau am Hammersbacher Hölzl, dann werden wir gemeinsam den Ballon aufrichten und starten. Wenn ich so hinaussehe –

Marco hob den Kopf und blickte erneut aus dem Fenster. Tatsächlich deutete die sternklare Nacht darauf hin, dass das Wetter so blieb und eine Fahrt möglich machte. Er beugte sich wieder über die Tastatur.

– sieht es gut für unsere Fahrt aus. Ich bitte alle Teilnehmer nochmals um eine kurze Bestätigung. Der Wetterbericht sowie mein untrügliches Gefühl im großen Zeh sind gut. Denkt bitte an eine Kopfbedeckung, damit euch die Hitze des Brenners nicht die Haare versengt. Und nochmals: Es gibt keinen Handy-Empfang dort oben. Lasst also eure Tablets, Mobiles und anderen Kram zu Hause, so schwer es auch fällt.
Euer Marco Zunterer

Er schickte die Rundmail ab und lehnte sich zurück. Dass es keinen Handy-Empfang dort oben gab, stimmte zwar nicht, aber er hasste die Dinger und griff deshalb zu dieser Notlüge. Marco erhob sich, verließ das Haus, ging hinüber zum Ballonschuppen und überprüfte noch einmal die wichtigsten sicherheitsrelevanten Teile des Fluggeräts. Er musste an Egon Schott denken, seinen idiotischen Ex-Chef, in dessen Firma er zwei Jahre als Pilot gearbeitet hatte. Schott's Alpenträume. Von wegen! Eher Schott's Albträume. Vergiss den Alten! Vergiss den ganzen Ärger mit ihm. Und ein bisschen war er auch selbst dran schuld, dass er aus dessen Firma rausgeflogen war. Doch der alte Schott war imstande, ihm eine Inspektion auf den Hals zu schicken, die dann ausgerechnet im unpassenden Moment kam. Dem alten Schott traute er das zu. Dem war er ein Dorn im Auge. Der tat alles, um ihm seine Kunden abspenstig zu machen. Marco überprüfte den Gasbrenner und die Notzündquelle. Alles in Ordnung, alles tipptopp in Schuss. Seine Gedanken schweiften ab von der routinierten Spitzingseefahrt hin zur wesentlich mystischeren Alpenumrundung. Eine solche Eidechsen-Tour hatten schon viele gemacht. Mit dem Motorrad oder mit dem Mountainbike, zu Fuß oder mit dem Auto. Was noch fehlte, war sein Himmelsritt mit der warmen Umluftströmung des Sonnengotts.

Zuerst musste er allerdings einen Sponsor finden. Das konnte er nicht alleine stemmen. Die aufwändigen Vorbereitungen und Ausrüstungen für diesen Rekordversuch überstiegen seine Mittel total. Als gutes Omen war sicherlich der geheimnisvolle Prominente zu deuten, der sich heute Mittag noch zu der übermorgigen Spitzingsee-Fahrt angemeldet hatte. Natürlich nicht er persönlich. Ein geschniegelter Anzugträger hatte in seinem Auftrag vor Marcos Haustür gestanden, er hatte den

Namen seines Chefs nicht genannt, hatte nur von einem ganz hohen Tier geredet. Dieses hohe Tier und eine Begleitperson hätten sich spontan dazu entschlossen, eine Ballonfahrt zu unternehmen. Äußerste Diskretion wäre hier gefragt, die Presse durfte keinen Wind davon bekommen. Man würde noch einen Tausender drauflegen. Einen Schweigetausender. Einen Ohne-Papierkram-Tausender. Marco hatte das Geld genommen.

»Aber wenigstens das Gewicht der beiden muss ich wissen.«

»Warum das denn?«

»Damit ich die Fahrt planen und den Gasvorrat berechnen kann.«

Zehn Grüne steckten nun in Marcos Hosentasche. So eine Geldspritze konnte er momentan gut gebrauchen. Er ging wieder zurück ins Haus, zog das Geld heraus und strich mit dem Zeigefinger vorsichtig über die steuerfreien Scheine. Niemand durfte davon etwas mitbekommen. Er zögerte kurz. Konnte es eine Falle von Egon Schott sein? Er rollte das Schmu-Geld zusammen und deponierte es in seinem Spezialversteck, einem ausgehöhlten Stuhlbein, das man abschrauben konnte. Ein Geräusch hinter ihm ließ ihn erschrocken herumfahren. Ein kurzes, dumpfes Brummen, das bedrohlich im Raum stand. Er entspannte sich wieder. Es war nur sein Computer gewesen. Der erste Passagier hatte auf seine Mail geantwortet. Es war die Frau, die im Voraus bezahlt hatte und die 61 Kilo wog.

Hallo Marco,
danke für die Erinnerung. Werde pünktlich an Ort und Stelle sein. Schön, dass es noch geklappt hat, die Fahrt kommt gerade recht für mich. Wenn der Föhn aufzieht, befallen mich immer üble Migräneanfälle, gegen die anscheinend kein Kraut gewachsen ist. Dann aber

hat mir jemand den Tipp gegeben, es einmal mit Höhenluft zu probieren. Mit Ballonfahren zum Beispiel. Dreitausend Meter über dem Boden sind ideal!
Ich freue mich auf übermorgen – Margret

Marco grinste. Ballonfahren als Migränetherapie, mal ganz was anderes. Er sollte vielleicht den Gesundheitsaspekt auf seiner Homepage aufnehmen. Wer aber verbarg sich hinter dem geheimnisvollen Unbekannten? Ein Sportler? Ein Politiker? Einer aus der Showbranche? Irgendeine Skandalnudel, die mal einen Tag Ruhe haben wollte? Oder war es gar einer der milliardenschweren arabischen Scheichs, von denen es hier im Alpenraum nur so wimmelte? Der geschniegelte Mann mit dem Maßanzug hatte etwas durchaus Arabisches an sich gehabt. Obwohl er astrein Hochdeutsch gesprochen hatte. Oder war es am Ende gar ein Guinness-Buch-Scout, der sich ein Bild von seinen Fähigkeiten machen wollte? Ein Plomm unterbrach seine Spekulationen. Die zweite Rückmeldung war eingegangen.

Hallo Marco,
bittaschöön! – hier meldet sich der Luftakrobat Ödön, ehemaliges Mitglied des weltberühmten Staatszirkus Budapest! Vom fliegenden Trapez in der Zirkuskuppel zum fahrenden Ballon in der Himmelskuppel – was für ein Aufschwung! Ich werde dort oben große Eingebungen haben. Wünsche uns allen ein schönes windiges Wetter – Dein Ödön.

Ein verrückter Typ, dieser Ungar. 76 Kilo. Er hatte einen unaussprechlichen Nachnamen, so etwas wie Seekäschfährdeo. Er wollte sich in der frischen Höhenluft zu neuen Zirkusnummern inspirieren lassen. In Marcos Lehrzeit bei Schott waren immer wieder mal Künstler mitgefahren. Einmal hatte ein Maler eine Staffelei im Ballonkorb aufgestellt, um den Föhn in einem Aquarell einzufangen. Alle waren gespannt, wie denn der eingefangene Föhn wohl aussehen würde. Linsig? Drückend? Dann war dem Künstler aber so schlecht geworden, dass er keinen Pinselstrich auf die Leinwand gebracht hatte. Auch der zwölfköpfige Mittenwalder Bergsteigerchor hatte eine Tagestour gebucht, dabei tausendmal *La Montanara* rauf und runter geschmettert, es war einfach grauenvoll gewesen. Wenn Marco dieses Lied irgendwo hörte, bekam er einen Schreikrampf. Doch jetzt ging es Schlag auf Schlag. Schon wieder ein Plomm auf dem Computer.

Sehr geehrter Herr Zunterer,
wir werden pünktlich da sein.
Katharina und Christian Trockenschlaf

Prima, das Ehepaar (57 und 93 Kilo) hatte ebenfalls bestätigt. Das waren ruhige, sympathische Leute, die ihren fünften Hochzeitstag auf diese Weise feiern wollten. Sie waren die Inhaber der ortsbekannten Baufirma Trockenschlaf Hoch & Tief. Der Ehemann hatte die Reise schon vor Wochen gebucht. Zuerst sah es so aus, als ob die beiden die einzigen Passagiere bleiben würden. Dann kamen doch noch die anderen dazu, und Marco hatte den Eindruck gehabt, dass Christian Trockenschlaf ein bisschen enttäuscht darüber war. Er hätte es vielleicht lieber einsam-romantisch in einem Pärchen-Ballon gehabt. Das nächste Plomm. Der Dünser Karli? Richtig, der Dünser Karli, ein Einheimischer aus dem Kurort. 107 Kilo. Ein uriger Vogel. Saß immer in der *Roten Katz* beim Frühschoppen, dort hatte er ihn schon früher ein paarmal gesehen.

Servus Marco,
danke für Deine Mail. Was ich noch vergessen habe: Kann ich was mitnehmen?

Servus Karli,
was denn?

Ein kleines Packerl.

Das kommt drauf an. Wie viel wiegt denn das kleine Packerl?

Keine Ahnung. Ein Tragl Bier tät ich gerne dabeihaben. Weil: Die Fahrt ist doch eine Wette mit meinen Spezln vom Stammtisch, also dem Grimm Loisl, dem Hacklberger Balthasar, dem Apotheker Blaschek und dem Pfarrer. Die werden sich wundern! Die wissen es nämlich noch gar nicht. Ich will ein paar Fotos schießen, damit ich die Fahrt nächsten Donnerstag beweisen kann am Stammtisch. Jetzt hab ich aber ein bisserl Knieschwammerl gekriegt. Und deswegen brauche ich den Kasten Bier. Also geht das jetzt?

Und die Knieschwammerl gehen damit weg?

Auf jeden Fall.

Dann fahren wir halt ein Tragl Bier spazieren. Hab ich auch noch nie gemacht.

Viel wird von dem Tragl unten nicht mehr ankommen. Also dann bis übermorgen.

Alle Passagiere hatten sich nun gemeldet. Marco zückte den Kugelschreiber und schrieb eine Liste auf die Rückseite der

Pralinenschachtel, die neben dem Computer lag. Das waren ja illustre Teilnehmer diesmal: Die Migränefrau. Der Zirkusartist. Das Ehepaar Hoch & Tief. Der Biertragltträger. Er ließ den Stift sinken. Einer der angemeldeten Teilnehmer fehlte doch. Der wird doch nicht – Knieschwammerl bekommen haben? Es war ein Mann namens Klaus Jakobshagen, 82 Kilo, der ebenfalls im Voraus bezahlt, sich aber nicht mehr auf seine Mails gemeldet hatte. Egal. Dafür gab es ja jetzt den Prominenten ohne Namen samt Begleitperson. Vielleicht verbarg sich ja etwas Amouröses dahinter, eine heimliche Liebe, ein verbotenes Verlangen? Oder es waren – der russische und der amerikanische Präsident, die bei ihm mitfuhren, um etwas garantiert abhörsicher zu besprechen. Marco öffnete die Pralinenschachtel.

»Auf Jean-François Pilâtre!«, sagte er ironisch feierlich und hielt eine Cognac-Marzipan-Praline hoch.

Der Franzose Jean-François Pilâtre de Rozier war das erste Todesopfer der Luftfahrtgeschichte gewesen. 1785 wollte er zusammen mit seinem Kollegen Pierre Romain den Ärmelkanal mit einem Heißluftballon überqueren. Wenige Kilometer nach dem Start stürzten beide über dem Badeort Wimereux ab. Bis heute hielten deshalb die Ballonpiloten an dem schönen Brauch fest, vor der Fahrt einen kräftigen Schluck alten französischen Cognacs auf die beiden Pioniere zu trinken. Man zelebrierte dies üblicherweise mit einer edlen Flasche *De Luze*. Da Marco sparen musste, schluckte er ersatzweise die fette Marzipangranate. Der Zuckerschock breitete sich in seinem Körper aus wie Sprudelsalz in der Badewanne. Er musste sich das wieder abgewöhnen. Vielleicht nur noch diese eine Praline, und dann –

Er hob den Kopf und lauschte. Im Garten war ein Geräusch zu hören. Als er aus dem Fenster blickte, sah er, dass sich jemand an seinem Geräteschuppen zu schaffen machte.

4

Im Vortragsraum des Gefängnisses hatten sich ein paar Dutzend Kursteilnehmer versammelt. Jennerwein erschien pünktlich. Wie ein Beamter eben. Er setzte sich in die letzte Reihe und versuchte, sich noch unauffälliger zu geben, als er es ohnehin schon war.

»Wir haben heute hohen Besuch«, begann Dirschbiegel, nachdem er die kleine Bühne bestiegen hatte. »Einen leibhaftigen Kriminaler.«

Ironische *Oho!*-Rufe. Gespielt bewundernde Pfiffe.

»Ja, liebe Kollegen, wer weiß: Vielleicht will sich der Herr Hauptkommissar ja ein paar Informationen aus erster Hand holen. Wahrscheinlich hat die Polizei kein Budget mehr für Fortbildungsveranstaltungen. Wir sollten den Hut herumgehen lassen.«

Mitleidiges *Uooh!*-Gestöhne. Herzhaftes Gelächter. Danny DeVito nahm einen fiktiven Hut ab und ging damit herum. Manche warfen pantomimisch Münzen hinein. Noch mehr Gelächter. Da war er in was hineingeraten! Jennerwein fiel auf, dass sich niemand zu ihm umdrehte. Offensichtlich hielt das keiner für nötig. Jeder hier im Raum wusste wahrscheinlich, wer er war. Ein Häftling deutete mit dem Daumen über die Schulter in seine Richtung.

»Hat der dich denn mal eingelocht, Dirschi?«

»Nein, beruflich hatten wir noch nie miteinander zu tun. Wir sind – wie soll ich sagen – alte Weggefährten.«

Alte Weggefährten, dachte Jennerwein. Von wegen. Ihre beiden Wege verliefen diametral entgegengesetzt. Sie kreuzten sich höchstens ab und zu in Gefängnissen.

Jennerwein kannte einige der Zuhörer. Weniger persönlich, eher von Polizeifotos und Phantomzeichnungen. Vorne ein Drogenhändler. Daneben zwei notorische Insolvenzbetrüger. Dahinter ein Brandstifter. Über den ganzen Zuschauerraum verteilt: Muskelansammlungen mit Hirnfortsätzen. Ein paar dieser Jungs kneteten Tennisbälle, um die Unterarmmuckis in Form zu bringen. Jennerwein wunderte sich noch immer, dass diese Kaliber solche Ehrfurcht vor einem relativ kleinen Trickbetrüger hatten. Jennerwein hatte Dirschbiegel auch schon in anderen Gefängnissen besucht, jedes Mal war ihm aufgefallen, dass der Alte von allen Seiten Achtung und Ehre genoss. Woran lag das? Wie hatte er das geschafft? Jennerwein kannte keinen größeren Blender, Schwadroneur und Dampfplauderer als Dirschbiegel. Gerade zog er flinkfingrig und beiläufig drei Gegenstände aus den Jackentaschen und hielt sie hoch.

»Wem wird wohl diese Mundharmonika gehören? Dieses Taschenradio? Diese Geldbörse? Ja, meine Herrschaften: Wer hat denn da nicht aufgepasst?«

Die meisten der Anwesenden griffen sich unwillkürlich an Brust, Gesäß und Bauch, um sich zu vergewissern, dass ihre Habseligkeiten noch an Ort und Stelle waren. Schließlich gab Dirschbiegel den drei ›Opfern‹ ihre Besitztümer zurück, die sie gutmütig grollend entgegennahmen. Die Mundharmonika gehörte einem zäh wirkenden, schlaksigen Mann mit sauber geschnittenem Haar. Bei dem winzigen Taschenradio meldete sich zunächst niemand. Dann wuchs eine Eiche aus einem der Sitze, hoch hinaus ragte sie in über zwei Meter Höhe, schließlich bewegte sie sich langsam nach vorn zu Dirschbiegel. Jennerwein tippte bei der Eiche auf einen Sportmix aus Boxen, Rugby, Catchen, Gewichtheben, Mühlsteinwerfen und Wärmflaschenaufblasen. Das Taschenradio verschwand in der Hand der Eiche. Die Geldbörse schließlich gehörte dem blassen Jüngling ohne Namen. Applaus brandete auf, Dirschbiegel verbeugte sich bescheiden.

»Diese drei Opfer waren furchtbar leicht zu bestehlen. Ich werde euch heute erklären, wie man es vermeidet, zum Diebstahlsopfer zu werden. Und wie man den Tätern erst gar keine Gelegenheit zu ihren Operationen gibt. Wir schneiden sozusagen zwei Bretter mit einer Säge.«

Jennerwein staunte. Dirschbiegel referierte tatsächlich zur Diebstahlsprävention. Offenbar hatte das für die Sozialprognose etwas gebracht. Aber spielte das für den notorischen Gesetzesbrecher überhaupt eine Rolle? Jennerwein zweifelte daran.

»Weil wir heute solch hochherrschaftlichen Besuch haben«, fuhr Dirschbiegel fort, »will ich ausnahmsweise einmal literarisch beginnen. Hat jemand von euch schon mal was von einem Schriftsteller namens Edgar Allan Poe gehört? Nicht? Nun, das dachte ich mir. Von diesem Poe gibt es eine Geschichte mit dem Titel *Der stibitzte Brief*. Kennt die zufällig jemand?«

»Lesen ist nicht meins«, sagte ein bulliger Mann in der ersten Reihe. Jennerwein tippte auf 450 Kilo im Reißen und schwere Körperverletzung.

»Deshalb erzähl ich euch das ja. Es geht darum, dass ein wichtiger Brief versteckt werden soll. Ein großes Polizeiaufgebot durchsucht die fragliche Wohnung. Sie durchstöbern jede Ritze, sägen jedes Stuhlbein ab, finden aber nichts. Ein

Meisterdetektiv namens Dupin kommt schließlich durch logische Schlussfolgerungen hinter das Geheimnis: Der Täter hat den Brief nicht etwa kompliziert versteckt, ganz im Gegenteil. Der Brief liegt offen in einer Ablage und wird gerade deswegen übersehen.«

Dirschbiegel tänzelte zur Rampe und zitierte mit fein wabernder Kaminfeuerstimme:

»… desto überzeugter wurde ich, dass der Minister, um den Brief zu verbergen, zu dem verständlichen und scharfsinnigen Mittel gegriffen hatte, ihn g a r n i c h t zu verbergen.«

Die anwesenden Zuhörer grunzten verständig. Alle hingen an den Lippen des Taschendiebes. Jennerwein schüttelte den Kopf. Warum hatte dieser Mann seine Begabungen so verschwendet? Warum hatte er nichts Vernünftiges aus seinem Leben gemacht?

»Was sagen uns diese Zeilen?«, fuhr Dirschbiegel fort und setzte ein pfiffiges Gesichtchen auf. »Ganz einfach: Die schlechtesten Verstecke sind die, die nach Verstecken aussehen. Tresore, Geldbörsen, Schatzkisten – Wenn ich als Dieb auf so was stoße, dann weiß ich, dass da was zu holen ist. Genauso ist es beim Taschendiebstahl. Wenn ich irgendwo spazieren gehe, in übel beleumundeten Gegenden, wo trage ich meine Geldbörse?«

»Ich trage überhaupt keine Geldbörse«, sagte ein dürrer, windig aussehender Mann mit leiser Stimme. Jennerwein tippte auf Scheckbetrug oder Urkundenfälschung.

»Vielleicht«, fuhr der Windige fort, »habe ich die Scheine in der Hand und wedle ganz offen damit herum?«

»Das natürlich auch wieder nicht«, erwiderte Dirschbiegel

gelassen. »Aber das andere trifft es voll: Man verwendet überhaupt keine Geldbörse. Auch keinen Geldgürtel, keine Brieftasche, überhaupt nichts, was nach einem Versteck aussieht. Man verwendet etwas, was jeder auf den ersten Blick wahrnimmt, was vollkommen offensichtlich ist, was aber mit einem Geldversteck nicht in Zusammenhang gebracht wird. Ich darf nun unseren hilfreichen Justizvollzugsbeamten bitten –«

Der junge Mann ging schüchtern, aber bereitwillig auf die Bühne. Ganz wohl fühlte er sich bei diesem Auftritt offensichtlich nicht. Dirschbiegel drehte ihn herum wie ein Modeschöpfer sein Model.

»Wo haben wir beide nun das Geld versteckt? Ich bitte um Wortmeldungen.«

Es gab viele Vorschläge. Man tippte auf die Schuhe, die Schulterpolster, auf die geschlossene Faust, das Brillenetui, das Toupet. Alles wurde von Dirschbiegel verworfen. Zu kompliziert, zu viel Aufwand, zu unpraktisch, zu naheliegend, zu blöd. Niemand wusste die Lösung. In die Stille hinein sagte der zähe Schlaks mit der Mundharmonika: »Nun ja, ich finde, das unbeschriftete Namensschild, das er an der Brust trägt, ist das Auffälligste an diesem Mann. Man kommt jedoch nicht auf den Gedanken, dass das ein Versteck ist.«

»Hervorragend«, sagte Dirschbiegel zungenschnalzend, drehte das arme Versuchskarnickel zu sich her, holte zwei zusammengefaltete Hunderter aus dem Namensschild, faltete sie auf und präsentierte sie stolz.

Gelächter und anerkennender Applaus. *Bravo!*-Rufe. Der mit dem Gesichtstattoo ergriff das Wort.

»Aber wenn das jetzt alle wissen, alle Taschendiebe, ich meine: das mit dem Schild, dann kann ich das Versteck ja wieder nicht gebrauchen.«

»Da hast du recht, Gonzo. Es gibt kein absolut perfektes Versteck. Am besten ist es, wir lassen alles Geld zu Hause. So geben wir keinem Dieb Gelegenheit, zu klauen. Und das Verbrechen stirbt bald aus.«

Gelächter, erneuter Applaus. Jennerwein war fasziniert. Sollte er Dirschbiegel bitten, solch einen Kurs im Polizeipräsidium, bei den Kollegen der Abteilung Eigentumsdelikte zu geben? Tipps von einem Insider? Um Gottes willen, auf was für abwegige Gedanken kam er da nur!

»Noch Fragen?«

Nein, keine Fragen mehr. Die Versammlung löste sich auf. Jennerwein fand es erstaunlich, wie viele der Fleischberge sich bei Dirschbiegel artig für den aufschlussreichen Kurs bedankten. Der mit dem Gesichtstattoo, den sie Gonzo nannten, klopfte ihm wortlos auf die Schulter. Und wieder konnte Jennerwein nicht erkennen, ob die Brille echt oder tätowiert war. Der dürre, windig aussehende Mann mit der leisen Stimme, den Jennerwein für einen Scheckbetrüger oder Urkundenfälscher gehalten hatte, blieb vor dem Kommissar stehen und gab ihm die Hand.

»Gestatten, Dr. Rohrbach«, wisperte er. »Ich bin der Gefängnispsychologe.«

Sein Handschlag war der eines toten Fisches.

»Ein ausgezeichnetes Referat«, sagte der Psychologe zu Dirschbiegel.

»Danke«, knurrte der zurück. Er schien nicht eben begeistert von dem dürren Mann zu sein.

»Ich würde Sie heute noch ganz gern sprechen.«

»Dazu habe ich keine Zeit. Ich muss noch packen. Ich checke morgen aus, wie Sie wissen.«

»Es ist Ihnen sicher nicht entgangen, dass ich Ihnen eine

schlechte Abschlussbeurteilung gegeben habe. Darüber wollte ich –«

»Wissen Sie, was: Ihre Beurteilung ist mir so was von egal. Die können Sie sich –«

Dirschbiegel drehte sich um und ließ den Psychologen mit dem schlaffen Händedruck einfach stehen. Er machte sich auf den Weg zurück zu seiner Zelle. Der Justizvollzugsbeamte und der Kommissar begleiteten ihn dabei. Niemand verlor ein Wort über den Vorfall.

Greifen und Begreifen – wo das Herz aller Eltern höher schlägt

Beobachten Sie, wie sich die Fingerfertigkeit Ihres Babys in den ersten paar Monaten entwickelt – es ist ein wahres Schauspiel der Natur!

Schon das Neugeborene schließt seine Hand fest um den elterlichen Daumen. »Dieser Affengriff ist für die Eltern süß und putzig«, sagt Kinderarzt Dr. Stefan Stubenrauch vom Münchner Paul-Heyse-Krankenhaus. »Er ist jedoch lediglich ein angeborener Reflex, der durch die Berührung der Handinnenfläche ausgelöst wird.«

Doch bevor Ihr Baby willentlich etwas festhalten und zu sich ziehen kann, muss es sich erst mit den Fähigkeiten seiner Finger vertraut machen: Es steckt sie in den Mund und saugt daran. Es hält eine Hand vor sein Gesicht und betrachtet, wie sich seine Greifwerkzeuge bewegen. Ab dem vierten Monat ist es bereits in der Lage, kleine Dinge kurz festzuhalten. »Und im siebten, achten Monat kommt der Quantensprung«, sagt Dr. Stubenrauch. »Es ist der Beginn des gezielten Greifens nach Dingen in seiner Umgebung mit dem sogenannten ›Scherengriff‹ – das ist das Festhalten eines Gegenstands zwischen Daumen und Zeigefinger.«

Die eigentliche Errungenschaft des Menschen, die ihn von jeder anderen Spezies unterscheidet, können Sie bei Ihrem Baby gegen Ende des ersten Lebensjahres beobachten. Das Kind beherrscht nun den in der Natur einzigartigen ›Pinzettengriff‹: Es kann kleinste Gegenstände zwischen den Fingerbeeren von Daumen und Zeigefinger fassen und aufnehmen, selbst kleinste Krümel und Fussel. »Am Anfang der menschlichen Entwicklung steht also das Wegnehmen und Aneignen fremder Sachen«, sagt Kinderarzt Dr. Stubenrauch schmunzelnd.

(Quelle: Die Windel, Heft 14)

5

Mehrstimmiges Gelächter hallte durch den sonst so stillen Gefängnisgang. Jennerwein musterte Dirschbiegel von der Seite. Irgendetwas an ihm war anders als sonst, das spürte er. Doch er zögerte, nachzufragen. Sie hatten ein stillschweigendes Übereinkommen, und das schon seit langem. Wenn sie sich trafen (und sie trafen sich immer nur in den Haftanstalten, nie draußen), dann versuchten sie das naheliegende Thema zu vermeiden. Das gelang auch meist, man klammerte alles, was mit Verurteilung, Strafe, Gefängnis, Besserung, Reue, Sühne, Gesetz, Schuld und ähnlichen staatstragenden Dingen zusammenhing, einfach aus. Doch es gelang natürlich nicht immer, denn Jennerwein war voll und ganz Polizist, Dirschbiegel wiederum voll und ganz Dieb. Jennerwein wusste, dass es keinen Zweck hatte, mit ihm über Therapien, Resozialisierung und ethische Normen zu reden. Dirschbiegel konnte gar nicht anders, als wieder mit seinem Gewerbe anzufangen, wenn er entlassen wurde.

»Weißt du, von wem das Graffito an der Gefängnishofwand stammt?«, fragte Jennerwein.

Dirschbiegel schien dankbar dafür zu sein, dass Jennerwein kein Wort über den Zusammenstoß mit dem Psychologen vorhin verlor.

»Das ist von Diego, einem jungen Typen aus einem anderen Block. Hat Einzelhaft. Aufgeweckter Bursche.«

Jennerwein fragte nicht weiter nach der Vorgeschichte von

Diego. Er kannte die Etikette. Er wusste, dass es im Knast nicht üblich war, nach dem Delikt zu fragen.

Dirschbiegel blieb plötzlich stehen.

»Das wird meine letzte Nacht in einem Gefängnis sein«, sagte er leise und für seine Verhältnisse überraschend ernst.

Jennerwein blieb ebenfalls stehen und sah ihn erstaunt an.

»Ja, ich höre auf«, fuhr Dirschbiegel fort. »Die Entscheidung ist mir nicht leichtgefallen.«

Jennerwein schüttelte ungläubig den Kopf.

»Gibt es einen bestimmten Grund dafür?«, fragte er vorsichtig. Er musste an Maria Schmalfuß denken, wenn sie ihre Psychologenstimme auf butterweich-verständnisvoll stellte. »Ich meine: nach all den Jahren?«

»Die Zeiten haben sich verändert«, seufzte der Häftling. »Diebstahl ist nicht mehr das, was es einmal war. Was mich am meisten nervt, ist dieser ganze digitale Kram, gegen den man sich nicht mehr wehren kann. Handwerkliche Fertigkeiten sind immer weniger gefragt. Ohne EDV-Kenntnisse kommst du heutzutage kaum noch in eine Wohnung rein. Beim Taschendiebstahl, ja, da ist noch einiges zu holen. Aber selbst da gibt es Leute, die mit GPS, Bewegungsmelder und elektronischem Schnickschnack arbeiten. Früher hat man ein Objekt sauber ausbaldowert, heute gibt es Google Earth.«

Dirschbiegel machte eine Pause, Jennerwein blickte ihn prüfend an.

»Ich habe mir den Grund für meine – Pensionierung ganz anders vorgestellt«, fuhr Dirschbiegel fort. »Viel romantischer. Ich hätte eine alte Diebesweisheit beherzigt: *Hör auf, wenn du deinen Meister gefunden hast. Beende dein Handwerk, wenn einer auftaucht, der besser ist als du. Gratuliere ihm und mach ihm deinen Platz frei.* So aber –« Dirschbiegel verzog wehmütig das Gesicht. »Ich bin immer noch die anerkannte Koryphäe im Taschendiebstahl. Sieh mal her, was mir meine Kumpels geschenkt haben –«

Dirschbiegel knöpfte die Jacke auf. Auf seinem T-Shirt stand:

BURGLAR KING

»Toll«, sagte Jennerwein mit wenig Begeisterung. »Aber warum erzählst du mir das alles?«

»Ich möchte, dass du mich ab jetzt in Ruhe lässt, Kommissar. Nichts für ungut, aber deine Fürsorge nervt mich. Du brauchst deine polizeilichen Superfähigkeiten nicht zu verschwenden, um herauszufinden, wo ich gerade einsitze. Du brauchst dich überhaupt nicht mehr um mich zu kümmern. Ich bin nicht mehr im Geschäft.«

Jennerwein konnte das alles nicht so recht glauben. Es musste noch einen anderen Grund für den plötzlichen Stimmungsumschwung geben. Als wenn er seine Gedankengänge erraten hätte, sagte Dirschbiegel:

»Und dann der ausgemergelte Psycho-Heini, den du grade kennengelernt hast. Der war der Hund, der die Schafherde zum Rennen gebracht hat. Er hat meine Abschlussbeurteilung geschrieben. Man muss sich das einmal vorstellen: Der wollte mich als notorischen Kleptomanen abstempeln.«

Jennerwein schwieg dazu. Er wusste, dass Dirschbiegel nicht um alles in der Welt als Kleptomane bezeichnet werden wollte. Er reagierte allergisch auf diesen Begriff, warum auch immer. Dirschbiegel schnappte nach Luft.

»Ich wäre nicht mehr sozialisierbar, hat er gesagt. Er hat mir sogar mit der Klapse gedroht.«

»So leicht kommt man auch wieder nicht in die Psychiatrie«, hielt Jennerwein beschwichtigend dagegen.

»Ich habe mein ganzes Leben lang gewusst, was ich tue«, fuhr Dirschbiegel ungerührt fort. »Ein Kleptomane hingegen ist wie ein Junkie, der gar nicht anders kann. Ich sage dir, wer ein Kleptomane ist!«

Jennerwein kannte das schon. Jetzt kam sicher wieder so eine Geschichte. Und sie kam. Dirschbiegel sah sich um. Nur der Rotfleckige stand in einiger Entfernung und blickte gelangweilt in die andere Richtung.

»Beziehungsweise eine Kleptomanin«, fuhr er fort. »Eine Süchtige, eine Besessene. Ich habe sie vor ein paar Jahren kennengelernt. Damals war ich mit meinem Pflichtverteidiger unzufrieden, ich wollte mir einen guten Strafrechtler leisten. Jemand empfahl mir Frau Dr. Weidinger. Im Foyer ihrer Kanzlei musste ich ewig auf sie warten, trotz Termin. Dann kommt sie endlich, so ein richtiges urbayrisches Weib, mit grobem Knochenbau, großen Füßen, geflochtenem Zopf und einer dröhnenden Lache. Einen Gang hatte die, dass du gemeint hast, ein Pferd läuft auf dich zu. Eine Strafverteidigerin habe ich mir ehrlich gesagt anders vorgestellt. Ich habe sie gar nicht verstanden, so bayrisch hat sie geredet. Ihr Besprechungszimmer war gleichzeitig ihre Bibliothek. Bücher bis an die Decke, ich habe mir zunächst nichts dabei gedacht. Als Frau Dr. jur. mal raus musste, bin ich aufgestanden und habe mir die Bücherwand angeschaut. Von wegen juristische Bibliothek! Es war kein einziger trockener Gesetzestext dabei. Es waren lauter Romane. Uralte Bücher, solche mit Ledereinband, mit Goldschnitt, wertvolle Schuber, Büttenpapier. Ich ziehe eins raus: Irgendwas Französisches, Erscheinungsdatum 1692, handschriftliche Widmung. Ich ziehe was anderes raus. Diesmal was Deutsches, ›Die Räuber‹ von Friedrich Schiller – ich weiß nicht, ob du das kennst. Auf jeden Fall wieder signiert: *Meiner lieben Freundin, der Gräfin Sowieso – Dein Friedrich.* Das Buch musste Unsummen wert sein. Bevor ich es wieder zurückstellen kann, kommt die Weidinger zurück.

›Ich wusste gar nicht, dass Sie sich für Literatur interessieren, Herr Dirschbiegel‹, sagt sie.

›Entschuldigen Sie, aber so eine Bibliothek passt überhaupt nicht zu Ihnen. Kaum zu glauben, dass Sie all diese Bücher gelesen haben.‹

›Ich habe ein paar angefangen. Aber ich bin weniger Leserin als – Sammlerin.‹

›Sammlerin?‹, frage ich skeptisch. ›Wo haben Sie das alles zusammengesammelt?‹

Sie ziert und windet sich. Dann streicht sie mit ihren großen Pratzen über die Rücken einer zwanzigbändigen Gesamtausgabe. Das beruhigt sie anscheinend. Sie fasst sich wieder.

›Überall, wo Bücher halt so rumstehen. Hier ist was aus der Stiftsbibliothek des Klosters Melk.‹

Sie wuchtet einen Riesenziegel aus dem obersten Regal.

›Eine Handschrift des Nibelungenlieds. Aufwändig bebildert. Sehen Sie: Die Ermordung Siegfrieds durch Hagen, von einem Mönch um 1480 gezeichnet, das Ganze natürlich von unschätzbarem Wert.‹

Und was soll ich dir sagen, Kommissar: Sie hat mir doch glatt erzählt, dass sie kein einziges Buch in ihrer Bibliothek ehrlich erworben hat. Alle geklaut! Ausnahmslos. In Buchhandlungen, Bibliotheken, Antiquariaten, manchmal selbst bei ihren Mandanten.«

»Und das hat sie dir einfach so verraten, Dirschbiegel? Das ist doch riskant für sie, oder?«

»Erstens wollte sie vor mir angeben. Zweitens: Kleptomanen wollen erwischt werden, das ist der Kick bei denen. Ein

Roulettespieler will verlieren, ein Brandstifter will entdeckt, ein untreuer Ehepartner ertappt werden – und ein Kleptomane fiebert auf den Moment hin, in dem ihm jemand die Hand von hinten auf die Schulter legt: Machen Sie keine Schwierigkeiten und folgen Sie mir in mein Büro.«

Dirschbiegel sah Jennerwein mit zusammengekniffenen Augen an.

»Und dieser Psychoheini will mich mit solchen krankhaften Leuten in eine Schublade stecken! Eine Beleidigung ist das!«

Sie waren an der Zellentür angekommen. Der Rotfleckige, der ihnen bisher in gebührendem Abstand gefolgt war, kam rasch herbeigeeilt und sperrte auf.

»Kommst du noch auf einen Sprung mit rein?«, fragte Dirschbiegel.

Jennerwein fühlte sich geehrt. Noch nie hatte ihn Dirschbiegel in die Zelle eingeladen.

»Danke, nett von dir«, sagte Jennerwein. »Ein andermal vielleicht.«

»Es wird kein andermal mehr geben«, antwortete Dirschbiegel schroff. In versöhnlicherem Ton fügte er hinzu:

»Wenn du morgen noch in der Nähe bist, kannst du mich ja abholen. So eine Entlassung stimmt immer ein wenig melancholisch. Und wenn gar niemand vor dem Gefängnistor steht –«

Jennerwein nickte. Dann ließ er sich von dem Rotfleckigen zum Ausgang begleiten.

Draußen sah er nicht zurück. Er wusste, dass ihn Dirschbiegel vom Fenster aus beobachtete. Jennerwein war sich auch sicher, dass er ihm sein Smartphone aus der Tasche genommen und wieder zurückpraktiziert hatte. Aber wozu? Es waren keinerlei dienstliche Daten drauf. Vielleicht hatte er ihm einen Trojaner hineingeschmuggelt. Oder eine Standort-Such-App. Aber der hatte doch überhaupt keine Ahnung von Computern! Höchstwahrscheinlich hatte er es nur trainingshalber gemacht. Der konnte ja gar nicht anders. Der musste das tun. Jennerwein machte sich ernsthaft Sorgen. Er war sich sicher, dass Dirschbiegel etwas Größeres, Gefährliches vorhatte und deshalb so penetrant versuchte, ihn abzuwimmeln, fernzuhalten und den Kontakt einzustellen. Der musste ein weiteres Verbrechen vorhaben. Eines, das ihn vielleicht für viele Jahre ins Gefängnis bringen würde. Oder sein Leben bedrohte. Das musste er verhindern.

Dirschbiegel war schließlich sein Vater.

6

Reingehen, Knarre hoch, Geld in den Sack, raus, reich. So war es eigentlich geplant gewesen bei dem Ding in der Deutschen Bank. Lazlo und Mayr hatten gedacht, dass das Ganze in Nullkommanix erledigt sein würde. Von wegen. Jetzt war es acht Uhr abends, vier Stunden saßen sie jetzt schon in dieser vermieften Bude fest, die nach gebohnertem Stragula-Parkett roch, nach dem Angstschweiß der verbliebenen fünf Geiseln und dem Dampf, der aus den Lebensmitteltüten des Feinkostgeschäftes kroch. Kein Mensch hatte gedacht, dass sich die Sache so lange hinziehen würde! Das Geld war nicht so schnell verfügbar gewesen wie geplant, die Polizei hatte hingehalten, verzögert und getrickst auf Teufel komm raus. Plötzlich war aus dem schnellen Griff in die Kasse eine Geiselnahme geworden. Und dann auch noch eine bewaffnete! Gerade eben hatte Mayr eine Bankangestellte vor die Tür geschleppt und mit der Knarre bedroht. Das hatte aber auf die Polizei keinen großen Eindruck gemacht, eher auf die Schaulustigen. Die hatten vielleicht geschrien und gejohlt! Durchs Fenster hatte er ihre entsetzten Gesichter und ihre aufgerissenen Augen gesehen. Aber die Polizei hatte nichts unternommen. Kein Fluchtwagen, keine weiteren Verhandlungen, nichts.

Lazlo zog sich die rote Ku-Klux-Klan-Haube über das Gesicht und lugte vorsichtig durchs Fenster nach draußen. Die Abenddämmerung legte sich über die Prinzregentenstraße.

Trotz der verfahrenen Situation war er zuversichtlich. Sie konnten es schaffen. In der Nacht war es sowieso leichter, sich aus dem Staub zu machen. Durch den Englischen Garten. Über die Isarauen. Da gab es Dutzende von Möglichkeiten. Noch hatten die Bullen ihre Gesichter nicht gesehen. Noch wusste niemand, wer sie waren. Und der Trubel da draußen, der hatte auch seine Vorteile. In diesem aufgeregten Getümmel würde es wesentlich leichter sein, Deckung zu finden vor den Polizisten. Die würden nicht wagen, sie anzugreifen oder gar zu schießen. Etliche der Schaulustigen waren schon angeschickert oder richtiggehend besoffen, viele liefen kreuz und quer herum, Kinder waren auch dabei – die Einsatzkräfte konnten sich jedenfalls nicht frei bewegen. Dazwischen gab es immer wieder nervige Durchsagen über quäkende Megaphone und Polizeilautsprecher. *Geben Sie auf. Sie haben keine Chance. Lassen Sie die Geiseln frei. Sie sind umstellt. Das Gelände ist vollkommen abgeriegelt. Wir haben überall Scharfschützen platziert.* Von wegen! Lazlo hörte die Durchsagen schon gar nicht mehr. Warum räumten die Polizisten den Platz eigentlich nicht? Das wäre doch das Einfachste von der Welt. Steckte da eine Taktik dahinter? Lazlo blickte hoch zu den Dächern der gegenüberliegenden Straßenseite. Keine Spur von Scharfschützen. Leere Sprüche, sonst nichts. Vielleicht warteten sie aber auch, bis es dunkel wurde. Und dann, wie bei der Rotwildjagd mit der Taschenlampe – fump! – peng! – und aus der Traum. Sein Blick wanderte ein paar Stockwerke tiefer. Eine Etage über dem Feinkostladen befand sich das dazugehörige, nicht weniger geleckte Nobelrestaurant. Die Gäste glotzten während des Essens zur Bank herüber, wie im Kino. Aber was war das? Dort fuchtelte doch jemand mit einem Gewehr herum! Lazlo brach der Schweiß aus. Er versuchte Einzelheiten zu erkennen. Es gab ein Gerangel, ein paar Leute rissen dem Mann schließlich die Knarre mit dem Zielfernrohr aus der Hand. Der Mann tobte. Nüchtern schien er auch nicht mehr zu sein. Der Mann in dem Restaurant war – ein bekannter bayrischer Politiker! Der allerbekannteste! Der allerverhassteste! Wie kam denn der dort hin? Unwillkürlich fiel Lazlo ein grelles rotes Lied ein, das sie oft im Zeltlager gesungen hatten:

»Strauß und seine Bazis und die Neonazis,
die sind Bayerns größte Plag.
Jeder echte Bayer fordert darum heuer:
Macht die Anarchisten stark!«

Von irgendwoher hörte Lazlo das allgegenwärtige *Chirpy Chirpy Cheep Cheep*. Eine schwarzhaarige Frau wippte in einer Wohnung im Takt dazu. Viele der Zuschauer sangen mit, einige tanzten. Nicht wenige sympathisierten mit ihnen, den Underdogs. Das waren offensichtlich Linke und hielten sie ebenfalls für Linke. Vielleicht sogar für RAF'ler. Sich ›Rote Front‹ zu nennen war eine gute Idee gewesen. Strauß und seine Bazis … Darauf wären sie selbst gar nicht gekommen. Das hatte ihnen ihr dritter Mann geraten. Wo war der eigentlich? Lazlo ließ seinen Blick durch die Menge streifen. Keine Spur von ihrem Kumpel. Doch, da! Natürlich stand er unter den Schaulustigen, wie abgemacht. Ein unauffällig gekleideter junger Mann, die Schuhe geputzt, die Hände gepflegt, die Haare kurz geschnitten. Auf den konnte man sich verlassen.

Mayr trat jetzt zu Lazlo und blickte ebenfalls aus dem Fenster.

»Siehst du was von einem Fluchtauto?«, fragte Mayr.

Lazlo schüttelte den Kopf. Sie hatten einen BMW gefordert. Die Bullen hatten ihnen einen Polizei-BMW mit Blaulicht vor die Tür gestellt. Natürlich unbrauchbar. Sie hatten einen ganz normalen bestellt. Hinhaltetaktik der Polizei. Ein schlechter Scherz. Total durchschaubar. Eine riesige Verarsche. Die Geiseln in der Schalterhalle saßen am Boden, ungefesselt, man war kein Unmensch. Manche kauten noch an den Feinkostteilen aus dem Laden gegenüber. Auf den Tüten stand: Qualität aus Leidenschaft. Lazlos Geschmack wars nicht. Die Koteletts gingen ja noch. Aber die belegten Brote mit dem komischen Zeug drauf: Krabbensalat mit Ananasstückchen. Wahrscheinlich sollte das exotisch sein. Der neueste Trend. Aber auch so hätte er keinen Bissen hinuntergebracht. Er war einfach zu nervös. Warum dauerte das so lange? Um sich abzulenken, stellte Lazlo sich die Szene im Feinkostladen vor, wie die zwei Bullen in den speckigen Lederjacken der Verkäuferin gegenübertraten.

»Geben Sie uns zehn Brotzeitpackerl. Schnell.«

»Was für Brotzeitpackerl? Wir haben verschiedene Angebote. Wollen Sie etwas Bayrisches oder etwas Exotisches?«

»Es ist eine Geiselnahme. Packen Sie irgendwas zusammen.«

»Aber was?«

»Irgendwas.«

»Der Chef sagt immer: Wir verkaufen nicht irgendwas. Wir verkaufen ein Lebensgefühl.«

»Dann zehnmal exotisch. Machen Sie schnell, es pressiert.«

»Wenn Sie zwölf Tüten nehmen, ist es günstiger.«

»Dann eben zwölf Tüten, zefix!«*

---

* Noch heute bietet Feinkost Käfer auf Nachfrage die historisch gesicherte Bankräuber-Brotzeittüte an, mit dem Originalinhalt, der am 4. August 1971 über den Ladentisch ging. Und noch heute sind zwölf Tüten günstiger als zehn.

Lazlo blickte auf seine leicht zitternde Hand und ballte sie schnell zur Faust. Mit sorgenvoller Miene spähte er aus dem Fenster. Was passierte da draußen? Es wurden immer mehr Menschen. Würden diese vielen Leute Platz machen und eine Schneise bilden, wenn sie mit dem Fluchtauto türmen wollten? Oder ließ die Polizei den Platz deshalb nicht räumen, weil sie dann feststeckten? Waren es vielleicht sogar Polizisten in Zivil, die hier die Gaffer spielten? Aber gleich acht Hundertschaften? Unmöglich. Er selbst hatte vorgeschlagen, zu Fuß zu fliehen, aber Mayr war dagegen gewesen, Mayr war für das spektakuläre Reifengequietsche mit dem vollgetankten BMW. Auch das Bayerische Fernsehen war inzwischen mit einem Übertragungswagen da. Beleuchter waren gerade dabei, Scheinwerfer aufzustellen. Lazlos Blick fiel auf einen Vater, der sich zu seinem kleinen Jungen hinunterbückte. Sie standen nur fünf Meter entfernt. Die Fenster waren von außen mit Eisenstangen vergittert, es bestand also keine Gefahr, wenn er eines der Fenster öffnete. Er beugte sich vor und belauschte das Gespräch.

»Wann kommen sie denn endlich raus, die Bankräuber?«, quengelte der Bub.

»Eine halbe Stunde warten wir noch, dann gehen wir heim«, antwortete der Vater müde. »Die Mama wird sich schon Sorgen machen.«

Lazlo schloss das Fenster wieder. Ja, da brauchte sich die Mama wirklich nicht mehr lange Sorgen zu machen, dachte er grimmig. In einer halben Stunde musste alles vorbei sein. So oder so.

Mit der Polizei hatte bisher Mayr verhandelt. Der Mayr aus Ramersdorf, ein echter Prolet, ein Sohn der Straße, ein aufbrausender Choleriker, aber ein grundguter Mensch. Grundgut natürlich nur in dem Sinn, wenn man von der kriminellen Veranlagung absah, die ihn immer wieder in den Knast gebracht hatte. Sie wussten, dass sie den Bankraub zu zweit nicht stemmen konnten, sie hatten den dritten Mann gebraucht, den Berater, den Außendienstler. Ein sauberer Berater war das! Zuerst hatte er ihnen gleich was geflüstert von wegen: auf Waffen ganz und gar verzichten. Man bräuchte für einen Bankraub keine Waffen. Das ginge ohne genauso, nur schneller und ungefährlicher. Da biss er aber bei Mayr auf Granit! Mayr wollte unbedingt Waffen einsetzen. Eine Knarre, ein BMW, zwei Millionen Beute, das war seine Welt. Dann wenigstens nur Anscheinswaffen, hatte der dritte Mann gesagt.

»Was redest du da? Wieso denn Imitationen? Plastikmüll? Das merkt doch jeder – schon wie wir sie halten!«

»Also, gut, dann echte Waffen. Aber ihr solltet wenigstens die Munition weglassen.«

Mayr hatte auf echten Waffen mit echter Munition bestanden. Saßen sie jetzt in der Falle? Würde ihnen diese Sturheit von Mayr das Genick brechen? Und verdammt nochmal: War es klug gewesen, zwei Millionen Lösegeld zu fordern? Zwei Millionen, die diese Filiale selbst nicht aufbringen konnte und die erst hergebracht werden mussten? Lazlo spürte, dass ihnen alles entglitt, dass sie langsam die Kontrolle verloren.

Dieser neunmalkluge Berater mit den sauber geputzten Schuhen, wo war er? Er stöberte draußen irgendwo herum, er sollte Verbindung halten, er sollte sie in der Bank anrufen, er sollte Beobachtungen machen, er sollte sich umhören und sie auf dem neuesten Stand halten. Und tatsächlich klingelte jetzt das Telefon.

»Warum meldest du dich erst jetzt?«, schrie Mayr in den Hörer. Die am Boden sitzenden Bankangestellten drehten sich erschrocken um. Lazlo beugte sich zu Mayr, um das Gespräch mitzuhören.

»Die zwei Millionen sind unterwegs«, antwortete der dritte Mann ruhig. »Am besten ist es, ihr schickt den Kassierer raus, der soll den Sack reinbringen.«

»Nein, er soll den Sack gleich im Fluchtauto deponieren!«, befahl Mayr in scharfem Ton. »Wir gehen dann mit einer Geisel raus und steigen mit ihr ins Auto.«

»Macht das. Ich sage euch eins: Die Beamten hier sind ziemlich durch den Wind. Die haben selber keinen Plan und laufen herum wie die verschreckten Hühner. Das ist unser Vorteil. Aber beeilt euch. Ich habe gehört, dass Scharfschützen unterwegs sind. Die trainieren momentan noch irgendwo in einer Kiesgrube. Mein Vorschlag: Wenn das Fluchtauto in den nächsten Minuten nicht da ist, dann werft eure Masken weg und haut zu Fuß ab. Die Situation ist total unübersichtlich. Ihr könnt über die Trogerstraße türmen, die Polizei kommt dort mit Fahrzeugen nicht durch.«

»Was ist mit den Sprengladungen? Sind die bereit?«

»Die können jederzeit gezündet werden.«

Lazlo lugte aus dem Fenster. Die Polizei hatte mittlerweile ein Absperrband gezogen, um die Menge, die inzwischen auf mehr als tausend Leute angewachsen war, ein wenig im Zaum zu halten. In der ersten Reihe fiel Lazlo ein Mann auf, der einen viel zu kleinen Hut trug. Er gestikulierte wild und redete eindringlich auf seinen Nachbarn ein. Er wirkte linkisch und unberechenbar. Ein Fanatiker. Auf welcher Seite stand er? Auf ihrer oder auf der Seite der Bullen? Lazlo konnte nicht ahnen, dass ausgerechnet diese unbedeutende Nebenfigur der Hauptgrund dafür war, dass die anfangs so glatte Sache schließlich in einer Katastrophe endete.

7

Langsam und katzenhaft richtete sich Marco von seinem Schreibtisch auf und schlich zum Fenster. Mit angehaltenem Atem starrte er auf den Eindringling, der im nächtlichen Garten um sein Gerätelager herumstrich. Jetzt blieb der Mann vor der Schuppentür stehen und drückte die Klinke herunter. Er öffnete die Tür und lugte ins Innere. Dann drehte er sich um und blickte fast provozierend beiläufig in Richtung Haus. Marco erkannte den Mann. Es war der geschniegelte Mitarbeiter des mysteriösen Unbekannten. Wütend lief er hinaus.

»Hey, gehts noch! Was tun Sie denn hier!«

Der Geschniegelte hatte eine Hand lässig in die Manteltasche gesteckt.

»Ich wollte mich bloß mal ein bisschen umsehen.«

»Sie schnüffeln auf meinem Grundstück herum! Was soll das?«

»Ganz ruhig, Alter. Ich will nur hundertprozentig sicher gehen, dass hier alles in Ordnung ist.«

»In meinem Geräteschuppen ist alles in Ordnung.«

»Ach so. Ich wusste nicht, dass es Ihr Geräteschuppen ist. Ist da der Ballon drin? Das ist ja spannend.«

»Ja, das ist spannend. Was wollen Sie also?«

»Ich muss mich auf Sie verlassen können. Haben Sie unsere Abmachungen eingehalten? Haben Sie niemandem von Ihrem speziellen Gast erzählt? Vor allem der Presse nicht?«

»Nein, natürlich nicht. Ich habe Wichtigeres zu tun. Und was hätte ich davon?«

»Gehen wir ins Haus, dort können wir uns besser unterhalten.« Marco zögerte kurz, dann willigte er schließlich doch ein.

»Das muss ja ein hohes Tier sein, das Sie mir da anbringen«, sagte er drinnen. »Warum haben Sie eigentlich keine Einzelfahrt gebucht? Ich meine: Wenn das doch alles so furchtbar geheim sein soll. Und wenn die Sicherheitsbedenken so groß sind.«

Der Geschniegelte sah sich im Zimmer um.

»Wir haben einen vollen Terminplan. Für uns kam nur dieser eine Tag in Frage: übermorgen. Da waren alle kleineren Ballons schon ausgebucht.« Er seufzte. »Alle in unserer Sicherheitsabteilung haben von der Fahrt abgeraten. Aber was will man machen. Wenn es der Chef so haben will.«

»Weswegen sind Sie also da?«

Der Mann wischte ein imaginäres Fusselchen vom Ärmel. Leise fragte er:

»Wer weiß sonst noch von der Fahrt?«

»Niemand. Nur die Passagiere.«

»Muss die Fahrt nicht bei der Flugsicherung angemeldet werden?«

»Nein, so hoch kommen wir nicht, dass das nötig wäre.«

»Zeigen Sie mir die Passagierliste. Ich muss ganz sicher sein, dass wir keine Überraschungen erleben. Das liegt schließlich auch in Ihrem Interesse.«

Wieder zögerte Marco. Er überlegte. Aber warum eigentlich nicht? Es sprach nichts dagegen. Und vielleicht war dieser hochrangige Passagier ja auch von Vorteil für ihn. Vielleicht war das sogar sein zukünftiger Sponsor. Er druckte die Liste aus und überreichte sie dem geschniegelten Anzugträger.

Täuschte er sich, oder nahm der andere sie ausgesprochen hastig an sich?

»Sie haben doch wohl nichts Illegales vor?«

»Nein, natürlich nicht, wo denken Sie hin. Die beiden wollen bloß einen Tag ihre Ruhe haben. Und ungestört miteinander sprechen.«

So etwas hatte Marco auch schon erlebt. Ein Liebespaar, das die ganze Fahrt über in seinem Abteil am Boden gehockt und sich Tiernamen ins Ohr geflüstert hatte, ohne ein einziges Mal über den Korbrand hinaus auf die Landschaft zu blicken.

»Wenn alles zu unserer Zufriedenheit erledigt ist«, sagte der Geschniegelte, »dann bekommen Sie nach der Fahrt noch einmal einen Tausender.«

Er war schon an der Tür, als er sich umdrehte.

»Eine Frage noch. Wo werden Sie wieder runterkommen?«

»Beim Ballonfahren ist es nicht möglich, einen genauen Landepunkt vorauszusagen. Ich werde eine freie Wiese in einem Tal südlich des Spitzingsees ansteuern.«

»Und dann?«

»Holt uns mein Verfolgerteam ab.«

»Nein, das machen wir anders. Ich will keine weiteren Mitwisser. Sagen Sie Ihren Verfolgern ab, das erledigen wir. Was brauchen Sie?«

»Einen geländegängigen Pickup, einen Anhänger für den Ballon und sieben Plätze, um mich und die Leute zurückzufahren.«

Marco bemerkte, dass der Geschniegelte einen Fluch unterdrückte. Damit hatte er wohl nicht gerechnet.

»Also gut, einverstanden. Was für ein Aufwand!«

»Und das geht alles auf Ihre Kosten?«, fragte Marco vorsichtig.

»Ja, keine Sorge. Und Sie geben unseren Leuten über Funk Bescheid, wo Sie landen werden?«

»So ist es.«

Als der Mann in der Nacht verschwunden war, riss Marco eine neue Pralinenschachtel auf. Das war ja ein Ding! Noch einmal ein Tausender! Vielleicht hätte er mehr herausholen können, aber egal. Er ersparte sich das Verfolger-Team, das kostete auch immer eine hübsche Stange Geld. Er prostete dem Luftfahrtpionier Jean-François Pilâtre de Rozier zu und mampfte zwei Cognacbömbchen. Dann noch zwei. Und noch vier. Das entspannte ihn ungemein. Abermals ging er in den Geräteschuppen. Er musste endlich ein vernünftiges Schloss anbringen lassen. Er stieg, zum fünften Mal an diesem Tag, auf den Anhänger, auf dem der Ballonkorb stand. Er überprüfte die Brennerrahmenstützen und die darunterliegenden Korbseile. Die Karabiner, die die Korbseile mit den Hüllenseilen verbanden. Die Hauptfahrventile, den Kuhbrenner und die Piezo-Zünder der Pilotflammen. Er öffnete die Schnüffelventile und rüttelte an den Gasflaschen. Er wickelte die Landeleine auseinander und wieder zusammen. Das Seil musste sich ohne zu verheddern gut abrollen lassen. Er öffnete die Tasche mit dem GPS, dem Variometer, der Luftfahrkarte und dem Bordbuch. Schließlich stellte er den aktuellen Luftdruck am Höhenmesser ein. Alles o. k., alles im grünen Bereich.

Er ging wieder ins Haus. Es war inzwischen zwei Uhr nachts geworden. Er schlug seinen Computer auf und überprüfte ihn auf neue Mails. Von dem fehlenden Passagier war immer noch keine Bestätigung gekommen. Ein beißendes Verlangen nach einer weiteren Praline stieg in ihm hoch. Nur eine einzige. Eine letzte. Doch alle Schachteln waren leer. Er wohnte etwas außerhalb des Kurorts. Sollte er zur Tankstelle fahren? Aber der vollbeladene Anhänger hing schon am Jeep. Sollte er ihn wieder losmachen und seine Lebensgrundlage alleine lassen? Nur wegen einer Schachtel Süßigkeiten? Er stieß ein paar Flüche auf Rätoromanisch aus. Cac! Diavel! Die hatte er von seiner graubündnerischen Großmutter gelernt. Rätoromanisch fluchte sichs am besten. Aber er war nicht allein mit seiner Sucht. Er teilte sie mit den großen Pralinenabhängigen der Welt, mit Balzac, Elvis Presley und Hannibal. Und noch einmal ein Plomm. Es war vier Uhr früh. Ebenfalls ein Schlafloser. Ah – der Dünser Karli mit seinen Knieschwammerl.

> Hallo Marco!
> Gehen zwei Tragl Bier auch?

Hinter der Schröttelkopfkarspitze ging schließlich die Sonne auf, und die Steilwand färbte sich zornrot wie das Gesicht der Kaisermutter Sophie, als sie von der Entscheidung ihres Sohnes erfuhr, Prinzessin Sisi zu heiraten.

8

Die Nacht wich langsam aus Toreggio, die morgendliche Via Francigena lag ruhig und lauschig da. Niemand hätte es der pinienumstellten Villa Nobile angesehen, dass sich im Inneren die Mitglieder der süditalienischen Familie Spalanzani zu einer Krisensitzung versammelt hatten. Thema: Globale Entwicklungen, die zur endgültigen Abschaffung des Bargelds führten.

Padrone Spalanzani stieß die Gabel in die dampfenden Pappardelle all'aretina, im Hintergrund knödelte eine Opernarie von Giacomo Puccini, vor der Tür warteten Leibwächter in viel zu engen schwarzen Anzügen, und er selbst sprach so heiser wie der Pate persönlich.

»In den nächsten Jahren werden schwere Zeiten auf unsere Familie zukommen.«

Alle Granden der Familie saßen im Halbdunkel um ihn herum. Giacinta, seine Tochter, hatte neben dem Mafia-Boss Platz genommen.

»Ich habe die Sondersitzung einberufen, weil wir dieser neuen, unheilvollen Entwicklung entgegentreten müssen.«

Immer mehr Finanzexperten prophezeiten die baldige Abschaffung des Bargelds, und die Politiker feierten den globalen bargeldlosen Zahlungsverkehr als sensationelle Erleichterung des Verbrauchers.

»Alle unsere Märkte würden sich in Luft auflösen. Drogenhandel, Geldwäsche, Trickdiebstahl …«

»Pardon: Nicht alle Märkte.«

Ein drahtiger Mann mit scheinbar ziellos von Punkt zu Punkt springenden Augen hatte sich erhoben. Sein österreichischer Akzent war nicht zu überhören.

»Hast du eine Idee?«, fragte Spalanzani und bedeutete ihm, weiterzusprechen.

»Wir sollten uns auf Edelmetalle, Schmuck und Wertpapiere konzentrieren. Die Diebe, die momentan operieren, sind viel zu sehr aufs Geld aus, gerade die Taschenkrampfler. Das sind die Dinosaurier unter den Dieben. Seit Jahrhunderten das gleiche Schema: Ein Dreierteam, bestehend aus dem Rempler, dem Zieher und dem Abdecker. Wie das funktioniert, ist ja inzwischen in jedem billigen Reiseführer nachzulesen. Ich hingegen habe gerade erst was Neues, Bargeldloses ausprobiert.«

Der Österreicher stand da und grinste, alle Köpfe wandten sich erwartungsvoll zu ihm.

»Am nördlichen Alpenrand lassen sich viele Gspickte nieder. Jetzt versetzen wir uns einmal in den uralten, aber begüterten Herrn Zabel hinein. Er wohnt im Kurort, ganz allein in einem großen Haus. Mitten in der Nacht schreckt er plötzlich aus dem Schlaf auf, weil jemand an seinem Bettrand sitzt. Das Gesicht der Gestalt kann der Herr Zabel nicht erkennen, dazu ist es zu dunkel. Lange Zeit geschieht nichts.«

Der Österreicher machte eine Kunstpause. Draußen: Zikaden. Drinnen: Der Duft von Parmesankäse, den Spalanzani über die Nudeln streute. Das scharfe Aroma mischte sich mit einer leichten Brise Schirokko, der von Afrika herüberwehte. Doch keiner der Anwesenden hatte eine Nase dafür. Jeder versuchte, sich in die Lage des bedauernswerten Herrn Zabel hineinzuversetzen.

»Dem geldigen Wappler schießen nun verschiedene Gedanken durch den Kopf. Ein Einbrecher wird es ja wohl nicht sein, denkt er. Ein Einbrecher wird doch nicht einfach auf dem Bettrand sitzen und schweigen. Vielleicht denkt er aber auch gar nichts, der Herr Zabel, sondern schlottert vor Angst. Dann aber sagt die Gestalt mit ruhiger, fester Stimme: FÜRCHTE DICH NICHT. Nur diesen einen Satz.«

Karl Swoboda, das Bindeglied zwischen dem Kurort und der ehrenwerten Familie Spalanzani, hatte dem einen Satz solch eine biblische Wuchtigkeit verpasst, solch einen testamentarischen Drall, dass alle unwillkürlich ein wenig zusammengezuckt waren, auch Lucio, der Auftragskiller.

»Und wenn es selbst für euch abgebrühte Burschen aus dem Piemont und aus Apulien schaurig klingt, wie mag dann erst der alte verweichlichte deutsche Herr Zabel mitten in der Nacht erschrecken, wenn jemand das an seinem Bettrand sagt.«

»Der Herr Zabel ist also weichgeklopft«, sagte Giacinta ungeduldig. »Und was weiter?«

»Ganz einfach«, fuhr Swoboda fort. »Die Gestalt neigt sich nun zum Ohr des Opfers und flüstert: ›Ich bin der Tod. Hab keine Angst, Zabel. Es wird alles ganz schnell gehen. Du wirst nichts spüren. Freue dich auf die Welt, die danach kommt.‹ Der Herr Zabel will etwas sagen, aber er bringt natürlich zunächst kein Wort heraus. Er schluckt und krächzt, aber der Tod, der neben ihm sitzt, nimmt alle Fragen vorweg und beantwortet sie mit sanfter Stimme. Wie lange es noch dauern wird? Nur noch ein paar Minuten. Ob er noch jemanden anrufen könnte? Nein, das ginge leider nicht. Ob er sein Gesicht sehen könnte? Nein, das würde ihn zu sehr erschrecken. Ob er etwas mitnehmen könnte in diese nächste Welt? – Ahnt ihr, worauf das hinauslaufen wird?«

Der Österreicher blickte in die Runde. Einige, die Klügeren unter den Mafiosi, nickten.

»Der Tod unterhält sich mit dem Alten, fragt ihn nach versteckten Schätzen aus«, fuhr er fort. »Welches Schmuckstück ihm denn wirklich am Herzen läge. Ob er Gold im Hause hätte, um die Geister zu versöhnen.«

»Und das funktioniert wirklich?«, fragte Ettore, der Drogenhändler.

Anstatt einer Antwort griff der Österreicher in die Jackentasche, holte einen Goldbarren in der Größe eines Butterpäckchens heraus und warf ihn auf den Tisch.

»Sozusagen ein Geschenk vom Herrn Zabel. Ja, wenn du alt bist, dann bist du eh schon ein bisserl esoterisch eingestellt, ein bisserl jenseitig. Du denkst manchmal dran, welche Form der Gevatter Tod haben wird. Und dann sitzt er plötzlich an deinem Bettrand und redet mit dir. Der Herr Zabel hat mir sogar seine Tresorkombination verraten, weil er sein Testament nochmals verändern wollte und ich es für ihn holen sollte.«

Padrone Spalanzani grunzte. Er gab Karl Swoboda den Auftrag, in den Kurort zu fahren und dieses neue Geschäftsgebiet weiter auszubauen.

9

Hubertus Jennerwein hatte erst im Alter von zehn Jahren erfahren, dass sein Vater ein notorischer Taschendieb, Trickbetrüger und Kleinganove war. Gefasst und verurteilt wurde er immer nur wegen minder schwerer Straftaten, sie kreisten fast ausnahmslos um den Paragraphen 242 StGB, um den Verstoß gegen das siebte Gebot, um die *Wegnahme einer fremden beweglichen Sache*, wie es im Juristendeutsch so schön hieß. Die Liste der Delikte war lang: Unterschlagung, wiederholter Ladendiebstahl, Einbruch, Verbrauchsmittelentwendung, Besitzstörung, verbotene Eigenmacht – es war die Liste, für die der achte Kreis der Hölle reserviert war.

Hubertus wurde unter dem Namen Dirschbiegel geboren, das war über Generationen hinweg ein guter, angesehener Name gewesen. In dem Namen klangen so famose Sekundärtugenden wie Pünktlichkeit, Höflichkeit, Ordnungsliebe und Fleiß mit, man sah förmlich die geblümte Kaffeetasse vor sich, die der zukünftige Schwiegersohn treusorgend erhob, um sich von der Schwiegermutter glückstrahlend einschenken zu lassen. Dirschbiegel! Hubertus wuchs in einer intakten Kleinfamilie auf, seine Kindheit war nichts anderes als wohlbehütet zu nennen. Im Alter von acht Jahren jedoch bemerkte er, dass mit seinem Vater irgendetwas nicht stimmte. Beim Familienspaziergang griffen Entgegenkommende zwar zum Hut, lüpften ihn aber dann eben nicht, sondern wechselten die Straßenseite. Es wurde getuschelt und gemunkelt. Gespräche verstummten. Am schlimmsten war es in der Schule. Ihm entging nicht, dass ihn gewisse Lehrer mitleidig musterten. Als einem Mitschüler während des Sportunterrichts in der Umkleide Bargeld aus dem Turnbeutel geklaut wurde, kam Hubertus ziemlich schnell in Verdacht. Der Apfel fällt nicht weit vom Stamm, hieß es. Ausgerechnet er, der blasse und doch so glühende Gerechtigkeitsfanatiker, wurde zum Direktor zitiert und musste sich dort entwürdigende Fragen anhören. Kurz nach seinem Besuch beim Direktor erschien das erste Mal Polizei im Hause Dirschbiegel. Der gute Name bekam Risse. Zuerst dachte Hubertus, die beiden Gendarmen wären seinetwegen gekommen, dem verstockten Turnsackerlkrampfler, der seine feige Tat auch noch frech leugnete. Doch der Besuch galt seinem Vater. Er kam *ein paar Monate weg*, wie die Leute das ausdrückten. Der gute Name zerbröckelte, die Eltern trennten sich schließlich, die Mutter zog mit Hubertus in den Kurort. Bevor er dort ins Gymnasium kam, wurde kurzerhand noch der früher so ehrbare und jetzt so anrüchige Name Dirschbiegel abgelegt, nach NamÄndVwV Nr. 39 *(»Änderung des Familiennamens eines Straftäters und seiner Angehörigen, wenn der Familienname ein seltener oder auffälliger ist und über die Berichterstattung von der Straftat eng mit Tat und Täter verbunden ist, zur Erleichterung der Resozialisierung oder zum Schutz vor Belästigung«)* – schnauf – die Dirschbiegels hießen also jetzt Jennerwein, das war der Mädchenname der Mutter gewesen. Man hätte freilich von Amts wegen auch einen anderen Nachnamen auswählen dürfen. Und der Zehnjährige hätte so schöne Kombinationen gewusst! Hubertus Hood. Hubertus Sawyer. Hubertus Ahab. Hubertus Lederstrumpf. Aber er war ja damals nicht gefragt worden.

Jetzt stand er vor dem schmiedeeisernen Tor des Gefängnisses und wartete im morgendlichen Licht auf seinen Vater. Er war etwas zu früh (eine Marotte vieler Beamten), deshalb hatte er Gelegenheit, die Vorderfront genauer zu betrachten. Sehr hübsch und verspielt. Auf einem Schild las er, dass das Gebäude im Jahre 1908 von der Königlichen Staatsbauverwaltung im ›zurückhaltenden klassizierenden Jugendstil‹ erbaut worden war – was immer das auch bedeutete. War es denn angemessen, dass eine JVA solch einen kunstvoll gestalteten, direkt einladenden Anblick bot? Mit türkisen, gemütlichen Erkertürmchen, romantischen Dachgauben und efeuberankten Scherengittern? War es nicht eher anstößig, dass knapp hinter dem Zierrat gescheiterte Existenzen eingepfercht waren, Pechvögel, Gewalttäter, Abgestürzte und Gestrauchelte? Jetzt öffnete sich das Tor, doch statt seines Vaters kam zunächst Gonzo heraus, der drahtige Frankenstein mit dem vollständigen Gesichtstattoo. Eine große Karriere als Schalterhengst bei der Kreissparkasse hatte der Mann sicherlich nicht vor sich.

»Sie warten wohl auf Dirschbiegel, Kommissar?«

Jennerwein machte eine unbestimmte Kopfbewegung.

»Wir sind heute beide entlassen worden«, fuhr Gonzo fort.

Er blieb unschlüssig stehen. Er schien ihn noch etwas fragen zu wollen. Jennerwein blickte ihn aufmunternd an.

»Ja, ich weiß nicht so recht, Kommissar. Sie kennen ihn doch sehr gut. Ich hab da mal was gehört. War er denn wirklich ein Aktivist? Ein Radikaler? Einer von der Roten Front? Sie wissen schon: *Macht aus dem Staat Gurkensalat! Und aus der Polizei Kartoffelbrei!*«

Das hatte Jennerwein nicht erwartet. Er zögerte einen Moment.

»Nicht dass ich wüsste.«

Gonzo nickte. Er schien ihm jedoch nicht zu glauben.

»Dann einen schönen Tag noch, Kommissar. Wir sehen uns.«

Ein Aktivist? Ein Radikaler? Kartoffelbrei? Wie war denn dieses Gerücht aufgekommen? Sein Vater war alles Mögliche, aber verstärktes politisches Interesse konnte er wirklich nicht entdecken, vor allem keines mit extremistischer Färbung.

Kurz darauf kam sein Vater durch das Tor. Es war so viele Jahre her, dass sie sich außerhalb der Mauern getroffen hatten. Und jetzt standen sie da, zwischen Gefängnis und Besucherparkplatz, auf den ersten Metern Freiheit.

»Ich hätte nicht gedacht, dass du tatsächlich kommst, Jennerwein«, sagte der Ex-Häftling, der einen kleinen Rollkoffer hinter sich herzog.

»Was ich verspreche, halte ich auch, Dirschbiegel.«

Sie redeten sich stets mit Nachnamen an. Es war gar nichts anderes denkbar. Sie gingen eine Weile nebeneinander her, ohne ein Wort zu wechseln.

»Hast du schon gefrühstückt?«, fragte Jennerwein.

Dirschbiegel lachte.

»Was gibts da zu lachen?«

»Du kennst wohl die Gefängnisordnung nicht?«

»Nicht bis ins letzte Detail.«

»Offiziell hat der Häftling am Entlassungstag keinen Anspruch mehr auf Verpflegung – da ist er ja rein rechtlich gesehen schon frei. Vater Staat will aber nicht so sein. Der Häftling bekommt einen Zehner, da kann er draußen frühstücken. Wie wärs mit dem Stehimbiss dort drüben? Ich lade dich ein. Wir hauen den Zehner auf den Kopf.«

»Hallo Willi«, begrüßte Dirschbiegel den Grilleur.

»Hallo Dirschi. Ist das dein Sozialhelfer?«

»Schlimmer: mein Sohn«, sagte Dirschbiegel halblaut.

Sie bestellten zwei Kaffee. Diese Imbissbude war wohl die erste Anlaufstelle für entlassene Strafgefangene. Der Kaffee, der ausgeschenkt wurde, war so dünn wie die Grundlagen der Hirnforschung. Willi verzog sich nach hinten, um neue Würstchen auszupacken.

»Ein Ehemaliger?«, fragte Jennerwein.

»Das hast du gut erkannt.«

»Und von was willst du jetzt leben, Dirschbiegel?«, fragte Jennerwein, als sie den ersten Schluck aus den Pappbechern getrunken hatten.

»Ich habe Ersparnisse.«

»Und die reichen ewig?«

Dirschbiegel zuckte die Schultern und schwieg. Jennerwein stellte sich seinen Vater mit einer Schaufel im Wald vor, wie er ein Erdloch ausbuddelte, schließlich auf eine verfaulte Holzkiste stieß, die er öffnete, um lediglich auf verrottete Geldscheine zu stoßen.

»Kannst du mir mal verraten, was dich das angeht?«, blaffte Dirschbiegel. Er wirkte aufgebracht.

»Ich meine ja bloß«, beschwichtigte Jennerwein.

»Aber ja: Meine Ersparnisse reichen einige Zeit. Und wenn du meinst, ich gehe jetzt in den Wald, mit einer Schaufel über der Schulter, dreiundzwanzig Schritte links, vierzig geradeaus – dann hast du dich getäuscht.«

So komme ich nicht weiter, dachte Jennerwein.

»Ich frage nicht als Polizist. Ich mache mir Sorgen. Als Sohn.«

Dirschbiegel lachte grell.

»Als Sohn! Schau sich einer den Jennerwein an! Als Sohn! Der Jennerwein vergisst auf einen Schlag, dass er Polizist ist und verwandelt sich in einen leibhaftigen Sohn!«

»Du hast gesagt, du hörst auf, Brüche und lange Finger zu machen. Dein Wort genügt mir. Es hätte mich nur interessiert, was du stattdessen machst.«

Nach einer langen Pause sagte Dirschbiegel:

»Vielleicht gebe ich Kurse.«

»Solche wie gestern?«

»Warum nicht?«

»Deine Vorführung hat mir gut gefallen. Man kann direkt was lernen von dir.«

»Wer weiß: Vielleicht schreibe ich auch meine Memoiren. Geschichten hätte ich genug zu erzählen.«

Willi war wieder nach vorn an den Ausschank gekommen. Jennerwein musterte ihn unauffällig. Ein ehemaliger Betrüger? Ein Erpresser? Ein Gewaltverbrecher? Ein rechtsradikaler Bombenleger?

»Ich habe mir auch schon überlegt, meine Memoiren zu schreiben«, sagte Willi, während er die Theke abwischte. »Aber ich weiß nicht, ob mein Metier – mein ehemaliges Metier – auf großes öffentliches Interesse stoßen würde.«

Jennerwein warf einen kurzen Blick zu seinem Vater. Täuschte er sich oder huschte ein nervöses Zucken über dessen Gesicht?

»Und woraus bestand Ihr Metier?«, fragte Jennerwein so beiläufig wie möglich.

»Kunstdiebstahl«, antwortete Willi gradeheraus.

Und wieder dieses Zucken im Gesicht seines Vaters. War es, weil Jennerwein mit dieser Frage gegen die Knastetikette verstieß, oder steckte etwas anderes dahinter?

»Da sind mir vielleicht schräge Geschichten passiert!«, fuhr Willi fröhlich fort. »Der Beklaute soll ja das Fehlen eines Gemäldes möglichst spät bemerken, durch einen Bilderaustausch zum Beispiel. Man bringt also eine gute Kopie des Bildes zum Bruch mit. Früher wurde die Kopie noch kunstvoll gemalt, mit Repros geht es heutzutage einfacher und billiger. Der Besitzer merkt tagelang nichts, vielleicht wochenlang, und wenn, dann sind die Spuren zum Hehler und zum Käufer schon längst verwischt. Ich sollte mal ein Ölgemälde bei einem privaten Kunstsammler rausholen, einen alten Schinken von einem Italiener namens Tappala oder Topolino oder so ähnlich.* Ein richtig wertvoller Schinken.«

Willi biss in ein Würstchen.

»Ich gehe also rein, rolle die Kopie auf dem Tisch aus. Dann hänge ich das Original ab und schneide es vorsichtig raus. Plötzlich surrt das Telefon in meiner Jackentasche. Ich bin natürlich nicht rangegangen, aber ich war einen Moment abgelenkt. Ich habe zum Fenster rausgesehen, die Tür überprüft, mich wieder an die Arbeit gemacht. Und da muss es passiert sein: Ich habe die beiden Bilder vertauscht. Ich habe das Original wieder hingehängt, und die Kopie wieder mit nach Hause genommen. Als ich es gemerkt habe, überlege ich: Sollte ich nochmals hingehen? Ich habe mich entschlossen, es nicht zu tun. Und das war genau das Richtige. Ich habe die Kopie, die das Original sein sollte, gut verkauft, der Käufer hat bis heute nichts bemerkt.«

»Und der Beklaute?«

»Hat den Bruch bemerkt und die Polizei verständigt. Die sind natürlich von einer Kopie ausgegangen, die da an der Wand hing. Sie haben das Bild gar nicht untersucht, haben keine Expertise erstellt, die Versicherung hat eine riesige

* Giovanni Battista Tiepolo, (1696–1770), einer der bedeutendsten venezianischen Maler des ausklingenden Barock. Bekannt ist er für seine unnachahmliche Verwendung der Farbe Rosa.

Summe gezahlt. Der Kunstsammler wiederum hat den Schwindel bemerkt, hat aber nichts gesagt. Also nur zufriedene Gesichter. Beim Bestohlenen, beim Dieb, beim Käufer. Eine Win-win-win-Situation. Und da soll einer sagen, dass Verbrechen sich nicht lohnt.«

»Aber Sie sind doch deswegen –«

»Nein. Nicht deswegen.«

Willi verschwand wieder nach hinten. Jennerwein und Dirschbiegel lehnten noch eine Weile am Tresen und nippten wortlos an dem schwachen Kaffee. Dann verabschiedeten sie sich und gingen in verschiedene Richtungen davon. Jennerweins Ziel war der Bahnhof. Der hässliche Bahnhof einer unentschlossenen Stadt mit dem berühmten Gefängnis. Nach ein paar Schritten blieb er stehen und massierte die Schläfen mit Daumen und Mittelfinger. Das war seine Art, sich zu konzentrieren. Ein mulmiges Gefühl beschlich ihn. Beim Thema Kunstdiebstahl war der Vater zusammengezuckt, da hatte sich seine Stimmung plötzlich verändert, von da ab hatte er dumpf und abweisend vor sich hin gestiert. Kunstdiebstahl im großen Stil wurde normalerweise nur von internationalen Banden durchgeführt. Mit diesen Leuten war nicht zu spaßen. Denen war ein Menschenleben nicht viel wert. Und dann die merkwürdige Frage des Tätowierten, ob Dirschbiegel ein Politischer sei. Jennerwein machte sich ernsthaft Sorgen. Vielleicht konnte ihm diese kleptomanische Strafverteidigerin weiterhelfen.

10

Jennerwein rief im Revier an. Polizeihauptmeister Ostler meldete sich.

»Das ist ja schön, Sie zu hören, Chef. Sie haben den Termin morgen nicht vergessen? Unseren Auftritt im Kongresshaus?«

»Nein, das habe ich nicht. Ich bin bestens vorbereitet.«

Das Landeskriminalamt hatte eine Tagung zur Präventionsarbeit im Kurort organisiert. Jennerwein und sein Team waren eingeladen, sie sollten Referate und Workshops halten, darüber hinaus für Fragen zur Verfügung stehen.

»Ich rufe wegen einer anderen Sache an«, fuhr Jennerwein fort. »Können Sie mir eine Kleine Personenauskunft geben über eine gewisse Frau Dr. Weidinger. Rechtsanwältin. Strafverteidigerin. Mehr weiß ich nicht von ihr.«

»Moment, hab ich gleich.«

Sein Vater war ein Flunkerer. Es konnte gut sein, dass es diese Frau Doktor Weidinger gar nicht gab. Oder dass sie gar keine Strafverteidigerin war. Oder dass sie schon längst wegen Bücherklaus in großem Umfang einsaß –

»Ja, freilich. Josepha Weidinger, die habe ich. Soll ich Ihnen die Adresse geben?«

»Bitte, tun Sie das. Liegt etwas gegen sie vor?«

»Nein, Chef, wie kommen Sie denn darauf? Sie hat eine vollkommen weiße Weste. Eine angesehene Person. Politisch engagiert. Mit aussichtsreicher Zukunft. Landtag und so. Irgendwann vielleicht einmal Ministerpräsidentin. Haben Sie

Ihr Smartphone bei sich? Werfen Sie mal einen Blick auf die Homepage der Dame. Dann wissen Sie, mit wem Sie es zu tun haben.«

»Danke, Ostler. Ich melde mich dann nochmals.«

Etwa hundert Jahre später, und erst nachdem sich ein junger Mensch auf der Straße freundlicherweise dazu bereit erklärt hatte, Jennerwein zu zeigen, wie man mit einem Smartphone ins Internet gelangt, stieß er auf ihre Homepage. Er musste zugeben, dass sein Vater die Frau gut beschrieben hatte. Sie war eine statuenhafte, monumentale Erscheinung, mit einem geflochtenen Zopf und grobgemeißelten Gesichtszügen – Frau RAin Weidinger erinnerte stark an die kolossale Bronzestatue der Bavaria an der Theresienwiese. Ministerpräsidentin? Durchaus. Sie hätte nur noch einen Eichenkranz mit der linken Hand hochhalten müssen. Und der neben ihr hechelnde Löwe fehlte auch. Sollte er diese Frau wirklich besuchen? Ihre Kanzlei lag auf dem Land, beste Gegend, vorne See-, hinten Alpenblick, kurzgeschnittener Golfrasen. Sie war Fachanwältin für Eigentumsdelikte. Auch das noch. Er betrachtete ihr Foto, schloss die Augen und stellte sich vor, wie sie ihn in ihrer Kanzlei empfing.

»Sie sind sicherlich Kommissar Jennerwein. Gehen wir in mein Besprechungszimmer? Sie müssen unbedingt meine Bibliothek sehen.«

»Ich will gleich zur Sache kommen, Frau Rechtsanwältin. Wir haben einen gemeinsamen Schützling. Sie verteidigen ihn, ich kümmere mich ein wenig um seine Wiedereingliederung. Sein Name ist Dirschbiegel, er ist heute aus der Haft entlassen worden.«

»Dirschi? Ja, ich habe ihn öfter anwaltlich vertreten. Von

größeren Sachen hat er ja immer die Finger gelassen. Kein Waffengebrauch, keine Personenschäden, keine Erpressung. Sozusagen ein gewaltloser Straftäter. Ich habe hier zufällig eine Liste seiner Delikte – aber was sage ich: Sie werden die Liste ja sicher kennen. Wie geht es ihm denn?«

»Momentan gut. Ich mache mir jedoch Sorgen um seine Zukunft. Sie kennen ihn besser als ich. Trauen Sie ihm eine größere Aktion zu?«

»Ich darf Ihnen natürlich keine detaillierten Auskünfte über meinen Mandanten geben. Zum Beispiel über seine genauen Vermögensverhältnisse, die ja oft darüber entscheiden, ob jemand etwas plant oder nicht. Sind Sie wegen seiner Vermögensverhältnisse zu mir gekommen, Kommissar?«

»Ja, Frau Rechtsanwältin, weswegen sonst. Ich schlage Folgendes vor: Sie verraten mir, wo und wie viel er gebunkert hat. Ich werde mich im Gegenzug nicht weiter um die dubiose Herkunft Ihrer wertvollen Bücher kümmern.«

»Hand drauf?«

»Hand drauf – – –«

Kommissar Jennerwein riss erschrocken die Augen auf. Er schüttelte sich und atmete tief durch. Um Himmels willen – was dachte er sich da eigentlich! Das war Erpressung. Er hatte sich bisher immer im streng abgesteckten Bereich des Legalen bewegt. Er musste dafür sorgen, dass das auch so blieb.

Er setzte seinen Weg zum Bahnhof fort und stieg dort in den Zug Richtung Kurort. Was hatte sie in seiner Phantasie gesagt? *Die Liste seiner Delikte – die werden Sie ja kennen –* Nein, die kannte er natürlich nicht. Er hatte solch eine Aufstellung von Dirschbiegels Großtaten ganz bewusst nie eingesehen oder angefordert. Er hatte bei seinem Vater bewusst auf alle polizeilichen Vorgehensweisen verzichtet. Das war ja gerade ihre Abmachung. Keine Einmischung in die Angelegenheiten des anderen. Vielleicht war das ein Fehler gewesen.

Wäre Jennerwein doch zu Bavaria gegangen. Dann hätte er ihr ein schlimmes Schicksal erspart. Denn gerade klingelte ein grimmiger Typ an ihrer Haustür. Die eine Hand hatte er lässig in die Hosentasche gesteckt, mit der anderen Pranke lehnte er an der Wand. Die Tür öffnete sich einen Spalt.

»Haben Sie einen Termin?«, fragte Bavaria misstrauisch. Sie hatte kein gutes Gefühl, als sie den grobknochigen Riesen sah. Es war jedoch keine Seltenheit, dass solche Gestalten bei ihr auftauchten, nur darum schlug sie die Tür nicht sofort zu. Der Riese antwortete nicht. Wortlos schob er die Tür auf und drängte sich an ihr vorbei.

»Halt, Sie können da jetzt nicht rein! Ich habe gerade Besuch.«

Frau Doktor Weidinger hatte keinen Besuch. Außer ihr war niemand im Haus. Der grimmige Typ warf sich in einen Sessel.

»Wer sind Sie? Was wollen Sie?«, fragte sie beunruhigt.

»Das Geld. Was sonst.«

Noch hätte sie die Möglichkeit gehabt, das Weite zu suchen. Doch sie war sauer darüber, dass sich so ein unverschämter grober Klotz einfach uneingeladen in ihrem Wohnzimmer breitmachte. Sie baute sich vor ihm auf.

»Was für Geld denn? Von welchem Geld reden Sie?«

»Du hast Dirschbiegel vertreten, du musst es wissen.«

»Dirschbiegel? Ich rufe jetzt die Polizei.«

Beide griffen in die Hosentasche. Bavaria zog ein Handy heraus, der grimmige Typ eine Kombizange. Mit drei Schritten war er bei ihr.

Eine literarische Annäherung

»Der Diebstahl ist ein wichtiges Thema in der Literatur«, sagt Dr. Niklas Stubenrauch, Literaturwissenschaftler an der Paul-Heyse-Universität in München. »Denken Sie nur an William Shakespeare –«

Alles, hört, treibt Dieberei:
Die Sonn' ist Dieb, beraubt durch ziehnde Kraft
die weite See. Ein Erzdieb ist der Mond,
da er wegschnappt sein blasses Licht der Sonne.
Das Meer ist Dieb, des nasse Woge auflöst
den Mond in salz'ge Tränen. Erd' ist Dieb,
sie zehrt und zeugt aus Schlamm nur, weggestohlen
von allgemeinem Auswurf: Dieb ist alles.
Und das Gesetz? Stiehlt oftmals selbst
und ungestraft.

(Quelle: William Shakespeare:
›Timon von Athen‹, IV, 3.)

11

Flashmobs nennt man sie, die spontanen Menschenaufläufe auf öffentlichen Plätzen, sie werden der virtuellen Gesellschaft des 21. Jahrhunderts zugerechnet. Die Jüngeren können sich einen fetzigen Flashmob ohne Handy und Internet gar nicht vorstellen. Doch das Prinzip ist uralt, denn den Mob gab es immer schon, bei den öffentlichen, immer gut besuchten Hinrichtungen zum Beispiel. Aber auch am Mittwoch, den 4. August 1971 funktionierte es ganz analog. Ein Bankraub mit Geiselnahme war ja so etwas Ähnliches wie eine Hinrichtung – so oder so. Und viele der Anwesenden hatten ihren latenten, klitzekleinen Mob-Anteil aus dem Hinterhirn ausgepackt und sich in eine riesige, pöbelhafte Mob-Bestie verwandelt.

Es war inzwischen zehn Uhr abends geworden, die Nacht hatte die Prinzregentenstraße vollständig verschluckt, zerkaut und als grauen Asphaltklecks wieder ausgespuckt. Nur der Platz vor der Deutschen Bank war taghell beleuchtet, und die Zuschauer der Geiselnahme kochten in ihrem eigenen Mob-Saft. Für die älteren Schaugierigen waren inzwischen Klappstühle und Bierbänke gebracht worden, die jüngeren waren eingeschlafen oder, wie der kleine Kasimir, der Beobachtungen für seinen Aufsatz machen wollte, hellwach und aufgedreht. Mittlerweile war wenigstens eines klar: Die Bankräuber warteten auf ihr Geld, auf unvorstellbar viel Geld, und das Geld konnte nicht so schnell aufgetrieben werden. Vielleicht auch nur angeblich. Vielleicht war da Polizeitaktik im Spiel. Man wusste es nicht so genau.

In der Schalterhalle der Bank war die Stimmung nicht ganz so gut. Mayr blickte aus dem Fenster und fluchte. Wie sollte da ein Fluchtauto durchkommen? Das Ultimatum lief in fünf Minuten ab, wenn bis dahin nicht die zwei Millionen gebracht worden waren, dann hatte er damit gedroht, eine der Geiseln zu erschießen. Sie hatten, ganz schlau, eine der Gefangenen mit dem Polizeipräsidenten sprechen lassen, eine gestandene Frau, die diesen Job genauso professionell erledigte wie ihren normalen Sekretärinnenjob.

»Sie gefährden das Leben der Geiseln«, hatte sie zum Präsidenten gesagt, ohne dass Mayr auch nur ein kleines Zittern in ihrer Stimme bemerkt hätte. »Die erschießen einen von uns, wenn Sie die Forderungen nicht sofort erfüllen. Der geht mit einem von uns raus und knallt ihn vor den laufenden Kameras ab. Wollen Sie das?«

Mayr nickte begeistert.

»Sie machen das sehr gut!«, flüsterte er. »Wirklich sehr gut.«

Plötzlich erschien ein Schatten oben auf dem Glasdach, Lazlo zeigte stumm in die Richtung, die Geiseln folgten seiner Handbewegung und blickten sich erschrocken an. Einige wimmerten leise. Jetzt ging es also los. Die Schießerei mit der Polizei. Doch nichts dergleichen geschah, ein Mann in einer Khaki-Jacke mit vielen aufgenähten Taschen robbte auf das Glasdach, er trug Zivil, war, auf den ersten Blick zumindest, nicht bewaffnet. Mayr richtete seine Schmeisser nach oben.

»Was willst du da?«, schrie Mayr.

»Ich bin nicht von der Polizei!«, schrie der Mann zurück.

»Das ist uns egal! Hau ab! Geh von da droben weg!«

Der Mann robbte weiter vor. Mayr schüttelte wütend die Waffe. Wer war das? Ein Spinner? Ein Besoffener? Einer der Zuschauer, der übermütig geworden war?

»Hau ab!«, brüllte Mayr nochmals. »Verschwinde, sonst krachts!«

»Ich bin von der Presse«, brüllte der Mann zurück. Er streckte die Arme aus, wie um zu zeigen, dass er unbewaffnet war. Doch er trug die gefährlichste Waffe, die es überhaupt gibt: die Dummheit.

»Braucht ihr Hilfe?«, fragte der Mann.

»Nein. Hau ab«, schrie Mayr, außer sich vor Zorn.

»Ich kann zwischen euch und der Polizei vermitteln.«

»Wir brauchen deine Hilfe nicht.«

Gleich würde Mayr schießen müssen. Das Glasdach würde brechen. Der Mann, getroffen oder nicht, würde herunterstürzen und auf dem harten Boden aufschlagen. Einen von der Presse zu erschießen war gefährlich. Dann hatte man keine Sympathisanten mehr.

»Gehen Sie zurück, Sie Idiot!«, schrie jetzt eine der Geiseln, eine ältere Dame mit grauen Haaren.

»Ja, verschwinden Sie, sofort! Sie gefährden uns!«, rief die Sekretärin, die mit dem Polizeipräsidenten gesprochen hatte. Die anderen Geiseln schlossen sich an. Das überzeugte den robbenden Pressemann mit der Taschenjacke. Wie ein Seehund drehte er sich um die eigene Achse und kroch zurück.

»Wenn der da raufkommt, dann kommen andere auch rauf«, sagte Mayr. »Wir müssen uns beeilen. Wir müssen mehr Druck machen.«

Mayr winkte der Sekretärin.

»Sagen Sie dem Polizeipräsidenten, wenn das Fluchtauto nicht in fünf Minuten vor der Tür steht, geht da draußen eine Bombe hoch. Unsere Leute warten nur auf ein Zeichen von uns.« Mayrs Stimme überschlug sich. »Und er soll endlich die zwei Millionen bringen! Sonst müssen wir eine der Geiseln erschießen. Die hat *er* dann auf dem Gewissen!«

Draußen war die Spannung nicht mehr zu ertragen. Fünf oder sechs Polizeiautos hatten sich in die Menge geschoben. Der kleine Kasimir stand so, dass er einen Blick auf die grüne Minna werfen konnte. Die kannte er bisher nur als Blechspielzeug.

Mein schönstes Ferienerlebnis
Die Grüne Minna ist ein großes eckiges Auto. Es ist zwar grün, aber warum die Minna Minna heißt, weiß ich nicht. Ich bin hineingeklettert, um mir die Bänke genauer anzuschauen, auf denen die Verbrecher immer sitzen. Dann aber ist es plötzlich losgegangen. Es hat geknallt, und Leute haben geschrien, und dann haben sie die ganzen maskierten Bankräuber in die Grüne Minna gesperrt und sind weggefahren und haben mich übersehen. Jetzt sitze ich im Gefängnis und habe einen gestreiften Anzug an, der genauso aussieht wie mein Schlafanzug –

»Ja, was ist denn mit dir, Kasimir! Du schläfst ja im Stehen! Jetzt gehen wir aber heim!«

Der Kasimir riss die Augen auf und machte sie ganz groß und wach.

»Nein, ich möchte noch dableiben. Bis die Räuber gefasst sind.«

Plötzlich ein ohrenbetäubender Knall, ein gigantisches Krachen. Nicht in der Bank. Eine Explosion hier draußen, ganz in der Nähe. Alle duckten sich instinktiv. Der Mann mit dem viel zu kleinen Hut warf sich flach auf den Boden.

»Minsk, 1941«, schrie er. »Der Durchbruch bei Białystok steht kurz bevor –«

»Endlich!«, brüllte Mayr in der Schalterhalle. »Er hats geschafft.«

Er wandte sich an die Sekretärin, die neben dem Telefon kauerte.

»Wir rufen den Polizeipräsidenten an.«

Die Frau legte ihre Hand auf den Hörer. Dann schloss sie die Augen und wartete auf weitere Anweisungen.

»Sagen Sie ihm«, zischte Mayr, »dass die Explosion eine erste Warnung war. Dass wir es ernst meinen. Es werden weitere Sprengungen folgen, wenn unsere Forderungen nicht augenblicklich erfüllt werden.«

Die Frau hob den Hörer ab und wählte.

»Das Fluchtfahrzeug steht bereit!«, stotterte der Polizeipräsident am anderen Ende der Leitung. »Lassen Sie die Geiseln frei.«

»Haben Sie die Explosion gehört?«, sagte die Frau ruhig.

»Natürlich.«

»Die Bankräuber haben ihre Leute da draußen.« Die Frau blickte auf. Mayr nickte zustimmend. »Viele Leute. Sie werden noch mehrere Sprengladungen zünden. Im Abstand von einer Viertelstunde.«

»Das Geld kommt in wenigen Minuten.«

»Wann?«, fragte die Frau scharf.

»In wenigen Minuten, mehr kann ich auch nicht sagen.«

»Sie gefährden unser Leben!«

»Ich stelle mich selbst als Geisel zur Verfügung.«

»Kein Interesse. Was ist mit dem Fluchtauto?«

»Das fährt gerade vor.«

Lazlo stürzte zum Fenster. Endlich. Da war der blaue BMW, der sie von hier wegbringen sollte. Die Türen standen weit offen.

12

STRENG VERTRAULICH!

Vorläufiger Bericht des Sicherheitsdienstes, vorgelegt von ›Chief‹ Pucholdinger. Nach Kenntnisnahme sofort zu vernichten!

Die sieben zusätzlichen Teilnehmer der morgigen Ballonfahrt in Richtung Spitzingsee wurden einer umfangreichen und rechercheintensiven Prüfung unterzogen. Die jeweiligen sicherheitsrelevanten Ergebnisse sind folgende:

Marco Zunterer

Heißluftballon-Pilot, hat sich vor fünf Jahren selbständig gemacht. Ist mit Sicherheit in Geldschwierigkeiten, wie jeder Selbständige. Ehemaliger Berufssoldat, Einzelkämpferausbildung, Hubschrauberpilot. Schlechte Beurteilung von seinem früheren Arbeitgeber Egon Schott, dem führenden Anbieter von Ballontouren. Sexuelle Orientierung: bbK-MoKl, vielleicht sogar Tt-100. Sonst unauffällig.

Margret Hahn

Fernhandelskauffrau. Spricht mehrere Fremdsprachen fließend, darunter auch Arabisch (!). Einige Reisen in nicht befreundete Staaten wie Libyen, Irak usw. Sehr dubios.

Ödön Székesfehérzítető

Ungarischer Staatsbürger, Artist, angeblich einzigartiger Trapezkünstler. Es gibt einen Riesenartikel über ihn in der ungarischen Wikipedia, da ich aber kein Ungarisch beherrsche, bin ich da noch nicht weitergekommen. Scheint aber harmlos zu sein.

Christian Trockenschlaf

Bauunternehmer, Chef einer gut laufenden Baufirma. Hat zwar mehrere Anzeigen wegen Bestechlichkeit am Hals, aber das ist bei einem Bauunternehmer normal. Vor Gericht konnte er jedes Mal einen Freispruch erwirken. Wahrscheinlich harmlos.

Katharina Trockenschlaf

Ehefrau von Christian, geborene Morawski, Architektin. Im Studium Mitglied der ›Roten Zellen Architektur‹, Teilnahme an mehreren Demonstrationen. Nach Auskunft meines Kontaktmannes bei Amazon bestellt sie immer noch Bücher über Terrorismus, Anarchismus usw. Ansonsten echt langweilig.

Klaus Jakobshagen

Malermeister. Harmlos.

Karl ›Karli‹ Dünser

Schreinermeister, Möbeltischler, Antiquitätenhändler. Besucht mehrere Stammtische im Kurort und in der Umgebung. Ob er Alkoholiker ist oder nur sehr trinkfest, konnte ich noch nicht eruieren. Ich bleibe am Ball.

Arbeitsbericht bezüglich der Kneipenbegehung im Kurort und Umgebung wg. Karli Dünser

›Zur roten Katz‹, ›Lollos Trinkhalle‹, ›Der wilde Kaiser‹, ›Beim Schorschl‹ und ›Die Weißbierschwemme‹ sind Stammkneipen von Dünser. Er gibt dort öfter Lokalrunden aus.
›Bei Uschi‹, ›Bei Angela‹ und ›Bei Yvonne‹ hat Dünser in regelmäßigen Abständen aufgesucht.
›Muschibar‹, ›Sexy Eyes‹ und ›Beim Goaßlschnalzer‹ – Karli Dünser war im letzten Monat jeweils einmal hier, in zwei Fällen wurde ein Lokalverbot ausgesprochen.

Buchhaltungsabteilung/Reisekosten & Spesen

Abrechnung ›Chief‹ Pucholdinger wegen Kneipenbegehung
Gesamtsumme 3429,66 €, bestehend aus den Posten:
17 Aquavit á 4,20 € in ›Lollos Trinkhalle‹
23 Mittenwalder Weizen á 7,20 €
1 Wodka á 9,00 € in der ›Roten Katz‹
3 Flaschen Champagner á 190,– € im ›Goaßlschnalzer‹
…

13

Die Lokalbahn schlängelte sich quietschend durch das Werdenfelser Land, Kommissar Jennerwein blickte interessiert aus dem Fenster. Wie oft hatte er dieses Schauspiel schon betrachtet! Und immer wieder entdeckte er neue Details. Das flachhügelige Voralpenland verwandelte sich langsam zur zwingenden Wucht der Berge, die dann links und rechts aufragten und den Reisenden in einen atemberaubenden Schwitzkasten nahmen. Was musste erst der nordländische Fremde bei dieser Landschaftsmetamorphose, bei diesem Geo-Clash empfinden! Fairerweise ist anzumerken, dass der Alpenländer natürlich umgekehrt auch geplättet ist, wenn er über München hinaus nach Norden fährt. Ihn erschrecken dort die splitternackten Ebenen, die bis zum ungewohnt unverstellten Horizont reichen. Und wenn er erst aufs Meer hinausblickt, dann durchfährt ihn ein Schauder vor der kalten Logik der fischigen Unendlichkeit.

Die Regionalbahn fuhr schließlich ratternd und hustend in den kleinen Bahnhof des Kurorts ein, und Jennerwein wandte den Blick wieder ab von den landschaftlichen Reizen seiner Halbheimat. Er konzentrierte sich. Er hatte nicht vor, die Sorgen, die er sich um seinen Vater machte, mit ins Polizeirevier zu tragen. Seine persönlichen Angelegenheiten hatten hier nichts verloren. Überdies wusste niemand aus dem Team von seiner familiären Situation. Die einzige Ausnahme bildete sein

Chef, Polizeioberrat Dr. Rosenberger. Er hatte dafür gesorgt, dass es keinen offiziellen Aktenvermerk zur Causa Dirschbiegel gab, auch keinen inoffiziellen. Dr. Rosenberger hatte es für besser gehalten, die Sache nicht publik zu machen. Er hatte Jennerwein eine Sondererlaubnis ausstellen lassen, damit konnte Jennerwein in jeder JVA der Republik Gefangenenbesuche machen, ohne dass jemand nach dem Warum fragte. Jennerwein ahnte, dass Rosenberger zusätzlich zu aller wohlwollenden Rücksichtnahme mindestens zwei handfeste Gründe hatte, ihm zu helfen. Zum einen spekulierte Rosenberger auf einen politischen Posten im Innenministerium, dazu brauchte er Referenzen, und Jennerwein war eine der glänzendsten, die man sich vorstellen konnte. Jennerwein vermutete, dass ein weiterer Grund für Rosenbergers Kulanz in dessen eigener Biographie lag. Jennerwein war sich sogar ganz sicher, dass der hochambitionierte Oberrat einen wenn auch unverschuldeten, so doch schwarzen Flecken auf seiner weißen Weste hatte. Einen rauschgiftsüchtigen Bruder, eine schizophrene Ehefrau, einen magersüchtigen Großonkel. Jennerwein war zu diskret, um Rosenberger danach zu fragen, wenngleich der es ihm vielleicht sogar verraten hätte.

»Hallo, Chef, das ist ja schön, dass Sie wieder da sind!«

Polizeihauptmeister Johann Ostler stürmte auf Jennerwein zu und schüttelte ihm herzlich die Hand.

»Hallo, Ostler. Freut mich, dass wir wieder einmal zusammentreffen. Gut sehen Sie aus! Liegt das vielleicht sogar an Ihrer Beförderung zum Polizeihauptmeister?«

»Vielleicht auch. Aber ich komme grade aus dem Urlaub.«

»Wo ist es denn diesmal hingegangen? Seychellen? Samoa? Karibik?«

Jennerwein wusste, dass Ostler nie weit reiste, sondern

mit seiner Familie jedes Jahr in einen der kleinen Nachbarorte fuhr, um dort wild zu zelten.

»Nein, diesmal sind wir wirklich weiter weggefahren. Davon erzähle ich Ihnen später. Komisch: Das ist das erste Mal, dass wir uns treffen, ohne dass wir einen Mordfall zu bearbeiten haben.«

»Das ist doch schön. Finden Sie nicht?«

Die beiden betraten das Besprechungszimmer. Jennerwein sah sich um. Die Wände waren bestückt mit Werbeplakaten für die morgen beginnende Tagung. Im Kurort fand ein Kongress zur Gewaltprävention statt, veranstaltet vom Landeskriminalamt. Der derzeitige Polizeipräsident versprach sich eine ganze Menge von dem Event. International bekannte Referenten sollten daran teilnehmen, zudem war viel politische Prominenz eingeladen worden. Einige davon hatten nicht zuletzt deswegen zugesagt, weil sie den erfolgreichen und unauffälligen Kriminalhauptkommissar Jennerwein, von dem jeder schon gehört hatte, endlich einmal persönlich kennenlernen wollten. Den Menschen hinter dem Kriminalisten. Oberrat Dr. Rosenberger hatte das komplette Team um Jennerwein gebeten, Referate zu halten, Workshops zu begleiten und bezüglich der praktischen Polizeiarbeit Rede und Antwort zu stehen.

»Es ist schon eine Auszeichnung, dass man auch den Kollegen Hölleisen und mich gebeten hat, einen kleinen Vortrag zu halten«, sagte Ostler stolz.

»Was ist Ihr Thema?«

»Präventionsarbeit, und zwar aus der Sicht eines kleinen Streifenpolizisten. Das Referat hab ich schon fertig. Was noch fehlt, ist ein schmissiger Einstieg. Die ersten zwei Sätze sind ja immer das Wichtigste bei so einem Referat.«

»Na, dann lassen Sie mal hören. Was haben Sie denn für einen Einstieg?«

»Ja, eben viel zu viel Einstiege! Ich hab auf einer Rhetorik-Website gelesen, dass man anfängt mit der Begrüßung, vor allem der wichtigen Personen; mit der Selbstvorstellung; mit dem Eigenkompetenznachweis; mit der administrativen Ankündigung, dass zum Beispiel danach eine Pause ist; mit einer Übersicht, über was ich gleich rede; und mit einem Einstiegszitat, möglichst einem historischen, das zum Thema passt. Ja, Herrschaftzeiten! Wenn ich das alles bringe, dann ist ja die Viertelstunde schon vorbei!«

Die Tür wurde aufgestoßen, und Polizeiobermeister Franz Hölleisen kam herein. Auch er begrüßte Jennerwein erfreut. Ostlers Referatseinstieg musste noch warten.

»Wie schaugts aus, Hölli?«, sagte Ostler. »Hast du deinen Vortrag schon fertig?«

»Ja, freilich hab ich den fertig«, entgegnete Hölleisen. »Ich glaube, der wird richtig gut, weil er direkt aus dem Leben gegriffen ist. Mein Thema: Die Wirtshausschlägerei – Historischer Rückblick und Möglichkeiten der Prävention. Gestern Abend habe ichs meiner Frau probehalber vorgetragen. Sie hats gut gefunden, aber – das Referat dauert zweieinhalb Stunden. Jetzt muss ich das auf eine Viertelstunde zusammenkürzen.«

»Entschuldigen Sie mich einen Moment«, unterbrach Jennerwein höflich. »Darf ich einmal kurz nebenan in Ihr Büro gehen, Ostler? Ich will nur etwas im Intranet nachsehen.«

Und draußen war er. Ostler und Hölleisen blickten sich verwundert an.

»Was hat er denn, der Chef?«

»Jetzt wollt ich ihn gerade fragen, was *er* für ein Referat hält.«

»Irgendwas hat der.«

»Ja, stimmt. Der hat irgendwas.«

»Aber was?«

Jennerwein klickte sich ins polizeiliche Verfahrensregister und ging, das erste Mal und entgegen all seiner bisherigen Gewohnheiten, die Straftaten Dirschbiegels durch, bei denen es zu einer rechtskräftigen Verurteilung gekommen war. Jennerwein blickte kurz auf und überlegte. Würden seine Nachforschungen im Computer eine elektronische Spur hinterlassen? Würde Ostler oder Hölleisen auffallen, dass er nach etwas Bestimmtem gesucht hatte, was mit laufenden Ermittlungen gar nichts zu tun hatte? Jennerwein verscheuchte diese Gedanken. Er war niemandem Rechenschaft schuldig. Trotzdem. Heimlichtuereien waren ihm äußerst zuwider. Endlich erschien die vollständige Liste auf dem Schirm. Auch die Auslandsdelikte seines Vaters waren von Interpol erfasst worden, und das waren gar nicht einmal so wenige. Jennerwein schüttelte verwundert den Kopf: In Paris war er auch schon eingesessen, im berühmten Gefängnis La Santé. Aber sein Vater beherrschte doch kein Wort Französisch! Richtig: Musik, Tanz und Taschendiebstahl waren internationale Künste. Hauptsächlich war Dirschbiegel jedoch im süddeutschen Raum tätig gewesen. Zumindest bei den Straftaten, bei denen er erwischt worden war.

»Vielleicht geht dem Chef gerade ein Fall im Kopf rum?«

»Ein Fall? Bei dem wir nicht dabei sind?«

»Oder er braucht was für sein Referat.«

»Im Intranet? Nein, ich habe es im Gespür: Den drückt was anderes.«

»Aber was?«

»Am Ende was Privates.«

»Das ist immer das Schlimmste. Das Private.«

Die lange Liste der Delikte reichte zurück bis ins Jahr 1960. Es begann mit kleineren Jugendstrafen, wegen Kaufhausdiebstählen und minder schweren Einbrüchen. Jennerwein fragte sich, ob seine Mutter eigentlich davon gewusst hatte. Dann folgten immer schwerwiegendere Delikte, die ihm aber zunächst nur Bewährungsstrafen einbrachten. Die erste Verurteilung, die er abzusitzen hatte, war im Jahr 1972 ausgesprochen worden, daraufhin hatten sich seine Eltern getrennt. Ab diesem Zeitpunkt erfolgten die Verurteilungen in immer größeren Abständen – eine Folge seiner beruflichen Routine? Jennerwein stellte fest, dass Dirschbiegel nie ein ganz großes Ding gedreht hatte. Er wollte die Seite gerade wieder schließen, da fiel ihm ein bestimmtes Muster auf, das nur einmal durchbrochen worden war. Der Abstand zwischen Dirschbiegels Straftaten betrug am Anfang etwa ein halbes Jahr. Dann, im Erwachsenenalter, ein ganzes, schließlich, in den reiferen Lebensabschnitten, zwei Jahre. Außer um das Jahr 1971 herum! Vom Sommer 1969 bis zum Herbst 1972 war sein Vater polizeilich nicht aufgefallen. Hatte er in dieser Zeit versucht, auf den bürgerlichen Weg zurückzukommen? Vielleicht auf Bitten seiner Mutter? Oder war dies sein juveniles Karriere-Hoch, in dem er einfach nicht zu fassen gewesen war? Jennerwein hatte einen guten Blick für solche Auffälligkeiten, er erkannte eine Störung im Muster sofort, meist folgte daraus der entscheidende Hinweis für den Fall. Aber gab es denn überhaupt einen Fall? So kam er nicht weiter. Ihm würde nur der Einblick ins Zentrale Staatsanwaltliche Verfahrensregister helfen. Er zückte sein Mobiltelefon und wählte eine Nummer.

»Ja? Wer stört?«, meldete sich eine verschlafene Stimme am anderen Ende der Leitung.

»Kriminalhauptkommissar Jennerwein. Haben Sie eine Minute für mich? Es dauert nicht – Entschuldigen Sie, aber ich muss auflegen«, flüsterte Jennerwein hastig. »Können Sie mich morgen kurz anrufen?«

Die Tür wurde aufgestoßen, und die Polizeipsychologin Maria Schmalfuß stand freudestrahlend vor ihm.

»Hallo, Hubertus!«

Anstatt alles stehen und liegen zu lassen, sofort lachend aufzuspringen und Maria herzlich zu begrüßen, wie er das sonst immer gemacht hatte, tippte er, nachdem er aufgelegt hatte, erst einmal auf der Tastatur herum, um die Seite des Auskunftssystems zu schließen. Er hoffte, dass Maria das nicht bemerkt hatte.

»Störe ich?«, fragte sie lächelnd.

»Nein, nein, ich freue mich, Sie zu sehen, Maria.«

War er jetzt rot geworden? Er hatte schon lange nicht mehr gelogen, er war einfach außer Übung.

Er stand auf und ging auf Maria zu. Bei der kurzen Umarmung glaubte er Jasmin und Bitterorange zu erschnuppern. Sie legte den Kopf zurück und blickte zu ihm auf. Geigen erklangen aus der Ferne, eine süße Melodie umschmeichelte sie beide. Dann löste sie sich von ihm, und die Geigen verstummten.

»Hubertus, ich spüre doch etwas. Was ist denn los?«

»Es ist nur der Föhn«, antwortete Jennerwein. »Der macht mir seit neuestem zu schaffen.«

»Bei Edgar Allan Poe gibt es eine aus psychologischer Sicht bemerkenswerte und wunderschöne Stelle, die man kriminalistisch gut verwerten kann.«

»Lassen Sie hören.«

Maria zitierte die Stelle mit einem kleinen, ironischen Lächeln:

»Wenn ich herausbekommen will, wie klug oder wie dumm, wie gut oder wie böse irgendjemand ist oder was für Gedanken er gerade hat, so suche ich den Ausdruck meines Gesichtes so viel als möglich dem seinigen anzupassen, und dann warte ich ab, was für Gedanken oder Gefühle in mir aufsteigen und dem Gesichtsausdruck entsprechen.«

»Und das funktioniert?«, fragte Jennerwein.

»Natürlich«, entgegnete Maria. »Immer. Ich habe es eben gerade wieder ausprobiert.«

14

Dirschbiegel wiederum atmete nicht den Duft von Jasmin und Bitterorange, sondern den erheblich würzigeren der Freiheit. Er war mit dem Zug hierher in seinen Lieblingsort gefahren, wie meist, wenn er aus dem Knast kam. Er spazierte die belebte Fußgängerzone entlang, aus einem der Kaufhäuser drang der Hinweis auf besonders günstige Caprihosen und Grillwürstl. Es war ein lauer Herbstabend, bestens geeignet für Griffe in fremde Taschen. Nicht dass Dirschbiegel das vorgehabt hätte, ihm kam nur einfach die Möglichkeit in den Sinn. Am Abend, bei gutem Wetter, vor allem kurz vor einem Gewitter, waren die Menschen besonders unaufmerksam. Wenn dann noch etwas auftauchte, was die Aufmerksamkeit der Opfer fesselte, ein Konzert, eine Darbietung, ein Menschenauflauf – um so besser. Ideal war es, wenn sie bei etwas Angenehmem oder Aufregendem zuschauten. Dirschbiegel blieb bei einem Straßenmusiker stehen, um den sich schon ein kleiner Halbkreis gebildet hatte. Kulturell Interessierte waren gute Kunden. Das war ihm schon Mitte der sechziger Jahre in Paris aufgefallen, im Café de Flore, dem Treffpunkt der Existentialisten um Jean-Paul Sartre und Simone de Beauvoir. Tauchte einer von beiden auf, gab es jedes Mal ein Raunen unter den Besuchern und Zaungästen. Ist er das? Ist sie das? Schielt er wirklich, wie man sagt? Bei solchen Auftritten war eine gute Gelegenheit, den anwesenden Bürgersöhnchen (und keine anderen waren da) das Geld, das ihnen die Eltern mitgegeben hatten, aus der Tasche zu ziehen. Manche merkten es nicht einmal. Viel später allerdings stellte sich heraus, dass das Ganze ein abgekartetes Spiel war. Sartre und de Beauvoir wussten von den Dieben und verschafften ihnen mit ihren Auftritten die guten Arbeitsbedingungen. Im Gegenzug lieferten diese die Hälfte der Einkünfte ab, das Paar leitete das Geld als Solidaritätsbeitrag an die Französischen Maoisten weiter.

Wenn man Dirschbiegel so gesehen hätte, schmunzelnd umherspähend, den Blick genüsslich auf die Gesäßtaschen gerichtet, hätte man ihn entweder für Gustav von Aschenbach gehalten oder für einen Dieb, der etwas vorbereitete. War er dem Zauber männlicher Jugend verfallen wie Ersterer? Nein. Bereitete er etwas vor? Ebenfalls nein. Zumindest vorerst nicht. Er hatte seinen Sohn in dieser Beziehung nicht angelogen: Der digitale Firlefanz, der sich um die Welt legte und alle Lebensbereiche durchdrang, hatte ihn zuerst nur tierisch genervt. Jetzt aber war er drauf und dran, vor dem Wahnsinn zu kapitulieren. Und in noch einer Beziehung hatte er Jennerwein die Wahrheit gesagt: Er hatte Ersparnisse. Und die waren üppig. Er sollte langsam daran denken, sie flüssig zu machen, anstatt Musikliebhabern auf ihre Hinterteile zu starren. Es würde gar nicht so leicht werden, an das Geld heranzukommen. Er hatte es natürlich nicht im Wald versteckt. Mit dem Spaten eine vermoderte Holztruhe ausgraben – eine lächerliche Vorstellung!

Der Halbkreis, der sich um den Gitarristen gebildet hatte, war zu einer dichten Menschenmenge angewachsen. Unglaublich, wie leichtsinnig die Menschen wurden, wenn der Abend lau war und *Heart Of Gold* von Neil Young erklang. Sollte er?

Nur, um sich etwas zu entspannen? Nur schnell reingreifen und dann wieder zurückstecken, die *Rochade*, eine kurze Besitzstörung, ein kleiner nadelpiekserischer Eingriff in die Privatsphäre, nicht viel mehr als ein Rempler. Als er noch Auftragsarbeiten durchführte, hatten einige Kunden genau solche Dinger verlangt. Einen Brief klauen, kopieren und wieder zurückstecken. Sich in ein Zimmer einschleichen, falsches DNA-Material verteilen, ohne Einbruchspuren wieder rausgehen. Ein arabischer Scheich wollte eine seltene Briefmarke bloß mal eben ein paar Minuten aus der Nähe sehen.

Die Nacht brach herein. Der Gitarrist schrubbte alle möglichen Hits zum Mitsingen und Mitwippen. Dirschbiegel saß immer noch am selben Tisch des Straßencafés und hatte den Zuhörer, den er bestohlen hatte, gut im Blick. Er verbarg die kleine Brieftasche mit der Hand und blätterte sie auf. Ein paar Geldscheine, eine EC-Karte, ein Bild von der Familie, ein Zettel mit Telefonnummern. Er widerstand der Versuchung, den Stift zu zücken und etwas Geheimnisvolles dazuzuschreiben: Zeit zu sterben! Sie sind enttarnt! Der Gitarrist verbeugte sich und ging mit dem Hut herum. Dirschbiegel steckte die Brieftasche gerade noch rechtzeitig zurück, bevor der Zuhörer in seine Gesäßtasche griff.

Es wurde Nacht. Dirschbiegel hatte vor, ein neues Leben zu beginnen. Doch zuvor musste er noch einige wichtige Dinge erledigen.

15

»Was tun Sie da?«

»Ganz ruhig.«

»Wer sind Sie? Was machen Sie in meinem Zimmer?«

»Es gibt überhaupt keinen Grund, sich aufzuregen.«

»Keinen Grund, sich aufzuregen? Was würden denn Sie sagen, wenn mitten in der Nacht jemand auf Ihrem Bettrand sitzt?«

»Zugegeben: Ich würde furchtbar erschrecken. Aber Sie tragen es mit Fassung. Die Ruhe selbst. Ich finde das wunderbar. Sie fürchten sich wirklich kein kleines bisschen?«

»Nein, warum soll ich mich fürchten? Ich fürchte mich vor Einbrechern. Und ein Einbrecher sind Sie ganz bestimmt nicht.«

»Wie kommen Sie darauf?«

»Der würde nicht so seelenruhig plaudern. Der hätte mich schon längst niedergeschlagen.«

»Es gibt durchaus geschwätzige Einbrecher. Solche, die im Duo arbeiten. Der eine schwallt Sie hier oben zu, der andere knackt unten den Tresor.«

»Ich habe keinen Tresor.«

»Dann hängen eben ein paar Ölschinken von Giovanni Tiepolo herum.«

»Ich hasse Tiepolo. Viel zu expressive Farbkontraste.«

»Oder Aquarelle von Wotzgössel.«

»Wotzgössel? Kenne ich nicht.«

»War ja nur ein Beispiel. Irgendetwas werden Sie schon da unten hängen oder stehen oder liegen haben.«

»Da ist es aber einfacher, mich niederzuschlagen.«

»Gewalt ist nun mal keine Lösung. Vor allem beim Einbruch nicht.«

»Dann sind Sie also doch ein Einbrecher?«

»Nein. Erraten Sies nicht?«

»Ein Verrückter? Ein Psychopath?«

»Auch nicht. Ich bin der, vor dem sich jeder Mensch sein ganzes Leben lang fürchtet.«

»Keine Ahnung. Nun sagen Sie schon!«

»ICH BIN DER TOD.«

»Ach! Der Tod ist eine Frau?«

»Haben Sie Vorurteile?«

»Und wieso spricht der Tod mit italienischem Akzent?«

»Ich habe in Toreggio studiert.«

»Und was studiert der Tod denn so?«

»Juristerei, Philosophie, und leider auch – Hören Sie, ich bin gekommen, um Sie auf Ihre letzte Stunde vorzubereiten.«

»Guter Trick. Und da wollen Sie, dass ich meinen Tresor öffne, um mein Testament nochmals zu überdenken? Dass ich einen Scheck für einen angeblich wohltätigen Zweck ausschreibe?«

»Sie müssen selbst wissen, was Sie in Ihrer letzten Stunde tun.«

»Ich bewahre keinen Schmuck im Haus auf. Bei mir hängen keine Tiepolos und Wotzgössels herum. Ich habe keinen Tresor. Und auch kein Bargeld. Sehen Sie diesen Kippschalter hier?«

»Für die Heizdecke?«

»Für die Alarmanlage. Die Polizei ist unterwegs.«

»Sie bluffen.«

»Vielleicht tue ich das. Aber können Sie sich wirklich darauf verlassen?«

»Dann gehe ich jetzt.«

»Sie kneifen? Ein schöner Tod sind Sie! Ein wirklich schöner Tod. – Eines muss ich allerdings sagen: So einen schönen Tod habe ich noch nie gesehen.«

Karl Swoboda knipste das Licht an, erhob sich und verwandelte sich von der feinen, aber furchtlosen Dame wieder zum wendigen Österreicher mit den scheinbar von Punkt zu Punkt springenden Augen.

»Nicht schlecht!«, sagte er bewundernd zu Giacinta. »Da kommt man ja als Opfer direkt ins Schwitzen.«

»Freut mich, Swoboda. Aber so widerborstig wie du wird sich im Ernstfall ja wohl kein Opfer verhalten.«

»Hoffentlich. Aber man muss mit allem rechnen.«

Giacinta legte Swoboda die Hand auf die Schulter und strich leicht mit den Fingern über seinen Oberarm. Swoboda lächelte sie an. Die Uhr schlug Mitternacht. In der Ferne erklang eine Geige. War das der Anfang einer Verbindung zwischen einem alten Simmeringer Striezi-Geschlecht und der ehrenwerten Familie Spalanzani aus Toreggio? Man wird sehen.

16

Natürlich will jeder Mensch auf den letzten hundert Daseinsmetern noch etwas ganz Großes und Bedeutendes vollbringen. Selbstverständlich stellt er sich einen grandiosen Endspurt vor, bei dem die begeisterten, mützenschwingenden Lebenszuschauer von den Rängen aufspringen und ihn auf der biographischen Zielgerade anfeuern. Hopp! Hopp! Mit weit ausholenden Schritten schiebt er sich vom dritten auf den zweiten und schließlich auf den ersten Platz vor. Wird er die Sensation schaffen? Den Knaller? Den Coup?

Dirschbiegel hatte in letzter Zeit tatsächlich mit dem Gedanken gespielt, noch ein letztes großes Ding zu drehen. Insofern hatte sein Sohn schon recht gehabt. Es sollte allerdings kein gewöhnlicher Bruch werden. Eher eine Regierungserklärung. Dirschbiegel wollte der computerhörigen Gilde der modernen Hightech-Hacker und -cracker etwas handwerklich Hochwertiges hinterlassen. Dabei hatte er die verschiedenen Genres durchgespielt und war immer wieder bei der Königsdisziplin aller Eigentumsvergehen gelandet: dem Kunstraub. Dieses in allen Farben schillernde Nobeldelikt stellte eine geheimnisvolle Verbindung zwischen den destruktiven und kreativen menschlichen Kräften her. Es war überdies das einzige Delikt, das sowohl im Polizeibericht als auch im Feuilleton zu finden war – dort in dürren Lokalreporterworten abgehandelt, hier mit kunstvoll gedrechselten Schachtelsätzen besprochen.

Dirschbiegel bestellte beim Ober einen weiteren Pastis. Er konnte sich eine kleine Fahne leisten, er hatte nicht vor, heute noch jemandem grifftechnisch nahe zu kommen. Regel Nummer sieben: Nie nach zehn. Er saß immer noch in dem kleinen Straßencafé und hörte dem unermüdlichen Dauergitarristen zu, der erneut bei *Heart Of Gold* angelangt war. Dirschbiegel seufzte. Der letzte Coup, der große Kunstraub, die Verneigung vor den Großen der Zunft, das alles war ohnehin nur ein Gedankenspiel. Er wusste, dass ein schillerndes Schlussfeuerwerk ein Ding der Unmöglichkeit war. Er war einfach zu alt dafür. Zudem hätte er für einen Kunstraub ein gutes Team zusammenstellen müssen. Und er hatte immer weniger Lust, mit Leuten zu arbeiten, auf die er sich nicht verlassen konnte. Die eine schlechte Erfahrung am Anfang seiner Karriere hatte ihm genügt. In dieser Beziehung bewunderte er seinen Sohn. Der schien kein Problem mit Teams zu haben. Was man so hörte, war er ein hervorragender Chef. Ja, sein Sohn! Der stand ja nun leider auf der falschen Seite.

Dirschbiegel zahlte und verließ das Café. Er schlenderte die Fußgängerzone entlang. Als er bei einem Schaufenster stehen blieb, spürte er einen leichten Druck in Höhe der linken Gesäßtasche. Blitzschnell drehte er sich um. Auch das noch: ein Amateur! Der Mann verschwand in der Menge. Dirschbiegel schüttelte den Kopf. Ein Anfänger. Ein Dilettant. Unglaublich, was heutzutage alles auf die Straße gelassen wurde! Aber was regte er sich auf. Er war jetzt im Ruhestand. Und es ging ihm gut: Er war kerngesund, er hatte genug finanzielle Reserven, ihn drückten keinerlei Verpflichtungen. Dirschbiegel atmete die frische Luft ein. Sollte er sich irgendwo niederlassen? Sollte er sich ein kleines Häuschen im Grünen kaufen? In einem seiner vielen Gefängnisse hatte er einen Kollegen kennengelernt, der sich im Ruhestand eine Eigentumswohnung in der Stadt zugelegt hatte. Dirschbiegel musste lächeln. Eine *Eigentums*wohnung für einen Dieb – eigentlich ein Widerspruch. Da dem Knastkumpel die Mitnahme von Schlüsseln lästig war (und weil er das schlüssellose Leben aus dem Knast gewohnt war), führte er aushäusig lediglich einen stricknadeldicken Spitzstichel mit, mit dem er das Schloss zu seiner Wohnungstür schneller öffnete als andere die ihre mit dem Schlüssel. Es machte ihm Spaß, mehrmals am Tag in seine eigene Wohnung einzubrechen. Eines Tages hatte er vergessen, den Spitzstichel mitzunehmen, es blieb ihm nichts anderes übrig, als ohne irgendwelche Hilfsmittel durchs Fenster einzusteigen. Und das wurde ihm seitdem zur lieben Gewohnheit.

»Ich darf dich doch ein wenig begleiten, Dirschi.«

Die Stimme war von schräg hinten gekommen, sie war verstellt, und das auch noch schlecht. Sie war winselig und quietschend, wie bei einem Jugendlichen, der nach drei Alkopops einen Lehrer imitiert. Amateure, Dilettanten, Anfänger, wohin das Auge blickte.

»Was willst du?«, fragte Dirschbiegel laut und ohne sich umzudrehen. »Ich bin nicht mehr im Geschäft. Für keinen Deal mehr zu haben.« Als der Verfolger hinter ihm schwieg, fügte er hinzu: »Und ich lasse mich auf niemanden ein, der mich auf der Straße anquatscht.«

»Das habe ich jetzt schon verstanden«, sagte der Mann hinter ihm.

»Wie darf ich dich nennen?«

»Ähm – Knülle. Nenn mich einfach Knülle.«

»Knülle, gut. Ich rate dir, zu verschwinden. Ich kenne dich nicht. Ich weiß nicht, wie du mich gefunden hast, Knülle. Aber such dir einfach jemand anderen.« Knülle schwieg. Oder er hatte aufgegeben und war abgedreht. Es funktionierte immer noch wie früher. Kaum war Dirschbiegel draußen, sprach man ihn an und wollte ihn anwerben. Sein Name galt also immer noch etwas.

Er war nun am Stadtrand des malerischen Ortes angelangt. Vereinzelt standen hier schon Häuschen im Grünen. Schmucke Bauten mit viel Abstand zu den Nachbarn. Genau so eine Hütte stellte er sich für sein Rentnerdasein vor. Ein mittelgroßes Landhaus fiel ihm sofort ins Auge. Zweistöckig, schindelgedeckt, mit geklinkerter Veranda, Bauerngarten und Goldfischteich. Romantisch-unregelmäßig gestaltet, mit Alpenblick. Dem herumliegenden Spielzeug nach zu schließen, wohnte hier ein Ehepaar mit Kindern. Das Häuschen war nicht so protzig wie die umliegenden Anwesen, aber gepflegt und geschmackvoll umpflanzt. Der außen angebrachte Briefkasten quoll über. Einige Exemplare des unvermeidlichen Kreisboten lagen am Boden, ein Glücksfall für alle Einbrecher. Eine unbezähmbare Lust, sich dieses Haus von innen anzusehen, überkam Dirschbiegel. Er lenkte seine Schritte auf die Wiese, über die man zum hinteren Teil des Gartens gelangte. Er vergewisserte sich, dass ihn weder ein Passant noch ein Nachbar beobachtete. Als er am Zaun entlangspazierte, pfiff er ein Liedchen und betrachtete das Objekt seiner brennenden Begierde näher. Respekt! Die Fenster und Türen waren gut gesichert. Hier hatte sich jemand von der Polizei beraten lassen. Vor jedem der Fenster ein schmiedeeisernes Gitter. Die hintere Haustür mit doppeltem Panzerriegel und Schließkasten-Wandverankerung – er stieg über den Zaun und bestaunte diesen Mercedes der Diebstahlsicherung. So etwas reizte ihn besonders. Auf dem Klingelschild hatte er gelesen: Angelika und Walter Kaludrigkeit. Er sah sich um. Wenn Angelika und Walter eine

Alarmanlage hatten, wäre er schnell wieder auf der Straße. Ein Blick auf die Uhr. Er gab sich drei Minuten.

Die Kaludrigkeits hatten Geschmack. Extravagante Bilder hingen an der Wand, vermutlich nichts Wertvolles, nichts, was das Mitnehmen lohnte. Aber deswegen war er ja auch nicht da. Es bereitete ihm unsägliche Befriedigung, in fremde und private Bereiche vorzudringen. Er hatte oft schon überlegt, was für eine Art von Dieb er eigentlich war. War er ein linkslastiger Kampfkrimineller, der mit seinen Taten gegen den bürgerlichen Eigentumsbegriff revoltierte? Die linke Hand zur Faust erhoben, die rechte in der Tasche des Nachbarn? Ja, vielleicht ein kleines bisschen. Früher, in seiner Sturm-und-Drang-Periode, war es zumindest so gewesen. Oder war er doch ein Psycho, ein zwangsgestörter Kleptomane, der das Klauen brauchte wie andere den Schuss? Vielleicht auch ein bisschen. Dirschbiegel wusste jedoch, dass er in seinem eigentlichen Kern Voyeur war. Ob es nun eine Brieftasche oder eine Wohnung war, beim Eindringen in fremde Privatsphären zündete ein Turbo in seinem Inneren. So auch jetzt bei den Kaludrigkeits. Er trat zu einer Kommode und öffnete eine Schublade, in der er Briefe vermutete. Es waren ganz harmlose, unsensationelle Briefe, aber die Lektüre erregte Dirschbiegel. Liebe Angelika, wie Du bereits weißt, kann ich zu Deiner Geburtstagsfeier nicht kommen. Lieber Walter, was meinst Du: Darf ich trotz meiner Diabetes Obst essen? Hallo Sarah, das tut mir unendlich leid mit Deinem Meerschweinchen, aber Du hast ja noch Deine anderen Hobbys. Dirschbiegel war weder Politischer noch Psycho. Er überschritt Grenzen, weidete sich genussvoll am Privatleben wildfremder Leute und verließ das geschützte Areal, ohne Spuren zu hinterlassen. Jennerweins Vater lachte glucksend auf, als er die

Haustür wieder sorgfältig von außen verschloss. Störung der Impulskontrolle? Klassifikation F63.2 nach irgendeinem statistischen Mainstreamkatalog? In Wirklichkeit war das, was er hier getrieben hatte, ein Ausdruck purer Lebenslust! Wie andere Bücher lasen, so las er Brieftaschen und Wohnungen. Und wem schadete er schon damit!

Er wusste genau, wie alles begonnen hatte. Er war acht Jahre alt gewesen, als ihn sein Vater zu seinem alten Freund, dem Apotheker, geschickt hatte. Dem sollte er nur eine ausgeliehene Zeitung zurückbringen. Er fand das Haus unverschlossen, er betrat es, traf jedoch den Freund seines Vaters nicht an. Das Haus war leer, es roch nach Düften, die er noch nie gerochen hatte. Er ging ins Wohnzimmer und legte die Zeitung auf den Tisch. Sein Blick fiel auf einen halb verdeckten, beschriebenen Briefbogen, die letzten Zeilen lauteten: *Und deshalb kann ich nicht mehr mit dir zusammenleben.* Er zog den Brief heraus und las ihn. Der bittersüße Schauer des Verbotenen packte ihn am Genick und schüttelte ihn durch. Doch er verstand den Inhalt des Briefes nicht. Warum konnte die Schreiberin dieser Zeilen nicht mehr mit dem Freund seines Vaters zusammenleben? Er sah sich im Zimmer um. Vielleicht fand er hier irgendwo den Grund. Er öffnete Schranktüren und Schubladen. Er durchwühlte Kartons. Schließlich stieß er unter dem Bett auf einen verschlossenen Koffer. Er fand keinen Schlüssel dazu. Noch an diesem Abend unternahm er erste Versuche, ein einfaches Schloss mit einem Draht zu öffnen. Mit viel Geduld schaffte er es schließlich. Es war eigentlich ganz leicht. Das war der Tag, an dem er auf die schiefe Bahn geraten war.

Dirschbiegel tat sich einen Moment lang leid. Mit fortschreitendem Alter würde es wahrscheinlich immer schwerer werden, solche Aktionen wie diese hier bei den Kaludrigkeits zu unternehmen. Es war doch zum Verzweifeln: Jedes kleine Problemchen wurde heutzutage behandelt und therapiert. Über jeden Pups gab es eine Talkshow. Aber über die Notlage alternder Krimineller hatte sich bisher noch niemand Gedanken gemacht. Da gab es nicht einmal eine Selbsthilfegruppe. Vielleicht war er auch bloß ein bisschen neidisch und eifersüchtig auf die modernen Datendiebe: Sie hatten wesentlich mehr Möglichkeiten, das Privatleben ihrer Mitmenschen auszukundschaften als er mit seinem achtteiligen Dietrich-Satz. Aber Dirschbiegel wusste, dass Selbstmitleid nichts brachte. Er pfiff wieder vergnügt vor sich hin. Bei der Familie Kaludrigkeit hatte er eine kleine, absolut liebenswerte Überraschung hinterlassen. Eine unspektakuläre Korrektur des Gewohnten, die zunächst gar nicht auffallen würde. Den Einkaufszettel von Angelika weiterschreiben und noch 2 kg Tomaten hinzufügen? Das Bett frisch überziehen? Einen Zettel mit einem Ausrufezeichen auf den Tisch legen? Die defekte Küchenlampe reparieren? Mitnichten. Für die braven Kaludrigkeits hatte er sich etwas ganz Besonderes einfallen lassen. Denn sein Blick war vorhin an einem der zierlichen alten Nussbaumstühle hängen geblieben. Und da war ihm eine Idee gekommen.

Wem ist es nicht schon so ergangen? Man kommt nach Hause und findet eine Kleinigkeit in seiner Wohnung verändert. Es gibt keine Erklärung dafür. Man macht dem Mitbewohner Vorwürfe. Der streitet es ab. Man schiebt es auf den heißen Tag, auf den Stress im Büro, auf die Nerven. Auf die zunehmende Vergesslichkeit.

Dabei war einfach bloß Dirschbiegel da gewesen.

17

Der Ballon gondelte in den kalten Morgen hinein, der Himmel war blutig und roh, überall lagen Wolkenkadaver herum, aus denen die aurorarote Sauce tropfte.

»Wir haben eine Höhe von sechshundert Meter erreicht«, schrie Marco gegen das fauchende Geräusch des Gasbrenners an. »Zweitausend Meter steigen wir noch! Dann wird uns der Westwind am Karwendelgebirge entlangtragen. Freuen Sie sich auf das spektakuläre Panorama!«

Die Passagiere kämpften gegen das flaue Gefühl im Magen. Eben noch waren sie am Boden gestanden und hatten mitgeholfen, das Gefährt zusammenzubauen. Das gehörte dazu, das war Teil der Ballongaudi. Alle waren pünktlich am Startort gewesen, nur der mysteriöse Prominente und seine Begleitperson hatten auf sich warten lassen, sie waren aber dann doch in letzter Minute erschienen. Ein vermutlich gepanzertes Auto fuhr mit quietschenden Reifen vor, die Türen wurden aufgerissen, zwei dunkel gekleidete Gestalten unterschiedlicher Größe sprangen heraus und liefen auf den Ballon zu. Marco hatte den anderen Passagieren schon angekündigt, dass mit zwei Nachzüglern zu rechnen war, er hatte während des Aufbauens von einer Person des öffentlichen Lebens gesprochen, die man wahrscheinlich sofort erkennen würde.

»Was, ein Großkopferter?«, fragte der Dünser Karli interessiert. »Ich bin einmal an einem Büfett neben einem echten Minister gestanden. Dem hab ich was erzählt! Die besten Witze von mir. Zum Beispiel den von dem Geiger in der Wüste. Wo dann die Löwen kommen. Aber wer von denen ist denn jetzt der Großkopferte?«

Marco zuckte die Schultern. Der Dünser Karli trug, ganz Einheimischer und Stammtischbruder, einen grauen Strickjanker, darüber eine feste, grüne Joppe, klobige Haferlschuhe und selbstverständlich eine kurze Lederhose – er war ja ein Bursch, auch in den zu erwartenden luftigen Höhen. Als er zum vereinbarten Treffpunkt gekommen war, hatte er in jeder Hand ein Tragl Bier gehalten, das vervollständigte das Bild des *gstandnen* Bayern.

Die beiden geheimnisvollen Gestalten waren in Mäntel gehüllt, die bis auf den Boden reichten. Der Größere trug eine dunkle Sonnenbrille, seinem Verhalten nach schien er der Leibwächter oder Sekretär des Kleineren zu sein. Gleich nachdem die beiden an Bord gekommen waren, hatten sie sich, ohne zu grüßen, mit dem Rücken zu den anderen an den Korbrand gestellt und sich darüber gebeugt. Niemand hatte einen genaueren Blick auf ihre Gesichter erhaschen können, man war auf Spekulationen angewiesen. Wer war nun der Kleinere? Ein Fernsehmoderator? Ein Wirtschaftstycoon? Auch bei der kleinen Begrüßungsrede, die Marco in seiner Eigenschaft als Pilot hielt, hatten sich die Überraschungspassagiere nicht umgedreht. Der Dünser Karli setzte sich auf eines seiner Biertragl und schnaufte tief durch.

»Der Elton John ist es schon einmal nicht. Der ist gesprächiger.«

Er holte eine Halbe Bier heraus, biss den Kronkorken mit den Zähnen auf, spuckte ihn weit von sich und trank einen tiefen Schluck. Marco hielt den Atem an. Dieser Proll warf die leere Flasche doch hoffentlich später nicht über die Reling! Er hätte ihm das mit dem Bier nicht erlauben sollen. Er war viel zu gutmütig.

»Sagt man beim Ballonfahren eigentlich auch backbord und steuerbord?«, fragte der Dünser.

Niemand antwortete.

Der Ballonkorb war in fünf Parzellen aufgegliedert, die durch hüfthohe Wände aus Peddigrohr getrennt waren. Im mittleren Pilotenabteil bediente Marco die Geräte, in den vier Passagierabteilen befanden sich die beiden Namenlosen, Ödön und Migränemargret, der Dünser Karli (solo mit seinen zwei Biertragln), und schließlich, so weit als möglich vom Rand entfernt, das Ehepaar. Katharina und Christian Trockenschlaf blickten vorsichtig in Richtung der nebligen Alpen, die sich im Süden huldvoll und königlich vor ihnen auftaten. Beide Trockenschlafs schienen blass und angegriffen von dem rasanten Aufstieg. Darüber wunderte sich Marco, denn sie sollten doch eigentlich Höhe gewohnt sein, er als Bauunternehmer, sie als Architektin. Aber das hier waren natürlich schon ganz andere Dimensionen. Als er seine Bordansprache mit dem üblichen Witz abschloss –

»Ich hoffe, der alte, rissige Holzboden hält die Fahrt durch!«

– waren sie die Einzigen, die darauf mit kleinen, entsetzten Schreien reagierten. Sie trugen teure Outdoor-Markenklamotten im Partnerlook, es dominierten die diesjährigen Modefarben Ocker und Beige. Selbst die eleganten Kalbslederhandschuhe waren in langweiligem Kamelbraun gehalten. Auch zwei farblich passende Rucksäcke von Valentino fehlten nicht. Seiner war gentlemanlike prall gefüllt, ihrer hing schlaff und müde am Rücken. Jetzt legte er ihr den Arm um die Schultern und deutete in die Ferne.

»Dort drüben, siehst du? Das ist der Vordere Achtspitzkogel!«

Marco kannte alle Berge, Gipfel und Grate in den Alpen. Von einem Vorderen Achtspitzkogel hatte er noch nie etwas gehört. Die beiden lösten sich gleichzeitig voneinander, nahmen ihre Rucksäcke ab und holten, wieder fast gleichzeitig, kleine, in Seidenpapier gewickelte Geschenkpäckchen heraus. Sie schmunzelten wegen des synchronen Einfalls. Dem armen, einsamen König der Lüfte jedoch, dem Owner of a Lonely Heart Marco wurde ein wenig wehmütig um genau dieses Herz. Er seufzte. Ja, so war es eben bei den Paaren, zumindest bei den glücklichen. Sie dachten an die gleichen Dinge. Sie taten die gleichen Dinge. Sie lebten ein gemeinsames Leben. Marco war solch ein Glück noch nicht widerfahren. Er hatte einige Versuche unternommen, aber bisher war nicht die Richtige dabei gewesen. Trockenschlafs packten nun ihre Geschenke aus, bekamen große Kinderaugen, küssten sich, lagen sich in den Armen. Marco konnte erkennen, dass es Ringe waren, beide mit einem ähnlichen türkisen Protzstein versehen. Die Baubranche boomte wohl immer noch.

»Und das da links?«, fragte Katharina, indem sie ihren beringten Finger in die Luft streckte, bevor sie die Handschuhe wieder überstreifte. »Das so neckisch aus den Wolken rausschaut?«

»Das ist vermutlich der Kleine Haselspitzbogen.«

Wenn man sich liebt, dachte Marco, ist Geographie wohl nicht so wichtig.

In dem Abteil gegenüber standen die beiden Überraschungsgäste, der kleine Anonymus und der Große mit der Sonnenbrille, immer noch mit dem Rücken zu den anderen Passagieren. Sie unterhielten sich leise, aber angeregt. Chef und

Schatten, Macker und Racker, Herr und Hund. Der Platz des Piloten war in der Mitte des Korbs. Als Marco einen Blick auf seine Instrumente warf, spielte er sich wie zufällig in die Nähe der beiden. Er bekam Wortfetzen mit, jedoch nichts Verständliches. Als er direkt hinter ihnen stand, brach die Unterhaltung ab. Der mit der Sonnenbrille drehte sich um.

»Alles klar?«

»Bei mir ist alles klar«, gab Marco zurück. »Und bei Ihnen?«

»Eng ist es hier im Korb.«

»Sonst ist es noch enger. Wir sind heute nur zu acht. Normalerweise können bis zu zwölf Personen mitfahren.«

»Na, gut. Wann geben Sie die erste Positionsmeldung an unsere Leute am Boden durch?«

»In ein paar Minuten. Wenn wir anfangen, uns horizontal zu bewegen.«

Der Sonnenbrillenmann nickte und drehte sich wieder um. Dabei machte er noch eine kleine Bewegung mit der Hand in seine Richtung, eine distanzierende Geste, ein Fingerzeig des Abstandhaltens. Marco verstand. Er wandte sich wieder seinen Instrumenten zu. Dabei fiel ihm ein Gegenstand auf, der in einem der Abteile am Boden lag. Er warf einen kurzen, unkonzentrierten Blick darauf und dachte sich nichts weiter dabei. Später, und unter schrecklicheren Umständen, sollte Marco sich an das, was er gesehen hatte, erinnern. Und erst da sollte er erkennen, dass es zu diesem Zeitpunkt noch nicht zu spät gewesen wäre, die Katastrophe zu verhindern. Er hätte das Gesehene nur richtig interpretieren müssen.

»Also, ich bin der Karli«, sagte der Dünser gerade zu Ödön und streckte ihm die Hand über den Pilotenbereich hinweg hin. »Und wer bist jetzt du?«

»Ödön. Székesfehérzítető Ödön, bittaschön. Ehemaliges Mitglied des weltberühmten Staatszirkus Budapest.«

»Servus, Ödön. Hast du denn Elefanten dressiert oder so was?«

Ödön hielt sich gespielt angeekelt die Nase zu.

»Püh! Elefanten! Meine Welt ist das Trapez.«

Er nahm eine sportliche, konzentrierte Haltung an, atmete tief durch, sprang dann unvermittelt in die Höhe, vollführte einen gekonnten Felgaufschwung am Brennerrahmen und machte Anstalten, sich in den Handstand zu drücken.

»Hey! Was sind denn Sie für ein Wahnsinniger!«, rief Marco. »Kommen Sie sofort da runter!«

Ödön sprang augenblicklich ab. Elegant landete er im Korb, leicht federte er den Aufsprung im Telemarkstil ab. Dann stand er, wie ein Turner nach einer Übung am Reck, stramm aufrecht am Boden und grüßte nach allen Seiten.

»Keine Angst!«, rief er. »Ödön ist in den Lüften zu Hause. Es droht keine Gefahr.«

Er sagte Géfarr. Die Ungarn machten einen verrückt mit ihrer Unsitte, nur die erste Silbe zu betonen.

»Machen Sie das um Gottes willen nie wieder«, zischte Marco ihm zu.

»Es passiert schon nichts.«

»Ich will das trotzdem nicht.«

Ödön griff an die Reling des Korbs wie an eine Ballettstange.

»Ich sehe hier eine andere wunderbare Möglichkeit für eine artistische Übung.« Er deutete auf die kleinen Fußtrittslöcher, über die die Passagiere in den Korb eingestiegen waren. »Wenn es erlaubt ist, würde ich, wenn wir auf dreitausend Meter schweben, über die Brüstung nach außen klettern und mich unten am Korb auf die andere Seite hangeln.«

»Das ist doch nicht Ihr Ernst?«

»Natürlich nicht, lieber Freund. Aber andererseits – wie könnten Sie mich dárran hindern?«

»Ich appelliere an Ihren gesunden Menschenverstand.«

»Sehen Sie mal da rauf! Diese ganzen Seile und Schlaufen, die kommen mir vor wie Trittleitern in den Himmäl. Die fordern einen fast dazu auf, zur Spitze des Ballons zu klettern. Wissen Sie, was: Ich würde gerne eine Erstbesteigung mit Ihren Passagieren machen! Wer ist dabei?«

Das Ehepaar blinzelte jetzt zu ihnen her. Auch der Dünser Karli hatte die Unterhaltung verfolgt. Er erhob sich kopfschüttelnd von seinem Biertragl und kratzte sich am Kopf.

»Eine saubere Gesellschaft hast du da zusammengetrommelt, das muss ich schon sagen.«

Katharina Trockenschlaf deutete nach oben zum Ballon.

»Und was flattert da im Wind, Herr Zunterer? Ein Segel?«

Marco lächelte peinlich berührt.

»Nun ja, es ist ein Werbebanner. Von einem Pizzabringdienst. Der Sponsor behauptet, wenn die Leute unten auf der Straße den Ballon sehen, dann bekommen sie Hunger.«

»Man muss sehen, wo man bleibt«, sagte Christian Trockenschlaf.

»Soll ich das Pizzabanner hérunterholen?«, lachte Ödön. »Jetzt sieht mans ja unten nicht mehr.«

Die Frau, die sich als Erste für die Ballonfahrt gemeldet hatte, die Migränefrau, teilte sich ihr Korbsegment mit dem Ungarn. Sie schoss in unregelmäßigen Abständen Fotos. Marco hatte den Eindruck, dass sie nicht so recht bei der Sache war. Sie war etwa in seinem Alter, aber er konnte sich auch täuschen, denn der Schirm ihrer Basecap war tief heruntergezogen, außerdem hatte sie ständig die Kamera vor dem Gesicht. Marco beendete seine Instrumentenkontrolle, jetzt hatte er vor, sich nach dem Befinden der Passagiere zu erkundigen.

»Nein, mir fehlt nichts!«, sagte der Dünser Karli. »Ich bin Schreiner, hab schon oft auf dem Bau gearbeitet, ich bin die Höhe gewohnt. Machst du bitte ein Foto von mir, mit den Bergen im Hintergrund? Sonst glauben mir meine Spezis den Ausflug nicht.«

»Ja, klar, uns gehts gut«, sagte Christian Trockenschlaf. »Ein bisschen mulmig ist uns schon, zugegeben. Aber mit solch einer wunderbaren Frau ... und dann am fünften Hochzeitstag!«

Katharina lächelte unergründlich.

»Wann werden wir die dreitausend Meter erreicht haben?«, fragte Christian interessiert.

»Ein paar Minuten wird das schon noch dauern.«

»Und bis dahin bewegen wir uns senkrecht nach oben?«

»Fast wie in einem Aufzug, ja. Horizontal gehts erst mit dem Westwind weiter, dann aber mit Schmackes, das kann ich Ihnen sagen. Wir werden Geschwindigkeiten bis zu achtzig Stundenkilometern erreichen.«

»Ach ja? Das ist wirklich hochinteressant«, stellte Katharina ohne große Begeisterung fest.

Marco wandte sich Ödön zu, der schon wieder seltsame gymnastische Turnübungen an der Brüstung vollführte. Er winkte ihn zu sich.

»Wollen Sie einmal das Werdenfelser Land sehen? Dazu muss man richtig schwindelfrei sein. Das sind Sie ja wohl. Steigen Sie zu mir herüber.«

Er nahm den Ungarn am Arm und half ihm ins Pilotenabteil. Dann öffnete er eine Klappe am Holzboden. Einige der Passagiere stießen kleine, überraschte Schreie aus.

»Nein, keine Angst, da gehts nicht einfach unten raus. Es ist vergittert. Völlig ungefährlich. Bei Kindern ist das der Hit. Die prügeln sich drum, wer da runterschauen darf.«

Ödön kniete sich auf den Boden und spähte durch das Gitter in die Tiefe. Marco atmete erleichtert auf. Der umtriebige Ungar war erstmal beschäftigt.

»Särr bä-eindruckend!«, sagte Ödön. »Ich würde gerne hier durchsteigen, unten ein Nickerchen im freien Hang machen und wieder hochkommen.«

»Darum ist es vergittert. Wegen Typen wie dir! Es ist ausschließlich zum Durchgucken!«

Alle wagten einen vorsichtigen Blick durch das Gitter, selbst Herr Anonymus hatte sich umgedreht. Marco fand, dass das eine gute Gelegenheit war, dessen Gesicht näher in Augenschein zu nehmen. Doch da spürte er plötzlich einen Schlag auf der Schulter. Migränemargret stand dicht bei ihm.

»Ein Rendezvous ausmachen, und sich danach einfach nicht mehr melden!«, raunte sie ihm ins Ohr.

»Was?«

»Mich warten lassen, nie wieder was von sich hören lassen. Findest du das gut?«

Marco begriff gar nichts.

»Kannst du dich nicht mehr an mich erinnern? Margret – sagt dir das nichts?«

»Nein, äh – bist du schon einmal mit mir im Ballon mitgefahren? Oder kennen wir uns von Schott?«

»Mitgefahren? Schott? Ganz bestimmt nicht. Ich wollte nur einmal sehen, was aus dem verdammten Weichei geworden ist.«

Sie war ganz nah an ihn herangetreten. Er spürte ihren Atem. Er roch die dick aufgetragene Sonnenschutzcreme. Was wollte denn die? Verwechselte die ihn mit jemandem?

»Na, klingelts immer noch nicht? Parship! Singlebörse,

Foto geschickt, hin- und hergemailt, angerufen, essen gegangen, dann Funkstille.«

Und jetzt erkannte Marco sie. Migränemargret war die Frau, die sich auf seine Kontaktanfrage hin bei ihm gemeldet hatte. Sie hatten sich nur einmal getroffen. Damals im Restaurant war es sehr dunkel gewesen. Außerdem hatte sie jetzt ihre Haare unter der Basecap versteckt.

»Das ist eineinhalb Jahre her!«, sagte er.

»Warum hast du Idiot dich nicht mehr gemeldet?«

Parshipmargret war jetzt sehr laut geworden. Sie riss ihre Basecap herunter.

»Können wir das nicht später am Boden –«, sagte Marco beschwichtigend. Doch sie fiel ihm ins Wort.

»Sich einfach nicht mehr zu melden! So siehst du aus. Nicht mit mir, Freundchen.« Sie drehte sich um. »Das können alle hören! Dieser Typ da tut so groß und so furchtlos, und in jedem zweiten Satz kommt Mut und Höhe und Freiheit und Glück und Eins mit dem Wind vor, und dann traut er sich nicht mal zu sagen, dass er kein Interesse mehr an mir hat.«

»Das habe ich dir aber doch gesagt!«

»Halt die Klappe!«

Marco war auf vieles vorbereitet. Auf eine überraschende Inspektion des Luftamtes, auf eine gemeine Verleumdungsaktion von Schott, auf Kim Jong-un als Passagier, der den Ballon nach Nordkorea entführen wollte. Auf einen Orkan. Aber mit dieser Frau hatte er nicht gerechnet.

»Ich habe dir doch gesagt, dass du mir nicht gefallen hast.«

Parshipmargrets Augen blitzten auf. Voller Zorn stampfte sie auf den Holzboden. Dann griff sie in die Tasche und holte ein kleines, längliches Döschen heraus.

18

Polizeihauptmeister Ostler nahm die Dienstmütze ab und legte den Kopf zurück, um den Himmel nach fliegenden Objekten abzusuchen. Erst letzte Woche hatte er ein Adlerpärchen kreisen sehen. Jetzt kniff er die Augen zusammen, er konnte senkrecht über sich in großer Höhe einen schwarzen Fleck erkennen, der immer kleiner wurde und schließlich ganz verschwand. Was war denn das für ein Flugobjekt? Ein Hubschrauber? Ein Ballon? Ostler senkte den Blick wieder und sah sich auf dem belebten Vorplatz des Kongresshauses um. Die Luft war frisch und klar, von irgendwoher roch es nach Pfefferminzeis und gebrannten Mandeln. Schade, dass er gleich hinein musste, um sich trockene Vorträge anzuhören und Powerpoint-Präsentationen über sich ergehen zu lassen. Sein Kollege Hölleisen kam winkend quer über den Richard-Strauss-Platz auf ihn zu.

»Grüß dich, Joey!«

»Servus, Hölli. Wie siehts aus? Hast du dein Zweieinhalb-Stunden-Referat gekürzt?«

»Freilich.«

»Und dein Einstieg? Wie steigst du in das Referat ein? Das ist nämlich ganz wichtig. Der Anfang ist die Hälfte des Ganzen. Aristoteles.«

Hölleisen machte ein schelmisches Gesicht.

»Als Einstieg, da habe ich mir was Besonderes einfallen lassen. Mehr wird nicht verraten.«

»Komm, es ist Zeit, gehen wir hinein.«

Im Kleinen Saal des Kongresszentrums hatte einer der Workshops bereits begonnen. Ein grimmig aussehender Zweimetermann mit langen, im Nacken zusammengebundenen Haaren und geschmeidigem Gang lief hin und her und rückte in der Mitte des Raumes ein paar Stühle zurecht, die er mit Polizeiabsperrband umgab, und die wohl das Bühnenbild darstellen sollten. Der Raum war gut gefüllt, alle saßen und standen um das Arrangement herum. Es war der Workshop *Belästigung in öffentlichen Verkehrsmitteln*.

»Ein Uhr nachts, menschenleere U-Bahn, zerbrochene Bierflaschen auf dem Boden, Fußballspiel zu Ende, Föhn«, begann der geschmeidige Riese.

»Ein guter Einstieg!«, flüsterte Ostler Hölleisen zu.

Der geschmeidige Riese ging durch die Reihen.

»Ich will nun eine kleine Szene nachstellen. Dazu brauche ich ein Opfer.«

Niemand meldete sich. Als Opfer wollte keiner auftreten, als Opfer, das ahnten alle, machte man sich nur lächerlich. Die Rolle des Täters war viel interessanter. Aber den Täter spielte der Workshop-Leiter selbst. Eine Frau in der ersten Reihe erbarmte sich, es war eine Gemeinderätin aus dem Kurort. Sie setzte sich auf einen der Stühle – und setzte sich prompt auf den falschen, nämlich den, der einen Fensterplatz andeuten sollte.

»Wollen Sie während der Fahrt aus dem Fenster sehen? In der U-Bahn ist die Aussicht sicher berauschend«, scherzte der geschmeidige Riese. »Aber im Ernst: Immer innen hinsetzen, nie an den Rand, nie in die Ecke. Nehmen Sie immer da Platz, wo sich auch ein Hund hinlegen würde – nämlich mitten in den Weg. Das sind die sichersten Plätze.«

Jennerwein stand ganz hinten in der letzten Reihe. Er versuchte, sich auf den Vortrag des Kollegen zu konzentrieren. Doch seine Gedanken schweiften immer wieder ab. Gewaltprävention war eine sinnvolle und wichtige Sache. Aber war sie in seinem Metier überhaupt möglich? Konnte man einer Mordtat vorbeugen? Alle Mordfälle, in denen er bisher ermittelt hatte, setzten sich aus vielen, zwingend zum tödlichen Ziel führenden Puzzleteilchen zusammen. Der Täter hatte in vielen Fällen gar keinen Einfluss auf das schreckliche Ergebnis. Von wegen freier Wille. Von wegen Schuld. Schon wieder musste er an seinen Vater denken. Jennerweins Smartphone surrte. Endlich! Das war der Mann mit der verschlafenen Stimme, den er gestern angerufen hatte, als Maria Schmalfuß ins Zimmer gekommen war und das Gespräch unterbrochen hatte. Der Mann arbeitete beim Bundesamt für Justiz, und er hatte ihm schon öfter bei delikaten Fragen geholfen.

»Kommissar Jennerwein, was kann ich für Sie tun? Sind Sie allein?«

Die verschlafene Stimme täuschte, der Anrufer war hellwach, das wusste Jennerwein. Er ging aus dem Vortragsraum und suchte sich ein stilles Plätzchen im Foyer.

»Ja, jetzt kann ich sprechen. Entschuldigen Sie, dass ich gestern das Gespräch so abrupt beenden musste.«

»Das macht nichts, Jennerwein. Von Ihnen habe ich ja schon lange nichts mehr gehört! Ihre Kollegen wollen ständig was von mir, aber Sie machen sich rar. – Also was gibts?«

»Ich habe eine Frage zum –« Jennerwein senkte die Stimme, »zum Zentralen Staatsanwaltlichen Verfahrensregister. Wird da manchmal was gelöscht? Und wenn ja, in welchen Fällen und von wem? Und wie erkennt man, dass was gelöscht wurde?«

»Viele Fragen auf einmal. Und ausgerechnet zum ZStV. Am besten, Sie erzählen mir, um was es geht.«

Jennerwein sah sich um. Kein Mensch weit und breit, alle befanden sich in den Seminarräumen. Aber warum stellte er sich eigentlich so an? Er führte ein ganz normales Gespräch, er drehte weder ein krummes Ding, noch brauchte er sich vor irgendjemandem zu rechtfertigen. Trotzdem kam er sich vor wie – ja, wie ein Dieb.

»Also gut, hören Sie zu.«

Jennerwein nannte die Eckdaten, erzählte ihm von der Zeit zwischen Sommer 1969 und Herbst 1972, in der sein Vater auffälligerweise überhaupt keine Eintragungen hatte.

»Sein Name ist Dirschbiegel, sagen Sie?«

Die verschlafene Stimme murmelte etwas Unverständliches, nach einiger Zeit hörte Jennerwein:

»Ja, ich habe die Liste vor mir. Das sieht mir aber nicht nach einer Löschung aus. Oder nach einer sehr guten.«

»Wann wird denn ein Eintrag überhaupt gelöscht?«

»Eine Löschung ist mit so großem juristischen und auch technischen Aufwand verbunden, dass man sie eigentlich nur bei politischen Delikten riskiert.«

Pause in der Leitung. Aus dem Vortragssaal ertönte Gelächter. Nach einiger Zeit fragte Jennerwein:

»Bei RAF'lern?«

»Ja, zum Beispiel. Oder im rechtsradikalen Bereich. Seit neuestem auch bei religiös motivierten Straftaten.«

»Und darf man fragen, warum so ein Eintrag gelöscht wird?«

»Wegen unserer V-Leute, die eventuell mit drinstecken. Mehr darf man nicht fragen.«

»Könnte es sich in diesem Fall nicht doch um eine Löschung handeln?«

»Wie ich sehe, ist dieser Dirschbiegel ein recht kleiner Fisch. Unwahrscheinlich, dass wegen solch einem unbedeutenden Würstchen ein derartiger Aufwand betrieben wird.«

Wie redete der von seinem Vater! Doch Jennerwein schluckte den Ärger hinunter.

»Aber man weiß ja nie«, fuhr der Verwaltungsbeamte mit der schläfrigen Stimme fort. »Es kann natürlich sein, dass er das Würstchen nur spielt.«

»Dass er ein V-Mann ist?«, fragte Jennerwein besorgt.

Er überlegte. Wenn das stimmte, dann konnte er seinen Vater durch sein Herumschnüffeln in ziemliche Schwierigkeiten bringen.

»Ja, oder ein Informant. Oder ein wichtiger Zeuge. Da gibt es viele Möglichkeiten.«

»Können Sie das eruieren?«

»Nein. Wenn Sie mehr wissen wollen, dann müssen Sie im Justizministerium ein Ersuchen –«

»Das weiß ich. In zehnfacher Ausführung. Und ich weiß auch, dass letztendlich nichts dabei herauskommt.«

Sie verabschiedeten sich und legten auf. Jennerwein massierte die Schläfen mit Daumen und Mittelfinger. Seine Nervosität wuchs. Doch er musste unbedingt einen kühlen Kopf behalten. Das aber war in eigener Sache gar nicht so leicht.

Er schlich sich wieder in den kleinen Vortragssaal. Ein Mann wie er blieb trotz seiner legendären Unauffälligkeit natürlich nicht unbemerkt, viele deuteten in seine Richtung, tuschelten oder nickten ihm wohlwollend zu. Jennerwein lächelte bescheiden zurück und stellte sich wieder in die hinterste Reihe. Die Bühne in der Mitte des Raums hatte sich inzwischen belebt. In der angenommenen U-Bahn saßen zwei verhuschte Opfer, ein widerlicher Belästiger (bravourös gespielt vom

Kollegen Workshop-Leiter selbst) und ein paar couragierte Helfer, die natürlich zunächst alles falsch machten, was man falsch machen konnte.

»Das oberste Gebot für jedes Opfer und für jeden Helfer ist defensives Verhalten«, lehrte der geschmeidige Riese gerade.

Jennerwein tippte auf mindestens dreimal Sport in der Woche, vielleicht Handball.

»Am Ende eines Tunnels steht ein Typ, der dich nicht vorbeilassen will. Du kannst ihn niederschlagen, ihn mit deinem Messer bedrohen, ihm Geld geben, versuchen, mit ihm zu diskutieren – aber die beste Überlebensstrategie ist, zurückzugehen und einen anderen Weg zu suchen.«

Das hätte Jennerwein offiziell genauso gesagt. Aber defensives Verhalten war eben nicht die Überlebensstrategie. Von Geburt an wurde einem eingebläut, möglichst Erster zu sein, also jemanden zu überholen, an jemandem vorbeizukommen, ihn zu besiegen, zu überreden, niederzukämpfen – und da sollte man sich in einer bedrohlichen Notsituation völlig anders verhalten? Da sollte man alles, was zweihunderttausend Jahre lang nützlich gewesen war, vergessen? Ein anderer Gedanke drängte sich in die Zweifelkabine des Jennerwein'schen Gehirns. Was hatte der Kollege vorher gesagt? Dirschbiegel ein V-Mann? Das war doch sehr unwahrscheinlich. Gut, es hatte mal einen Häftling gegeben, der im Knast die Polizeischule absolviert hatte und dann V-Mann geworden war. Aber sein Vater? Er konnte sich das nicht vorstellen. Oder sogar ein Informant? Einer jener miesen Polizeispitzel, die ein paar Jahre Knast gegen eine lebenslange Verpflichtung, *sich umzuhören*, tauschten? Jennerwein war ganz sicher, dass sich sein Vater zu solch einem Job nie hergeben würde. Er stand erneut auf und verließ so unauffällig wie möglich den Raum.

»Hallo, Jennerwein, alter Wildschütz, schön, dass Sie mal anrufen. Was gibts?«

Die Kollegin vom BKA war Spezialistin in Sachen Raub und Diebstahl. Kaum jemand kannte sich da besser aus als sie. Er hatte sie bisher nicht kontaktiert, weil er, aus naheliegenden biographischen Gründen, möglichst wenig mit dem Genre Eigentumsdelikte zu tun haben wollte. Vielleicht war das auch der Grund, warum er zum Morddezernat gegangen war.

»Können Sie mir sagen, ob es im Werdenfelser Land oder in der Umgebung bezüglich Ihrer Kunden auffällige Bewegungen gibt? Sind zum Beispiel größere Raubzüge geplant?«

»Nicht dass ich wüsste. Fremdenverkehrsorte und Gegenden mit viel Tourismus sind eher ein Eldorado für Taschendiebe. Allerdings –«

»Ja?«

»Von einer skurrilen Sache haben wir Kenntnis. Das ist nichts Offizielles, wir stecken noch in den Ermittlungen. Einem Mann wurden sämtliche Wertsachen geklaut, Silberbesteck, Münzen, Schmuck – und er ist mit allem freiwillig rausgerückt. Stellen Sie sich vor: Der Dieb hat sich als Tod ausgegeben und, ganz alt-ägyptisch, eine bequeme Reise ins Jenseits versprochen.«

»Wann war das?«

»Gerade erst vor ein paar Tagen.«

Jennerwein musste lächeln. Damit konnte sein Vater also nichts zu tun haben. Aber es hätte irgendwie zu ihm gepasst.

»Gibt es noch weitere Aktivitäten?«

»Nein, nichts Ungewöhnliches.«

»Wie sieht es mit Kunstraub aus? Gibt es da was in unserer Gegend?«

»Kunstraub ist heutzutage was für die ganz großen Nummern. Das sind die Brutalsten von allen. Die reisen aus dem

Ausland an, krallen sich ein Gemälde, ohne Rücksicht auf Verluste, reisen wieder ab. Auch mit den eigenen Leuten gehen sie nicht zimperlich um. Kunstraub ist inzwischen fest in der Hand der Organisierten Kriminalität. In Murnau gibt es zur Zeit eine Ausstellung, mit den ganzen Expressionisten und Blauen Reitern und was weiß ich noch alles. Da sind jedenfalls Kunstwerke von unermesslichem Wert eingelagert worden. Wir haben ein Auge darauf.«

Jennerwein notierte sich die Adresse des Museums.

»Ich kann Ihnen noch eine besondere Nummer geben, Wildschütz. Sie können ja dort mal Ihr Glück versuchen. Bitte den Zettel mit der Nummer sofort vernichten. Oder sich die Nummer merken.«

Jennerwein bedankte sich und legte auf. Es war eine Handynummer. Also ein Informant. Ein Polizeispitzel. Seine Sorgen waren nicht kleiner geworden.

Jennerwein schlich wieder zurück in den Workshop-Saal. Er kam gerade recht zum Schlussapplaus für den geschmeidigen Riesen und seine Mitstreiter. Es war wie immer: Der Täter bekam den meisten Applaus. Das nächste Referat wurde vorbereitet. Stühle wurden umgestellt, Tische gerückt. Jennerweins Gedanken gingen wieder hin zu Dirschbiegel. Und ein Satz, den dieser im Gefängnis gesagt hatte, drängte sich in den Vordergrund: *Hör auf, wenn du deinen Meister gefunden hast. Beende dein Handwerk, wenn einer auftaucht, der besser ist als du. Gratuliere ihm und mach ihm deinen Platz frei.* War das nur so dahingesagt oder steckte etwas Größeres dahinter? Bedeutete es, dass er sich einer mafiösen Organisation anschließen wollte? Jennerwein dachte konzentriert nach. Sollte er sich jemandem anvertrauen? Sollte er die Suche aufgeben? Alles hinschmeißen? Aber jetzt war er schon in die Sache involviert. Er, der bekannt dafür war, sich in kriminelle Täter hineinzuversetzen, schaffte das bei seinem Vater nicht. Gab es keine andere Möglichkeit, herauszubekommen, was Dirschbiegel plante? Doch, es gab eine ganz abwegige Möglichkeit, eine ganz und gar außerhalb der polizeilichen Norm liegende.

Jennerwein blickte überrascht auf. Polternder Krach, ein Tisch war umgeworfen worden, Stühle flogen umher, Gläser klirrten. Franz Hölleisen stand mit geballten Fäusten da und schrie mit wutverzerrtem Gesicht:

»Sag das noch mal! – Dann schlag ich zu!«

Rippenklau und Apfel-Snack

»Der erste nennenswerte menschliche Akt in der Heiligen Schrift ist der Diebstahl«, so der Religionswissenschaftler Dr. Tobias Stubenrauch. »Und wie viele Nuancen es in der Bibel davon gibt! Und wie genussvoll sie beschrieben werden!« Das ist richtig. Wo sich Juristen schon bei der Definition des Delikts ›Mundraub‹ die Zähne ausbeißen, sagt die Bibel im 5. Buch Mose 23,25 knapp:

> *»Wenn du in den Weinberg eines andern kommst, darfst du so viel Trauben essen, wie du magst, bis du satt bist, nur darfst du nichts in ein Gefäß tun. Wenn du durch das Kornfeld eines andern kommst, darfst du mit der Hand Ähren abreißen, aber die Sichel darfst du auf dem Kornfeld eines andern nicht schwingen.«*

»Heutzutage würde man diese Stelle allerdings etwas anders formulieren«. sagt Dr. Tobias Stubenrauch.

> *»Wenn du beim Schreiben deiner Doktorarbeit in die Arbeit eines anderen gerätst, dann darfst du so viele Worte davon nehmen, wie du magst, nur musst du die Quelle in einer Fußnote angeben.«*

(Quelle: ›Glauben heute‹, Heft 5)

19

Alle starrten erschrocken auf das kleine, schwarze Döschen mit dem Sprayaufsatz, das die Verrückte in der Hand hielt. Was hatte sie vor? Wollte sie den Piloten außer Gefecht setzen? Wie sollten sie denn ohne Marco wieder heil auf den Boden kommen?

Parshipmargret brauchte selbst eine Weile, bis sie die entsetzten Gesichter der Mitreisenden deuten konnte. Sie betrachtete das kleine Ding und lachte bitter auf.

»Ach so! Jetzt denken alle, das ist Pfefferspray. Haltet ihr mich für bekloppt? Das, was ihr hier seht, ist das billige Parfüm, das mir dieser Trottel beim ersten und letzten Treffen mitgebracht hat. Da – damit kannst du dich selbst einsprühen!«

Sie holte aus und warf ihm das Döschen theatralisch vor die Füße. Alle entspannten sich, lediglich den Trockenschlafs war die Sache immer noch nicht ganz geheuer. Katharina wandte sich ab und hielt die Hände schützend vors Gesicht. Marco erkannte sein ehemaliges Geschenk und hob es wortlos auf. Er betrachtete es mit einem unsicheren Lächeln und steckte es in die Tasche. Er hatte sich damals viel von dem Treffen versprochen. Doch sie war nicht sein Typ. So einfach war das. Und das hatte er ihr damals auch gesagt.

»Da fällt dir wohl nichts mehr ein!«, schrie sie. »Da fehlen dir die Worte! Pralinensüchtiges Weichei! Parship-Betrüger!

Sturer Bundeswehr-Hengst! Blöde Sau! Ich mach dich fertig, du feige Memme!«

Ihre Stimme überschlug sich.

»Ich habe mich erkundigt! Ich habe einiges über dich herausbekommen. Aus deiner Bundeswehrzeit –«

»Jetzt tust aber einmal ein bisserl staad, Dirndl!«, mischte sich der Dünser Karli ein. »Du verdirbst uns ja die ganze Gaudi. Muss das ausgerechnet hier oben sein!? Das könnt ihr zwei doch ein paar tausend Meter tiefer miteinander ausmachen.«

Die Fernhandelskauffrau funkelte ihn böse an. Sie schnappte nach Luft, um etwas zu erwidern, ließ es aber dann doch. Sie setzte sich im Schneidersitz auf den Boden und starrte trotzig auf ihre Turnschuhe.

Marco fand für einen Moment keine Worte mehr. Was war denn das für eine verdammt peinliche Situation! Und das ausgerechnet im Beisein des Namenlosen, der ihn vielleicht seinem Traum von der spektakulären Alpenumrundung näher brachte!

»Tut mir echt leid mit dieser – Sache«, stotterte er in die Runde. »Aber jetzt, meine Damen und Herren, kommt etwas Wichtiges für unsere Fahrt. Wir erreichen in wenigen Minuten die Höhe mit dem Wind, der uns seitwärts Richtung Spitzingsee trägt.« Seine Stimme war immer noch belegt, aber er gewann langsam wieder seine Fassung zurück. »Die starke Windscherung wird den Ballon erfassen. Es ist möglich, dass es ein bisschen schaukelt. Halten Sie sich also bitte fest.«

Marco hatte sich wieder gefangen. Als wenn man diesen Seitenwind sehen könnte, blickten alle nach oben. Die Aussicht auf eine Veränderung der Fahrtrichtung lenkte etwas von der superpeinlichen Situation ab.

»Der Korb pendelt dann etwas«, fuhr Marco fort. »Wer

will, kann in die Hocke gehen und sich an den Schlaufen festhalten.«

»Die Biertragl rutschen mir nicht weg?«, feixte der Dünser Karli.

»Nein«, antwortete Marco schwach lächelnd. »Sonst hätt ich dir das mit dem Bier nicht erlaubt. Es kann nichts passieren. Man bekommt es vielleicht gar nicht einmal mit.«

Die Einzigen, die Marcos Rat folgten und in die Hocke gingen, um sich, mit dem Gesicht zur Korbwand, an den Griffen festzuhalten, waren die Trockenschlafs. Sie flüsterten hitzig miteinander. Parshipmargret, die immer noch trotzig am Boden saß, fasste halbherzig hinter sich und schnappte sich mit einer Hand eine der Schlaufen, die am Peddigrohr angebracht waren. Karli Dünser saß auf seinem Tragl und öffnete eine neue Flasche, Marco stand aufrecht in der Nähe der Navigationsgeräte. Ödön schien von dem ganzen Streit nichts mitbekommen zu haben. Er kniete nach wie vor über dem Bodengitter und schaute hinunter in die Tiefe. Jetzt drehte er sich um, sprang elegant und turnerisch auf, blickte nach oben und musterte aufmerksam die Ballonhülle, die mit den Tragseilen am Brennerrahmen befestigt war. Der hatte doch wohl nicht vor, da raufzuklettern! Ein Wahnsinn! Marco musste ihn unbedingt im Auge behalten. Die beiden schweigsamen Überraschungsgäste standen an der Brüstung, sie hatten sich einander zugedreht und unterhielten sich leise. Der Sonnenbrillenmann bemerkte Marcos Blick und winkte ihn mit einer kleinen, arroganten Handbewegung zu sich her. Marco heizte noch schnell einmal, dann trat er zu den beiden.

»Ich entschuldige mich für den Vorfall«, sagte er zerknirscht. »Ich glaube, ich muss mir meine Passagiere das nächste Mal genauer ansehen.«

»Halb so wild. Es ist ja nichts passiert.«

Der Kleinere hatte sich wieder leicht abgewandt.

»Sie können die horizontale Richtung des Ballons wirklich nicht beeinflussen?«

»Nein, nur indirekt, indem ich bestimmte Windströmungen in unterschiedlichen Höhen ansteuere.«

Der Sonnenbrillenmann machte eine vage Handbewegung Richtung Norden.

»Wir könnten also auch wieder die entgegengesetzte Route nehmen? Und Berlin anvisieren?«

»Theoretisch ja. Sofern es einen Wind gibt, der uns dort hinbläst.«

»Sagen Sie mal, nur so interessehalber: Befinden wir uns eigentlich immer noch über dem Kurort?«

»So ist es. Allerdings nicht mehr lange.«

Beide beugten sich leicht über den Rand des Korbs und sahen hinunter, doch es war nur ein faseriger, gelblichweißer Wolkenschleier zu sehen. Vom Loisachtal keine Spur. Und doch war der Kurort nur zwanzig Flugsekunden von ihnen entfernt.

Jetzt drehte sich der Kleinere um und blickte Marco prüfend an. Er hatte ein glattes, fast jungenhaftes Gesicht mit tiefliegenden Augenhöhlen. Sie musterten sich eine Weile, schließlich spielte ein winzig kleines Lächeln um die Lippen des Mannes.

»Sie brauchen ihn gar nicht so anzugaffen«, sagte die Sonnenbrille zu Marco. »Sie werden ihn sowieso nicht erkennen.«

Jeden Augenblick konnte der Ballon in den breiten Windstrom aus dem Westen geraten und seine horizontale Fahrt aufnehmen. Noch stiegen sie allerdings träge nach oben.

»Nein«, flüsterte Marco zur Sonnenbrille. »Ich weiß nicht, wer er ist.«

»Denken Sie sich nichts, sein Bild ist nicht gerade jeden Tag in der Zeitung. Nur bei bestimmten Anlässen.«

»Bei bestimmten Anlässen? Ach so, ja dann. Wissen Sie, es geht mich ja auch nichts an –«

»Sind denn eigentlich alle Passagiere an Bord?«, unterbrach ihn der Kleinere, der ihn die ganze Zeit über fixiert hatte.

»Wie meinen Sie das? Ja, klar sind alle an Bord.«

»Es fehlt doch einer.«

»Ach so, der! Ein Mann namens Klaus Jakobshagen, ja. Der hat sich nicht mehr gemeldet. Das kommt öfter vor. Angst vor der eigenen Courage – was weiß ich. Ist das wichtig für Sie?«

Der Mann ohne Namen zuckte gleichgültig die Schultern. Dabei legte sich ein Ausdruck auf seine Miene, der Marco bekannt vorkam. Hatte er dieses Gesicht doch schon einmal gesehen? Aber wo? In der Zeitung? Im Fernsehen? Der Mann verzog die Lippen abermals zu einem kleinen, herablassenden Grinsen.

Doch dann erbleichte er.

Mit schreckgeweiteten Augen starrte er plötzlich auf einen Punkt hinter Marcos Rücken. Ein lautes, scharfes Zischen ertönte von dort, ein bösartiges, giftiges Geräusch, das fürchterlich schnell und bedrohlich anschwoll. Ein gebrochenes Ventil!? Ein geplatzter Schlauch? Ausströmendes Gas! Doch bevor Marco sich umdrehen konnte, riss ihn die Druckwelle der Explosion zu Boden. Er spürte einen Schlag in den Rücken, der ihm für kurze Zeit den Atem nahm. Ein brennender Schmerz breitete sich in seinem Körper aus. Er hustete. Mit großer Anstrengung gelang es ihm, sich halb aufzurichten und umzudrehen. Eine zweite, noch heftigere Explosion erschütterte die Luft. Er duckte sich und hielt die Hände schützend vors Gesicht. Übelriechende, heiße Rauchschwaden hüllten ihn ein. Marco warf den Kopf in den Nacken und schnappte ächzend nach Luft. Er drehte sich zur Seite und sah nach oben. Die Ballonhülle war auf einer Seite kohlschwarz verrußt. War sie aufgerissen? Stürzten sie ab? Verdammt nochmal, sie stürzten ab! Oder doch nicht? Sie hielten sich immer noch irgendwie in der Luft. Jetzt hörte er direkt neben sich das splitternde Krachen von zerberstendem Holz, er warf sich herum und hielt sich an einer Querstrebe fest. Der Rauch drang ihm schmerzhaft in die Augen. Er versuchte, sich zu orientieren, doch durch die dichten Schwaden konnte er nicht erkennen, wie es um die anderen Passagiere stand. Wieder ein Blick nach oben: Fetzen des Werbebanners, das um die Ballonhülle lief, hatten Feuer gefangen, hässlich züngelten und zuckten die schwefelgelben Flämmchen. Das Brennerventil war geöffnet, die Gasflamme fauchte weiter, der Ballon verlor nicht an Höhe. Jetzt erst hörte Marco die Schreie. Sie waren die ganze Zeit schon da gewesen. Schmerzensschreie, ohrenbetäubende Angstschreie, panisches Gebrüll. Marco öffnete den Mund, doch er war unfähig, einen Laut von sich zu geben. Wieder eine Explosion, diesmal eine kleinere, kurz darauf der faulige Geruch von ausströmendem Flüssiggas. War eine der Propangasflaschen explodiert? Das war doch unmöglich! Turbulente Windstöße, die von mehreren Seiten kamen, rissen an dem knarzenden Peddigrohr, trieben aber auch die Rauchschwaden davon. Jetzt konnte Marco erkennen, dass der Korb schief in den Stahlseilen hing, die Abteile waren zerstört, an manchen Stellen waren auch die Korbwände zersplittert und durchlöchert. Und dann bemerkte er eine Gestalt, die auf ihn zustürzte. Es war Katharina Trockenschlaf. Sie konnte sich auf der schiefen Ebene nicht halten, rutschte und schlidderte immer näher, ihre Wanderstiefel trafen seine Schienbeine hart und schmerzhaft. Sie trug nur noch einen ihrer beigefarbenen Kalbslederhandschuhe. Mit beiden Händen umklammerte sie verzweifelt seinen Oberschenkel.

»Festhalten!«, schrie Marco heiser. »An den Schlaufen festhalten! Die Schlaufen! Haltet euch alle an den Schlaufen fest!«

Gesplittertes Holz bohrte sich krachend ineinander, der Ballonkorb drehte sich jetzt im Kreis. Schließlich riss die Bodenplatte in der Mitte auf. Marco kroch mühsam an der Seitenwand entlang, bekam endlich eine der Schlaufen zu fassen, gerade noch rechtzeitig, denn die zerstörte Tragefläche bot kaum mehr Platz zum Stehen. Marco warf den Kopf zurück und blickte nach oben. Dort bot sich ein noch schrecklicherer Anblick. Die Ballonhülle brannte jetzt, sie loderte wie ein grellgleißender Feuerball, der immer größer wurde. Geblendet von der Helligkeit, kniff er die Augen zu. Doch dann wurde die Flammenhölle von einem starken, seitlich heranpfeifenden Wind zerrupft. Wie konnte das alles sein? Waren sie etwa mit einem Objekt zusammengestoßen? Es musste eine enorme Hitze dort oben herrschen, wenn das schwer entflammbare Material sich so schnell entzündet hatte. Oder war es doch nur das Werbebanner vom Pizzabringdienst? Katharina Trockenschlaf klammerte sich immer noch an sein schmerzendes Bein, durch das doppelte Gewicht schnitten die Schlaufen wie Messer in seine Handgelenke. Er warf den Kopf herum. Sein Blick erhaschte einige der anderen Passagiere, die sich an den Griffen der rechteckigen Korbinnenwand festhielten. Er konnte keine Gesichter erkennen, nur noch zappelnde, winselnde Körper. Die Korbwand war vermutlich das einzig intakte Fahrzeugteil. Aber wie lange würde sie noch halten?

Marco senkte den Kopf. Durch den zersplitterten Boden sah er Wolkenfetzen, Bergspitzen und grüne Wiesen. Einen Fluss, der sich träge glitzernd durch die Wälder schob. Und eine Gestalt, die schreiend in die Tiefe stürzte.

20

»Klebrigs Bürschal! Pfundsau! Aufgstellter Mausdreck!«

»Sag das noch einmal!«

»Goaßkopf! Greisliger Stingl! Triefaugerter Mooskarpfen!«

»Was hab ich da ghört? Was sagst du?«

»Rachitischs Krischpal! Kropferts Ratzngschwerl!«

»Das sagst du nicht zu mir! Du schiacher Haderlump, du ausgschamter!«

Hölleisen spielte beide Hitzköpfe: den Erstbeleidiger, der aufgesprungen war, und den Beleidigten, der noch auf seinem Stuhl saß. Der Tisch war längst umgestoßen.

»Gloiffe!«

»Bachratz!«

»Gmoadepp!«

»Kniabiesler!«

»Gschroamaul!«

»Gschwollschädel!«

Johann Ostler war hin und weg: Sein Kollege Hölleisen spielte beide Kontrahenten lebensnah und mit archaisch gerechtem Zorn. Einige der Zuschauer waren sogar aufgesprungen, um im Rhythmus der Schimpfwörter mitzuklatschen. Hölleisen verstärkte die Kanonade bayrischer Verbalinjurien, wie ein Musiker, der sein Tempo zu steigern wusste.

»Gifthaferl! Pfundhammel! Aprilaff! Kleznbeni!«

»Plattnsimmal! Stutzkopf! Tappnache! Bauernfünfa!«

Auch Johann Ostler war aufgesprungen. So ein wunderbarer Referats-Einstieg! Beneidenswert.

Doch jetzt hielt Hölleisen inne und wandte sich ans Publikum.

»Beruhigen Sie sich, meine Damen und Herren, das sind bloß die harmloseren Beschimpfungen. Wegen denen gäbe es wahrscheinlich gar keine Wirtshausschlägerei. Mein Name ist Polizeiobermeister Franz Hölleisen, und ich wollte Ihnen zeigen, wie so eine Sach bei uns im Oberland anfangt. Eine Maß Bier zu viel, ein nichtiger Grund, Föhn – und schon gehts los.«

Zur allgemeinen Begeisterung nahm er erneut die Pose des Herausforderers ein:

»Radaubesen! Tropfbierdotschn! Greisligs Gfries! Grindige Rauschkuglvisage!«

Man konnte förmlich sehen, wie der Angegiftete immer mehr in sich zusammensank, die Fäuste dabei hinter dem Rücken in fürchterlich zurückgehaltener Wut ballte. Die Zuschauer, hauptsächlich Polizisten, hochmotivierte Sozialpädagogen und Lokalpolitiker im Ressort Sicherheit, konnten gar nicht genug kriegen von dem grellen Feuerwerk der Kraftausdrücke, das der Wirtshausaggressor genussvoll zündete. Erneut bat Hölleisen um Ruhe.

»Wie aber soll jetzt der Angesprochene reagieren?«

Er blickte fragend ins Publikum.

»Er plärrt zurück!«, schrie eine Frau mit Nickelbrille und Holzsandalen. »Er gibt ihm Saures!«

»Ja, das ist natürlich auch eine Möglichkeit. Aber dann kann es passieren, dass sich die Situation noch weiter aufschaukelt und völlig außer Kontrolle gerät. Das wollen wir doch nicht, oder? Denn wenn erst einmal gerauft wird, dann ist es zu spät für eine Prävention. Weitere Vorschläge?«

Ein Professor für Forensische Psychiatrie und Gerichtsgutachter stand auf.

»Er bittet den anderen, die eskalierende Auseinandersetzung draußen weiterzuführen.«

»Ja, schon besser«, entgegnete Hölleisen. »Die Wut verraucht oft, bis man draußen ist. Aber ganz sicher kann man sich da auch nicht sein.«

Ein uniformierter Polizist meldete sich.

»Wie wäre es, wenn der Angesprochene gar nicht darauf reagiert? Wenn er einfach nur still dasitzt und alles über sich ergehen lässt?«

»Lieber Kollege, Ihrem Dialekt nach sind Sie aus dem Norden. Und das, was Sie da vorschlagen, ist in Bayern nicht möglich. Niemand sitzt in so einem Fall da und sagt nix. So eine Kanonade hält kein Mensch aus. – Darf ich einmal einen Versuch machen, Kollege?«

Hölleisen verließ die Bühne, baute sich vor dem Polizisten aus dem Norden auf, beugte sich über ihn und donnerte los:

»Du Verdrusszapfen! Rossboinsammla! Gscherter Büffel! Dreckhamme! Waldaff! Gschmoaß! Ruaßnosn! Blahde Blunzn! Saufbeutl! Zahnerter Holzfuchs –«

»Bitte! Hören Sie auf«, sagte der Polizist schließlich beherrscht, aber doch leicht irritiert. »Ich habs begriffen: Nur dasitzen funktioniert nicht.«

Hölleisen nickte zufrieden und kehrte wieder auf die Bühne zurück.

»Und jetzt passens auf. Meine Deeskalationsstrategie täte folgendermaßen ausschaun. Der Zorn ist nun einmal da, der Zorn kann sich nicht in Luft auflösen. Aber er kann umgelenkt werden. Wie beim Judo. Ich nämlich würde als Angeschriener aufspringen und sagen: ›Was? Einen Loamsieder nennst du mich? Einen Wuisler und Wunderstumpen? Ja, du Saurüssel, du dafeida! Du Hanskaschperl, du zammzupfter! Wenn du dich traust, dann hock dich her zum Fingerhakeln. Oder zum Armdrücken. Aber du traust dich ja eh nicht! Oder?‹«

Hölleisen reichte dem fiktiven Gegenüber einen speziellen Lederriemen, den berühmten Fingerhakelring. Und wieder wandte er sich ans Publikum.

»Und was soll ich Ihnen sagen: Das funktioniert meistens. Ein Angebot zum Fingerhakeln kann man kaum ablehnen. Glauben Sie es mir! Ich war selber in mehreren Fällen dabei und habe es mit eigenen Augen gesehen.«

Hölleisen verbeugte sich. Langanhaltender Applaus ertönte im Saal. Bevor er zum nächsten Punkt seines Referats kam, suchte er unter den Zuschauern nach Jennerwein, doch er konnte seinen Chef nirgends entdecken.

Jennerwein stand auf dem Schrottplatz zwischen den ausgemusterten Fahrzeugen und wartete auf den Spitzel. Es war kein offizieller V-Mann oder ein legaler Informant, es war einer jener armen Teufel, die viel wussten und gefährlich lebten, weil sie im Notfall von der Polizei nicht gedeckt wurden. Es war ein Kleinkrimineller oder ehemaliger Kleinkrimineller, vermutlich rauschgiftsüchtig, mit zerstochenen Armen, blutunterlaufenen Augen und einer kokszerfressenen Nase. Vorhin am Telefon hatte er nur geflüstert, man konnte die Angst heraushören. Sie hatten vereinbart, sich hier zu treffen, Jennerwein hatte den Vortragssaal eilig und so unauffällig wie möglich verlassen und war mit dem Taxi hergefahren. Er sah nach, wie viel Geld er einstecken hatte. Vermutlich reichte es nicht für eine größere Auskunft. Es war das erste Mal, dass er sich auf so eine Sache einließ, er hatte keine Erfahrung damit, und auf der Polizeischule lernte man das auch nicht. Trotzdem musste er die Aktion konzentriert und besonnen durchführen. Es war zwar ungewöhnlich, was er jetzt tat, aber nicht illegal. Die Metallpresse des Schrottplatzes wummerte. Er vernahm das krachende Splittern, wahrscheinlich wurde gerade eine einst so stolze Luxuskarosse auf Matchboxgröße verkleinert. Der Spitzel veränderte sich in Jennerweins Vorstellung nochmals, verschlechterte sich rasant, denn jetzt trug er zerrissene Kleidung, wirbelte mit einem amerikanischen Einhandmesser herum, hatte spitz zugefeilte Zähne, eine vernarbte Glatze –

»Hallo. Wir haben eben telefoniert.«

Eine junge Frau war hinter dem Berg aus gepressten Kotflügeln hervorgetreten, sie musste ihn schon einige Zeit beobachtet haben. Sie war adrett und sauber gekleidet, ein Baumwolltuch, unter dem dichtes, schwarzes Haar hervorquoll, war um ihren Kopf geschlungen. Sie trug ein kurzärmeliges Hemd, sodass Jennerwein ihre Ellenbeugen sehen konnte. Keinerlei Einstichstellen.

»Schön, dass Sie gekommen sind«, sagte Jennerwein, erleichtert über die einnehmende Erscheinung der Informantin. Trotzdem war Vorsicht geboten. Er hatte sich so gestellt, dass er den Schrottplatz einigermaßen übersehen konnte. Es hatte nichts genutzt, die Frau hatte ihn kalt erwischt.

»Gehen wir ein Stück? Ins Grüne?«, schlug sie vor. Vorher am Telefon war er wegen ihres Geflüsters gar nicht auf den

Gedanken gekommen, dass es eine Frau war. Sie gingen einen Wiesenweg entlang, eine kleine Anhöhe empor und setzten sich auf eine Bank.

»Was wollen Sie?«

»Es geht um Diebstähle. Hier in der Gegend. Ist da was geplant? Ich meine: was Größeres?«

Die Frau überlegte.

»Grenznahe Regionen eignen sich immer gut für Bruchtouren. Diebesbanden überqueren die Grenze, greifen blitzschnell zu, verschwinden wieder. Bei den Banden sind die Nationalitäten bunt durcheinandergewürfelt, es sind Tschechen, Bulgaren, Österreicher, Deutsche, sie ziehen durch mehrere Länder, all das erschwert die Polizeiarbeit ungemein. Schon möglich, dass sie auch hier vorbeikommen. Einen konkreten Termin weiß ich nicht.«

Jennerwein überlegte. Sollte er sie ganz direkt nach seinem Vater fragen? Warum nicht. Er konnte dadurch nicht in Gefahr kommen.

»Sagt Ihnen der Name Dirschbiegel etwas?«

Sie zeigte sich erfreut.

»Dirschi? Ja, von dem habe ich schon öfter gehört. Er wird auch ›der Professor‹ genannt. Aber soviel ich weiß, ist Dirschi doch schon längst aus dem Geschäft! Er hat eine Zeitlang als Kundschafter gearbeitet. Das ist einer, der das Objekt erst gründlich ausspäht, ein anderer bricht dann ein und übergibt die Beute sofort an einen Kurier. Die Aufklärungsquote bei Einbrüchen liegt deshalb nur bei schlappen fünfzehn Prozent.«

»Das weiß ich selbst«, knurrte Jennerwein.

»Heh! Kein Grund, gleich pampig zu werden.«

»Dirschbiegel ist also Kundschafter gewesen?«, hakte Jennerwein nach einer Weile vorsichtig nach.

»Wohl einer der besten. Die übliche Kundschaftermasche ist ja der bulgarische Bettler, der an der Tür klingelt, um einen Blick ins Haus werfen zu können. Dirschbiegel war der seriöse ältere Herr, der verschwitzte Wanderer, der um ein Glas Wasser bittet. Er stellte sich als Professor Heinzelmann vor, Zoologe oder was weiß ich. In den meisten Fällen wurde er sogar hereingebeten. Ideal!«

»Kennen Sie Dirschi persönlich?«

»Nein, ich habe ihn noch nie gesehen. Obwohl, wer weiß: Vielleicht hab ich ihn schon getroffen, aber nicht als solchen erkannt. Er soll vom Äußeren her so unauffällig sein, dass man ihn nach seiner Glas-Wasser-Masche meist sofort vergessen hat. Kein Zusammenhang mehr zwischen ihm und dem späteren Einbruch. Wie gesagt: ideal.«

Jennerwein überlegte. »Sie sagten, er ist schon länger aus dem Geschäft. Kann es sein, dass er wieder einsteigt, zum Beispiel als Kundschafter? Oder schon längst wieder eingestiegen ist?«

»Keine Ahnung. Wirklich. Ehrlich gesagt sind mir diese Bruchbanden auch zu heiß. Ich würde da niemals mitmachen. Aber das glauben Sie mir vermutlich sowieso nicht. Wars das? Oder gibts noch was?«

»Nein, nichts mehr. Nur noch die Frage: wie sieht es eigentlich mit –«

»– der Bezahlung aus? Ich will kein Geld. Ich weiß, dass Sie Kommissar Jennerwein sind. Dass Sie häufig Gefängnisbesuche machen. Ich brauche was von Ihnen. Ganz was Spezielles. Aber nicht jetzt. Ich melde mich.«

Und schon war sie verschwunden. In was geriet er da gerade hinein? Er hatte das Gefühl, dass der Boden unter ihm zu schwanken begann.

Jennerwein atmete durch. Mit dieser Art von Parallelwelt hatte er sich noch nie beschäftigt. Jennerwein machte sich wieder auf den Weg zurück zum Kongresshaus. Er kam an einem Haus vorbei, mit einem Balkon zur Straße hinaus und einer seitlichen Terrasse, die in einen dicht bewaldeten Hang überging. Das Haus lag am Ende der Straße, die Terrassentür war schlecht einsehbar. Jennerwein konnte sich gut einen Professor Heinzelmann vorstellen, wie er an der Haustür klingelte, sich an die Brust griff, gebeten wurde, hereinzukommen und am Küchentisch Platz zu nehmen. Wie er sich diskret umsah, an der Verandatür keine gute Pilzzapfenverriegelung feststellte, deshalb die Aufbruchsdauer auf höchstens zwanzig Sekunden schätzte, dann das Wohnzimmer mit einem Blick nach Wertsachen abscannte und sich schließlich höflich verabschiedete.

»Ich glaube, mir gehts wieder besser. Danke nochmals für das Wasser. Sie sind Kunstsammler, wie ich sehe?«

»Freut mich, dass Sie ein Auge dafür haben. Im ersten Stock habe ich meine wirklich schönen Objekte. Wollen Sie die Bilder einmal sehen? Ein echter Matthias Wotzgössel ist auch dabei.«

»Nein danke, ich muss dann wieder.«

Dachte er inzwischen schon wie ein Verbrecher?

Im Kongresshaus angekommen, stellte Jennerwein fest, dass der Vortrag *Gewaltfreie Kommunikation* gerade zu Ende war und die Kaffeepause schon begonnen hatte. Er blickte sich im Foyer um.

Viele der Teilnehmer standen in Grüppchen und steckten die Köpfe zusammen. Sie schienen heftig miteinander zu diskutieren. Sie erhoben drohend die Fäuste. Sie holten neckisch zum Schlag aus. Sie packten sich lachend am Kragen und schüttelten den anderen durch. Und angeregt durch das stimmungsvolle Referat des Kollegen Hölleisen, flogen viele Verbalinjurien durch den Raum.*

* Z'sammag'schneckelter Hausmoastertrampel. Luangschippe. Schachtldeifi. Breznsoizer. Haariger Esau. Malefitzkerl. Brummsummsl. Bsuffas Wagscheidl. Hallodri. Millipritschla. Schiaglada Deifi. Hanskaschperl. Moosbummal. Damischa Ritta. Schlammloas. Zornbinkl. Haumdaucha. Muhackl. Narrischa Gickl. Sparifankerl. Batschockelgfries. Douda Fisch. Nixix Bürschal. Noagalzuzla. Schmarrnkibe. Nosada Birndieb. Noudiga Notnickl. Dafeide Kletzenwurzel. Hornochs. Odrahta Hoderlump. Gloiffi. Lattürl. Nassfuaderer. Abgfieselter Habicht. I-ha-ha. Pflunzn. Doldi. Hirnheiner. Rutschhintere. Moosaugerta Tropfbierlalli. Hülsenblasi. Zahnluckate Salonrufa. Mensch, dappigs. Affadaggl. Lumpaseggl. Allmachtsgrasdaggl. Am Depp sei Soggehalder. Greizdeiflige Goggelhenn. Wiaschdr Siach. Lellabebbl. Ruudsleffl. Schabraggn. Schnarchzabfn …

21

Die Sonne flog über das Werdenfelser Tal wie ein glühender Golfball, der am Morgen mit einem galaktischen Putter vom grünen Hügel der Wankspitze abgeschlagen worden war.

Jetzt war es Mittag. Der Friedhof war um diese Zeit kaum besucht, lediglich vor einem kleinen Grab standen zwei Einheimische. Es war das Grab von Eulalia Lippl, laut Sterbedatum ruhte sie hier schon seit zwanzig Jahren. Die beiden beleibten Grabpfleger hätte man für verantwortungsbewusste Verwandte halten können, die das Unkraut jäteten, die Grablichter erneuerten und Verwünschungen über die zertrampelten Kieswege ausstießen.

»Eulalia Lippl!«, rief die Frau gerade. »Warum hat es denn ausgerechnet so ein ausgefallener Zungenbrecher sein müssen!«

»Was hast du gegen den Namen?«, erwiderte er. »Ist doch schön, wenn man Eulalia Lippl heißt.«

»Ach was! Jeder bleibt stehen und wundert sich über den Namen. Unter einem unauffälligen Grab verstehe ich was anderes.«

Von einer fernen Beerdigung wehten ein paar segensreiche Pfarrerworte herüber, viele lateinische Endungen wie -ibus und -abus mischten sich in das Altarschellenklingeln der Ministranten.

»Ja, und?«, gab der Mann zurück. »Dann bleibt halt der eine oder andere stehen und liest den Namen. Was schadet es!«

Ein Grab als toten Briefkasten zu verwenden, war Ignaz Graseggers Idee gewesen. Seine Frau Ursel hatte zugestimmt. Das ehemalige Bestattungsunternehmerehepaar hatte momentan große Probleme, ihre zwar reichlich vorhandenen, aber heißen Wertbestände in saubere Scheine umzuwandeln. Ein Kontaktmann zur italienischen Mafia erledigte das für sie, und sie brauchten zur Zeit einiges an Nachschub, schon wegen der Ausstattung für das neuerbaute Haus. Ignaz sah sich um. Kein Mensch war in der Nähe.

»Also, auf gehts«, sagte er.

Er hob das eiserne Windlicht vom Sockel.

»Ursel, hast du vielleicht zufällig einen Kreuzschlitzschraubenzieher dabei?«

»Ja freilich! Meine Handtasche ist ein getarnter Werkzeugkoffer. – Natürlich habe ich keinen dabei. Du bist vielleicht schlecht ausgerüstet!«

»Ich hab ihn halt vergessen. Und die Marmorplatte ist zugeschraubt.«

»Was ist mit deinem Taschenmesser?«

»Das liegt daheim auf dem Küchentisch.«

»Da liegt es gut.«

»Was machen wir jetzt?«

»Vielleicht gehts auch mit einer Nagelschere.«

»Hast eine dabei?«

»Nein, was tu ich denn auf dem Friedhof mit einer Nagelschere. Es wird Zeit, dass wir wieder ein ganz normales Bankkonto haben.«

»Ein normales Bankkonto? Da kann ich drauf verzichten. Ich bin froh, wenn ich die Grattler von der Bank nicht sehen muss.«

»Da, nimm meinen Ohrring. Mit dem gehts vielleicht auch.«

Schließlich hatte es Ignaz geschafft. Die frische Lieferung aus Italien wurde begutachtet. Echte, gebrauchte Scheine, nicht fortlaufend nummeriert. Mitten im Blättern und Nachprüfen dudelte das Smartphone von Ignaz. Ja, das Smartphone. Er hatte es von Ursel zum Geburtstag geschenkt bekommen, und ihre beiden Kinder Lisa und Philipp hatten ein paar lustige Apps draufgespielt. Einen Goldpreisanzeiger. Einen Rubel-Euro-Umrechner. Die Verbindung war schlecht. Aber Ignaz erkannte die Stimme sofort. Er richtete sich jäh auf.

»Ja? – Wieso, was wollen Sie denn von uns? – Das ist ja … – Um was geht es denn bitte?«

Verwunderung und Entsetzen stand in den Augen von Ignaz. Ursel blickte ihn fragend an. Ignaz stotterte weiter ins Telefon.

»Wissen Sie, das kommt total überraschend! – Ja, wir können uns treffen. – Gut, bis dann.«

»Um Gottes willen, wer war denn das?«, fragte Ursel.

»Du wirst es nicht glauben.«

»Sag schon.«

»Der Kommissar Jennerwein. Er will mit uns reden. Ganz privat.«

Der galaktische Putter hatte ganze Arbeit geleistet. Die Sonne trieb auf die Zugspitze zu. Bald würde der Heliumklumpen mit dem üblichen romantischen Farbgetöse im Wettersteingebirge einschlagen. Still und ruhig lag hingegen das Grab von Eulalia Lippl da. Als Grabspruch hatte man etwas Altgriechisches gewählt. Πάντα ῥεῖ.

»Was heißt denn das?«, fragte Ignaz.

»Alles fließt«, erwiderte Ursel.

»Wie passend.«

22

»Treten Sie sofort zurück! Lassen Sie den Mann durch!«

Der Mob, in der letzten Stunde vor Mitternacht etwas schläfrig geworden, war mit einem Schlag hellwach. Die lange Wartezeit hatte sich gelohnt. Das große Finale bahnte sich an. Der Showdown. Überall entsetzte, aber auch erwartungsvolle Gesichter, hässlich geworden durch die künstliche Beleuchtung und durch die Sensationsgier. Die Vorstellung war noch nicht zu Ende. Sie strebte auf ihren grandiosen Höhepunkt zu.

Kaum war die Megaphondurchsage verklungen, drängte sich ein beleibter Mann in Anzug und Krawatte schnaufend durch die Menge. Er sah aus wie Heinz Erhardt, nur ohne Witz. Auch die klobige, schwarze Hornbrille fehlte nicht. Zwei Polizisten schlugen ihm eine Schneise durch die gaffende Meute. Er schleifte einen groben Jutesack mit der Aufschrift Deutsche Bundesbank hinter sich her.

»Das Geld!«, schrien einige der Zuschauer. Sie schrien es überflüssigerweise, denn was sollte in dem Sack zu dieser Stunde sonst drin sein. Der Dicke schien nicht so recht zu wissen, wohin mit dem Geldsack, vielleicht wartete er aber auch nur auf weitere Anweisungen. Die Eingangstür der Bank öffnete sich einen Spalt, eine rote Kapuze und der Lauf einer Maschinenpistole schoben sich durch.

»Bring ihn zum Wagen!«, brüllte der Gangster, und er wies

mit der Waffe auf das Fluchtauto, das immer noch mit geöffneten Türen bereitstand. Der Dicke nickte beflissen und packte den Sack fester. Der Lauf der Schmeisser verfolgte ihn. Der Dicke stellte den Sack ab. Dann zog er ein blütenweißes Taschentuch aus der Hosentasche und wischte sich den Schweiß von der Stirn. Erwartungsvolles Gegrummel flammte in der Menge auf. Jetzt musste doch gleich was geschehen! Jeden Augenblick mussten die Gangster herauskommen, zwei oder drei Geiseln vor sich herstoßen, in den Wagen springen und mit kreischenden Reifen davonfahren. Doch nichts geschah. Überhaupt nichts. Eine bleierne Stille überzog die Prinzregentenstraße. Die Lautsprecherdurchsagen waren verstummt. Die Gangster kamen nicht heraus. Der Dicke, der aussah wie Heinz Erhardt, hörte nicht auf, sich den Schweiß abzuwischen. Das Publikum wartete atemlos auf den nächsten Akt.

»Wahrscheinlich sind die Scheine nummeriert!«, flüsterte eine schlanke, buntgekleidete Dame ihrer Freundin zu.

»Verbrechen lohnt sich nicht«, gab diese hastig zurück, als hätte sie beim Blick auf den Geldsack einen unanständigen Gedanken gehabt. Der Lauf der Maschinenpistole ragte immer noch aus dem Türspalt. Der Geldsack lehnte am rechten Vorderreifen des Fluchtautos. Warum zum Teufel rührte sich nichts? Auf was warteten die Gangster aus Ramersdorf noch? Ihre Forderungen waren erfüllt. Also los!

»Mehr kann die Polizei nicht tun«, flüsterte der Kriegsteilnehmer mit dem viel zu kleinen Hut seinem Nachbarn mit dem Trachtenjanker zu. Und der junge Mann, der schweigend danebenstand, senkte den Blick auf seine gepflegten Hände und nickte zustimmend.

Mayr betrachtete seine Maschinenpistole. Damit würde er sich den Weg freischießen, wenn es zum Äußersten kam. Lazlo wiederum beobachtete Mayr. Er hatte das Gefühl, dass dessen Waffe leicht zu zittern begonnen hatte. Aber er konnte sich auch täuschen. Lazlo wandte sich ab. Er spürte, wie die Angst in ihm hochkroch. Es war eine unbestimmte, unerklärliche Angst. Und genau dieses Unerklärliche machte ihm am meisten Angst. Nicht einmal die Geiseln hatten so viel Angst wie er. Sie saßen apathisch am Boden, hatten sich in ihr Schicksal ergeben und warteten geduldig auf ihre Befreiung. Die blöden Gaffer da draußen, die nervösen Polizisten, die Scharfschützen, die inzwischen auf den Dächern saßen – alle hatten sie nicht so viel Bammel wie Lazlo. Er spürte, dass etwas schieflief. Der ganze Bruch war zu dilettantisch geplant gewesen, alles nur eine riesige Schnapsidee. Acht Stunden dauerte das jetzt schon. Viel zu lang. Die Polizei hatte die Geldübergabe immer wieder hinausgezögert. Sie rechnete wahrscheinlich damit, dass sie jetzt überstürzt rauskamen, geldgierig, genervt, übermüdet, total am Ende. Und einen Fehler machten. Lazlo ging zum Fenster und betrachtete die Leute auf der Straße genau. Sie standen atemlos da, kaum jemand unterhielt sich, alle starrten auf den Eingang der Bank. Lazlo krampfte die Hände zusammen, um sein Zittern unter Kontrolle zu bringen. Er zwang sich dazu, an die zwei Millionen zu denken, die auf ihn und seinen Kumpel warteten. Ärgerlich wischte er den Gedanken beiseite, dass es um diese zwei Millionen schon längst nicht mehr ging. Das Telefon klingelte. Es hörte nicht auf zu klingeln. Niemand hob ab. Lazlo winkte die Frau, die immer noch neben dem Telefon saß, zu sich her.

»Sie gehen jetzt raus. Zusammen mit ihm.«

Er deutete auf Mayr. Die Frau blickte ihn mit müden Augen an.

»Warum gerade ich?«, fragte sie mit tonloser Stimme.

»Sie haben das vorher mit den Verhandlungen so gut gemacht, Sie werden auch das mit Bravour meistern.«

Die Frau blickte zur Seite.

»Keine Sorge. Die werden nicht wagen, zu schießen.«

»Hoffen wir es.«

»Sie können ganz sicher sein.«

»Soll ich nicht ans Telefon gehen?«

»Nein. Wir bringen das jetzt zu Ende.«

Lazlo stülpte die vorbereitete Kapuze über ihren Kopf. Sie ließ es geschehen. Er führte sie zur Eingangstür, an der Mayr mit der Knarre stand.

Mayr packte sie am Arm und schob sie hinaus ins Freie. Ein enthusiastischer, irrer Aufschrei ging durch die Menge, als sie die maskierte Gestalt erblickten, von der sie annahmen, dass es eine der Geiseln war. Das Geschrei schwoll an. Der Mob führte sich auf wie bei einer Marathonveranstaltung, wenn der erste Athlet endlich im Stadion einlief. Begeistert. Frenetisch. Außer sich.

Mayr gefiel das. Es hätte nicht viel gefehlt und er hätte mitgeschrien, um sich Mut zu machen. Er war sich sicher, dass es noch lauter zugehen würde, wenn er jetzt gleich rauskäme. Er blickte sich noch ein letztes Mal um. Was trieb denn Lazlo dort hinten im Schalterraum der Bank? Egal. Mayr fasste die Waffe fester. Langsam schob er die Geisel einen Schritt weiter. Sie wehrte sich nicht. Mayr griff nach dem zweiten Gewehr. Auch das hatte er gut ausgewählt. Das war das Einzige, was zählte. So ein gutes Gewehr hatten die Bullen nicht.

Lazlo beugte sich über die Bankangestellte, die ihm ausgesprochen sympathisch war. Sie duzten sich bereits. Er legte seine Hand auf die ihre.

»Monika?«

»Ja?«

»Gleich ist es so weit. Nimm dir auch ein paar Hunderter.«

»Was? Ich soll was nehmen? Meinst du das ernst?«

»Es schadet nicht.«

Lazlo richtete sich auf und ging zum Tresor. Dort waren knapp hunderttausend Mark gelagert. Mayr wusste nichts davon. Aber er hatte sicher nichts dagegen, das Geld, das sie nicht mitnahmen, zu verteilen. Wenn sie schon ›Die Rote Front‹ hießen. Lazlo nahm einen Packen und reichte ihn Monika. Dann nahm er noch einen Packen und reichte ihn dem Abteilungsleiter. Er ging von einem zum anderen und verteilte Geld. Niemand lehnte es ab. Manche lächelten. Eine der Angestellten hauchte ein verstörtes Danke irgendwo in Richtung Fußboden. Lazlo lenkte seinen Blick wieder zur Eingangstür. Er bemerkte, dass Mayr seinen Auftritt hinauszögerte. Irgendetwas stimmte hier nicht. Es war alles viel zu ruhig. Lazlo sprang plötzlich auf.

»Änderung des Plans!«, schrie er durch das ganze Foyer. »Der Kassierer! Wo ist der Kassierer? Der Kassierer geht mit der Geisel raus. Sie soll sich ins Auto setzen. Dann erst gehst du raus.«

Mayr drehte sich überrascht um und öffnete den Mund, um zu protestieren. Doch dann verstand er. Und grinste. Ja gut, erst den Kassierer mit der Geisel rausschicken. Dann er allein, mit zwei Knarren, voll maskiert, Schritt für Schritt. Der absolute Showdown.

»O.k., geht klar!«, schrie Mayr in Richtung seines Kumpels,

trat einen Schritt zurück und befahl der Geisel, stehenzubleiben.

Lazlo blickte auf die Uhr. Zwanzig vor zwölf.

Kurz darauf öffnete sich die Eingangstür der Deutschen Bank erneut, und der Kassierer erschien. Er führte die vermummte Geisel am Arm, die beiden schritten zügig zum Auto. Die Geisel nahm auf dem Beifahrersitz Platz, der Kassierer wurde sofort von der Polizei in Empfang genommen und hinter die Absperrung gezogen. Im gleichen Moment trat eine vermummte Gestalt, mit zwei unterschiedlich großen Knarren bewaffnet, einen Schritt ins Freie. Der Mob stöhnte lüstern auf. Er glich jetzt einem hungrigen Tier mit tausend funkelnden Augen, dessen schmerzende Muskeln sich bis zur Verkrampfung spannten. So gereizt und übermüdet die zusammengepferchte Menge in der letzten Stunde gewesen war, so hellwach schien sie nun wieder zu sein, wie beim Einzug der Gladiatoren in die kochende Arena, wie kurz vor dem Sausen des Fallbeils.

Noch zehn Minuten.

»Der in der Tür, ist das einer der Täter?«, flüsterte der Scharfschütze auf dem Dach seinem Kumpel zu, der neben ihm auf dem Bauch lag wie er.

»Keine Ahnung«, antwortete der. »Es könnte auch eine der Geiseln sein.«

»Aber eine Geisel mit zwei Waffen?«

»Man hat sie vielleicht dazu gezwungen.«

Die Scharfschützen zielten sicherheitshalber auf die Beine.

Noch neun Minuten.

Die Frau saß im Auto und wartete. Das Atmen fiel ihr

schwer, sie bekam kaum mehr Luft. Was war da los? Sie wurde doch jetzt nicht mehr von den beiden bedroht! Warum um Gottes willen unternahm die Polizei dann nichts? Wollten die sie mit den Bankräubern wegfahren lassen? Aber warum? Was hatte das für einen Sinn? Die Frau hatte das Gefühl, unter der Kapuze zu ersticken.

Noch acht Minuten.

Das Edelrestaurant mit dem guten Blick auf die Prinzregentenstraße 70 war berstend voll, alle schienen in bester Laune zu sein. Der bekannte bayrische Politiker mit dem Stiernacken hatte sich beruhigt. Er saß wieder an seinem Stammplatz, man hatte ihm die Sache mit dem Jagdgewehr ausreden können.

»Saubande, elendigliche –«, stieß er noch hervor, dann sank sein fleischiges Haupt auf den Tisch, zwischen die halb aufgegessenen Wildpfännchen und die leeren Obstlerstamperl. »Euch hätte ichs schon gezeigt«, murmelte er noch, dann schlief er ein.

Noch sieben Minuten.

Der junge Mann mit den gepflegten Händen und den sauber geputzten Schuhen verengte die Augen zu kleinen, schmalen Schlitzen. Das Ganze lief auf eine Katastrophe zu. Er musste eingreifen. Eigentlich war das seine Aufgabe. Aber was sollte er machen? Er hätte sich nie auf diesen Irrsinn einlassen sollen. Warum zwei Typen beraten, die sich nichts sagen ließen? Er musste zusehen, dass er selbst heil aus dieser Sache herauskam.

Noch sechs Minuten.

Der Dicke mit der Hornbrille stand unschlüssig auf dem Bürgersteig und wartete. Der Schweiß lief ihm in Strömen herab. Er warf einen Blick auf den Geldsack, der immer noch an der Stelle stand, wo er ihn abgesetzt hatte. Keine präparierten Scheine, keine Papierschnipsel, keine weiteren Tricks. In der Eile hatten sie nur echtes Geld hineinpacken können. Was auch passierte, er würde den Jutesack nicht aus den Augen lassen.

Noch fünf Minuten.

Der viel zu kleine Hut zitterte vor Erregung und Müdigkeit. Der alte Soldat konnte sich kaum mehr auf den Beinen halten. Er hielt sich mit Erinnerungen wach.

»Häuserkampf bei Białystok«, murmelte er seinem Nachbarn zu. »Vor dreißig Jahren –«

»Halt endlich die Klappe«, zischte der Mann mit dem Trachtenjanker.

Noch vier Minuten.

Der Journalist, der vorher so kühn auf das Glasdach geklettert war, saß jetzt auf der Steintreppe eines Hauseingangs und starrte auf seinen leeren Notizblock. Verdammt, er war so nahe drangewesen! Leider bloß ein paar Sekunden. Dann hatte er sich in die Flucht schlagen lassen. Die Worte des Gangsters klangen ihm noch im Ohr.

»Hau ab! Verschwinde, sonst krachts!«

Der Typ hätte auf ihn geschossen, so viel war sicher. Eine Frau war auch unter den Gangstern gewesen.

»Gehen Sie zurück, Sie Idiot!«, hatte sie geschrien. Es war eine ältere Dame mit grauen Haaren gewesen. Das war natürlich zu wenig für eine Story. Obwohl. Er würde die dichte Atmosphäre im Schalterraum beschreiben. Die Angst der Geiseln. Die Brutalität der Verbrecher. Das Versagen der Polizei. Die falsche Innenpolitik. Die unsichere Weltlage. Sein Stift hetzte über das Papier. Nachdem er zwei Seiten vollgeschrieben hatte, stand er auf und drängte sich nach vorn zum Absperrband. Dort musste er hin. Dort spielte die Musik.

Noch drei Minuten.

Der kleine Kasimir war so müde, dass nur die minütlichen Stupser des Vaters dafür sorgten, dass er sich nicht von seinen Schultern herunter auf den Straßenboden fallen ließ und zwei Wochen dort schlief. Jetzt spürte er schon wieder einen Rempler.

»Lang dauerts nicht mehr!«, sagte der Vater leise.

»Was denn?«

»Der Bankraub, du Dummerl.«

Er war noch nie so lange aufgewesen. Schon wieder fielen ihm die Augen zu. Er riss sie wieder auf. Vielleicht konnte er sich damit wach halten, dass er schon mal überlegte, wie sein Aufsatz weiterging.

Mein schönstes Ferienerlebnis

Ein Fluchtfahrzeug hat es auch gegeben, und weil die Türen offen waren, bin ich hineingekrabbelt und habe mich auf die weichen Polster gesetzt. Auf einmal hat es gekracht, und Schüsse sind durch die Luft gepeitscht. Und die Bankräuber sind ins Auto gekommen und mit quietschenden Reifen davongefahren. Mich haben sie gar nicht beachtet. Sie haben die Masken heruntergerissen und den Geldsack aufgemacht und haben die Beute gerecht verteilt. Ich habe auch einen Teil bekommen, den habe ich eingesteckt und zu den Räubern gesagt, sie sollen mich bei mir zu Hause absetzen. Ja freilich, Kasimir, hat der eine gesagt. Daheim habe ich meinen Anteil gezählt und unterm Bett versteckt, aber die Mutter hat es natürlich gefunden und mich gefragt, wo ich das herhabe. Ich hätte das Geld besser verstecken sollen.

Der kleine Kasimir war kurz davor, einzuschlafen. Bald war es Mitternacht. Die maskierte Gestalt mit den zwei Waffen hatte sich nochmals umgedreht, um etwas ins Innere der Bank zu rufen. Der Sommerhit *Chirpy Chirpy Cheep Cheep* dudelte leise. Die Mob-Bestie hielt den Atem an. Eine junge Frau mit schwarzglänzenden Haaren und katzenhaftem Blick schloss das Fenster.

Noch zwei Minuten.

23

Jennerwein stand erneut in der letzten Reihe des Kongresshaussaals, er lehnte nahe der Tür an der Wand und war mit den Gedanken bei seinem schwer erziehbaren Vater. Vorne auf dem Rednerpodest saß eine kleine, verletzlich wirkende Frau. Wenn man sie so sah, ahnte man, dass sie eine leise Stimme, eine winzig kleine Schreibschrift und zwei Doktortitel hatte. Im Programmheft wurde sie als Soziologin vorgestellt, die dem Thema Prävention sehr, sehr kritisch gegenüberstand. Also nicht: Möglichkeiten der Prävention, sondern: Ist Prävention überhaupt möglich? Gerade diese Fragestellung hatte Jennerwein brennend interessiert, deshalb war er da. Statt einer Begrüßung stand das scheue Reh auf und schrieb ans Whiteboard: *In keiner Gegenwart kann gewusst werden, wie sie hätte anders werden können, als sie geworden ist.* Punkt. Sie setzte sich wieder und schwieg erwartungsvoll. Nach und nach kam zaghaftes Gekicher und Gelächter auf, das in unsicheren Applaus mündete.

»Das ist doch – nicht etwa ein Spruch von Karl Valentin?«, fragte einer.

»Nein«, antwortete sie. »Das ist der Kernsatz meines Referats. Diese Aussage stellt jede Prävention in Frage.«

Ostler war zu Jennerwein getreten.

»Ein Wahnsinnsanfang!«, flüsterte er ihm zu. »Eine Provokation, eine Verunsicherung, ein Eklat. Schade, dass mir so etwas nicht eingefallen ist!«

Jennerwein nickte. Es war eine verkehrte Welt. Bei seinem eigenen Vater hatte er schon lange eingesehen, dass keine der vielen Präventivmaßnahmen, die einen erneuten Rückfall verhindern sollten, etwas gefruchtet hatte. In seinem Vortrag aber stellte er sich als glühender Verfechter der Polizeiprävention dar. Oder hatte man bei seinem Vater nur nicht den richtigen Weg gefunden? Wie war das mit dessen dunklen Andeutungen, dass der sein Gewerbe erst aufgeben würde, wenn er seinen Meister gefunden hätte? War das nur so dahingesagt, als Spruch des Tages, den er auf dem Abreißkalender gelesen hatte? Oder war das der Schlüssel zu Dirschbiegels kleptomanischem – pardon: eigentumskritischem – Inneren? Konnte er hier den Hebel ansetzen? Würde Dirschbiegel seine gefährlichen Aktionen endlich beenden, wenn er ihm seinen wie auch immer gearteten Meister präsentierte? Er selbst, Jennerwein, der erfolgreiche Ermittler, der sich zugutehielt, verbrecherische Seelen zu verstehen wie kein anderer, musste einsehen, dass ihm das bei Dirschbiegel überhaupt nicht gelang. Jennerwein brauchte Nachhilfe. Nachhilfe im Um-die-Ecke-Denken. Und er wusste auch schon, von wem. Ja, das wars! Es war eine riskante Aktion, aber sein Entschluss stand fest. Er wollte es wagen. Gleich morgen, wenn er seinen Vortrag gehalten hatte.

»Ein gutes Referat!«

Ostlers Stimme riss ihn aus seinen Gedanken. Ostler deutete auf die Bühne. Die kleine Soziologin mit der leisen Stimme und der winzigen Schrift packte ihre Unterlagen zusammen.

»Ein bisschen kopfig wars schon«, fuhr Ostler fort. »Aber sonst: Hut ab. Ich finde es sehr lobenswert, wenn das auch mal jemand kritisch sieht. Oder, was meinen Sie, Chef?«

Er drehte sich zu Jennerwein um.

»Hallo Chef! Wo sind Sie denn?«

Jennerwein war verschwunden. Die Tür stand einen kleinen Spalt auf. Er war hinausgegangen.

»Irgendetwas ist mit dem nicht in Ordnung«, murmelte Ostler für sich.

So kannte er seinen Chef gar nicht. Aber vielleicht war er ja auch bloß nervös wegen seines Vortrags. Ostlers Mobilfunkgerät blinkte, Polizeiobermeister Hölleisen war dran. Er schob Dienst auf dem Revier. Die normalen Polizeigeschäfte mussten schließlich weitergehen. Ostler verließ nun ebenfalls den Saal und suchte sich ein stilles Plätzchen, um ungestört reden zu können.

»Hallo, Joey.«

»Servus, Hölli. Noch einmal Gratulation zu deinem sagenhaften Auftritt. Alle reden davon.«

»Ja, danke! Freut mich sehr, dass es euch gefallen hat. Aber jetzt was anderes. Ich weiß, du hältst gleich dein Referat, aber ich wollte euch bloß informieren, dass ein Heißluftballon abgängig ist.«

»Wie jetzt: ein Heißluftballon?«

»Ein 12-Mann-Ballon ist in der Früh vom Hammersbacher Hölzl gestartet, das Verfolgerteam, das die Passagiere nach der Landung aufnehmen sollte, hat den Kontakt zum Ballon verloren. Dann sind die Verfolger zum Ziel der Tour, zum Spitzingsee gefahren und haben dort gewartet. Der Ballon ist nicht erschienen, sie waren natürlich sehr besorgt und haben schließlich keine andere Möglichkeit gesehen, als die Bergwacht zu informieren. Die Bergwachthubschrauber haben schon stundenlang gesucht, aber nichts gefunden. Wie wenn sich der Ballon in Luft aufgelöst hätte – wenn der Vergleich hier überhaupt passend ist.«

»Wann hat sich denn der Pilot zuletzt gemeldet?«

»Gar nicht.«

»Das klingt nicht gut«, sagte Ostler.

»Du sagst es. Folglich muss ein Unfall passiert sein.«

»Aber wenn er in eine kritische Situation gekommen wäre, dann hätte er doch einen Funkspruch abgesetzt. Das ist ein Knopfdruck und ein Hilferuf. Das geht immer. Wie heißt denn der Pilot?«

»Marco Zunterer.«

»Ach, der Zunterer Marco!«, rief Ostler überrascht aus.

»Kennst du den?«

»Freilich. Das ist ein wilder Hund. Seine Verwandten kommen von überallher. Aus dem ganzen Alpenraum. Ich kenn ihn näher. Meine Frau hat mir nämlich eine Bodenseetour zur Beförderung geschenkt.«

»Und, wie wars?«

»Bisher ist nichts draus geworden. Keine günstige Wetterlage. Aber ich habe mich mit dem Zunterer getroffen, zu einer Vorbesprechung. Ein netter Bursch, der fährt schon seit Jahren Ballon und schien mir sehr kompetent.«

»Jetzt ist er jedenfalls mit seinem Heißluftballon verschwunden.«

»Also, wir machen es so: Ich trommle alle zusammen, und in zehn Minuten sind wir da.«

»Und dein Referat?«

»Das müssen wir auf morgen verschieben. Der Dienst geht vor.«

Maria Schmalfuß, Jennerwein, Ostler und Hölleisen hatten um den Besprechungstisch des Polizeireviers Platz genommen.

»Zefix«, fluchte Hölleisen. »Ausgerechnet heute!« Er deutete mit dem Daumen zu Ostler. »Gott sei Dank haben wir einen leibhaftigen Heißluftballonexperten unter uns.«

»Also, ich habe noch keine Fahrt mitgemacht«, sagte Ostler bedauernd. »Aber ich kenne mich tatsächlich ein bisserl aus.«

»Der Stand der Dinge ist der«, fuhr Hölleisen fort. »Unsere Bergwachtler haben bisher nichts gefunden. Die Suche läuft noch.«

»In der Luft ist er also nicht mehr?«, sagte Maria Schmalfuß. »Ich bin absoluter Laie. Eine dumme Frage: Kann er nicht auf zehntausend Meter gestiegen sein? Wo die Hubschrauber nicht mehr hinkommen?«

»Das kann man ausschließen. Das ist nämlich technisch auch gar nicht möglich«, erklärte Ostler. »Ein Heißluftballon steigt mit erhitzter Luft. Um so hoch zu steigen, braucht es sehr viel Gas, das bei einer normalen Fahrt nicht mitgeführt wird. Wenn die Gasflaschen zu Ende sind, ist es aus mit dem Hochsteigen.«

»Also muss er irgendwo heruntergekommen sein«, stellte Hölleisen fest.

»Ja, aber der Bereich, in dem sich die Absturzstelle befinden könnte, ist ziemlich groß«, erwiderte Ostler. »Von hier bis zum Spitzingsee.«

»Vielleicht musste er irgendwo notlanden«, sagte Jennerwein.

»Eine Notlandung schließe ich aus. Wenn der Ballon beschädigt ist, wenn irgendeine andere Störung auftritt, dann wird er als Erstes eine Meldung absetzen.«

»Gute Arbeit, Ostler und Hölleisen«, sagte Jennerwein. »Wir machen jetzt Folgendes. Ich gehe mit Maria zu Zunterers Haus und sehe mich um. Wir müssen die Passagierliste finden! Ich will nicht, dass die Verwandten aus dem Radio von einem Unglück erfahren. Wir müssen herausbekommen, wie viele Passagiere an Bord sind. Sie, Hölleisen, halten Kontakt zur Bergwacht. Informieren Sie mich sofort, wenn sich etwas Neues ergibt. Ostler, da Sie sich mit Ballonfahren auskennen, bitte ich Sie, darüber nachzudenken, welche Möglichkeiten wir sonst noch haben, auf die Spur des Ballons zu kommen. Wie sieht es zum Beispiel mit dem Verfolgerteam aus? Befragen Sie die Leute bitte. Prüfen Sie zudem nach, ob etwas gegen diesen Zunterer vorliegt. Das wärs. Brechen wir auf, Maria.«

Ostler hatte den Chef die ganze Zeit beobachtet. Er war sich sicher: Jennerwein war wieder der Alte. Blitzschnell die Situation erfassen – klare Entscheidungen treffen – keine Zeit verlieren. Es lief alles wie gewohnt ab. Oder etwa doch nicht?

»Haben wir nicht eine Möglichkeit außer Acht gelassen?«, sagte Maria Schmalfuß, als sie dabei waren, das Besprechungszimmer zu verlassen.

»Und die wäre?«, fragte Jennerwein.

»Es könnte doch sein, dass Zunterer mit einem anderen Flugobjekt kollidiert ist. Mit einem nicht gemeldeten Flugzeug. Oder einem Vogelschwarm. Oder einem Flüchtlingsballon, was weiß ich. Und dass er den Hilferuf gar nicht mehr absetzen konnte.« Sie machte eine Pause. »Weil er tot ist.«

Alte Volksweisheit

Nur wer sich selbst bestiehlt, weiß, was ihm fehlt.

Quelle: Volk. Es ist eine jener herrlichen alten Volksweisen, die von dem renommierten Volkskundler Volker Stubenrauch in seinem richtungsweisenden Werk *Herrliche alte Volksweisheiten* zusammengetragen wurden. Verlag Volk und Welt, 1978

24

Das Haus von Marco Zunterer lag etwas außerhalb des Kurorts. Maria und Jennerwein klingelten, es öffnete niemand.

»Diese Passagierliste«, sagte Maria, »muss die denn nicht irgendjemandem vorgelegt werden? Dem Luftamt oder der Flugsicherung zum Beispiel?«

»Anscheinend nicht«, murmelte Jennerwein. »Ostler hat jedenfalls nichts davon gesagt.«

Wieder betrachtete Maria Jennerwein aufmerksam. Er schien ihr äußerst unkonzentriert. Das war etwas, was sie überhaupt nicht von ihm kannte. Ihre Vermutungen gingen dahin, dass ihn etwas Privates bedrückte oder zumindest ablenkte. Ein heiße Welle der Eifersucht schoss ihr plötzlich ein. Hatte er eine andere Frau kennengelernt? Maria versuchte diesen lächerlichen Anfall von Besitzkontrollverlust in den Griff zu bekommen. Vielleicht bedrückte ihn etwas anderes. Maria seufzte. Sie wusste ja so wenig von ihm.

Es war ein freistehendes Haus mit Garten und Geräteschuppen. Sie klingelten nochmals. Ohne Erfolg.

»Was machen wir jetzt?«, fragte Maria.

»Wir sehen uns zuerst das Gartenhäuschen an«, sagte Jennerwein. Zu ihrer Überraschung war es nicht verschlossen. Sie betraten den geräumigen Schuppen, in dessen Mitte wohl gewöhnlich das Fahrzeug samt Anhänger parkte. Die Wände waren vollgestellt mit ordentlich eingeräumten Regalen. Jennerweins Blick blieb an einer Stellage hängen, in der große Gasflaschen gelagert waren. Er überlegte kurz. Ein frei zugängliches Grundstück, ein offener Schuppen und dann die Gasflaschen in einem unvergitterten Schrank? Andererseits: Wer außer einem Campingfreak klaute schon Gasflaschen? Als sie wieder im Garten standen, deutete Maria auf das Haus.

»Sehen Sie das Balkonfenster? Es ist gekippt.«

Jennerwein überlegte nicht lange.

»Wir steigen ein und sehen nach, was los ist.«

»Dürfen wir das?«

»Nein.«

Maria verschränkte die Hände zur Räuberleiter, Jennerwein war schnell auf dem Balkon. Maria warf ihm die Überzieher und die Plastikhandschuhe nach. Das gekippte Fenster war in wenigen Sekunden geöffnet. Jennerwein bemühte sich nach Kräften, nicht an seinen Vater zu denken. Er ließ Maria durch die Haustür herein. In den großen Überziehern und den bis zum Oberarm reichenden Plastikhandschuhen, die sie jetzt trugen, sahen beide alles andere als vorteilhaft aus. Sie durchsuchten Zimmer für Zimmer. Sie hielten Ausschau nach hilflosen Personen, gefesselten Ehepartnern und zerstückelten Erbtanten. Nichts dergleichen.

Im Arbeitszimmer fiel Jennerwein sofort ein kleines gerahmtes Foto ins Auge, das schon lange nicht mehr abgestaubt worden war. Es war ein Gruppenbild aus Zunterers Militärzeit. Ein paar Burschen in Ausgehuniform lachten in die Kamera. Soweit er das erkennen konnte, waren es Zeitsoldaten, keine besonders hohen Dienstgrade, aber auch nicht die alleruntersten. Auch Maria betrachtete jetzt das Bild.

»Er war wohl gerne beim Militär«, sagte sie. »Sonst hätte er doch kein Foto aus dieser Zeit aufgehängt.«

»Ich weiß nicht so recht. Wenn er gerne bei der Truppe gewesen wäre, hinge nicht nur ein einziges Bild davon an der Wand. Zumindest hätte er auch noch die Entlassungsurkunde aufgehängt. Das hier ist mehr ein privater Schnappschuss.«

Maria wies auf den Schreibtisch.

»Sehen Sie: Eine Riesenunordnung, genauer gesagt ein unglaublicher Saustall, aber eine DIN-A-4-große Fläche vorn in der Mitte ist sauber und frei. Hier links das Stromkabel, das mal angesteckt war. Auf der anderen Seite das Druckerkabel –«

»Er wird seinen Computer auf die Fahrt mitgenommen haben.«

»Was macht er denn so hoch in der Luft mit einem Notebook?«

»Vielleicht steuert er seine Messinstrumente damit? Vielleicht ruft er den Wetterbericht damit ab? Ich bin noch nie Ballon gefahren.«

»Wenn man aber sein Notebook in die freie Natur mitnimmt, dann steckt man es doch in die dazugehörige Tasche! Und sehen Sie mal, was hier unter dem Schreibtisch steht!«

Jennerwein nickte anerkennend.

»Ja, Sie haben recht, Maria. Ich hatte vorhin schon so ein vages Gefühl, dass ich nicht der Erste war, der oben durch das Kippfenster gestiegen ist. Ich habe bemerkt, dass ein Beschlag leicht aus dem Holz herausgerissen war. Das kann natürlich Zufall sein. Es ist ein uraltes Fenster. Aber zusammen mit dem fehlenden Computer –«

»Blöd, dass er verschwunden ist. Aber wenn jemand sichergehen möchte, dass keiner weiß, wer in diesem Ballon war, dann würde ich genau das machen. Nämlich den Computer stehlen.

»Ich finde, das ist ein Fall für Hansjochen Becker.«

Jennerwein rief den Chef der Spurensicherung an. Der versprach, in einer Viertelstunde da zu sein. Beide blieben in Zunterers Arbeitszimmer und sahen sich vorsichtig um. Auf dem unordentlichen Schreibtisch stand ein offener Karteikasten aus Holz. Jennerwein nahm einen Kugelschreiber aus der Tasche und blätterte die Karteikarten damit um. Hauptsächlich Adressen von Firmen für Ballonzubehör, meteorologische Institute, Übernachtungsmöglichkeiten im Alpenraum.

»Schade, das ist keine Kundenkartei«, sagte Jennerwein enttäuscht. »Es lohnt sich wahrscheinlich auch nicht, hier am Schreibtisch weiterzusuchen. Sehen Sie: Der ist schon wochen- oder monatelang nicht mehr umgeschichtet oder gar aufgeräumt worden.«

»Ja, ich sehe die Staubschicht. Nur die leere Pralinenschachtel ist erst kürzlich hierhergelegt worden. Ich habe es beim Reinkommen schon bemerkt: Auf dem Couchtisch liegen Pralinenschachteln, dort im Bücherregal, im Papierkorb – typischer Fall von Saccharomanie. Marco Zunterer ist zuckerabhängig.«

Jennerwein zückte nochmals seinen Kugelschreiber und drehte die leere Pralinenschachtel vorsichtig um. Mit einer unregelmäßigen, ungelenken Handschrift waren oben an einer Ecke ein paar Notizen hingeschmiert. Es schien die Passagierliste zu sein.

<u>Montag, 3.10.</u>
Die Migränefrau ✓
Der Zirkusarrrtist
Das Ehepaar Hoch & Tief
Der Biertragltráger
(Knieschwammerl?) ✓
Der No Name mit seiner Sonnenbrille

»Die Häkchen bedeuten sicher, dass derjenige den Ausflug bestätigt oder schon bezahlt hat«, sagte Maria.

»Ohne die richtigen Namen können wir mit der Liste allerdings wenig anfangen.«

»Was soll das Knieschwammerl mit dem Fragezeichen bedeuten, noch dazu mit einem Häkchen dahinter?«

»Wir packen die Schachtel mal ein, vielleicht haben die anderen eine Idee.«

Jennerweins Mobiltelefon klingelte. Ostler war dran.

»Rein polizeilich hat der Zunterer eine weiße Weste. Keine Vorstrafen, nichts. Er war Zeitsoldat bei der Bundeswehr. Hubschrauberpilot mit Einzelkämpferausbildung. Aber dann hat er Schwierigkeiten mit den Feldjägern bekommen.«

»Weswegen?«

»Ja, genau das wollten die mir nicht sagen, die sturen Kommissköpfe. Ich habe nur herausgehört, dass es immer wieder dasselbe war, weswegen er im Knast war. Oh, Verzeihung, das heißt ja bei denen ›Strafarrest‹. Ich habe nachgebohrt, so gut es ging, aber darüber hinaus haben sie jede Auskunft verweigert. Dürfen die das eigentlich?«

»Haben Sie eine Ahnung, was diese Kameraden alles verweigern dürfen«, antwortete Jennerwein genervt. Er war kein übermäßig großer Freund der Truppe.

»Jedenfalls hat er seine angestrebten zwölf Jahre nicht fertig gemacht.«

»Unehrenhafte Entlassung?«

»Wahrscheinlich. Allerdings war er ein äußerst erfahrener Hubschrauberpilot. Seit fünf Jahren macht er Heißluftballontouren. Haben Sie denn etwas in Erfahrung gebracht?«

»Wir haben eine Art Passagierliste gefunden. Die bringen wir mit ins Revier.«

Das Spurensichererteam war erschienen. Allen voran Hansjochen Becker, ein grobschlächtig erscheinender, stämmiger Mann mit abstehenden Ohren. Dabei war er äußerst feinfühlig, wenn es um Spuren, Fährten und andere unbeabsichtigte Hinterlassenschaften ging.

»Hallo, Chef«, sagte Becker. »Volles Programm?«

»Volles Programm. Untersuchen Sie bitte auch den Garten und den Geräteschuppen.«

25

»Polizeihauptmeister Johann Ostler am Apparat.«

»Plaul hier. Beate Plaul aus Zwickau, genauer gesagt aus Zwickau-Schlunzig, das ist ganz im Norden des Stadtgebiets, vielleicht wird ja mal eine eigene –«

»Ja, Frau Plaul, sind Sie sicher, dass Sie die richtige Nummer gewählt haben? Das hier ist ein Polizeirevier.«

»Ich weiß, ich weiß, deswegen ruf ich ja an.«

»Also, was kann ich für Sie tun?«

»Ich habe was beobachtet, vielleicht aber auch nicht.«

»Aha.«

»Wissen Sie: Oft sieht man ja was, und später stellt sich heraus, dass man sich das nur eingebildet hat.«

»Erzählen Sie mirs bitte einfach.«

»Ich bin Bergsteigerin, begeisterte Bergsteigerin, schon seit vielen Jahren komme ich zu Ihnen runter in den Kurort, zum Klettern und Wandern, und ich weiß jetzt ehrlich gesagt auch gar nicht, ob das, was ich gesehen habe, oder vielleicht auch nicht, wichtig für Sie ist.«

»Erzählen Sie mirs trotzdem, Frau Plaul. Frisch von der Leber weg. Dann werden wir schon sehen, ob das, was Sie gesehen haben, oder vielleicht auch nicht, wichtig für mich ist.«

»Oder nicht.«

»Wie bitte?«

»Ob ich was gesehen habe oder nicht, in beiden Fällen könnte es ja wichtig für Sie sein – oder auch nicht.«

»Nein. Wenn Sie nichts gesehen haben, ist es ja nicht wichtig für mich – Herrschaftzeiten! Sie machen mich ganz –«

»Ich sag ja bloß. Vielleicht habe ich ja gar nichts gesehen.«

»Frau –«

»Gerade, wenn man gegen die Sonne schaut, täuscht man sich ja oft. Besonders beim Bergsteigen. Man ist mit den Gedanken ganz woanders, man denkt an dies und das, man kommt vom Hundertsten ins Tausendste, vom Hölzchen aufs Stöckchen, ich weiß nicht, ob Sie das kennen –«

»Ja, schon.«

»Und meine Augen sind auch nicht mehr das, was sie einmal waren. So ab vierzig ist es losgegangen! Früher, ja früher: Zerrissene Bux, aber Augen wie ein Luchs. Das sagt man bei uns in Zwigge.«

»Frau –«

»Auf der Straße ist es mir auch schon so gegangen. Ich hätte gewettet, dass es die Lola Köber ist, ich habe sie auch schon gegrüßt, einen wunderschönen guten Morgen, Frau Köber, wie gehts denn so, was machen die Kinder –«

»Frau Pla-haul!!«

»– aber gegen die Sonne – es war Herr Massmann, und der war natürlich beleidigt, dass ich ihn mit Frau Köber verwechselt –«

»FRA-HAU PLA-HAUL!«

»Ach so, ja. Was haben Sie gesagt, Herr Obstler?«

»Ostler. Wie Obstler, bloß ohne b. Also, Frau Plaul. Sie haben beim Bergsteigen was beobachtet. Und jetzt bitte eins nach dem anderen.«

»Eins nach dem anderen. Natürlich. Selbstverständlich.«

»Zuerst einmal: Wo waren Sie beim Bergsteigen? Wo?«

»Auf der Zugspitze, Jubiläumsgrat.«

»Endlich.«

»Herrliche Tour! Göttliche Aussicht! Phänomenal! Keine Menschenseele weit und breit, nur ich und mein Rucksack –«

»Dann, Frau Plaul: Was? Die Frage ist: Was? Was haben Sie beobachtet?«

»Ich schaue hoch, fast in die Sonne, und da sehe ich einen Fleck am Himmel. Ich habe nicht genau erkennen können, was es war. Aber ein Vogel wars nicht, auch kein Flugzeug. Und dann ist was Schwarzes runtergefallen.«

»Ein Fleck, ganz weit weg, kein Vogel, kein Flugzeug, etwas Schwarzes ist runtergefallen – habe ich. Zerrissene Bux, Augen wie ein Luchs. Aber was haben Sie denn für einen Eindruck gehabt, was es war? Was war Ihr erster Gedanke?«

»Mein erster Gedanke war, dass ich ein Fernglas brauche. Aber es war im Rucksack. Ich trage es normalerweise immer umgehängt beim Wandern. Sie wissen schon: Fernglas auf der Brust, Wanderlust. Ich will also mein Fernglas zu dem Fleck da oben hochreißen, aber weil es im Rucksack war, hätte ich mir mit den beiden Daumen fast in die Augen gestochen. Und so habe ich halt ohne Fernglas raufgeschaut. Aber über vierzig –«

»Frau Plaul: Was ist mit dem Fleck passiert?«

»Er hat geblitzt, der Fleck, es hat ihn auseinandergerissen.«

»Eine Explosion?«

»Ja, jetzt, wo Sie es sagen, habe ich vielleicht auch etwas gehört. Ein Zischen. Ein Wutsch oder so was. Und dann war der Fleck plötzlich verschwunden.«

»Kann es sein, dass der schwarze Fleck ein Ballon war? Sie wissen schon: Ein Heißluftballon.«

»Ein Heißluftballon? Dazu hätte ich auch mal Lust. Alle meine Mädels vom Kegelklub –«

»Frau Plaul, kann es sein, dass das, was Sie gesehen haben, ein Heißluftballon war?«

»Nein, ein Heißluftballon war es ganz sicher nicht.«

»Warum sind Sie sich da so sicher?«

»Ach, kommen Sie! Das weiß doch jeder, dass ein Heißluftballon nicht explodieren kann. Da ist doch bloß heiße Luft drin, nichts Brennbares. Das war nämlich einmal eine Frage bei ›Wer wird Millionär?‹ Die 8000-Euro-Frage: ›Was enthält ein Heißluftballon?‹ Wissen Sies?«

»Heiße Luft.«

»Was sonst! Kein Helium, kein Stickstoff, nur heiße Luft.«

»Und dass was runtergefallen ist, da sind Sie sicher?«

»Ganz sicher.«

»Wann war das genau?«

»So um acht Uhr rum.«

»Um acht Uhr, aha. Frau Plaul, könnten Sie denn zu uns ins Revier kommen? Damit Sie Ihre Aussage noch mehr präzisieren können?«

»Das geht nicht. Ich bin schon wieder in Zwickau, wissen Sie. Ich fahre immer nur zum Wandern in den Kurort. Ich habe da eine Zweitwohnung. Ich dachte, als gute Staatsbürgerin hat man die Pflicht – wenn man schon mal was beobachtet hat – und sei es noch so unwichtig –«

»Dann dankeschön, Frau Plaul, es war nicht unwichtig. Das müssen Sie mir glauben. Ihre Telefonnummer habe ich ja. Wenn noch was wäre, rufen Sie mich bitte wieder an.«

»Ich habe Ihnen doch alles gesagt.«

»Vielleicht fällt Ihnen ja noch was ein.«

»Was soll mir noch einfallen?«

»Ich meine ja nur: wenn. Rufen Sie mich an – nein, noch besser: Lassen Sie sich mit der Kollegin Schmalfuß verbinden, ja: Maria Schmalfuß, wie schmal und Fuß, bloß ›schmal‹ großgeschrieben und ›Fuß‹ klein, so kann man sichs merken –«

»Schmal groß und Fuß klein, das ist gut. Ich hatte mal eine Kollegin, die hieß …«

26

Polizeihauptmeister Ostler legte auf und atmete ganz tief durch. Draußen im Gang ertönten Stimmen. Jennerwein und Maria waren von Marco Zunterers Wohnung zurückgekommen. Maria legte ein Päckchen auf den Besprechungstisch, das in einer Spurensicherungstüte steckte.

»Das ist ja eine Überraschung!«, rief Ostler. »Sie bringen mir Pralinen mit? Und auch noch die besten, die es gibt! Die kann ich grade jetzt gut brauchen.«

»Leider ist die Schachtel schon leergefuttert«, sagte Maria. »Ich kenne mich da nicht so aus – Sind die wirklich so besonders?«

»Die belgischen Superbrummer? Ja, was glauben Sie denn? Das sind die Mercedesse unter den Pralinen.«

»Wir haben mehrere Schachteln bei Zunterer gefunden.«

»Echt? Das sieht man ihm gar nicht an. Ich habe den eher für eine Sportskanone gehalten, so durchtrainiert wie der ist.«

»Wussten Sie, dass Ludwig XIV., Elvis Presley und Hannibal pralinensüchtig waren?«, fragte Maria schelmisch.

»Beim Hannibal hätte ich das jetzt nicht gedacht«, erwiderte Ostler.

»Auch Balzac, Luther, Edison und Faraday. Große Gedanken – viel Zucker.«

Jennerwein lächelte.

»Bitte sehen Sie sich die Liste an«, sagte er schließlich ernst und mit Nachdruck.

Sie beugten sich über die Rückseite der Pralinenschachtel und studierten Zunterers Passagierliste.

»Mit leichter Hand hingeschrieben«, spekulierte Maria. »Während des Telefonierens wahrscheinlich. Ich denke, dass die offizielle Liste in seinem Computer zu finden ist. Hier ist er die Passagiere nochmals durchgegangen, hat ihnen sozusagen Spitznamen gegeben.«

»Wer wird wohl der *No Name mit seiner Sonnenbrille* sein?«, fragte Hölleisen. »Ein ganz und gar geheimnisvoller Eintrag.«

»Das ist vielleicht einer, der kurzfristig eingesprungen ist«, entgegnete Maria. »Einer, von dem er noch gar nichts weiß. Einer mit Sonnenbrille.«

»Es ist unwahrscheinlich, dass beim Ballonfahren jemand kurzfristig einspringt«, gab Ostler zu bedenken. »Da meldet man sich an, lange vorher. Dann wird man angerufen, wenn Wind und Wetter passen: Haben Sie am Wochenende Zeit? Kurzfristig geht da gar nichts.«

»Außer es ist so ein Großkopferter, bei dem es dann doch geht«, sagte Hölleisen. »Wer trägt Sonnenbrillen? Zum Beispiel Leibwächter. Wer hat Leibwächter? Politiker!«

»Wenn es ein hochrangiger Politiker ist«, fuhr Maria fort, »dann wäre doch ein Anschlag möglich. Ein Anschlag mit terroristischem Hintergrund.«

Ostlers Gesicht erhellte sich.

»Ja, das würde passen! Da hat nämlich gerade vorhin eine Zeugin angerufen, die am Himmel eine Explosion beobachtet haben will. Und jetzt fällt es mir wieder ein: Vielleicht war das genau der Flugkörper, den ich heute früh vom Vorplatz des Kongresszentrums aus gesehen habe.«

Ostler schilderte in kurzen Worten die Zeugenaussage von Frau Plaul aus Zwickau.

»Wir wollen hoffen«, sagte Jennerwein, »dass der Gegenstand, den die Zeugin hat herunterstürzen sehen, wirklich nur ein Gegenstand war. Wir müssen jedenfalls im Umkreis von fünf, zehn Kilometern genauer suchen. Ostler, rufen Sie Ludwig Stengele an, der soll herkommen und die Suche mit den Einsatzkräften von der Bergwacht koordinieren. Inzwischen rufen wir bei der Flugsicherung an und fragen dort nach, ob die nicht einen Flieger vermissen.«

Draußen auf dem Gang dröhnte plötzlich eine hysterische Männerstimme. Ostler sprang auf und lugte vorsichtig auf den Flur.

»Ja, was ist denn mit Ihnen los?«

Ostler führte einen etwa dreißigjährigen Mann ins Besprechungszimmer, der sich kaum auf den Beinen halten konnte. Er atmete schwer, seine Kleidung war zerrissen, seine Augen hatte er starr geradeaus gerichtet.

»Ich – ich –«, stotterte er.

»Jetzt beruhigen Sie sich erst einmal«, sagte Maria mit sanfter Stimme.

»Der verschwundene Ballon –«

Alle waren wie elektrisiert.

»Woher wissen Sie von dem Ballon?«, fragte Ostler.

»Ein Schwager von mir … hatte Dienst … bei der Bergwacht –«

Alle waren nun aufgesprungen.

»Haben Sie den Ballon gesehen?«, fragte Maria.

Der Mann schluckte. Dann riss er den Kopf hoch und blickte sie mit schreckgeweiteten Augen an.

»Nein. Ich war einer der Passagiere.«

Weiter kam er nicht. Ohnmächtig brach er zusammen.

27

Ein Supertrick! Mayr hatte ihn einmal in einem Western gesehen, in einem kleinen Kino in Schwabing, in der Nachtvorstellung, mit mehreren Kumpels. Ein von der Polizei umzingelter mexikanischer Comanchero pfefferte da eine Rumflasche aus dem Fenster, die Polizisten verließen ihre Deckung und verschossen ihre Munition auf die Flasche, der listige Comanchero konnte lachend entkommen.

Mayr bückte sich, griff nach der Tüte mit Essensabfällen und warf sie hinaus auf die Straße. Qualität aus Leidenschaft. Innerhalb eines Nanosekundenbruchteils hatten sich die Fotoapparate und Kameras auf das neue Requisit im Geiselgangsterdrama gerichtet, ein laut rasselndes Blitzlichtgewitter begann. Genau das hatte Mayr damit bezweckt. Er wusste, dass auf den gegenüberliegenden Dächern Scharfschützen postiert waren. Die waren schon einmal gründlich abgelenkt.

Ein heißes Comanchero-Glücksgefühl durchströmte Mayr. Es war wie damals in dem Film mit John Wayne und Lee Marvin, nur die Musik fehlte. Trotzdem. Mayr hob die beiden Waffen an. Die undeutlich brabbelnde Menge verstummte. Diese atemlose, endgültige Stille – das war auch so etwas wie Musik. Zum Fluchtfahrzeug waren es nur fünfzehn Meter. Das Blitzlichtgewitter schwoll an, es erleuchtete den Platz vor der Bank taghell. Mayr war sich sicher: Für die Scharfschützen war es jetzt ganz unmöglich geworden, einen gezielten Schuss abzugeben.

Langsam setzte er einen Schritt vor den anderen. Er hatte es nicht eilig. In einer Minute würde er den BMW starten und mit quietschenden Reifen und den zwei Millionen verschwinden. Da kam es auf eine Sekunde mehr oder weniger nicht an. Doch was war das? Ein Typ in einer khakifarbenen Reporterjacke wollte unter dem Absperrungsband durchkriechen. War das der Journalist, der vorher auf dem Glasdach herumgerobbt war? Der Typ wurde von einem Speckigen gepackt und zurückgezogen. Ein Gefühl der Unverletzlichkeit stieg in Mayr auf. Ein Gefühl der Unsterblichkeit, wie er es noch nie erfahren hatte. Ein Gefühl der Macht. Und noch ein Schritt. Vorbei an einem Vater, der seinen kleinen Jungen auf die Schultern gesetzt hatte. Daneben stand ein biederer Mann im Trachtenjanker. Und wieder daneben einer mit einem viel zu kleinen Hut. Die Hälfte der Strecke hatte Mayr schon geschafft. Bald war er reich. Die feuerten nicht. Jetzt schon gar nicht mehr.

Das Fluchtfahrzeug war zum Greifen nahe. Auf dem Beifahrersitz saß eine Gestalt. Es war die tapfere Bankangestellte, die sie mit dem Kassierer rausgeschickt hatten, er konnte es an den Haaren erkennen, die unter der Maske hervorlugten. Mayr warf einen Blick auf die Rückbank. Wo war der Geldsack? Eine heiße Welle von Wut stieg in Mayr hoch. Er hatte den verdammten Polizeipräsidenten doch ausdrücklich angewiesen, den Geldsack sichtbar auf die rechte Seite des Rücksitzes zu legen. War das doch eine Falle? Er blickte sich um. Die Masse keuchte und röchelte wie eine hungrige Hyäne, das Dauerfeuer der Blitze riss nicht ab. Mayr ging ein Stück um den BMW herum. Jetzt erst kam der helle Jutesack in sein

Blickfeld. Er war an einen der Autoreifen gelehnt. Er musste ihn lediglich ins Innere des Wagens hieven.

Mayr war stolz auf sich. Der Plan hatte funktioniert. Sie waren reich. Alles war gutgegangen. Sie hatten die Taktik vor einer halben Stunde kurzfristig geändert, das hatte die Polizei schließlich total durcheinandergebracht.

»Es läuft so ab, Herr Polizeipräsident. Ich komme raus, fahre allein mit der Geisel und dem Geld weg. Dann komme ich wieder und hole meine Komplizen ab.«

Die Bullen hatten mit allem gerechnet, nur nicht mit dieser Finte. Der Polizeipräsident war am Telefon so verwirrt gewesen, dass er kein Wort mehr rausgebracht hatte. Mehrere Komplizen? Nochmals zurückkommen? Noch zwei Schritte. Mayr packte seine Waffe fester. Gleich war er im Auto.

Doch warum verschwamm alles um ihn? Saß er denn schon im Wagen? Hatte er den Geldsack reingehievt? Nein, er saß nicht auf dem Fahrersitz. Er lag auf der Straße, mit dem Kopf auf dem Randstein. Das Blitzlichtgewitter hielt immer noch an. Es wurde nicht schwächer. Es verstärkte sich. Waren da Schüsse gefallen? Nein, das konnte nicht sein. Es waren doch den ganzen Nachmittag, den ganzen Abend keine Schüsse gefallen. Einfach stur Schritt für Schritt weitergehen. Die Frau mit der Maske saß zusammengesunken im Auto. Ihre Bluse war rot, ganz rot! Noch ein Schritt. Den Jutesack greifen. Auf den Rücksitz hieven. Durchstarten. Wegfahren. Alle ausgetrickst. Irgendetwas Nasses, ekelhaft Warmes lief an ihm hinunter. Und warum lag er auf der Straße? Gesichter, die sich über ihn beugten … darunter der Berater … ihr dritter Mann … er blickte ernst … hatte dieser Bremser vielleicht doch recht gehabt …

Der Bremser, der Berater, der dritte Mann mit den blankgeputzten Schuhen und den gepflegten Händen stand in der zweiten Reihe. Er hatte einen Platz gewählt, von dem aus er das Geschehen gut im Blick hatte. Dort drüben stand der dicke Geldbote, dieser Heinz-Erhardt-Verschnitt, und schwitzte. Jetzt kam Mayr heraus, allein und ohne Deckung. Mayr vertraute wohl darauf, dass die Scharfschützen nicht sicher sein konnten, ob es nicht doch eine verkleidete Geisel war, die er gezwungen hatte, mit zwei Knarren zum Auto zu spazieren. Der Berater wusste, dass etwa ein Dutzend Scharfschützen bereitstanden. Er wusste auch, dass sich beide Seiten an Stümperhaftigkeit nur so überboten. Wenn Mayr erst mal im Auto saß, gab es keine Chance mehr für ihn. Der BMW war präpariert. Ein Peilsender, billig mit Heftpflaster hingeklebt. Er hatte den Impuls, zu schreien, irgendetwas zu schreien, irgendeine Unruhe hineinzubringen in diese ausweglose Situation. Wenn er jetzt etwas brüllte, was nach einem Polizeikommando klang, dann gäbe es einen Tumult. Im schlimmsten Fall würden sie Mayr kampfunfähig schießen. Sie würden ihn überwältigen, aber er würde überleben. Sollte er schreien? Er öffnete schon den Mund, da fiel sein Blick auf den Mann mit dem viel zu kleinen Hut. Der stand linkisch da und fuchtelte mit den Armen in der Luft herum, fahrige, unkontrollierte Bewegungen. Schließlich brüllte er:

»Zugriff!«

Das Wort schnellte hoch, zischte wie eine Kartätsche durch den Nachthimmel, schraubte sich bösartig in alle Ohren und fiel zuckend auf den schmutziggrauen Asphalt der Prinzregentenstraße. Die Scharfschützen reagierten umgehend.

Jaaa … kühl wird es jetzt nach Stunden der Hitze … der Randstein unter dem Hinterkopf ist hart … aber der Schmerz in der Brust lässt nach ... jemand hat etwas gerufen ... einen militärischen Befehl ... Lazlo ist noch drin ... Frauen flattern wie Schmetterlinge davon mit den bunten Sommerkleidern ... Chirpy Chirpy Cheep Cheep ... alte Schwarzweißbilder steigen auf ... der Comanchero kämpft mit John Wayne ... brüllende Hitze 1843 in Texas ... gegenüber gibts Feinkost ... vielleicht bringen sie den Bankangestellten noch mal ein Kotelett ... der Hinterkopf sinkt in den weichen Asphalt ... warum die Trage? ... warum die Sanitäter mit der Trage ... der helle Sack aus Jute ... meine rote Kapuze daneben ... wieso habe ich sie nicht mehr auf ... zwei Millionen ... wer nimmt sich da den Sack? ... halt! ... der gehört mir ... ...

28

Sie beugten sich über den Mann, der im Korridor des Reviers zusammengebrochen war.

»Sollen wir einen Arzt holen?«, fragte Hölleisen besorgt.

»Er kommt schon wieder zu sich«, erwiderte Maria.

Sie tätschelte ihm die Wange, kniff ihn und richtete ihn auf. Ostler reichte ihm ein Glas Wasser.

»Was ist los?«, fragte der Mann. »Wo bin ich?«

»Auf dem Polizeirevier«, antwortete Jennerwein so behutsam wie möglich.

»Polizei? Wieso?«

»Sie sind zu uns aufs Revier gekommen und haben uns erzählt, dass Sie einer der Passagiere des vermutlichen Unglücksballons sind. Nach wenigen Worten sind Sie in Ohnmacht gefallen.«

»Nein, nein, so war es nicht. Ich war auf der Arbeit, da ruft mich mein Schwager an und sagt: ›Gott sei Dank, du lebst!‹ – ›Wie? Warum soll ich nicht leben?‹ – ›Du hast uns doch erzählt, dass du eine Fahrt mit dem Zunterer machen willst!‹ – ›Mensch, die hab ich ja total vergessen!‹ – ›Ich fliege gerade einen Bergwachteinsatz, weil der Ballon von genau diesem Zunterer verschwunden ist!‹ – Verstehen Sie, was ich sagen will: Ich wäre fast dabei gewesen! – Ist er denn abgestürzt?«

Der Mann, der sich eigentlich schon wieder erholt hatte, sank auf einen Stuhl.

»Sie müssen entschuldigen –«

»Das ist ganz normal«, sagte Maria.

»Aha, jetzt blicke ich durch«, stellte Ostler zufrieden fest. »Sie haben sich angemeldet und dann Knieschwammerl bekommen.«

Maria blickte ihn vorwurfsvoll an.

»Nein, keine Knieschwammerl«, fuhr der Mann fort. »Ich habe die Ballonfahrt einfach vergessen. Und dann – Eine schreckliche Vorstellung. Was ist denn eigentlich passiert? Sind denn alle –«

»Wir wissen es nicht«, sagte Jennerwein. »Wir haben den Ballon noch nicht gefunden.«

»Dann gibt es also noch Hoffnung!«

Jennerwein zuckte die Schultern. Dann beugte er sich zu dem Mann:

»Bloß eine letzte Frage noch. Wissen Sie, wie viele Passagiere mitgefahren sind?«

Die Augen des Mannes wurden wieder glasig, er begann zu zittern, er atmete schwer.

»Nein. Ich habe bloß gehört, dass … der versoffene Dünser Karli dabei ist. Sonst … weiß ich nicht, wer da …«

Er schloss die Augen, seine Hände krampften sich ineinander.

»Wahrscheinlich ein Schock«, sagte Maria. »Kommen Sie, Hölleisen, wir fahren ihn ins Krankenhaus.«

Als sie Klaus Jakobshagen auf die Beine geholfen hatten, stürmte Hauptkommissar Ludwig Stengele, der Allgäuer Bergfex, herein. Er stieß an der Tür fast mit Maria zusammen, so eilig war er unterwegs. Stengele sah reichlich kriegerisch aus, denn er hatte schon den blutroten Einsatzanorak übergeworfen und steckte in festen Springerstiefeln, den Helm trug er unter dem Arm.

»Ich hätte Sie fast nicht erkannt in dem Aufzug«, sagte Hölleisen.

»Ich werde jetzt die Suche weiter koordinieren«, brummte Stengele. »Wir machen einen Nachtflug mit Wärmebildkamera. Meine Einschätzung: Ich tippe auf eine Explosion. Der Ballon selbst kann allerdings nicht explodieren, in der Hülle befindet sich nur heiße Luft. Und die Flaschen – na ja, die sind eigentlich auch mehrfach gesichert.«

»Ist es denn möglich, eine davon zu manipulieren?«, fragte Jennerwein. Ihm waren die frei zugänglichen Gasflaschen in Zunterers Geräteschuppen noch gut in Erinnerung.

»Ja, das wäre möglich. Man könnte den Gasschlauch so präparieren, dass flüssiges Propan ausströmt und sich entzündet. Haben Sie einen dahingehenden Verdacht, Chef?«

»Meine Vermutungen laufen in verschiedene Richtungen«, sagte Jennerwein ausweichend.

»Na gut. Also dann meine persönliche Theorie: Eine Gasflasche explodiert, aus welchem Grund auch immer. Die Explosion zerreißt die Hülle, die Zeugin aus Zwickau sieht einen Fetzen der Hülle herunterfallen.«

»Könnte es auch ein Zusammenstoß gewesen sein?«

»Das ist ganz unwahrscheinlich.«

»Warum sind Sie so sicher?«

»Ich kenne mich ganz gut aus mit der Ballonfahrerei. Gefahren bin ich allerdings noch nie.«

Und draußen war er.

»Wie machen wirs mit der Presse?«, fragte Ostler. »Geben wir die Nachricht raus?«

»Damit warten wir noch bis morgen früh. Vielleicht können wir die geheimnisvolle Passagierliste doch noch selbst knacken.«

Sie studierten nochmals die Rückseite der Pralinenschachtel.

Montag, 3.10.
Die Migränefrau ✓
Der Zirkusarrrtist
Das Ehepaar Hoch & Tief
Der Biertragltäger
(Knieschwammerl?) ✓
Der No Name mit seiner Sonnenbrille

»Der Knieschwammerl mit dem Häkchen dahinter ist also Klaus Jakobshagen, den wir gerade kennengelernt haben«, sagte Jennerwein.

»Ja, und er hat von einem *versoffenen Dünser Karli* gesprochen. Ist der vielleicht mit dem *Biertragltäger* auf der Liste identisch? Wir könnten doch einfach anrufen. Ich glaube, er wohnt über seiner Schreinerei.«

»Wir müssen vorsichtig sein. Wir können nicht auf einen vagen Verdacht hin eine schlimme Nachricht in den Raum stellen, die sich am Ende als falsch herausstellt.«

Jennerwein musste an den Polizeischüler denken, der mit ihm in der Ausbildung gewesen war. Sie lernten am Vormittag im Unterricht, dass es zu den Aufgaben der Polizei gehörte, Todesnachrichten pietätvoll zu überbringen. Sein Mitschüler kam am Abend mit seinen Zechkumpanen auf die Idee, bei ein paar Nachbarn zu klingeln, den vorläufigen Dienstausweis zu zeigen und den Unterrichtsstoff praktisch umzusetzen: Wir müssen Ihnen leider eine traurige Nachricht überbringen. Können wir das drinnen besprechen? Setzen Sie sich erst mal. Er wurde selbstverständlich nicht in den Polizeidienst übernommen, er führte jetzt einen kleinen Schreibwarenladen.

Punkt 22 Uhr bekam Jennerwein von Stengele die Nachricht, dass die Bergwachthubschrauber den ganzen Talkessel abgesucht hatten – ohne Ergebnis.

»Wir werden die Suche morgen bei Tagesanbruch fortsetzen.«

»Der Ballon ist also bestimmt nicht über dem Kurort abgestürzt?«

»Unmöglich. Zumindest die auffällige Hülle hätte geortet werden können.«

»Dann bis gleich, Stengele.«

»Bis gleich, Chef.«

Jennerwein überlegte. Nichts im Kurort gefunden? Aber die Zeugin hatte doch gesagt – Er griff zum Telefonhörer.

»Beate Plaul.«

»Kommissar Jennerwein. Entschuldigen Sie die späte Störung.«

»Ja, um Gottes willen! Ein leibhaftiger Kommissar gleich! Da habe ich was losgetreten. Mit einer kleinen Beobachtung! Aber der nette Herr Obstler hat das Letzte an Informationen aus mir herausgeholt.«

»Frau Plaul, können Sie mir den Gegenstand genau beschreiben, den Sie herunterstürzen gesehen haben?«

»Vielleicht ein Stück Stoff.«

»Hat es im Wind geflattert?«

»Nein, eigentlich nicht. Es ist heruntergefallen wie ein Stein. Etwas Schwarzes.«

»Ich muss Sie das jetzt fragen, Frau Plaul. Könnte es ein Mensch gewesen sein, der da heruntergestürzt ist?«

»Uh! Das ist ja gruselig! Aber wenn Sie so fragen: Ja, es könnte sein.«

»Danke, Frau Plaul. Eine angenehme Nachtruhe.«

»Die werde ich ganz sicher haben, nach Ihrem Anruf.«
»Entschuldigen Sie nochmals.«

Ein abgestürzter Mensch wäre sicher gefunden worden, so viel stand fest. Es sei denn … Nein, das war undenkbar. Doch Jennerwein dachte weiter über das Undenkbare nach.

Produktinformationen für Steal Deal©

Unser Top-Angebot zum kleinen Preis!
Heute versandkostenfrei!
30 Tage Geld-zurück-Garantie!

Einen Einbruch sauber durchzuführen erfordert eine Menge Vorbereitung. Allein die Einbruchswerkzeuge zu schleppen ist sehr mühsam. Sie benötigen viel Stauraum im Transportfahrzeug, Ersatzteile sind schwer aufzutreiben. Damit ist jetzt Schluss: Mit dem Steal Deal© haben Sie alles in einem – einfacher, praktischer und platzsparender geht es wirklich nicht! Sie haben griffbereit:

1 Einsteiger-Dietrich-Set 24-teilig
1 Manipulationszylinder mit 5 Stiften
24 Türfallen-Öffnungsnadeln versch. Größen
1 geräuscharme Bohrmaschine mit 20 Zylinderfrässtiften
1 Knackrohr ›Herkules‹, grün
1 Türspreizer ›Wotan‹, rot
1 Kipp-Fenster-Öffner ›Aladin‹
1 Eco-Decoder ›Zieh-Fix‹ für BMW M-Serie
1 Stemmeisen Edelstahl
1 Glasschneider

Aber das ist noch nicht alles! GRATIS dazu erhalten Sie:

1 historisches Lockpicking Set mit schmiedeeisernen Haken und antiker Miniatur-Lupe

UND JETZT KOMMT DAS BESTE!

Ebenfalls gratis und nur heute:

1 Super Slim Body Shaper, das figurformende Wäsche-Set mit Bauch-weg-Garantie zum unkomplizierten Verbergen von Diebesgut am Körper – tausendfach kaufhauserprobt!

(Quelle: Shopping-Sender STUBENRAUCH-TV)

29

Am Morgen dieses Tages war die Dämmerung behutsam über die schnee- und eisbedeckte Bergkette gestiegen. Die Große Klaislspitze reckte sich majestätisch empor, sie zeigte ihre steile, zerklüftete Nordwand, und die ersten Sonnenstrahlen ließen die hervorspringenden Überhänge und Felszacken wie blitzende Diademe erscheinen. Das Gricchetti-Hochplateau mit der Obersteißner Alpenkette glich einem Raubtiergebiss, das dem Himmel die Zähne entgegenfletschte und drauf und dran war, ein paar besonders saftige Azurfetzen aus dem nahrhaften Blau herauszubeißen. Doch nichts dergleichen geschah. Still und friedlich standen die Kegel da, wie sie schon seit Jahrmillionen dastanden, jeder Gipfel war in blendendes Weiß getaucht, jeder Berg war ein kalter, ehrwürdiger Riese, gefangen in seiner Einsamkeit, königlich in seinem trotzigen Ausharren. Rein und klar war die Luft, kein Geräusch durchbrach die erhabene Stille.

Das Erste, was Marco Zunterer gesehen hatte, als er aus seiner Ohnmacht erwachte, war ein einzelner beigefarbener Kalbslederhandschuh, der in einer der Halteschlaufen am Inneren des Korbrandes hing. Entsetzen überkam ihn, Übelkeit stieg in ihm auf. Er musste sich beherrschen, die Augen nicht sofort wieder zu schließen und seinen Schrecken laut hinauszubrüllen. Er blickte sich vorsichtig um. Er lebte. Der Ballon war nicht abgestürzt. Er hielt sich noch in der Luft. Hatte jemand außer ihm die Katastrophe überstanden? Der beißende Rauch hatte sich inzwischen vollständig verzogen, deshalb konnte Marco erst jetzt erkennen, in welch desolatem Zustand sich der Korb tatsächlich befand. Überall Splitter, Löcher, verbrannte oder geschmolzene Verbindungsteile, herumliegende und verbogene Gerätschaften. Ein dumpfes Summen tönte in seinen Ohren. Jetzt erinnerte er sich wieder an die gewaltige Explosion. Sein Blick fiel auf die Halteschlaufe. Bloß nicht darüber nachdenken, wessen Handschuh dies war. Er richtete seinen Blick auf die Mitte des Korbes. Die Halterung für die Flüssiggasflaschen war gerissen, die Flaschen waren wohl aus den Gurten gerutscht und hinuntergestürzt. Die gepolsterte Kunststofftasche für die Funkinstrumente fehlte ganz. Doch was spielte das jetzt noch für eine Rolle! Wie lange war er bewusstlos gewesen? Vermutlich nur ein paar Minuten. Marco rappelte sich vorsichtig auf und blickte durch den löchrigen Korbboden nach unten ins Tal. Er erschrak. Nichts als Felsen. Er musste sich schon weit über dem Alpengebiet befinden. Er fixierte eine der matt schimmernden Felswände, dann das Nachbarmassiv. Waren das etwa schon die Dolomiten? Oder die Glocknergruppe? Er konnte das Gebiet beim besten Willen nicht identifizieren. Und es half ihm auch nicht weiter. Ganz etwas anderes war wichtig. Das nackte Überleben. Er kniff die Augen zusammen und konzentrierte sich. Wieso schwebte der Ballon eigentlich noch? Reiß dich zusammen, Zunterer. Denk an deine Einzelkämpferausbildung. Grober Positionsvergleich zwischen zwei Berggipfeln und einem Punkt auf dem Korbrand. Einundzwanzig, zweiundzwanzig … Daraus konnte er ableiten, dass sich der Ballon im Sinkflug befand und zusätzlich horizontal trieb, dem Sonnenstand nach zu urteilen in südliche Richtung. Aber hatte die Hülle nicht vorher gebrannt? Ein jäher

Schreck durchfuhr ihn. Noch ganz benommen blickte er nach oben. Aus dem Ballon war ein unförmiges Gebilde geworden. Das untere Drittel des Materials war stark verrußt, die Lastbänder waren aber noch intakt. Die Explosion hatte der schwer entflammbaren Ballonhülle nichts anhaben können. Die Flammen, die Marco vorher gesehen hatte, hatten lediglich den Stoff des Werbebanners verbrannt, das rund um die Hülle gezogen war. Das Logo und der alberne Slogan eines Pizzabringdienstes waren nicht mehr zu sehen, aber es war noch warme Luft in dem zerknautschten Gebilde.

Waren alle tot? War er der einzige Überlebende? Das Summen in seinem Kopf ebbte ab. Er blickte an sich hinunter. Seine Kleidung war vollständig mit Blut getränkt. Ein starker, warmer Luftstrom hatte den Ballon also erfasst und trieb ihn vor sich her. Das allein hatte den Absturz verhindert. Aber lange konnte das nicht mehr gutgehen, der Ballon sank rapide. Marco blickte wieder hinunter zum Alpenmassiv. Nur Berge und Eis. Über kurz oder lang würde er irgendwo aufprallen. Spätestens dann, wenn die noch verbliebene heiße Luft im Ballon weiter abgekühlt war. Es gab keine Gasbrenner mehr an Bord, mit denen man die Luft erhitzen konnte. Er befand sich in einer ausweglosen Situation. Und dann hörte er die Stimme.

»Da ist noch einer! Er lebt! Er lebt! Schnell, wir müssen ihn raufziehen!«

Überrascht blickte Marco nach oben. Ein paar blutverschmierte und über und über mit Ruß verklebte Gestalten hielten sich wenige Meter über ihm an den Umspannungsseilen fest. Er hatte sie bisher nicht bemerkt.

»Wir dachten, du bist tot«, rief eine Stimme.

»Kommen Sie rauf!«, schrie ein anderer. »Der Korb hält nicht mehr lange.«

Der Korb hing nur noch an wenigen Tragseilen, die anderen hatten sich gelöst, waren gerissen und baumelten schlaff und nutzlos im Leeren.

»Wie soll ich da raufkommen?«

»Probiers einfach.«

»Unmöglich!«

Er wusste, dass er zu angeschlagen war, um aus dem Korb zu klettern. Aber verdammt nochmal, er war doch Elitesoldat mit Einzelkämpferausbildung gewesen. Er hatte sich aus brennenden Häusern abgeseilt – Plötzlich durchfuhr ihn ein Gedanke: Die Landeleine! Sie befand sich in einer Tasche am Rand der Brüstung. Vorsichtig robbte er über das Holz. Es war brüchig, durch die breiten Risse konnte er Steinblöcke und Felsnadeln in beunruhigender Nähe erkennen. Endlich war er an der Tasche. Er nahm das Seil heraus. Die Tragseile des Ballons dehnten sich ächzend. Sie winselten ein furchtbares Lied. Lange würden sie nicht mehr halten.

»Werfen Sie ein Ende herauf!«, tönte es von oben.

Wer war das? Marco nahm sich zusammen. Das war jetzt unwichtig. Er holte aus und warf das Seilende über den Brennerrahmen. Er knüpfte es dort fest. Das andere Ende schlang er um die Hüfte. Gerade noch rechtzeitig. Denn jetzt rissen die Tragseile aus den Verankerungen, die Reste des Korbgestells brachen nach unten weg und stürzten lautlos hinab. Das Letzte, was Marco sah, war der beigefarbene Kalbslederhandschuh, der in der Halteschlaufe steckte.

•

Und dann glitt auch Marco hinunter. Es waren nur drei, vier Meter. Aber der Ruck, den er spürte, als sich das Seil straffte, nahm ihm beinahe den Atem. Doch das Seil hielt. Er hing frei in der Luft. Von oben hörte er schrille, angstvolle Schreie.

»Oh, mein Gott! Wir werden zerschellen!«

Sie trieben auf eine Felswand zu. Sie waren nur noch hundert Meter davon entfernt. Die rauen, gezackten Felsen kamen immer näher. Eine scharfe Felsnadel richtete sich auf.

30

Jennerwein hatte eine Nachtsitzung im Besprechungsraum einberufen.

»Wir müssen befürchten, dass es sich um ein Verbrechen handelt«, begann er. »Alle bisherigen Erkenntnisse deuten darauf hin. Es ging nicht darum, den Ballon zu vernichten, es handelte sich um einen Anschlag, der das Ziel hatte, einen der Passagiere zu töten. Der Tod der anderen wurde dabei eiskalt in Kauf genommen. Die Verwüstung des Tatorts, die Tilgung jeglicher Art von Spuren, die Auslöschung von Tatzeugen – wo könnte man solch einen Plan besser ausführen als bei einer harmlosen Ballonfahrt?«

Ludwig Stengele, ähnlich übermüdet wie Jennerwein – vermutlich hatte er den ganzen Tag durchgearbeitet –, nickte zustimmend.

»Das scheint mir durchaus plausibel, Chef. Wir haben im Umkreis von vielen Kilometern keinerlei Spuren von einem abgestürzten Ballon gefunden. Die Kollegen von der Bergwacht wollen die Suche zwar bei Tageslicht fortsetzen, aber ich habe wenig Hoffnung. Ich habe die ganze Nacht die Karten und die Informationen vom Wetterdienst verglichen. Meine Theorie: Der Ballon ist aufgrund einer Explosion an Bord zu hoch aufgestiegen. Dann hat ihn ein starker Nordwind erfasst und Richtung Zentralalpen getragen. Die Teile können auf einer Fläche von der Größe des Saarlands niedergegangen sein, und dann auch noch in äußerst unzugänglichem Gelände. Eine gezielte Spurensuche ist so gut wie unmöglich. Wenn es nicht so makaber wäre, würde ich sagen: Da steckt ein kluger Kopf dahinter.«

»Sie gehen immer noch von einer Gasexplosion aus, Stengele?«, fragte Ostler.

»Mehr denn je, seit ich von den ungesicherten Gasflaschen im Geräteschuppen gehört habe.«

Hansjochen Becker meldete sich.

»Eine Gasflasche zu manipulieren ist allerdings mit großem Aufwand verbunden. Viel einfacher ist es, wenn ich mir aus legal erhältlichen Mitteln ein paar daumennagelgroße Sprengstoffbriefchen bastle. Die sind schnell angebracht und fallen dem Arglosen gar nicht auf. Dann bestelle ich mir im Internet einen Fernzünder. Oder ich schraube mir auch den selbst zusammen. Jetzt beobachte ich den präparierten Ballon mit dem Fernglas. Wenn er eine bestimmte Höhe erreicht hat und wenn der Wind gut steht, zünde ich. Mit dem Handy.«

»So einfach geht das?«, fragte Maria. »Muss ich dazu nicht im Ballon sein?«

»Das ist eine Möglichkeit. Aber dabei würden Sie selbst auch umkommen. Sie können aber auch von Hamburg aus zünden. Geben Sie mir ein, zwei Stunden Zeit, um ein paar Besorgungen zu machen und weitere zwei Bastelstunden, dann sprenge ich Ihnen dieses Gebäude, in dem wir sitzen, rückstandslos in die Luft, ohne dass irgendwelche Spuren zu mir führen. Ich frage mich, warum das nicht schon öfter gemacht wurde. Mit Büros, Kaufhäusern oder der Wohnung des Ex.«

»Wenn das so ist«, sagte Jennerwein, »haben wir dann überhaupt eine Chance, Spuren des Verbrechens zu finden?«

Betretenes Schweigen machte sich breit. Maria betrachtete Hubertus besorgt. Er wirkte müde und unkonzentriert. Er war nicht so bei der Sache, wie sie das sonst von ihm gewohnt war. Was lenkte ihn ab? Doch eine andere Frau? Sie konnte diesen Gedanken nicht abschütteln.

Jennerwein erhob sich.

»Ich fürchte, wir werden auch unsere morgige Teilnahme beim Gewaltpräventionskongress absagen müssen. Ich denke, es ist nötig, den Fall von einer anderen Seite anzugehen. Wir sollten versuchen herauszubekommen, wer genau an dieser Ballonfahrt teilgenommen hat. Je schneller wir die Zielperson des Anschlags identifizieren, desto größer ist die Chance, den Mörder zu finden.«

»Was hat denn die Spurensuche im Haus von Zunterer ergeben?«, fragte Ostler.

Becker grunzte mürrisch.

»Nicht eben viel. Das Kippfenster ist so alt und ausgeleiert, dass man nicht feststellen kann, ob eingebrochen worden ist oder nicht. Von einer weiteren Adressenliste keine Spur. Kein Ordner, kein Fahrtenbuch, kein Speicherstick, nichts. Den Schreibtisch hat er schon jahrhundertelang nicht mehr aufgeräumt. Leere Pralinenschachteln, wohin das Auge schweift. Aber nichts, was uns weiterbringen könnte.«

»Dann müssen wir versuchen, aus unserer Pralinenschachtelliste etwas abzuleiten«, sagte Jennerwein. »Es scheint sich bei allen Personen um Menschen zu handeln, die bisher nicht vermisst werden.«

»Singles, Workaholics, Beziehungstrottel?«, fragte Stengele grimmig. »Also Polizisten?«

»Bei einem Politiker, den ein Leibwächter begleitet, ist es allerdings unwahrscheinlich, dass er nicht vermisst wird«, sagte Maria. »Wollen wir die Nachricht vom Verschwinden des Ballons an die Presse weitergeben?«

»Noch nicht«, antwortete Jennerwein. »Der Täter wartet vielleicht genau darauf. Wir sollten ihn im Unsicheren lassen, wie weit wir mit den Ermittlungen sind. Es ist sowieso schon nach Mitternacht geworden, wir machen Schluss für heute.«

Der Nachthimmel war rauchig und dunkelblau. Der blasse Oktoberhalbmond versank langsam in der verschwenderisch aufgetürmten Zuckerwatte der Wolken. Im nahe gelegenen Evangelischen Gemeindehaus übte jemand die Bach-Kantate *Widerstehe doch der Sünde* auf der Kirchenorgel, und auch in der Friedhofsgärtnerei brannte noch Licht. Dem Steinmetz fehlte wieder einmal ein Sonderzeichen bei den Buchstaben.

Durch die Straßen hastete eine hochgewachsene, schlanke Gestalt. Sie blickte sich um und verschwand dann lautlos in einer Seitengasse. Der Plan war gut gewesen. Doch dann war etwas schiefgegangen. Noch war Gelegenheit, den Fehler zu korrigieren.

Am nächsten Morgen stand Johann Ostler in aller Herrgottsfrühe vor der Schreinerei. Wie fast jedes Objekt, das mitten im Kurort stand, war auch das verwinkelte Dünserhaus denkmalgeschützt. Es war seit Generationen in Familienbesitz. Alle Dünsers waren Schreiner gewesen, das wusste Ostler. Außerdem war allgemein bekannt, dass der Letzte der Dünsers ein wenig dem Trunk zugetan war. Ostler war sich sicher, dass niemand im Haus war. Die Läden im oberen Wohngeschoss waren geschlossen, auch in der Schreinerei im Parterre war es dunkel. Er betrat den kleinen Innenhof und rief lauthals Dünsers Namen. Keine Antwort. Er blickte durch ein kleines, beschlagenes Fenster ins Innere der Werkstatt und leuchtete mit der Taschenlampe hinein. Er kannte sich im Schreiner- und

Zimmerergewerbe überhaupt nicht aus, deshalb konnte er nicht einschätzen, welche Art von Holzprodukten hier hergestellt wurden. So viel erkannte er aber, dass die üblichen großen Bretterschneidemaschinen fehlten, es wimmelte vielmehr von kleinen Holzböcken, Fräsen, Hobel- und Poliermaschinen. Viele halbfertige Werkstücke waren zu sehen, hauptsächlich Teile von Stühlen, kleinen Tischen und winzigen Kommoden. Das Ganze war so altmodisch und putzig, dass Ostler jeden Augenblick erwartete, dass Meister Eder und sein Pumuckl hereinkämen. Der Letzte der Dünsers führte wohl eine Schreinerei im alten Stil. Trotzdem kam Ostler die Sache sonderbar vor. Hier wurde Mobiliar hergestellt oder repariert, das eigentlich nicht in den Kurort und nicht in eine alteingesessene Möbelschreinerei passte. Ostler wusste jedoch nicht, was ihm da auffiel. Ja, wenn er etwas von Chippendale, van de Velde, Roentgen oder Riesener gewusst hätte! Hatte er aber nicht. Er verließ den Innenhof, klingelte nochmals an der Vordertür, nichts rührte sich. Er wollte schon wieder gehen, da hörte er von der anderen Seite der Straße eine krächzende Frauenstimme:

»He, Sie! Was tun Sie denn da? Wollen Sie zum Dünser Karli?«

Ostler drehte sich um. Die alte Heinzlingerin. Gott sei Dank erkannte sie ihn nicht gleich.

»Ja, genau zu dem will ich. Ist er nicht da?«

»Am Donnerstag früh arbeitet der doch nicht! Da geht er immer zum Stammtisch. Als ob der noch einen Stammtisch bräuchte. Der säuft doch so auch! Mit seinem Lieferwagen fahrt er immer weg, als ob er Holz holen wollte. In Wirklichkeit fährt er zum Getränkemarkt.«

»Entschuldige, Heinzlingerin, aber wohnt sonst noch jemand im Haus?«

»Ja, wer soll jetzt da wohnen? Bei dem versoffenen Wagscheitl!«

»Hat er eigentlich Verwandte?«

»Schon lange nicht mehr. Wieso? Ist denn was mit dem Dünser?«

»Wann hast du ihn das letzte Mal gesehen?«

»Ich schau nicht, wann der kommt und geht.«

»Aber jetzt ist er beim Stammtisch, sagst du?«

»In der Roten Katz. Da hocken sie am Donnerstag früh immer beieinander.«

Und es war Donnerstag früh, und da hockten sie tatsächlich beieinander: Der Grimm Loisl, der Hacklberger Balthasar, der Apotheker Blaschek und der Pfarrer. »Heut lasst er sich aber Zeit mit dem Frühschoppen«, stellte der Hacklberger Balthasar gerade fest.

»Das wäre ja das erste Mal, dass der Dünser nicht zum Stammtisch kommt«, fügte der Grimm Loisl hinzu.

»Vielleicht ist er krank, hat eine Erkältung?«, stellte der Pfarrer fest.

»Bei dem seinem Alkoholkonsum überlebt doch kein Grippevirus. Der wird schon noch kommen.«

»Aber da schau hin! Ein ganz seltener Gast!«

Alle drehten ihre Köpfe zur Eingangstür.

»Der Ostler Joey! Buona sera, setz di hera, samma mehra!«

»Nein, ich bin offiziell da. Ist denn der Dünser Karli bei euch?«

»Nein, bisher noch nicht! Hat er am Ende was angestellt? Hat er einen Stuhl verkauft, der zusammengekracht ist?«

»Nein, er hat nichts angestellt. Wann habt ihr ihn das letzte Mal gesehen?«

»Heut vor einer Woche. Warum?«

Die Bedienung brachte eine Ladung Bier. Nur der Pfarrer trank alkoholfrei.

»Dann zum Wohle!«, donnerte er. Er hatte eine sonore Stimme, die das Kirchenschiff bis hin zur letzten verstaubten Putte erfüllte.

»Prost!«, sagte Ostler. »Aber eine Frage hätte ich noch. Hat er in letzter Zeit etwas von einem Heißluftballon erwähnt? Wollte er vielleicht sogar eine Tour machen?«

»Der Dünser?«, sagte der Apotheker Blaschek. Eigentlich sagte er *Dinser.* Er kam aus Prag und böhmakelte stark. »Nie und nimmer. Da misste er ja ein paar Stund lang ohne Bier auskommen.«

»Jetzt fällt mir was ein«, schaltete sich der Grimm Loisl ein. »Es ist ein paar Monate her. Da habe ich mit ihm gewettet, dass er sich so was nie und nimmer traut. In Tausende von Meter aufsteigen.«

»Um was habt ihr gewettet?«

»Um was wettet man schon? Um ein Tragl Bier, um was sonst.«

31

Im Revier hatte Nicole Schwattke, die junge und ehrgeizige Recklinghäuser Austauschkommissarin, das Team vervollständigt. Sie kam gerade frisch aus dem Urlaub, und ihre Augen blitzten vor Tatendurst.

»Ich habe mal ein bisschen gehirnt wegen dieses komischen Ehepaars Hoch und Tief. Eine mögliche Bedeutung wäre, dass es sich um ein leidenschaftliches Ehepaar mit vielen Höhen und Tiefen handelt. Trennung-Versöhnung-Trennung-Versöhnung. Die barocke Lebensart, wie sie halt im Süden so üblich ist. Himmelhoch jauchzend, zu Tode betrübt.«

»Ein manisch-depressives Ehepaar?«, wandte Maria ein. »Ich glaube nicht, dass Zunterer seine Passagiere nach psychologischen Gesichtspunkten bewertet. Vielleicht ist es viel einfacher: Sie heißt meinetwegen Manuela Hoch und er Herbert Tief.«

»Für mich klingt es wie ein Spitzname für ein Paar mit einem enormen Größenunterschied«, sagte Hölleisen. »Als Zunterer die beiden bei der Anmeldung gesehen hat, hat er an Pat und Patachon gedacht. Vielleicht ist es ja auch ein Meteorologen-Ehepaar. Mit dem Hoch ›Manuela‹ und dem Tief ›Herbert‹.«

»Es könnte auch der Hoch- und Tiefbau gemeint sein«, rief der Spurensicherer Hansjochen Becker. »Zwei aus der Baubranche. Das ist hier in der Gegend am wahrscheinlichsten.«

»Ich denke, wir versuchen es mit dem Hoch- und Tiefbau«, sagte Jennerwein.

»Es gibt hier Dutzende von Baufirmen«, gab Hölleisen zu bedenken. »Und vielleicht sind diese Passagiere ja gar nicht von hier.«

Jennerwein seufzte. Es entstand eine Pause. Gedankenverloren starrte er auf den Notizblock, der vor ihm auf dem Tisch lag. Er war der Leiter des Teams. Er gab die Richtung vor, in der ermittelt wurde. So war es immer gewesen. Jennerwein war der, der sich alle Ideen aufmerksam anhörte und dann über die weitere Vorgehensweise entschied. Doch jetzt schwieg er. Maria betrachtete ihn sorgenvoll. Auch die anderen Teammitglieder blickten unsicher in seine Richtung. Die Jüngste in der Runde, Nicole Schwattke, sprang für ihn ein.

»Irgendwo müssen wir anfangen. Wir haben nichts Besseres als dieses Ehepaar. Mein Vorschlag: Wir suchen Baugeschäfte in der Nähe heraus, rufen dort an und fragen unter einem Vorwand nach, ob ein Ehepaar dort arbeitet. Ein Ehepaar, das die Firma leitet. Oder ein Hausmeisterehepaar.«

Nicole blickte zu Jennerwein. Der nickte aufmunternd.

»Maria, ich würde Sie bitten, einen Vorwand auszuarbeiten«, fuhr Nicole fort. »Wir wollen nicht mit der Tür ins Haus fallen. Hölleisen, Sie stellen eine Liste mit den Baufirmen zusammen.«

»Ja, das mache ich, Frau Kommissarin. Aber eine Bemerkung noch zu diesem Zunterer. Ich frage mich, ob der Anschlag nicht ihm gegolten hat.«

»Warum denken Sie das?«

»Der ist nicht ganz sauber. Irgendwas stimmt nicht mit dem. Die Bundeswehr wird ihn ja nicht umsonst unehrenhaft entlassen haben.«

»Was war nach seiner Bundeswehrzeit?«

»Er hat seine Ballonfahrerausbildung gemacht, dann ist er zu Schott gegangen. Schott's Alpenträume. Ein Riesenunternehmen, das alles rund um Ballonfahrten macht. Massenballonfahrten. Romantische Kuschelstunden zu zweit in zweitausend Meter Höhe. Hochzeiten. Firmenevents. Kochshows, die im Fernsehen übertragen werden –«

»Wie bitte? Die Lüfte sind inzwischen auch nicht mehr sicher vor Kochshows?«

»Bei Schott's Alpenträumen hat der Zunterer jedenfalls zwei Jahre gearbeitet.«

»Wissen Sie, warum er aufgehört hat?«

»Keine Ahnung.«

»Maria, würden Sie es übernehmen, bei Herrn Schott anzurufen? Bitte butterweich, wie immer.«

»Jetzt gleich?«

»Jetzt gleich.«

Wahnsinn. Nicole hatte wie selbstverständlich Jennerweins Rolle übernommen. Der saß dabei und ließ es geschehen. Und alle im Team akzeptierten das. Nicole platzte vor Stolz.

»Entschuldigen Sie die Störung, Herr Schott.«

»Woher haben Sie denn meine Privatnummer? Egal. Was gibts? Und ich sage es Ihnen gleich: Wenn Sie eine Journalistin sind, die behauptet, eine Wochenendbeilage übers Ballonfahren zu machen und deshalb gratis mitfahren will, dann lege ich sofort auf.«

»Polizeipsychologin Dr. Schmalfuß. Ich störe nicht lange.«

»Das hoffe ich.«

»Wir ermitteln in einem Fall, bei dem Herr Marco Zunterer eine Rolle spielt.«

»Zunterer? Hören Sie mir bloß mit diesem Knallkopf auf.«

»Er war doch Ihr Angestellter, nicht wahr?«

»Ja. Ich habe ihn aber schon vor Jahren rausgeschmissen.«

»Können Sie mir den Grund sagen?«

»Hören Sie mal zu, junge Frau: Ich habe einen Prozess beim Arbeitsgericht verloren, eben *weil* ich den Grund gesagt habe.«

»Es ist wichtig.«

»Hat er denn was angestellt?«

»Nein. Vielleicht ist er –«

Maria blickte unsicher drein. Jennerwein und Nicole nickten zustimmend.

»– Opfer eines Verbrechens geworden«, fuhr Maria fort.

»Ich war gezwungen, ihm noch einen Haufen Geld nachzuwerfen. Ein ganzes Jahr musste ich ihm den vollen Lohn zahlen. Für nichts und wieder nichts. Sapperlot! Sie sind dabei, mir den Tag zu verderben, meine Liebe!«

»Ich will nur wissen, weswegen Sie ihm gekündigt haben. Sie können mit unserer vollen Diskre –«

»Oho! Nicht so schnell, meine Liebe! Ich muss zuerst mit meinem Anwalt reden. Das passiert mir nicht noch mal! Dann rufe ich zurück.«

»Ja, natürlich. Ich bitte darum. Ich warte. Die Nummer haben Sie ja.«

Maria legte auf.

»Wenn mich schon jemand *Meine Liebe* nennt! Warum nicht gleich *Schätzchen*? Jedenfalls hat der eine Stinkwut auf Zunterer, so viel kann man sagen. Und dann hat er gleich mit seinem Anwalt angefangen. Wenn das nicht verdächtig ist. Aber andererseits: Würde er die Wut so offen zeigen, wenn er etwas mit der Sache zu tun hätte?«

»Vielleicht gerade deswegen«, sagte Nicole.

»Also, gut, warten wir seinen Rückruf ab«, sagte Jennerwein. »Was sollen wir anderes tun. Mit einer Migränefrau und einem Zirkusartisten können wir noch weniger anfangen.«

»Warum schreibt er eigentlich Zirkusarrrtist mit drei ›r‹?«, fragte Nicole. »Zwei könnten ja noch ein Versehen sein, aber drei sind ganz bewusst hingeschrieben.«

»Er parodiert ihn vielleicht, den Zirkusartisten. In den ost- und südeuropäischen Sprachen rollt man das ›r‹ so.«

Gott sei Dank. Hubertus hatte wieder Fassung gewonnen. Vielleicht hatte er ja vorhin auch über etwas Anderes, Wichtigeres nachgedacht.

Schätzchen – das triffts, dachte Ludwig Stengele. Er und Maria mochten sich nicht so besonders.

Johann Ostler betrat den Raum. Alle blickten ihn erwartungsvoll an.

»Es besteht eine gewisse Wahrscheinlichkeit, dass der Dünser Karli identisch mit dem Biertraglträger ist, der an der Fahrt teilgenommen hat. Er ist heute beim Frühschoppen nicht aufgetaucht. Zu Hause oder in seiner Werkstatt ist er auch nicht. Und vor allem: Einer der Stammtischbrüder hat mit ihm gewettet, dass er sich nicht traut, eine Ballonfahrt zu machen.«

»Um was wurde denn gewettet?«, fragte Nicole.

»Um was wird bei einer Wette gewettet werden, Frau Kommissarin! Um ein Tragl Bier. Er könnte also mitgefahren sein, wegen der Wette.«

»Kennen Sie ihn näher?«

»Nein, nur entfernt. Ich habe schon nachgesehen: Es liegt nichts gegen ihn vor. Aber eine komische Werkstatt hat er. Lauter uraltes Gerümpel. Schauen Sie sich das an. Ich habe ein paar Fotos geschossen. Durchs Fenster hindurch.«

Alle beugten sich über Ostlers Smartphone. Alle zuckten die Schultern. Möbel eben.

»Ich habe nur gemeint, weil er überhaupt nichts Bayrisches unter seinen Möbeln hat. Das sieht alles so hochherrschaftlich flachländisch aus. In unseren Bauernstuben steht so was jedenfalls nicht. Becker, können Sie was damit anfangen?«

»Eine Mitarbeiterin von mir kennt sich damit aus. Eine Materialkundlerin. Ich schick ihr die Bilder mal. Man kann drauf warten.«

Sie warteten. Es vergingen ein paar Minuten, in denen sich jeder auf seine Weise entspannte. Maria rührte unendlich lange in ihrer Kaffeetasse. Ostler nahm eine Prise Schnupftabak. Nicole blätterte ihr Smartphone durch. Jennerwein massierte sich die Schläfen. Stengele amüsierte sich weiter insgeheim über das Schätzchen. *Kleines* würde auch passen, dachte er. Dann kam die Antwort von Beckers Kollegin.

Richtig wertvolles, antikes Zeug habt ihr da fotografiert. Das ganz links könnte ein van de Velde sein. Müsste ich mir aber genauer ansehen. Gruß Erika.

»Teures Zeugs bei einem versoffenen Biertragltträger?«, entfuhr es Ostler. Jennerwein wiegte nachdenklich den Kopf.

»Becker, schnappen Sie sich Ihre Kollegin und untersuchen Sie die Schreinerei.«

»Wahrscheinlich wieder eine Nullnummer«, murrte Becker.

Der Spurensicherer erhob sich und machte sich auf den Weg zum Dünserhaus. Gerade als er aus der Tür trat, fuhr im Hof des Polizeireviers eine schwarze Limousine vor. Ein geschniegelter Mann mit ondulierten Haaren sprang heraus. Der Maßanzug verrutschte um keinen Millimeter.

»Kann ich Ihnen helfen?«, fragte Becker.

»Ich will den Leitenden Hauptkommissar sprechen.«

»Um was geht es denn?«

»Ich wiederhole mich ungern. Also nochmals. Ich will den Leitenden Hauptkommissar sprechen.«

Becker reizte es, den arroganten Schnösel darauf hinzuweisen, dass Jennerwein Erster Kriminalhauptkommissar und nicht Leitender Hauptkommissar war. Doch er dachte an den Vortrag Gewaltlose Kommunikation, den er gestern gehört hatte, drum sagte er nur:

»Aber gerne. Ich führe Sie zu ihm.«

Der Geschniegelte wollte Jennerwein alleine sprechen. Und zwar draußen im Freien.

»Hören Sie, was soll der Unsinn?«

»Geht das oder geht es nicht?«

Der Geschniegelte hatte einen ruppigen und unhöflichen Ton drauf, als wäre er gewohnt, dass man ihm nicht widerspricht. Jennerwein ahnte schon, um was es ging. Auf der freien Wiese hinter dem Polizeirevier erfuhr Jennerwein, dass eine hochgestellte Persönlichkeit eine Ballonfahrt unternommen hätte. Sie wäre gestern im Kurort gestartet, aber nicht am Ziel angekommen.

»Wissen Sie etwas darüber, Kommissar?«

»Zuerst einmal: Wer sind Sie? Wer ist die Persönlichkeit, um die es geht? Was wissen Sie von dieser Fahrt?«

Der Geschniegelte seufzte tief. Er riss die Augen auf, wie um zu zeigen, dass er sehr, sehr traurig darüber war, was Jennerwein gerade gesagt hatte.

Und dann machte der Geschniegelte etwas, was Jennerwein bisher nur vom Hörensagen kannte oder in Filmen gesehen hatte. Nie hätte er es für möglich gehalten, dass so etwas auf der grünen Wiese hinter dem Polizeirevier geschah. Und dass ausgerechnet ihm das passieren würde. Der Geschniegelte streckte ihm die Hand wie zum Abschied hin und drückte sie fest. Als Jennerwein seine Hand wieder zurückzog, hielt er zwei kleine lilafarbene, quadratische Papierchen in der Hand. Sie waren so gefaltet, dass man auf Anhieb die beiden Fünfhunderter erkennen konnte. Weil Jennerwein nicht sofort reagierte und gleich lospolterte, blickte ihn der Mann erwartungsvoll an. Jennerwein zögerte. Das wars! Dieser Taschenspielertrick war die Methode, wie er seinem Vater Herr werden konnte. Er musste ihm etwas zustecken. Er musste dem König der Diebe, der anderen etwas aus der Tasche zog, etwas in die Tasche stecken. Doch das konnte nicht er selbst erledigen. Dafür brauchte er Hilfe.

Und dann polterte er los.

32

Mein schönstes Ferienerlebnis

Wie ich einmal bei einem Banküberfall dabei war, habe ich gesehen, wie der eine Bankräuber in das Auto zu der vermummten Frau gestiegen ist. Dann hat jemand was gerufen, was ich nicht verstanden habe, weil ich auch schon so müde war. Dann hat es eine große Knallerei gegeben. Ein paar Leute sind umgefallen und ich habe zuerst geglaubt, die sind tot, aber die haben sich nur so auf den Boden gelegt. Dann haben die Leute gejubelt und geklatscht wie nach einem Konzert. Kurz bevor mein Papa und ich gegangen sind, habe ich dann noch gesehen, wie die Polizisten den Bankräuber gepackt und auf den Randstein gelegt haben. Und dann habe ich noch gesehen, wie ein Mann den Geldsack weggenommen hat, der am Auto gelehnt ist. Zwei Millionen Mark sind da drin, hat mein Vater gesagt. Das Komische war aber, dass das genau der Mann war, der die ganze Zeit neben uns gestanden ist. Ein Polizist war das keiner. Einer von der Bank auch nicht. Dann sind wir heimgefahren, ich bin im Auto eingeschlafen und habe geträumt, was ich tun würde, wenn ich zwei Millionen Mark hätte. Zuerst würde ich mir ein großes Eis kaufen.

Kasimir Binz, 9 Jahre

Die Lehrerin ließ den Aufsatz sinken. Die Klasse 3c saß erwartungsvoll da, jeder fragte sich, welche Note es denn dafür geben würde. Doch sicher eine Eins. Vielleicht sogar mit Stern.

»Hat der Kasi einen Dusel«, flüsterte ein Bub in der ersten Reihe seinem Banknachbarn zu. »Mit einem Bankraub tät ich auch eine Eins kriegen. Wir waren bloß in Rimini. Da war es heiß, aber passiert ist nichts.«

»Psst!«, sagte die Lehrerin. »Und jetzt zu dir, Kasimir. Das ist natürlich ein schöner Aufsatz. Alles ist gut und genau beschrieben. Sehr lebendig! Aber unser Kasimir kann es anscheinend nicht lassen. Am Schluss muss er wieder flunkern. Dass ein geheimnisvoller Mann den Geldsack genommen hat. Da hat er was mit einem Märchen vermischt. Der Kasi kriegt also eine Zwei.«

»Aber das ist nicht geflunkert!«, rief der Kasimir entrüstet, ohne aufgerufen worden zu sein. »Ich habe es genau gesehen.«

»Aber schau her, in der Zeitung steht was ganz anderes. Ein Bankangestellter hat den Sack genommen und zurück in die Bank gebracht.«

»Das war kein Bankangestellter! Das war der Mann neben uns. Er ist durch eine Seitengasse verschwunden. Und er hat *Chirpy Chirpy Cheep Cheep* gepfiffen.«

»Eine Zwei, Basta.«

33

»Was wollte denn dieser schräge Typ?«, fragte Nicole, als Jennerwein wieder ins Besprechungszimmer trat.

»Das war ein Mitarbeiter unseres No Name«, erwiderte Jennerwein. Er reichte Ostler einen Zettel. »Stellen Sie bitte fest, wem das Auto gehört. Er hat mir seinen Namen nicht genannt. Stattdessen hat er versucht, mich zu bestechen. Ich sollte ihm vermutlich etwas über den Stand der Ermittlungen verraten.«

»Er hat versucht, Sie zu bestechen? Warum haben Sie ihn nicht festgehalten, Chef?«

»Ich war so baff. Ich habe ihn einfach rausgeschmissen. Ich vermute, dass als Nächstes ein Rechtsanwalt auftaucht, um Informationen zu bekommen.«

»Sie wirken erstaunlich gelassen, Hubertus«, sagte Maria.

»Wenn es ein Anschlag auf unseren No Name war, wenn es also etwas Politisches ist, verlieren wir den Fall ohnehin ans BKA. Das glaube ich aber nicht. Ich schlage vor, wir suchen weiter nach dem Ehepaar Hoch und Tief. Bitte arbeiten Sie alleine. Ich muss noch etwas erledigen.«

Eine Pause entstand. Dann verließ Jennerwein den Raum, alle blickten ihm verwundert nach. Schulterzuckend machten sie sich wieder an die Arbeit.

Das war der Sündenfall. Es kam jedenfalls dem Sündenfall schon sehr nahe. Jennerwein hatte sein Team noch nie im Stich gelassen, er hatte sich noch nie von laufenden Ermittlungen abgeseilt. Und vor allem: Er hatte sein Team noch nie so ausgiebig beschäftigt, nur um es daran zu hindern, ihm nachzuspionieren. Er musste sich beeilen und die Sache schnell hinter sich bringen. Trotzdem musste er vorsichtig sein. Er lenkte seine Schritte durch den Ort, nahm Seitenstraßen, drehte ein paar Schleifen. Endlich war er da. Er betrat das Grundstück durch den rückwärtigen Eingang. Die Haustür stand offen. Man erwartete ihn also schon. Mit dem ersten Schritt in dieses Haus tat er zwar nichts Illegales, aber er brach mit dem Prinzip, sich nicht auf die Hilfe von Kriminellen einzulassen. Einen derartig brisanten Kontakt wie den jetzigen hätte er zumindest protokollieren und von seinem Chef absegnen lassen müssen. Aber jetzt war es zu spät. Der Gang war eng und dunkel, ganz hinten sah er Licht. Er hörte Stimmen und Gelächter. Wurde dort eine Runde gepokert? War ein mexikanischer Winkelchemiker dabei, Crystal Meth zu kochen? Wurde ein Double des amerikanischen Präsidenten gebrieft? Jennerwein ging langsam weiter. Rechts und links hingen Bilder an der Wand, Fotografien von ihm unbekannten Gesichtern. Auf einem Foto zwei Kinder im Teenageralter, ein Mädchen und ein Junge. Beide blickten fröhlich und liebenswert in die Kamera, gar nicht wie Sprösslinge von Berufsverbrechern. Aber vielleicht wussten die Kinder nichts vom Treiben ihrer Eltern. Jennerwein musste an seine Dienstwaffe denken. Er hatte sie im Revier in seinen Spind gesperrt. War das ein Fehler gewesen? Nein, ganz sicherlich nicht. Was konnte ihm passieren, wenn er mit diesen Leuten gemeinsame Sache machte? Ein Disziplinarverfahren, die Entlassung aus dem Polizeidienst, eine Klage wegen Mittäterschaft, Anstiftung zu einer Straftat und Verrat von Dienstgeheimnissen. Jennerwein schloss die Augen. Seine Knie wurden weich, und der Boden schien unter ihm zu schwanken. Doch jetzt drangen Stimmen an sein Ohr. Musik ertönte. Jennerwein achtete nicht darauf, welche. Führte dieser Gang direkt auf den Abgrund zu? Waren das seine letzten Schritte als unbescholtener Bürger und Staatsdiener? Und seine ersten auf einer abschüssigen Bahn, die in der Gosse oder im Gefängnis endete? Einen Moment lang stieg so etwas wie Wut in ihm auf, Wut auf seinen Vater, dem er die missliche Lage zu verdanken hatte. Doch der Zorn verflüchtigte sich bald. Er liebte seinen Vater. Er wollte ihn beschützen. Deshalb war er hier. Jennerwein blieb im Türrahmen stehen und klopfte ans Holz. Vier Augen blickten ihn an. Vier Augen, die wohl schon einige Polizisten auf Abwegen gesehen hatten, dazu viele Gesetzesübertretungen, viele Tote, viel Unglück, viel Gewalt – genauso wie Jennerwein, nur eben von verschiedenen Seiten des großen Stromes, der da Gesetz hieß, der die kleinen und großen Fälle mit sich führte und sie irgendwo im Meer der Gerechtigkeit entlud. Wenn man Glück hatte.

»So, Grüß Gott, Herr Jennerwein, Sie sind aber pünktlich. Kommen Sie herein.«

»Schön ist es geworden, das neue Haus«, antwortete Jennerwein mit belegter Stimme. Er sah sich um. Ursel Grasegger war aufgestanden, um ihn zu begrüßen.

»Sieben Jahre ist es jetzt her, dass unser altes Haus abgebrannt ist.«

Jennerwein nickte. Er hatte es mit eigenen Augen brennen sehen.

»Und Sie haben es nach den alten Plänen wieder aufbauen lassen?«

»Wir sind vor dem Nichts gestanden, damals.«

»Ich weiß«, erwiderte Jennerwein.

»Setzen Sie sich doch her. Wollen Sie eine Brotzeit? Nichts

Besonderes. Ein paar aufg'schmalzene Topfennudeln. Ein Stück paniertes Wammerl –«

»Danke, ich will lieber gleich zur Sache kommen«, unterbrach Jennerwein und blieb stehen. »Wie ich am Telefon schon angedeutet habe, geht es um etwas Privates.«

»Öha«, sagte Ignaz.

Ursel warf ihm einen warnenden Blick zu.

»Ich habe einen Schützling, dessen Name hier nichts zur Sache tut. Er ist ein Dieb. Er hat sein ganzes Leben lang gestohlen. Jetzt ist er im Rentenalter und sollte eigentlich aufhören. Es ist gefährlich für ihn geworden. Auf mich hört er leider nicht.«

»Ein Dieb?«, unterbrach Ignaz lächelnd. »Wer dieser Profession verfallen ist, der kann nicht aufhören, Jennerwein. Vergessen Sies.«

In den Küchenteil der geräumigen Wohnküche schlurfte ein älterer Mann und setzte Wasser auf.

»Wer ist das?«, fuhr Jennerwein auf. »Ich habe Sie um ein Treffen alleine gebeten!«

»Keine Angst, das ist nur unser Hausl«, sagte Ursel. »Der Milan kommt aus Kroatien. Wir haben ihm einen Job bei uns gegeben. Das ist doch sozial, oder? – Ja, und bevor Sie auf ungute Gedanken kommen, Kommissar: Nein, wir haben ihn noch nicht angemeldet. Wir werden es aber so bald als möglich machen.«

»Deswegen bin ich nicht hier.«

»Dann erzählen Sie einmal, weswegen Sie hier sind. Vielleicht nicht doch ein Wammerl?«

Jennerwein setzte sich an den Tisch. Er schlug auch das angebotene Begrüßungsschnapserl aus. Dann schilderte er kurz sein Problem mit dem entlassenen Strafgefangenen und seine Befürchtungen. Die Graseggers nickten verständnisvoll.

»Das ist ja eine große Ehre für uns, dass Sie uns das anvertrauen, Herr Kommissar. Irgendwelche psychologischen Programme haben nichts gebracht?«

»Nein, bisher nicht.«

»Das ist wie beim Rauchen aufhören«, sagte Ignaz. »Man muss es selber wollen. Sonst funktioniert es nicht.«

»Wollns einen Tee, Herr Jennerwein?«

Jennerwein nickte. Der alte Hausl schlurfte mit der Teekanne herbei. Jennerwein versuchte einen Blick auf sein Gesicht zu erhaschen. Der schweigsame Südslawe zeigte es nicht, er hielt den Kopf tief gesenkt.

»Tun Sie mir einen Gefallen und melden Sie ihn an«, sagte Jennerwein.

»Natürlich. Gleich morgen«, antwortete Ursel.

»Wie wäre es mit einem Warnschuss?«, schlug Ignaz vor. »Einem heilsamen Schock? So wie Sie den Burschen schildern, so eigensinnig und unzugänglich, kann er vielleicht nur mit seinen eigenen Waffen geschlagen werden.«

»Wie meinen Sie das? Muss er beklaut werden, um mit dem Klauen aufzuhören?«

»Nein. Er muss erkennen, dass einer das, was er kann, noch besser kann als er.«

»Er muss also seinen Meister finden?«

»Ich glaube schon.«

»Daran hatte ich auch schon gedacht.«

Der alte Hausl schlich herum. Jennerwein war immer noch nicht ganz wohl mit ihm.

»Jeste li vi hrvat?«, fragte ihn Jennerwein auf kroatisch. Wie gut, dass er von seinem Jugoslawienurlaub vor zwanzig Jahren noch etwas behalten hatte.

»Da, i ponosan sam na to!«, erwiderte der alte Hausl schnell.

»Wie heißt Ihr Schützling?«, fragte Ursel, ohne auf das Zwischenspiel einzugehen.

»Dirschbiegel. Aber alle nennen ihn Dirschi. Kennen Sie ihn?«

»Nein. Wo treibt er sich herum? Hier in der Nähe?«

»Ja, das denke ich.«

Eine lange Pause entstand. Die Graseggers schienen über etwas nachzudenken. Schließlich nickten sie sich zu. Ignaz wandte sich wieder an Jennerwein.

»Dirschbiegel heißt er, sagen Sie? Versprechen können wir nichts, aber wir versuchen unser Möglichstes.«

»Wo ist er denn zur Zeit?«, fragte Ursel. »Ich meine: Wir bringens auch selber raus, aber Sie haben vielleicht mehr Möglichkeiten, Kommissar. Stimmts?«

Jennerwein überlegte.

»Ich glaube nicht, dass er schon einen festen Wohnsitz hat. Aber er hat durchaus seine sentimentalen Züge. Nach dem Knast fährt er oft nach Murnau. Ins Hotel Nirwana.«

»Wieso sentimentale Züge?«

»Dort hat er seine Frau kennengelernt.«

Jennerwein erhob sich.

»Ich schulde Ihnen was. Das weiß ich. Das heißt aber nicht, dass ich etwas außerhalb des Gesetzes für Sie tue.«

Die Graseggers blickten sich an. Ein Satz stand im Raum: *Das tun Sie jetzt schon, Jennerwein.* Sie sprachen ihn nicht aus.

»Was hältst du davon, Ursel?«, sagte Ignaz, als Jennerwein gegangen war. »Eine Falle? Irgendeine Sauerei von ihm?«

»Das glaub ich nicht. Er hat wirklich besorgt geklungen. Ach Gott, der Ärmste!«

»Sagt dir der Name Dirschbiegel was?«

»Noch nie gehört. Aber das kriegen wir raus.«

»Das glaube ich auch.«

»Er hat so besorgt geklungen, als ob es um was Familiäres ginge.«

»Wir werden uns diesen Dirschbiegel mal anschauen«, sagte der bucklige Hausl plötzlich auf Deutsch. Eigentlich auf Österreichisch. »Eine Warnung zustecken, das wird ja nicht so schwierig sein. Und dann haben wir was gut beim Jennerwein.«

»Die Polizei, dein Freund und Helfer«, sagte Ignaz verschmitzt. »Wer weiß, für was mans brauchen kann.«

34

Alle im Revier waren an diesem Morgen beschäftigt. Polizeihauptmeister Johann Ostler sah sich die Fotos von den Stühlen und Kommoden an: Dünser wurde ihm immer suspekter. Ludwig Stengele telefonierte mit einigen Bergwachtlern und der Alpinen Einsatztruppe, die ankündigte, die Suche bald abzubrechen. Franz Hölleisen hatte einige Mühe gehabt, den Besitzer des Luxusschlittens herauszubekommen. Es war eine Firma, die solche Nobelkarossen vermietete. Maria Schmalfuß dachte über das Verhalten von Hubertus nach. Da steckte doch eine Frau dahinter. Ganz sicher eine Frau. Aber gleich so heftig? Die innere Laufmasche kam wieder in Bewegung.

Kommissarin Nicole Schwattke arbeitete geduldig und konzentriert am Telefon. Sie hatte jetzt die Sekretärin der zwanzigsten Firma für Hoch- und Tiefbau am Apparat. Wie viele solche Firmen gab es denn noch in diesem Gebiet! Na klar, hier im Voralpenland war noch viel Grün zuzupflastern. Sie telefonierte von ihrem privaten Handy aus. Diese Eigenmächtigkeit wollte sie später auf die eigene Kappe nehmen. Sie hatte sich entschlossen, die Sache Undercover anzugehen. So etwas war durch die Dienstordnung nicht gedeckt.

»Hier ist Alwine Geesterkamp«, flötete sie gespielt ungeschickt und tollpatschig. »Äh – Entschuldigen Sie, dass ich so reinplatze, aber ich habe vor kurzem in einer urigen Kneipe ein Ehepaar kennengelernt. Ich habe mitbekommen, dass der Mann ihr was schenken will. Und jetzt hätte ich da genau das Passende. Sie haben bloß erzählt, dass sie in einer Hoch- und Tiefbaufirma arbeiten. Mehr weiß ich nicht von denen. Ich sitze schon den ganzen Vormittag da und telefoniere. Haben Sie so ein Ehepaar in der Firma?«

Der Angler muss sich so fühlen. Er blickt lange aufs Meer hinaus, zwei Stunden vielleicht, und dann zuckt plötzlich die Schnur und der Riesenbonito hat angebissen.

»Ja freilich, Frau Geesterkamp. Unsere Chefs sind doch ein Ehepaar! Trockenschlaf Hoch und Tief. Eigentlich sollte es ja Katharina und Christian Trockenschlaf Hoch und Tief heißen. Aus Platzgründen ist das nicht gemacht worden. Aber das ist ja schön, dass er ihr was schenken will. Was haben Sie denn für eine Idee?«

»Aber nichts verraten!«

»Ehrensache.«

»Eine Hollywoodschaukel, auf der – äh – Katharina und Christian steht!«

»Das ist ja nett.«

»Kann ich denn den Herrn Trockenschlaf sprechen?«

»Leider nicht. Die haben sich eine Auszeit genommen. Haben sie Ihnen das nicht erzählt? Die feiern doch ihren fünften Hochzeitstag.«

»Und da lassen sie die Firma eine Zeitlang allein, oder? Da haben Sie ja gar keinen, der die Entscheidungen trifft.«

»Wissen Sie, der Herr Beckmann, unser Geschäftsführer, der macht das gut.«

Die Sekretärin legte auf. Sie runzelte die Stirn. Irgendetwas stimmte da nicht. Die Anruferin will ein Ehepaar kennengelernt haben und hat dann nicht nach ihren Namen gefragt?

Was ging es sie an, wer die Firma zur Zeit führte! Und dann der komische Name: Alwine Geesterkamp.

Nicole Schwattke erhob sich. Der gewisse Schwung von Jennerwein lag in ihren Bewegungen.

»Ich habe sie. Baufirma Trockenschlaf. Stengele, Sie begleiten mich bitte. Wir besuchen diese Firma.«

Nicole war nicht eben die Ranghöchste im Team. Aber sie hatte das bestimmte energische Auftreten. Sie hatte viel von Jennerwein gelernt. Ein paar Minuten später standen sie im Vorzimmer von Trockenschlaf Hoch & Tief.

»Wir sind von der Polizei«, sagte Nicole, jetzt wieder mit ihrer normalen Stimme. »Wir würden ganz gerne Herrn Beckmann sprechen.«

»Zu Herrn Beckmann wollen Sie? Es ist doch nichts passiert, oder? Ich habe nämlich gerade einen ganz sonderbaren Anruf erhalten. Eine gewisse Alwine Geesterkamp. Ich bin ganz sicher, dass die mich aushorchen wollte. Können Sie die mal überprüfen? Alwine Geesterkamp.«

»Wahrscheinlich ein falscher Name«, sagte Stengele trocken. »Aber wir werden uns um diese Dame kümmern. Mit einem oder mit zwei e?«

Er wandte sich ab, um nicht einfach loszuprusten.

»Können wir jetzt Herrn Beckmann sprechen?«, fragte Nicole höflich.

Der Geschäftsführer machte ein besorgtes Gesicht.

»Polizei? Ist etwas nicht in Ordnung?«

»Doch, es ist zunächst alles in Ordnung. Beantworten Sie uns bitte ein paar Fragen«, sagte Nicole mit fester Stimme.

Respekt, dachte Stengele. Die hat ganz schön viel gelernt. Die kanns inzwischen.

»Na gut«, stotterte der Geschäftsführer. »Wenn Sie mir nichts sagen wollen.«

»Es eilt«, sagte Stengele.

»Wann hatten Sie den letzten Kontakt mit einem der beiden Eheleute?«

»Vor fünf Tagen.«

»Sie haben sich überhaupt nicht gemeldet?«

»Nein. Das war so vereinbart. Sie wollten eine Auszeit nehmen.«

»Wissen Sie, wie sie diese Auszeit verbringen wollten?«

»Nein, da kann ich Ihnen nicht weiterhelfen.«

Stengele beobachtete den Typen genau. Der war nervös. Aber wer war nicht nervös, wenn einen die Polizei befragte? Jetzt blickte er zu ihm her. War dieser lätschige G'sälzbär Manns genug, eine Sprengladung zu basteln und seine Chefs zu ermorden?

»Können Sie mir nicht –«

»Nein, es sind laufende Ermittlungen. Ich muss Sie bitten, sich zur Verfügung zu halten. Eine Frage noch: Wie ist die Privatadresse der Trockenschlafs?«

Wieder ein paar Minuten später standen sie vor einer ansehnlichen Villa im Grünen. Sie klingelten und wussten, dass niemand öffnen würde. Sie sprangen über die verschlossene Gartentür und schlichen um das Haus herum. Beide sahen es gleichzeitig. In dieses Haus war eingebrochen worden.

Ein krimineller Streifzug durch die bayrischen Volksstämme

In Zeiten der Globalisierung besinnen sich immer mehr Menschen auf die Werte der Heimat. Sie lernen die regionalen Besonderheiten zu schätzen und richten ihr Augenmerk auf die feinen Differenzierungen, die sich zwischen den Landstrichen auftun, fernab von allen Brüsseler Maßregelungen. Gerade in den verschiedenen Regierungsbezirken des Freistaats sind ganz unterschiedliche Ausprägungen der bayrischen Seele zu finden.

»Bazis und Leutbetrüger sind sie allesamt dort unten im Süden zwischen Spessart und Karwendel«, schrieb der Heimatpfleger Georg Friedrich Stubenrauch vor hundert Jahren. »Aber es gibt gravierende Unterschiede zwischen den Volksgruppen. Der Oberbayer beispielsweise stellt den typischen Straßenräuber dar.« Eine erstaunlich aktuelle Feststellung! Denn der Oberbayer, seit jeher heimatverbunden und sesshaft, betrachtet die Fremden, die hier durchkommen, als Eindringlinge, denen es ganz recht geschieht, ausgenommen zu werden. Das hat Tradition. Die Raubritterburgen im Isartal künden davon. Bis heute zählen Wegelagerei, Maut und Wildern zu den großen Leidenschaften der Menschen zwischen Miesbach und Wolfratshausen.

Den Franken im Norden des Bayernlandes hingegen spricht man ganz andere Leiden- und Eigenschaften zu. Ihre Pfiffigkeit, ihre intellektuelle Wendigkeit und ihr kreativer Einfallsreichtum sind legendär. Zwischen Nürnberg und Hof sind seit alters her die Steuerbetrüger, Rosstäuscher und Millipantscher zu Hause. »Der Franke raubt mit Köpfchen«, schreibt Stubenrauch. »Er ist der geborene Trickbetrüger, Nepper und Bauernfänger.« Und tatsächlich: In der altfränkischen Wappenkunde ist das ›Zehnerl am Draht‹ ein beliebtes Motiv.

Der Münchner hingegen, der vorgebliche Weltstädter und Kulturmetropolist, ist hochmütig und stolz. Er ist der Hochstapler par excellence. Das Schlecht-Einschenken auf der Wiesn verkauft er als Brauchtum, den B'schiss beim Kartenspielen nennt er Folklore, die riesigen Bierbäuche verbirgt er unter opulenten Trachten. Überhaupt verkleidet er sich gern, will oft etwas anderes darstellen, als er ist – die Gefängnisse um die Landeshauptstadt sind voll von Heiratsschwindlern, Kunstfälschern und Kartenzinkern.

Der Schwabe hingegen ist wieder von ganz anderem Schlag. Sprichwörtlich sparsam, ist er von früh bis spät der Vermehrung des Geldes zugetan. Um dies zu erreichen, kennt er sich aus mit den Tricks der steuerlichen Gewinnverkürzung, des Schwarzbaus und der Banknotenfälschung. »Haben Sie keine Angst, zwischen Füssen und Augsburg niedergeschlagen und beraubt zu werden«, schreibt Stubenrauch in seinem Werk *Die bayrische Seele*.* »Hüten Sie sich dort aber vor Kreditangeboten und Bausparverträgen.«

Im Nordosten des Freistaats ist der Oberpfälzer zu Hause, ein schweigsamer, rauer und in sich gekehrter Zeitgenosse. Zu

---

* Oldenbourg Verlag, 1978. In Vorbereitung: Die preußische Seele.

gutmütig für den brutalen Raub, zu schweigsam für die beredte Hochstapelei, zu charakterstark für billige Enkeltrickbetrügereien ist sein dunkles Metier seit jeher das des Grenzsteinverrückens. So soll es noch im 19. Jahrhundert Bauern in Waldsassen gegeben haben, deren schmale Feldstreifen bis weit ins Tschechische, manchmal ins Polnische oder sogar ins Russische hineinreichten.

Der Niederbayer ist der Philosoph unter den bajuwarischen Stämmen. Er schweigt, wenn es nötig ist, er kann jedoch äußerst eloquent werden, wenn es ihm zu seinem Vorteil gereicht. So ist der Beruf des Schmusers in Niederbayern entstanden. Die unendlich weite Entfernung zwischen den einsamen Höfen hat es notwendig gemacht, Heiratswillige so zusammenzuführen – gegen ein üppiges und nicht immer gerechtfertigtes Salär natürlich. Der Schmuser musste einen Partner erst schmackhaft machen, er musste ihn ›zuschmusen‹, also schönreden.

Und der Werdenfelser? Wie tickt dieser Menschenschlag an der Grenze zu Tirol? Viele Bücher sind schon darüber geschrieben worden. Georg Friedrich Stubenrauch weiß auch dazu die Antwort. »Der Werdenfelser stellt eine explosive Mischung all dieser ungezügelten Charaktere dar«, schreibt er. Ganz unrecht wird er wohl nicht haben.

(Quelle: ›Die Heimatumschau‹, Heft 18)

35

Dirschbiegel schlürfte seinen Nachmittagskaffee und aß dazu belegte Brötchen. Er verglich jeden Schluck und jeden Bissen, den die Hotelküche anbot, mit dem Gefängnisfraß der letzten Monate. Dirschbiegels gute Laune stieg. Er war im Hotel Nirwana unter falschem Namen abgestiegen und hatte vor dem Frühstück auch schon ein paar Kurgäste beklaut, um im Training zu bleiben. Dazu war er natürlich auf die Straße gegangen. Neunte Faustregel: Nie im eigenen Hotel. Dabei bot gerade das Nirwana so viele Verlockungen. Zwei Tische weiter saß ein Araber, der so reichlich und oft Trinkgeld gab, dass in den weiten Ärmeltaschen seines Kaftans ein reiches Reservoir an Banknoten zu vermuten war. Aber: Regel Nummer neun.

Nach der kleinen Nachmittagsjause griff sich Dirschbiegel den Spazierstock, den er gekauft (ja: gekauft!) hatte, und verließ das Hotel. Schon im ersten Schaufenster, an dem er vorbeikam, betrachtete er sich wohlgefällig. Rentnerischer, bürgerlicher und harmloser konnte man gar nicht aussehen. Vielleicht sollte er sich ein kleines Bärtchen stehenlassen, um den Biedermann abzurunden.

»Hallo, Herr Tomanke! – Herr Tomanke!«

Erst nach dem dritten Zuruf begriff er, dass er damit gemeint war. Der Hotelangestellte von der Rezeption war ihm nachgelaufen, um ihm ein Kuvert auszuhändigen. Wusste jemand, dass er hier wohnte? Hastig riss er den Umschlag auf.

Gott sei Dank. Es war nur eine Einladung zu einer Kräuterwanderung. Sie wurde an alle Hotelgäste verteilt. Ohne die Rückseite zu beachten, steckte er den Prospekt in die Innentasche seines Jacketts. Litt er denn schon an Verfolgungswahn? Seit er wieder draußen war, hatten insgesamt vier Leute versucht, Kontakt zu ihm aufzunehmen. Aber das war normal. Das war jedes Mal so gewesen. Ein entlassener Strafgefangener war so gefragt wie ein gefeuerter Bundesligafußballtrainer.

Er musste sich entspannen. Dazu brauchte er einen kleinen Adrenalinschub. Dirschbiegel lenkte seine Schritte zum Marktplatz, an dem ein paar Andenkenbuden für Touristen standen. Folkloreartikel, Trachten aus Taiwan, bayrischer Kitsch. In der Mitte des Platzes hatte die Stadtverwaltung ein Schild angebracht: *Vorsicht vor Taschendieben! Achten Sie bitte auf Ihre Wertsachen.* Es folgten Übersetzungen in sieben Sprachen, darunter auch in Bayrisch: *Obacht, Grampfla! Passts auf eia Glump auf.* Wessen Idee dieses Schild auch immer gewesen war, er schien ein Herz für Diebe zu haben. Denn nicht wenige der Müßiggänger und Schlenderer griffen sich, nachdem sie die Zeilen gelesen hatten, ans Gesäß oder an die Brust. Ein Taschendieb wusste jetzt ziemlich genau, bei wem und wo etwas zu holen war. Sogar ein kleines Bänkchen stand bereit, auf dem Dirschbiegel vergnügt pfeifend Platz nahm. Es verging keine halbe Stunde, da erschien ein gockelhafter Schnösel in mittleren Jahren, braungebrannt, mit goldenem Halskettchen, gebleichten Zähnen und gefärbten Haaren. Er schnäuzte sich und warf das Tempotaschentuch achtlos auf den Boden. Er pfiff zwei sehr jungen Mädchen hinterher. Er blickte sich um und gähnte ungeniert. Ein Rüpel. Ein Ungustl. Jetzt fiel der Blick des Ungehobelten auf das Warnschild. Er griff sich vermeintlich unauffällig an den feisten Bauch. Dirschbiegels Augen blitzten. Eine Gürteltasche unter dem Hemd. Das sah dem Banausen ähnlich. Ein Fetischist, der seine Barschaften dauernd am Körper spüren wollte. Dirschbiegel entschloss sich, diesem Schnösel eins auszuwischen. Solch ein Geldgürtel-Picking war allerdings ein nicht ganz leichtes Unterfangen. Trotzdem lohnte sich die Mühe in den meisten Fällen, denn wer sich solch ein Ding umschnallte, hatte meist mehr zu bieten als einen Euro für den Parkscheinautomaten. Dirschbiegel griff in die Jackentasche, er hatte ein paar selbstgebaute Hilfsmittel einstecken, die auf den ersten Blick nicht nach Diebeswerkzeugen aussahen. Er holte die Ross-Fraser'sche Schere heraus. Das waren zwei fingerdicke Stahlhülsen, in die Zeige- und Mittelfinger gesteckt wurden und die an der Unterseite durch ein Scharnier verbunden waren. An den Innenrändern der Hülsen befanden sich kleine, scharfe Klingen. Durch schnelles Zusammenklappen der Finger war es möglich, Schnüre und Bänder, ja sogar Drähte zu kappen. Dirschbiegel bewaffnete sich, näherte sich dem braungebrannten Geck und blieb schräg hinter ihm stehen. Er hatte das Ross-Fraser'sche Manöver schon lange nicht mehr angewandt und hoffte, dass er es noch draufhatte. Die Arbeitsschritte mussten innerhalb von zwei Sekunden in einem Schwung durchgeführt werden: Leichtes Anrempeln des Opfers. Öffnen eines der Hemdknöpfe mit Daumen und Ringfinger; Durchschneiden des Haltegürtels mit der Fingerschere; Festhalten des Beutels mit der hohlen Hand; Durchschneiden des Gürtelbands auf der anderen Seite; Herausziehen des Beutebeutels. Dirschbiegel konzentrierte sich. Er berührte den Schnösel leicht an der Schulter.

»Entschuldigen Sie, wo gehts denn hier zum Staffelsee?«

Gleichzeitig schickte er seine rechte Hand in die Schlacht.

»Keine Ahnung«, sagte der Braungebrannte und wandte

sich augenrollend ab. Diese Oberkörperdrehung des Gockels sorgte automatisch dafür, dass Dirschbiegel seine Hand mit minimalem Bewegungsaufwand aus dem aufgeknöpften Hemd befreien konnte. Er musste nur aufpassen, dass der Beutel nicht am rechten Rand des Hemds hängen blieb, aber Jahre der Übung ließen ihn instinktiv die richtige Handhaltung und Rückzugsbewegung machen. Dirschbiegel beherrschte das Ross-Fraser'sche Manöver nach all den Jahren immer noch perfekt. Und der Idiot hatte nichts bemerkt.

»Eine perfekte Flankenablenkung!«, hätte General Blücher gesagt.

Dirschbiegel entfernte sich schnell und unauffällig. Er fühlte sich nach dieser Aktion wie nach einem erfrischenden Bad. Er hatte es noch drauf! Selbst schwierige Routinen gingen ihm noch leicht von der Hand, und das in seinem Alter. Dirschbiegel fühlte sich jung. Er eilte in das nächste Café und leerte im Toilettenvorraum die Gürteltasche aus. Der Beutel selbst war aus Leder, er wollte ihn nicht wegwerfen und legte ihn auf die Spiegelkonsole. Der Inhalt jedoch schien auf den ersten Blick enttäuschend. Keine Geldscheine, keine Briefe, keine Ausweise, nur ein zusammengefalteter Zettel. Dirschbiegel lachte laut auf. Ein großes Gegockel auf dem Marktplatz und nichts dahinter. Als er jedoch die Nachricht las, verging ihm das Lachen.

> Hallo Dirschi, alte Wursthaut!
> Du wirst überrascht sein, aber wir haben diesen ungewöhnlichen Weg der Kontaktaufnahme gewählt, weil es uns wichtig ist, mit dir zusammenzuarbeiten. Du bist der Beste, klar. Wir raten dir trotzdem dringend, unser Angebot zu beachten, zu prüfen und schließlich anzunehmen. Du kannst nicht ablehnen. Wir wissen über dich und

deine Brüche Bescheid. Wir wissen auch, dass Kommissar Jennerwein auf dich schaut. Und den kennst du doch, oder? Du hörst wieder von uns.
Der braungebrannte Marktplatzbesucher
PS Der Geldgürtel ist aus echtem Büffelleder, er war schweineteuer, wirf ihn nicht weg, halte ihn in Ehren, betrachte ihn als Geschenk.
PPS Übrigens: der Kunstraub 1980 in Nürnberg – wirklich gute Arbeit!

Dirschbiegel ließ den Zettel sinken. Das Undenkbare war geschehen: Jemand hatte seine Arbeitstechnik durchschaut und ihn auflaufen lassen. Und er war auf die ganze Show hereingefallen! Was aber noch schlimmer war: Jemand verfolgte ihn und wollte ihn zu einer Zusammenarbeit nötigen. Das konnte er jetzt überhaupt nicht brauchen. Wer war das? Ein früherer Knastkollege? Aber wer war so gut? Er blickte in den Spiegel. Ein zerfurchtes Gesicht, dichte Augenbrauen, sorgfältig geschnittene, graumelierte Haare. Doch hauptsächlich sah er einen völlig aus der Fassung gebrachten Mann, der den Kopf ungläubig schüttelte. Nein, so etwas war ihm noch nie passiert. Was hatte dieser Fremde vor? Keine Ahnung. Aber vor allen Dingen hatte er ihm mit dieser Aktion deutlich gezeigt, wo der Hammer hing. Das Ganze war eine freche Provokation, eine gemeine Demütigung. Er steckte die leere, abgeschnittene Gürteltasche ein und verließ das Café.

Er musste schnellstens hier weg. Er ging zurück zum Hotel Nirwana und checkte aus.

»War alles zu Ihrer Zufriedenheit, Herr Tomanke?«

Nein, war es nicht. Er zahlte bar und verließ das Hotel. Seinen kleinen Rollkoffer hinter sich herziehend, schlug er den Weg Richtung Bahnhof ein, sich immer wieder umblickend, ob ihn jemand verfolgte. Nein, da war niemand. Wer aber wollte mit ihm Kontakt aufnehmen? Wer wollte ihn anheuern? Eine Privatperson? Jemand aus der organisierten Kriminalität? Vielleicht sogar eine staatliche Stelle? Wer war an solch einem alten Knochen wie ihm interessiert? Der Fremde kannte seinen Sohn Jennerwein. Das allein war schon ziemlich beunruhigend. Aber der 1980er Bruch in Nürnberg! Von dem konnte doch nur einer wissen, der wirklich in der Szene zu Hause war. Nun ja: Wenigstens über seine brenzligste und größte Sache hatte der Braungebrannte keine Zeile verloren. Und das wäre eine richtige Katastrophe gewesen. Dirschbiegel blickte auf. In der Ferne konnte er schon den Bahnhof der Stadt sehen. Er musste nur noch eine Unterführung nehmen, dann hatte er es geschafft. Bevor er den Tunnel betrat, blickte er sich nochmals um. Niemand war ihm auf den Fersen. Die Nachricht war vielleicht bloß ein Scherz gewesen. Ja, das musste es sein. Ein hundsgemeiner Scherz. Vielleicht von Gonzo? Aber der war für solche Scherze zu blöd.

Dirschbiegel war in der Mitte der menschenleeren Unterführung angekommen. Hier war es fast dunkel. Er beschleunigte seine Schritte. Plötzlich sprang zwei Meter vor ihm ein Mann aus einer Wandnische, einen Kopf größer und zwanzig Jahre jünger als er selbst. Er hatte auf ihn gewartet. Ohne ein weiteres Wort zu verlieren, packte er Dirschbiegel mit einer Hand an der Kehle und riss ihn zu sich in die Nische. Dort stieß er ihn an die Wand und drückte so fest zu, dass Dirschbiegel fast die Besinnung verlor. Feucht und dunkel war es in diesem Tunnel, und der Angriff war derart überraschend gekommen, dass er das Gesicht des Fremden nicht gesehen hatte. Der Griff um seinen Hals war eisenhart. Er konnte nicht einmal schreien. Jetzt ließ der Druck etwas nach.

»Was … willst … du …!«, stotterte Dirschbiegel hustend und spuckend hervor.

Anstatt einer Antwort griff der Fremde in die Hosentasche und holte eine kleine, schmutzige Kombizange heraus. Blitzschnell stieß er Dirschbiegel die Zange in den Mund und erfasste einen Backenzahn. Er riss daran herum, der Schmerz schwoll an, Dirschbiegel war der Ohnmacht nahe.

»Das Geld«, bellte ihm der Fremde ins Ohr. »Wo ist es?«

Er nahm die blutverschmierte Zange aus Dirschbiegels Mund.

»Was für … welches … Geld?«

Der Fremde packte seinen Unterkiefer, riss ihn nach unten und wiederholte die Prozedur mit der Zange.

»Wo ist das Geld? Wo hast du es versteckt? Ich weiß, dass du es hast.«

Er lockerte die Zange.

»Ich habe … mehrere Brüche gemacht«, stieß Dirschbiegel hervor. »Welches … Geld meinst du?«

»Du weißt schon, welches ich meine. Lang ists her. So viel Geld hast du danach nie mehr verdient.«

Der Fremde hielt die Zange drohend in die Höhe. Dirschbiegel befürchtete, dass er den Schmerz nicht mehr aushalten würde. Warum kam denn niemand in diese verdammte Unterführung? Es gab nur eine Möglichkeit. Er selbst trug zwar nichts am Körper, was zu einer Waffe taugen würde, aber der andere hatte ganz sicher eine dabei. Dirschbiegel sah eine winzigkleine Chance.

»Wo ist das Geld? Sag es.«

Dirschbiegel bildete sich ein, vorhin einen kleinen, harten Gegenstand im Brustbereich des Fremden gespürt zu haben, als der ihn in die Nische zog. Er hatte die Knarre wohl in die rechte Innentasche des Jacketts gesteckt. Der Schmerz machte

Dirschbiegel rasend, Zorn und hilflose Wut kochten in ihm hoch.

»Ja … gut … ich verrate es dir …«

Aus seinem Mund tropfte das Blut auf sein weißes Hemd.

»Und? Wo ist es?«, fragte der andere grob.

Jetzt musste er handeln. Dirschbiegel machte mit der linken Hand ein undefinierbares Zeichen, einen halbherzigen Fingerzeig, ein Deuten irgendwohin. Der Fremde ließ sich tatsächlich ablenken, er warf einen kurzen Blick in diese Richtung. Dirschbiegel nutzte den Moment und fasste in die Innentasche seines Gegenübers. Diesen Griff hatte er schon Tausende von Malen vollführt, aber jetzt ging es um sein Leben. Schmal und wendig glitt seine Hand hinein, wie das Züngelchen einer Schlange, die ein Beutetier aufgespürt hatte, und seine Finger stießen tatsächlich auf etwas Hartes, Kleines. Eine Pistole? Ein Totschläger? Ein Klappmesser? Dirschbiegel überlegte nicht lange. Er zog den Gegenstand schnell heraus und warf einen kurzen Blick darauf, um entscheiden zu können, wie er das Ding anpacken sollte, um in der nächsten Sekunde zuzustechen, loszuschießen oder loszuschlagen. Der Bestohlene hatte immer noch nichts bemerkt, aber die schmutzige Kombizange näherte sich schon wieder seinem Mund.

Ja, um Gottes willen! Dirschbiegel erschrak furchtbar. Im ersten Augenblick hielt er das Ding für ein Röhrchen Tabletten oder Lutschbonbons. Aber dann las er FUZZIS PFEFFERSPRAY. Was war denn das für ein Mädchenscheiß, den dieser grobe Klotz einstecken hatte! Dirschbiegel hatte schon alle möglichen Waffen in der Hand gehabt, wertvolle historische Steinschlossbüchsen und hippe Springmesser, und er hatte sie alle zu bedienen gewusst. Aber wie verdammt nochmal funktionierte Pfefferspray? War die ringförmige Kappe eine Sicherung, die er vor dem Sprühen mit einer Hand und noch dazu ohne hinzuschauen öffnen musste? Auf welcher Seite war die Düse? Die Zange des Folterknechtes hatte seinen Backenzahn schon wieder vollständig umfasst.

36

Nachdem Kommissar Jennerwein das Haus der Graseggers verlassen hatte, war er mit dem Zug in die Landeshauptstadt gefahren. Dort führte ihn sein Weg schnurstracks zum Polizeipräsidium.

»Guten Tag, Herr Hauptkommissar«, begrüßte ihn der Pförtner. »Schön, Sie wieder mal hier zu sehen.«

Jennerwein lächelte matt. Er murmelte einen Gruß und schlug den Weg zum Archiv ein. Die Liste mit Dirschbiegels Delikten steckte in seiner Tasche, er hatte vor, sie mit den polizeilichen Ermittlungsprotokollen zu vergleichen. Doch die Enttäuschung beim Aktenstudium wurde größer und größer. Nach einer halben Stunde konzentrierter Lektüre wuchs in ihm die Überzeugung, dass er den Weg umsonst gemacht hatte. Nichts wies darauf hin, dass sein Vater ein V-Mann war, alle Verfahren stellten sich so normal dar, wie er es bei hundert anderen kriminellen Karrieren auch schon gesehen hatte: Verdächtige Geräusche, Polizeieinsatz, Festnahme, Beweissicherung, Strafprozess, Knast. Und dann ging das Ganze wieder von vorne los. Die einzige kuriose Auffälligkeit bei seinem Vater war, dass er beim Abschluss jeder Gerichtsverhandlung ganz bewusst auf das berühmte letzte Wort verzichtet hatte. In den neunziger Jahren war es deswegen am Amtsgericht Regensburg zu einem Zwischenfall gekommen.

»Der Angeklagte hat das letzte Wort«, hatte der dortige

Richter gesagt. »Oder will uns Herr Dirschbiegel wieder mit seinem berühmten Grinsen beehren?«

Die Verteidigerin – niemand anders als Frau Dr. Bavaria Weidinger – hatte in dieser Bemerkung eine Behinderung des verbrieften Rechts des Angeklagten auf sein letztes Wort gesehen und war in Revision gegangen. In Jennerweins Gesicht erschien trotz aller Anspannung ein jungenhaftes Lächeln. Sein Vater hatte eine breite Spur von Anekdoten in den Polizeiakten hinterlassen. Freche Widerworte im Gerichtssaal, ungebührliche Ansagen gegenüber Polizisten, denkwürdige Reaktionen bei der Verhaftung, rhetorische Spitzfindigkeiten bei der Vernehmung.

»Herr Dirschbiegel, Sie stehen unter Eid. Also: Hatten Sie vor der Tat Alkohol getrunken?«
»Haben Sie vorher Alkohol getrunken.«
»Das tut doch jetzt nichts zur Sache, ob *ich* Alkohol getrunken habe.«
»Nein, es muss heißen: *Haben* Sie Alkohol getrunken.«
»Wo ist da der Unterschied?«
»Zwischen Ihnen und mir? Ein betrunkener Richter ist ein Skandal.«
»Nein, zwischen *haben* und *hatten*.«
»Hatten ist früher als haben. Vor allem beim Trinken.«

Jennerwein klappte den Ordner wieder zusammen. Die Fahrt hätte er sich wahrscheinlich sparen können. Aber gerade die Ergebnislosigkeit seiner Suche war vielleicht ein Signal für ihn, die Akte Dirschbiegel abzuschließen und sich voll und ganz der aktuellen Suche nach dem verschwundenen Heißluftballon zuzuwenden. In einer Viertelstunde fuhr der nächste Zug in den Kurort. Den konnte er noch erreichen. Er packte seine Sachen zusammen. Als er durch die staubigen Regalreihen des Archivs zum Ausgang schritt, bemerkte er eine junge Polizistin in Zivil, die eine Bibliotheksleiter hinaufstieg, um ganz oben im Regal eine dicke Akte herauszuziehen. Als sie sich hochreckte, verrutschte ihr Faltenrock, sodass Jennerwein ihre Waden sehen konnte. Sie trug Schuhe mit halbhohen Absätzen und einem dünnen, schwarzen Riemchen. Jennerwein blieb stehen. Seine erste Reaktion war, die Hand auszustrecken, in Richtung des Knöchels zu greifen und eine schnelle seitliche Streichbewegung zu machen. Doch dann war er froh, dass er gezögert hatte. Es war keine echte, fette Spinne, die da am Fuß der Polizistin saß. Es war ein perfektes Tattoo.

Ein Tattoo. Jennerwein trat einen Schritt zurück. Der drahtige Frankenstein mit dem vollständigen Gesichtstattoo, den er vor dem Gefängnis getroffen hatte, fiel ihm wieder ein. War Gonzos Brille nun echt gewesen oder nicht? Jennerwein schob diese Nebensächlichkeit beiseite, denn etwas anderes drängte sich in sein Bewusstsein. Es waren die Worte des entlassenen Häftlings in Bezug auf seinen Vater. Gonzo hatte gefragt, ob Dirschbiegel wirklich ein Aktivist, ein Radikaler gewesen sei. Oder einer von der Roten Front. War das nur so dahingesagt? Oder war sein Vater Mitglied einer solchen Terrororganisation gewesen? Jennerwein starrte immer noch auf den Knöchel der Kollegin. Die stieg gerade von der Leiter und rieb sich den Staub des vorigen Jahrhunderts von den Händen. Sie schmunzelte vergnügt, sie schien gefunden zu haben, was sie gesucht hatte. Jennerwein nickte ihr nur kurz zu, dann wandte er sich eilig um und ging zum Computerplatz. Er tippte den Suchbegriff ›Rote Front‹ ein. Es gab jedoch keine einzige linksradikale oder anarchistische Gruppierung mit diesem Namen, im ganzen deutschsprachigen Raum nicht, und auch sonst nirgends – obwohl der Name irgendwie nahelag. Jennerwein stöberte weiter. Aber da: Rote Front! In einem Zeitungsartikel war von einer kriminellen Gruppe zu lesen, die diesen Namen verwendet hatte. Die Täter hatten vorgegeben, Mitglieder der ›Roten Front‹ zu sein. Sie wollten ihren Forderungen dadurch wohl mehr politischen Druck verleihen. Der Name war erfunden. Einige wirklich existierende anarchistische Gruppierungen (Rote Garde, Roter Maulwurf, Roter August, Rotes Bayern, Rote Zelle) hatten sich sogar darüber beschwert, dass ordinäre Gangster unter dieser Flagge segelten und dass sie von der bürgerlichen Presse mit Schlagzeilen wie *Politgangster halten München in Atem* mit hundsgemeinen Verbrechern in einen Topf geworfen wurden.

> ... der kapitalismus selbst ist das gangsterunwesen, er ist der raubfisch im karpfenteich des werktätigen volkes, nicht der gangster ist es ...

Aha. Diese fiktive ›Rote Front‹ war also nur eine Taktik gewesen. Aber um welchen Überfall ging es hier eigentlich? Jennerwein eilte wieder zu den Regalen, um sich die entsprechende Kriminalakte vorzunehmen. Fünf Minuten später war er über den umfangreichen Papierwust gebeugt, der sich auf mehrere Ordner verteilte. Es gab viele Vermerke, dass Blätter entnommen worden waren, auffällig viele geschwärzte Stellen und Verweise auf eidesstattliche Versicherungen, die wiederum bei anderen Dienststellen hinterlegt worden waren. Unvollständiger und lückenhafter konnte eine Akte gar nicht sein.

»Ach, der legendäre Bankraub von 1971«, dröhnte eine sonore Stimme hinter ihm.

Jennerwein drehte sich erschrocken um. Sein Chef, Polizeioberrat Dr. Rosenberger war wie aus dem Nichts aufgetaucht. Er beugte sich vor und warf einen neugierigen Blick auf die Papiere.

»Die Polizei hat sich bei dieser Sache wahrlich nicht mit Ruhm bekleckert. Aber wir beide waren ja damals noch nicht dabei.«

Jennerwein sah seinen Chef erstaunt und misstrauisch an. Was tat Rosenberger hier im Archiv des Präsidiums? Spionierte er ihm etwa nach?

»Grüß Sie Gott, Herr Oberrat. Ich bereite meinen Vortrag vor, den ich auf dem Kongress halte.«

Die Lüge kam schwer über seine Lippen, und er bereute sie auch sofort. Er hoffte, dass sie einigermaßen glaubhaft geklungen hatte. Jennerwein wusste, dass er ein schlechter Lügner war. Zudem war er seinem Chef in diesem Fall gar keine Rechenschaft schuldig. Im Tennis nannte man das wohl einen *unforced error.* Blickte Dr. Rosenberger nicht ausgesprochen wissend? Holte er jetzt gleich die Entlassungspapiere heraus und knöpfte ihm die Dienstmarke ab? Und die Spinnenfrau dort hinten, nahm sie ihn gleich fest und führte ihn in eine dunkle, schmutzige Zelle? War seine Hinrichtung für morgen früh um sechs Uhr festgesetzt? Dem Ängstlichen knacken alle Äste. Jennerwein schüttelte sich.

»Natürlich, Jennerwein, nur zu. Ich bin schon gespannt auf Ihr Referat. Es geht also um die Geiselnahme 1971?«

Jennerwein stand gefühlsmäßig mit beiden Beinen auf einem Stück nasser Seife. Er musste sich zusammenreißen. Er hatte überhaupt nichts zu befürchten. Die Akten, die er hier studierte, waren frei zugänglich. Das war ganz normale Polizeiarbeit. Jedenfalls fast ganz.

»Herr Rosenberger, wenn Sie schon gerade da sind: Haben

Sie eine Ahnung, warum die Informationen über diesen Bankraub so lückenhaft sind?«

»Nicht die geringste. Ich habe mich nie damit beschäftigt.«

Der Oberrat musterte ihn. Sein Gesichtsausdruck war unergründlich. Aber das war er eigentlich immer.

»Mit den Vorkommnissen hier in der Landeshauptstadt kenne ich mich nicht so aus«, fuhr Rosenberger fort. »Mein Gebiet ist ja mehr die Kriminalgeschichte im Werdenfelser Land.«

Rosenberger wünschte einen schönen Tag und entfernte sich. Jennerwein begann damit, die Blätter der Akten wieder einzusammeln. Er war vermutlich auf dem Irrweg. Das alles hatte anscheinend überhaupt nichts mit seinem Vater zu tun. Trotzdem blieb ein ungutes Gefühl. Sollte er nach einem Kollegen suchen, der sich mit dem Bankraub 1971 auskannte? Sollte er seinen Vater ausfindig machen und ihn direkt darauf ansprechen? Sollte er doch jemanden aus dem eigenen Team zu Rate ziehen? Maria vielleicht? Eines war sicher: Der Bankraub hatte ausgerechnet in dem auffälligen Zeitraum stattgefunden, in dem sein Vater nicht aktenkundig geworden war. Er selbst war damals zehn Jahre alt gewesen, kaum älter als dieser Kasimir, der einen handgeschriebenen Brief – nein, mehrere Briefe an den damaligen Polizeipräsidenten geschickt hatte, mit immer wilderen Theorien und Phantastereien vom Hergang der Ereignisse am Mittwoch, den 4. August 1971 –

... und dann sind auf einmal Cowboys und Indianer auf der Prinzregentenstraße herumgeritten und haben wild um sich geschossen ...

Was war das nur für eine Ansammlung von wunderlichen Vorkommnissen, bei denen immerhin ein Geiselnehmer und eine Geisel umgekommen waren? Jennerwein blätterte weiter. Das war noch nicht alles. Er stieß auf eine Erklärung des allerbekanntesten bayrischen Politikers und späteren bayrischen Ministerpräsidenten, dass dieser niemals und zu keiner Zeit, weder wörtlich noch sinngemäß die Formulierung gebraucht hätte, ›das Jagdgewehr zu holen und diese Schweinehunde da drüben abzuknallen‹. Dann gab es einen jungen Journalisten, der jetzt Herausgeber eines Nachrichtenmagazins war und zu dem damals ein Polizist geäußert haben soll, für ihn, den Journalisten, hätte er ›auch noch eine Kugel im Lauf‹. Die ballistische Untersuchung: Es konnte nicht mehr festgestellt werden, ob die Geisel von einer Polizeikugel oder von einer Kugel des Geiselgangsters getötet worden war. Zudem war eine der Geiseln bei der Erstürmung der Bank von einem Polizisten versehentlich niedergeschlagen worden. Jennerwein notierte sich den Namen von Kasimir und den Namen des damaligen Filialleiters. Dann schlug er die Akte zu. Nur ein paar Anrufe noch, dann wollte er sich wieder voll und ganz dem Fall Zunterer zuwenden. Er konnte sein Team nicht hängenlassen. Er brachte die Akten zurück und verließ den Leseraum.

»Cool, oder?«

An der Tür stieß er fast mit der jungen Kollegin zusammen.

»Täuschend echt, nicht wahr!«, sagte sie stolz.

Jennerwein verstand nicht gleich. Sie zog ihren Rock hoch und zeigte auf ihren Knöchel.

»Eine Vogelspinne?«, fragte er höflich.

»Eine Tarantel. Sie heißt Susi.«

Lauter Verrückte in München, dachte Jennerwein. Doch er lächelte freundlich. In ein paar Minuten ging wieder ein Zug in den Kurort. Den konnte er noch schaffen.

37

Jennerwein massierte die Schläfen mit Daumen und Mittelfinger. Eigentlich müsste er längst bei den Ermittlungen sein. Er schämte sich vor sich selbst, aber er entschloss sich, einen späteren Zug in den Kurort zu nehmen.

Im Präsidium hatte er sich bereits Namen und Kontaktdaten aus den Akten notiert. Natürlich war das alles schon lange her, aber vielleicht konnte er doch noch ein paar Informationen erfragen. Er suchte sich ein stilles Plätzchen in einem nahe gelegenen kleinen Park. Ganz oben auf der Liste stand der damalige Abteilungsleiter der Bankfiliale in der Prinzregentenstraße. Er erfuhr, dass der schon längst gestorben war. Dann hatte er den Ehemann der Geisel am Apparat, die im Schalterraum von einem der hereinstürmenden Polizisten niedergeschlagen worden war. Die Frau selbst wollte nicht mehr über die Ereignisse reden. Das war verständlich. Lazlo, der Bankräuber, der überlebt hatte, war 1993 aus dem Gefängnis entlassen worden. Inzwischen hatte er ein Buch geschrieben über den Bankraub und die zweiundzwanzig Jahre Knast, er lebte unter einer anderen Identität irgendwo in Deutschland. Jennerwein rief den Sozialpädagogen an, der damals für Lazlo zuständig gewesen war. Der sperrte sich. Lazlo sei im Lauf der Zeit so oft vernommen und interviewt worden, dass eine erneute Befragung nicht wünschenswert sei. Weiter in der Liste. Zwei der damaligen Bankangestellten hatten ebenfalls neue

Identitäten beantragt und auch bekommen. Sie zu kontaktieren bedurfte einer von Dr. Rosenberger abgesegneten, offiziellen Ermittlung. So ging es weiter: überall Absagen und Blockaden, sogar Beschimpfungen und Drohungen. Auf dem inoffiziellen Weg kam er nicht weiter. Ein Name war noch übrig auf der Liste, der des Zeugen Kasimir, der damals neun Jahre alt gewesen war. In den Akten hatte jemand mit Kugelschreiber eine Telefonnummer hinter seinen Namen geschrieben. Jennerwein rief an. Er wurde ein paarmal weiterverbunden, und schließlich war das Unglaubliche geschehen: Jennerwein hatte Kasimir Binz am Apparat.

»Können wir uns treffen?«

»Weswegen?«

»Wegen des Banküberfalls 1971.«

»Das können Sie sich sparen. Ich kann mich an nichts mehr erinnern.«

»Es ist sehr wichtig für mich.«

»Es sind schon viele hier gewesen. Sie sind alle unverrichteter Dinge wieder gegangen.«

»Können wir uns trotzdem treffen?«

»Weswegen genau?«

»Ich möchte Ihnen ein Bild zeigen.«

»Was für ein Bild?«

»Das Bild eines Mannes. Sie sollen mir lediglich sagen, ob Sie diesen Mann schon einmal gesehen haben. Und ob dieser Mann damals bei dem Banküberfall dabei war. Dann lasse ich Sie in Ruhe. Versprochen.«

»Muss ich das machen?«

»Sie müssen das nicht machen. Aber Sie würden mir einen großen Gefallen damit tun.«

Kasimir Binz war ein großer, stattlicher Mann Anfang fünfzig. Er trug einen weit ausladenden Panamahut und stand in der Mitte des großen Gartens. Die Sonne flutete über die Hortensiensträucher, die großen Fenster waren einbruchsicher vergittert und der Rasen war so kurz geschnitten wie die Fingernägel einer überengagierten Sozialkundelehrerin. Kasimir Binz winkte von weitem, Jennerwein ging auf ihn zu. Der kleine Junge von damals drückte ihm die Hand kräftig und lange, sah ihm dabei prüfend in die Augen.

»Sie legen mich nicht rein, oder?«

»Ich verspreche Ihnen, dass ich das nicht tue.«

Der Garten war so groß und so reichlich bepflanzt, dass ein ganzer Pulk Gärtner damit beschäftigt war, ihn zu pflegen. Sie trugen alle die gleiche jägergrüne Livree. Einige von ihnen machten sich gerade über die Wurzeln eines prächtigen Kastanienbaumes her. Es sah so aus, als bekäme der ehrwürdige Riese gerade seine Pediküre.

»Sie können sich an gar nichts mehr aus der Zeit erinnern?«, fragte Jennerwein.

»Nein. Alles ausgelöscht. Ich glaube, der Fachausdruck ist posttraumatische Amnesie.«

Kasimir Binz erzählte von seiner Amnesie wie von einer Grippe. Einer der jägergrünen Gärtner kam vorbei. Die Livree trug den Aufdruck KBO.

»Sehen Sie, Herr Kommissar: KB heißt Kasimir Binz. Aber was wird wohl das O bedeuten?«

Jennerwein lachte höflich.

»Leiden Sie sehr unter der Amnesie, Herr Binz?«

»Aber überhaupt nicht!«, entgegnete dieser gutgelaunt. »Ich habe viel über den Bankraub gelesen. Sie wissen es wahrscheinlich besser als ich: Da sind so viele schreckliche Dinge passiert, die man sich heute gar nicht mehr vorstellen kann.

Ich bin froh, dass ich keine Erinnerung daran habe. Andere Betroffene hatten da nicht so viel Glück wie ich.«

»Und die vielen Briefe, die Sie an den Polizeipräsidenten geschrieben haben?«

»Wie gehts ihm denn?«

»Er ist vor einem halben Jahr gestorben.«

»Oh, das tut mir leid. Er war ein feiner Mensch. Er hat sein Möglichstes getan. Er hat mich auch einmal hier besucht, und ich habe mich gut mit ihm unterhalten.«

»Haben Sie mit ihm über die Briefe gesprochen?«

»Ja, klar, aber dass ich die Briefe als Junge geschrieben habe, daran kann ich mich nicht mehr erinnern. Man hat sie mir oft gezeigt. Aber mir kam es immer vor, als ob sie von einem Fremden wären.«

»Ich habe einige davon gelesen.« Jennerwein schlug einen vorsichtigen Ton an. »Sie weichen von der offiziellen Darstellung erheblich ab.«

»Ja, so ist es wohl. Damals hat mir niemand geglaubt. Wie heißt das doch gleich? Coltrain-Amnesie! Ich habe etwas gesehen. Man glaubt mir nicht. Ich weiß aber genau, dass ich es gesehen habe. Man glaubt mir noch weniger. Ich bestehe darauf, dass ich es gesehen habe. Man glaubt mir überhaupt nicht mehr. Und schließlich glaube ich es selbst nicht mehr.«

»Deswegen bin ich auch nicht hier, Herr Binz. Sondern wegen etwas anderem.«

Jennerwein zog drei Fotos heraus und reichte sie ihm. Kasimir Binz betrachtete sie aufmerksam und lange. Er lächelte. Jennerwein ließ ihm Zeit. Er hatte den Eindruck, dass er sich an die Personen auf den Fotos erinnern konnte. Bildete sich Jennerwein das nur ein, oder bekam der Mann einen knabenhaften Ton in seine sonst so tiefe Stimme?

»Das ist Mayr«, sagte Kasimir Binz. »Der ist am Schluss auf

der Straße gelegen. Das auf dem zweiten Foto muss Lazlo sein.«

Das war keine große Überraschung für Jennerwein. Die Bilder von Mayr und Lazlo waren in allen Zeitungen abgedruckt gewesen.

»Und dieser Mann? Kennen Sie den?«

»Der? Mal überlegen. Tja, ich weiß nicht so recht. Nein, den habe ich noch nie – oder warten Sie – ja, doch, jetzt hab ichs! Das ist der junge Mann von damals, der neben mir und meinem Vater gestanden ist. Er ist immer wieder weggegangen, aber die meiste Zeit war er bei uns.«

Jennerwein hatte sein Gegenüber genau beobachtet. Sein Mienenspiel war eindeutig gewesen: Er hatte den Kopf unmerklich vorgeneigt und die Augen etwas zusammengekniffen, wie um besser sehen zu können. Die Lippen hatten sich ruckartig gewölbt, wie zu einem überraschten Ausruf. Jennerwein imitierte dieses Mienenspiel. Mehrmals. *... so suche ich den Ausdruck meines Gesichtes so viel als möglich dem seinigen anzupassen, und dann warte ich ab, was für Gedanken oder Gefühle in mir aufsteigen ...* Und tatsächlich. Maria hatte recht gehabt. Diese Edgar-Allan-Poe-Geschichte funktionierte! Jennerwein hatte die deutliche Empfindung, dass ihm etwas längst Vergessenes plötzlich wieder einfiel. Dieses Gefühl musste Kasimir Binz auch gerade übermannt haben. Jennerwein hielt den Atem an: Kasimir Binz hatte gerade Dirschbiegel identifiziert. Was hatte das zu bedeuten? War sein Vater Zuschauer des Bankraubs gewesen? Hatte er etwas Brisantes gesehen, das er für sich behalten hatte? Nützte er dieses Wissen aus? War sein Vater vielleicht sogar ein Erpresser?

»Heute ist Donnerstag«, sagte Kasimir Binz leise.

Er wandte sich von den drei Fotos ab und blickte gedankenverloren in die Ferne, in Richtung eines flachen Gebäudeflügels des Anwesens, der ziegelrot dalag und dessen verglaste Außenflächen in der Sonne blinkten.

»Am Donnerstagabend gehe ich immer ins Schwimmbad«, sagte Kasimir Binz lächelnd. Er deutete hinüber zu den Scheiben, auf denen die Lichter tanzten. »Ich würde gerne jeden Tag schwimmen. Aber das geht nicht.«

»Hat Ihr Vater damals mit dem Mann gesprochen?«

Kasimir Binz gab keine Antwort. Jennerwein bedrängte ihn nicht weiter. Dieser Zeuge, der keiner mehr war, konnte ihm nicht mehr weiterhelfen. Jennerwein bedankte sich und verabschiedete sich.

Die Gärtner unter dem prächtigen Kastanienbaum waren immer noch bei der Wurzelpflege. Jennerwein wusste, dass KBO die Abkürzung für *Kliniken des Bezirks Oberbayern* war. Die Anstalt hieß natürlich nicht mehr Kreisirrenanstalt Haar wie noch vor Jahren, sondern Isar-Amper-Klinikum München-Ost. Jennerwein kam beim Hinausgehen an dem ziegelroten einstöckigen Gebäude vorbei. Ein Schild verriet, dass das der Hochsicherheitstrakt des Fachbereichs Forensik für straffällig gewordene Psychiatriepatienten war. Und Donnerstag war Badetag für alle.

38

»Wie sind die Diebe denn ins Haus gekommen?«, fragte Johann Ostler im Besprechungsraum des Polizeireviers.

»Eine Scheibe war eingeschlagen«, sagte Nicole Schwattke. »Wir haben sofort Becker gerufen. Er ist inzwischen schon fast fertig mit der Spurensicherung und dürfte bald kommen.«

Die Tür ging auf, doch statt des erwarteten Spurensicherers erschien Jennerwein.

»Sie müssen entschuldigen, ich hatte noch etwas in der Stadt zu erledigen.«

Alle blickten ihn freundlich, aber gespannt an.

»Etwas Privates«, winkte er ab. »Nun aber zu unserem Fall. Keine Sorge, ich stehe ab jetzt voll und ganz zur Verfügung.«

Alle waren hocherfreut, Jennerwein wieder bei sich zu sehen. Etwas in seinen Augen verriet, dass er einen Entschluss gefasst hatte. Alle gaben sich damit zufrieden. Lediglich Maria sandte ein paar misstrauische Blicke in seine Richtung. Seine Haltung, seine ganze Körpersprache gaben ihr schwer zu denken. Fußstellung in Hüftbreite, Fußspitzen leicht nach innen gedreht, verstohlenes Kratzen am Hinterkopf, Bauchnabel und Augen nicht kongruent – alles klar. Da musste eine Frau dahinterstecken.

Hansjochen Becker polterte herein, grüßte flüchtig und warf einen Stoß Blätter auf den Tisch.

»Auf den ersten Blick ist es ein Einbruch, bei dem die Täter nicht das gefunden haben, wonach sie suchten. Das Haus ist schlecht gesichert, die Einbrecher hatten leichtes Spiel.«

»Mehrere Einbrecher?«

»Sieht so aus, dem Saustall nach zu urteilen, den sie hinterlassen haben.«

»Das Ziel des Einbruchs war nicht zu erkennen?«, fragte Jennerwein.

»Nein, überhaupt nicht. Es gibt einen Tresor im Haus, sie haben nicht einmal probiert, den zu knacken. Ich glaube, dass sie ihn gar nicht gesucht haben.«

»Der Inhalt des Tresors –«

»Ist noch nicht überprüft«, sagte Becker mürrisch. »Verdammt nochmal, ich kann auch nicht zaubern. Und übrigens: Warum sollte ich ihn überprüfen, wenn er nicht geknackt wurde?«

»Fahren Sie fort, Becker«, sagte Nicole mit ruhiger Stimme.

»Am meisten haben sie im Schlafzimmer gewütet«, fuhr Becker fort. »Vielleicht haben sie etwas Bestimmtes gesucht. Alle Schränke und Schubladen waren aufgerissen, sämtliche Kleidung war auf den Boden geworfen und mehrere Koffer sind herumgelegen.«

»Die sind sauer gewesen, dass sie nichts gefunden haben«, stellte Ostler fest.

Jennerwein wiegte zweifelnd den Kopf.

»Vandalismus? Dann können es keine Profis sein. Die verschwenden keine wertvolle Zeit mit trotzigen Racheakten. Zeit ist das Kostbarste, was ein Dieb hat. Er will schnell wieder draußen sein. Die Schubladen herausziehen und auf den Boden werfen, das hat zwar etwas Dramatisches, Cineastisches, aber ein Profi macht das nicht.«

»Ja, der Meinung bin ich auch«, sagte Becker. »Schauen Sie sich mal die Fotos an.«

Alle beugten sich über den Tisch.

»Das sieht wirklich irgendwie – dekoriert aus«, sagte Maria. »Es könnte natürlich auch ein emblematischer Fingerzeig sein. Der Täter will uns oder den Opfern etwas damit sagen. Aber auch das machen Profis eigentlich nicht. Es ist viel zu aufwändig und zeitintensiv.«

»Wurden Bilder abgehängt? Oder elektronische Geräte mitgenommen?«, fragte Jennerwein.

»Nein«, antwortete Becker. »Auf den ersten Blick nicht.«

»Die Täter haben vielleicht von der Ballonfahrt gewusst«, sagte Ostler. »Sie haben damit gerechnet, dass die Trockenschlafs zwischen sieben und zwölf nicht da sind.«

Jennerwein runzelte die Stirn.

»Ist es nicht sonderbar, dass die Trockenschlafs in den Ballonunfall verwickelt sind und dann auch noch bei ihnen eingebrochen wird? Dieser Dünser mag ja eine zwielichtige Figur darstellen, aber die Trockenschlaf-Spur scheint mir dann doch die gewichtigere zu sein.«

Nicole räusperte sich. Alle blickten sie an.

»Dieses Gefühl habe ich auch. Wenn wir wissen, weshalb eingebrochen worden ist, dann wissen wir auch, wer den Ballonunfall verursacht hat. Der Einbruch führt uns zum Mörder.«

Alle nickten zustimmend. Das wäre normalerweise Hubertus' Satz gewesen, dachte Maria.

»Gibt es immer noch keine Spur vom Ballon?«, fragte sie schließlich.

»Nein«, antwortete Stengele. »Die Bergwacht weitet ihr Suchgebiet aus. Die Kollegen aus Tirol unterstützen sie dabei. Bisher ohne Ergebnis.«

»Noch mal zurück zum Thema Trockenschlaf«, sagte Ostler. »Lässt sich denn feststellen, um welche Uhrzeit eingebrochen wurde?«

»Auch das kann ich nicht mit Bestimmtheit sagen«, antwortete Becker. »Vielleicht heute. Vielleicht gestern. Da muss ich noch genauere Analysen machen. Die dauern ein paar Tage.« Er erhob sich. »Ach, eines noch. Wir haben den Küchentisch untersucht, der aus einer spiegelglatten Acrylfläche besteht. Er ist gestern oder heute abgewischt worden, aber eher heute.«

»Wie haben Sie denn das herausgebracht?«, fragte Maria bewundernd.

Becker schien geschmeichelt zu sein.

»In Wohnräumen legt sich über kurz oder lang eine dünne Staubschicht auf alle ebenen Flächen. Bei den Trockenschlafs war die auf den Arbeitsplatten zu finden, auf den Glaskeramikkochfeldern – nur nicht auf dem Küchentisch.«

»Was sind das für Einbrecher, die den Küchentisch abwischen?«

»Vielleicht haben sie Brotzeit gemacht«, sagte Ostler verschmitzt. »So ein Einbruch macht hungrig. Das ist alles schon vorgekommen! Da haben welche den Kühlschrank geplündert und dabei ihre DNA-Spuren hinterlassen.«

»Jedenfalls sollten Spuren verwischt werden«, sagte Jennerwein.

»Genau«, sagte Becker. »Aber das Spurenverwischen ist eine hohe Kunst. Da macht jeder Fehler. Denn das Spurenverwischen der gemachten Spuren macht mehr Spuren als die gemachten Spuren gemacht haben.«

»*Das Spurenverwischen der gemachten Spuren macht mehr Spuren als die gemachten Spuren gemacht haben* – Das klingt nach diesem Karl Walentin«, sagte Nicole.

»Ffffalentin, wie Vogel«, verbesserten Ostler und Hölleisen gleichzeitig.

»Wie sieht es denn mit der Firma von Christian und Katharina Trockenschlaf aus?«, fragte Jennerwein in Richtung Nicole und Stengele. »Haben Sie da etwas in Erfahrung bringen können?«

»Es ist ein gut laufender Betrieb«, antwortete Stengele. »Aber das kann natürlich täuschen. Der Geschäftsführer hätte uns wohl nicht so ohne weiteres in die Bücher schauen lassen. Wir haben erst gar nicht gefragt. Dazu bräuchten wir einen richterlichen Beschluss.«

»Ich finde, den sollten wir uns besorgen«, schlug Nicole vor.

»Ich werde mich drum kümmern«, sagte Jennerwein. »Jetzt schauen wir uns erst mal die Fotos von der Wohnung der Trockenschlafs genauer an. Vielleicht finden wir noch was.«

Zur gleichen Zeit gab es im Wohnzimmer der Familie Grasegger eine üppige Spätnachmittagsbrotzeit. Ursel hatte ihre berühmte ›Wildpfanne‹ auf den Tisch gestellt. Onkel Kurti, der pensionierte Jäger, jetzt also Wilderer, hatte wieder einmal frisch Erlegtes vorbeigebracht.

»Mahlzeit«, sagte Ursel, als sich Ignaz zwei Portionen auf einmal auf den Teller lud. Er hatte seine nicht minder berühmten handgemachten Böhmischen Knödel beigesteuert.

»Mahlzeit, die Herrschaften!«, sagte der braungebrannte Gockel, der, ohne anzuklopfen, eingetreten war.

»Und, wie wars?«, fragte Ignaz mit vollem Mund.

»Nicht schlecht«, antwortete der Gockel, während er die Perücke vom Kopf zog. »Ich habe ihn ziemlich schnell aufgespürt. Einen braungebrannten Gockel spiele ich allerdings nie wieder. Viel zu viel Gschisti-Gschasti. Aber ich glaube, ich habe dem Dirschi einen gehörigen Schrecken eingejagt. Er ist sofort in sein Hotel geflüchtet. Jetzt haben wir ihn da, wo wir ihn haben wollen.«

Er nahm ein Schwämmchen und begann damit, sich die künstliche Bräune abzuschminken, er nahm die unnatürlich weißen Verschalungen von den Zähnen, aus dem Gockel wurde wieder Karl Swoboda, der drahtige Österreicher mit der landestypischen Vorliebe fürs Theatrale.

»Aber, sagt einmal: Dass der Jennerwein sich überhaupt hierher zu euch traut! Dieser Dirschbiegel muss ihm ja wahnsinnig wichtig sein. Von der Nähe betrachtet, ist er ein elegantes, aber unscheinbares Manderl.«

»Da fehlt nicht viel zum Jennerwein«, warf Ursel ein.

Alle drei aßen schweigend weiter.

»Meint ihr, dass das ein Polizeispitzel ist?«, fragte Swoboda.

»Ja, möglich.«

»Er ist jedenfalls ein klasse Taschendieb, ich habe kaum bemerkt, wie er mir die Gürteltasche herausgeschnitten hat. Aber so ein alter Knochen? Warum der Jennerwein an dem einen Narren gefressen hat? Da steckt sicher irgendeine Polizeistrategie dahinter.«

»Ich habe eher das Gefühl, dass es etwas Familiäres ist«, sagte Ursel. »Dirschbiegel ist vielleicht das schwarze Schaf in der Familie. So etwas gibts ja oft. Unter jedem Dach ein Ach, heißt es im Volksmund. Ein gegensätzliches Pärchen. Der eine ist drogensüchtig, der andere ist Sozialpädagoge. Der eine ist Pfarrer, der andere ein Hallodri. Und nie weiß man, ob der zum Hallodri geworden ist, weil der andere Pfarrer ist – oder umgekehrt.«

»Und manchmal ist auch der Pfarrer der Hallodri«, sagte Swoboda.

»Wie sieht es eigentlich mit der Giacinta, der Tochter vom Padrone Spalanzani aus?«, fragte Ursel.

»Wir haben zusammen trainiert«, antwortete Swoboda. »Die ist begabt, das kann ich euch sagen. Die hat eine große Zukunft vor sich. Morgen probieren wir unsere Tod-am-Bettrand-Nummer am lebenden Objekt aus. Habt ihr einen Vorschlag, bei wem wir das machen könnten?«

»Das wäre eine, die Giacinta!«, sagte Ursel beiläufig.

»Für wen wäre das eine?«, fragte Swoboda.

»Eine für dich.«

Swoboda schwieg. Seine Wangen färbten sich unmerklich rosig.

»Moritz-Reiser-Straße Nummer 4«, sagte Ignaz schließlich. »Ich glaube, da ist was zu holen.«

Als Jennerwein den Besprechungsraum im Polizeirevier verließ, eilte ihm Maria Schmalfuß nach und hielt ihn an der Schulter fest.

»Darf ich Sie etwas fragen, Hubertus?«

Jennerwein zuckte zusammen. Maria. Natürlich, Maria hatte es bemerkt. Vor ihr war nichts zu verheimlichen. Er entschloss sich dazu, ihr alles zu erzählen. Oder fast alles.

»Ja, natürlich. Immer. Klar. Gehen wir nach draußen.«

Auf der Wiese hinter dem Polizeirevier war die Luft erstaunlich lau. Die Sonne war hinter den Waxensteinen verschwunden. Und die Wolken am Himmel lungerten herum wie Taschendiebe im Bahnhofsviertel, die auf Kunden warteten.

Jennerwein erzählte Maria von seinem Vater. Sie hörte ihm gebannt zu. Er schilderte seine Befürchtungen. Sie nickte verständnisvoll. Er verriet ihr, wo er heute Nachmittag gewesen war. Sie schien erleichtert. Jennerwein wunderte sich. Hatte sie noch etwas Schlimmeres erwartet?

»Schön, dass Sie mir das anvertrauen«, sagte sie schließlich. »Jennerwein senior und Jennerwein junior – Das ist ein typischer Fall von *Familiärer Dichotomie.*«

Nein, von der Namensänderung würde er ihr nicht auch noch erzählen. Dafür war jetzt keine Zeit. Er fragte lediglich:

»Was bedeutet das?«

»Denken Sie sich nichts, so etwas tritt nicht selten in gutbürgerlichen Familien auf. Zwei Familienmitglieder bilden ein konträres Pärchen. Auf der einen Seite das schwarze Schaf, immer auf Abwegen, immer in Schwierigkeiten. Auf der anderen Seite der Superheld, mit hochmoralischem Anspruch, immer bemüht, die Welt zu retten.«

»Aber wer ist bei uns wer?«, fragte Jennerwein.

39

»Oh, mein Gott! Wir werden zerschellen!«

Mit rasender Geschwindigkeit drifteten sie weiter auf die Bergwand zu. Die scharfe Felsnadel war jetzt nur noch fünfzig Meter entfernt.

Die Lage schien aussichtslos. Ein unförmiger Heißluftballon, der von immer kühler werdenden Alpenwinden hin und her getrieben wurde. Schreiende Gestalten, die sich an den Stahldrähten und an der Topleine festklammerten. Ein dünnes Seil, das am Brennerrahmen des korblosen Gefährts hing und drei Meter nach unten baumelte. Ein verzweifelter Marco Zunterer, der sich dieses Landeseil um den Bauch geschlungen und mit einem Palstek-Knoten festgezurrt hatte. Frostige Kälte, eisige Stille, und unter ihnen ein ödes, unwirtliches Tal. Kein Mensch würde sie je dort finden.

»Raufklettern! Kletter endlich zu uns rauf!«

Alle schrien wild durcheinander. Marco Zunterer reagierte nicht darauf. Es wusste, dass es sinnlos war. Ob er sich nun oben auf dem Ballon befand oder unten am Seil hing, die Lage war gleichermaßen desolat. Der Ballon verlor immer mehr an Höhe, die warme Luft war fast vollständig entwichen, lange würde er sich nicht mehr halten können. Sie alle würden über kurz oder lang abstürzen. Und jetzt kam auch noch ein scharfer, eisiger Wind auf, der sie schneller und schneller auf die zerklüftete Felswand zutrieb. Plötzlich durchzuckte ihn ein Gedanke: Vielleicht war das die Rettung! Der Ballon war nur noch ein paar Dutzend Meter von der spitzen Felsnadel entfernt, die sich bedrohlich emporreckte, dahinter gähnte ein schwarzes Loch. Es war eine verschwindend kleine Chance. Aber er musste sie nutzen. Der Ballon würde die Wand oberhalb der Felsnadel berühren, so viel war sicher. Vielleicht konnte er sich selbst durch Schaukelbewegungen mit dem Seil in die Spalte hinter der Felsnadel manövrieren, sich dort einspreizen und den Ballon hineinziehen.

»Festhalten!«, rief er nach oben. »Wir werden gleich an die Wand knallen!«

Ein Windstoß beschleunigte das Vorhaben. Der Ballon trieb jetzt mit großer Geschwindigkeit auf den Fels zu. Das Seil schnitt in Marcos Hüfte, die Schmerzen pochten zornig in seinem Körper, doch die Aussicht auf die winzig kleine Chance ließ ihn das alles vergessen. Die zerklüftete Wand war jetzt nur noch wenige Meter von ihm entfernt. Immer bedrohlicher reckte sie ihm ihre scharfen Kanten entgegen. Er riss sich zusammen. Einige Routinen aus seiner Einzelkämpferausbildung tauchten vor ihm auf: Abspringen von einem fahrenden Auto, Abseilen aus einem fliegenden Hubschrauber. Marcos Körper spannte sich. Jetzt schlug der Ballon am Fels auf, er berührte ihn unsanft und schrammte seitwärts an der Wand entlang. Lose Steine bröckelten herab, die entsetzten Schreie der Passagiere wurden lauter und durchdringender. Dicht neben sich vernahm er das ohrenbetäubende Gebrüll eines einzelnen Menschen in Todesangst, das sich rasch wieder verlor. Erschrocken blickte er nach unten. Er hielt den Atem an. Einer der Passagiere hatte sich nicht mehr auf dem Ballon halten können und war in die Tiefe gestürzt. Und es war alles so schnell gegangen. Marco hatte das Gesicht des Menschen gesehen, so angstverzerrt, er wusste nicht einmal, ob Frau oder Mann. Jetzt knallte er selbst schmerzhaft am Felsen auf und wurde sofort wieder zurückgeschleudert. Hoffentlich hielt der Knoten. Er musste den nächsten Versuch starten. Die Verzweiflung wuchs. Aber er erkannte, dass es möglich war. Das gab ihm neue Kraft. Mit dem nächsten Schwung geriet er mit den Beinen, schließlich mit dem ganzen Unterkörper in die Felsspalte, er stemmte und schraubte sich immer tiefer hinein, der freischwebende Ballon zog ihn schmerzhaft in die andere Richtung. Seine Angst wuchs, wieder herausgerissen zu werden. Er wusste, dass er keine Kraft mehr für einen weiteren Versuch haben würde. Er warf sich hinter einen Stein, der in der Felskluft senkrecht nach oben ragte, und bildete mit seinem Körper einen Keil. Er blutete und seine Kleidung war zerfetzt, zerrissen von der rauen Oberfläche des Seils. Doch jetzt durchströmte ihn eine heiße Glückswelle: Der Ballon senkte sich langsam über die Spalte, blieb dort, durch die Felsnadel gerade eben so gehalten, in einem zittrigen und labilen Gleichgewicht liegen. Die Spannung des Seils um seine Hüfte ließ nach. Er löste es und sprang auf den Boden. Die Quetschwunden brannten höllisch. Aber er lebte.

Um ihn herum war es totenstill. Die Schreie der Passagiere waren verstummt. Waren alle abgestürzt? Jeden Augenblick konnte der Ballon wieder von der Felsnadel kippen. Marco richtete sich auf, so gut es ging.

»Hallo! Kann mich jemand hören? Ich stehe auf festem Boden! Ihr müsst runterspringen!«

Gott sei Dank! Er sah ein paar Gestalten, die sich über die Rundung des Ballons vorstreckten. Sie hielten sich an den Schlaufen fest, durch die die Stahlseile liefen. Es waren die

Schlaufen, die Ödön vorher als ›Trittleitern zum Himmel‹ bezeichnet hatte. Er legte die Hände an den Mund und brüllte noch einmal, diesmal lauter und bestimmter.

»Auf dieser Seite runterspringen! Hier ist fester Boden! Macht schnell. Der Ballon hält sich nicht mehr lang!«

Fast im selben Augenblick kam ein Körper auf ihn zugeflogen. Es war der Dünser Karli, der mit dem Kopf voraus den Ballon heruntergekrabbelt war, sich auf dem letzten Stück nicht mehr halten konnte, rutschte und strauchelte, fiel – und nun leblos am Boden lag. Marco hatte die Wucht des Aufpralls nur wenig mit seinem Körper abdämpfen können. Er beugte sich hinunter zu ihm. Der Dünser hielt die Augen geschlossen und atmete schwer. Er lebte. Marco brachte ihn in eine stabile Seitenlage.

Der nächste Passagier löste sich aus dem Stahlseilgeflecht. Jetzt kletterte er nach unten, und unverkennbar hatten die Bewegungen des Mannes etwas Artistisches an sich.

»Zunterrärr! Marco Zunterrärr! Mach Platz, verdammt nochmal! Gleich bin ich bei dir!«

Ödön schwang sich in die Felsnische und japste vor Glück und Erschöpfung. Sie umarmten sich. Doch dann drehte sich der Ungar rasch um.

»Altär Freund! Schnell. Wir müssen den Ballon in die Mulde ziehen.«

Sie versuchten es zu zweit. Vergebens. Das Seil bewegte sich keinen Millimeter. Der Ballon hatte immer noch genug warme Luft in sich, um Widerstand zu leisten. Vielleicht lag es auch an Ödön. So elegant der Artist vorher am Seil brilliert hatte, so wenig Schmalz hatte er nun in den Oberarmen.

»Klettert runter! Springt runter! Schnell!«, schrien sie nach oben.

Jetzt kletterte wieder eine Gestalt los, diesmal nicht so wendig, nicht so artistisch, wesentlich langsamer, mit den Beinen voraus, langsam abrutschend, beherzt wieder nachfassend, ruhig und überlegt Griff für Griff setzend. Es war eine Frau. Marco erkannte sie sofort. Parshipmargret. Auf den letzten Metern brüllte sie sich selbst Kommandos zu. In ihrer Stimme lag Angst, aber auch verbissene Entschlossenheit. Sie schaffte es. Erschöpft ließ sie sich auf den Boden fallen.

»Wer ist noch droben?«, schrie Marco. »Wie viele Leute sind noch da oben?«

Sie schüttelte den Kopf. Erst nach einiger Zeit fand sie Worte.

»Keine Ahnung. Einer. Vielleicht zwei. Ich weiß es nicht.«

»Ich klettere nochmals rauf«, sagte Ödön.

»Nein, das machst du nicht!«, brüllte ihn Marco an. »Ich werde das übernehmen.«

Marco stieß Ödön zurück und hangelte sich zwei Meter an dem verbeulten und verkohlten Stoff hoch. Einzelkämpferkurs Tauklettern, Gebäudeklettern. Die Hülle erschien ihm wie eine riesige, leblose Amöbe. Zug um Zug. Die Schmerzen hinter sich lassen. Endlich erblickte er den Mann ohne Namen, der apathisch im Stahlseilverhau hing. Marco nahm ihn am Arm und zog ihn aus der Schlaufe. Der stöhnende, blutverschmierte Mann drohte einfach nach unten zu fallen. Doch Ödön war Marco nachgeklettert, fasste mit an, beide brachten den Mann auf sicheren Boden. Parshipmargret hatte sich währenddessen über den reglosen Dünser gebeugt und wischte ihm das Gesicht mit dem Ärmel ab. Der murmelte unverständliche Worte.

»Ist noch jemand auf dem Ballon?«, schrie Marco.

»Ich glaube nicht«, sagte Margret. Sie zeigte hinauf, da hob sich der Ballon plötzlich aus der Felsnische, zerrte mit hässlicher Gewalt an der dünnen Felsnadel, plusterte sich auf und riss sich aus der Mulde ins Freie. Er sank rasch. Marco beugte sich so weit es ging über die Felskante. Der Ballon hatte jetzt schon zwei Drittel seiner Luft verloren, es würde nicht mehr lange dauern, und dann würde er wie ein nasser, leerer Sack nach unten fallen.

Sie saßen dicht gedrängt. Alle waren sprachlos vor Entsetzen und Erschöpfung. Die Felsnische, in die sie sich gerettet hatten, war wesentlich kleiner als angenommen. Sie maß nicht viel mehr als zwei Tischtennisplatten. Alle starrten geradeaus ins Leere. Der tollkühne Zirkusartist. Die verschmähte Fernhandelskauffrau. Der freiheitsliebende Alpenbürger. Der mysteriöse Anonymus. Der Biertragltträger.

»Wir sind gerettet«, sagte Marco mit brüchiger Stimme. »Es wird nicht lange dauern, dann werden sie uns finden.«

Es klang nicht sehr überzeugend.

Geistiger Diebstahl

Der neue Fantasy-Thriller »Game of Bones« basiert auf dem Roman von Charly Goddard, der im Urheberrechtsstreit mit dem Enkel von Basil Tebb liegt, der diesen Stoff schon 1967 unter dem Titel »The Magic Kingdom« (Deutsch: »Kätzchen im Nebel«) veröffentlicht hat. Diese Shortstory wiederum hat erstaunliche Ähnlichkeit mit einer Kurzgeschichte von Akari Rasha, die zwei Jahre zuvor erschienen ist: »Die blutigen Halblinge von Jacksonville«. Akari Rasha, ein begeisterter Karl-May-Fan, hat vor seinem Tod zugegeben, viele Passagen einfach aus dessen Roman »Löwenreiter« abgeschrieben zu haben. Die Karl-May-Forschung ist sich einig, dass dieser Abenteuerroman – wie immer unter enormem Zeitdruck entstanden – von Karl May, der es mit dem Eigentumsbegriff bekanntlich nicht ganz so genau genommen hat, zum Teil wörtlich aus Adalbert Stifters wenig bekannter Novelle »Nierensteine« entnommen wurde, die auf eine mittelalterliche Legende unbekannten Titels zurückgreift, die sich ihrerseits stark an der Sophokles-Tragödie »Τίποτα ῥεῖ« (»Nichts fließt«) orientiert. Doch bei genauerer Betrachtung hat Sophokles nur eine Bibelstelle aus dem Alten Testament dramatisiert, nämlich die berühmten Zeilen bei Jesaja, 67,1, die jeder Konfirmationsschüler kennt. Neueste Forschungen haben jedoch ergeben, dass der Stoff noch früher nachgewiesen werden kann, nämlich in den Höhlenmalereien von Lascaux, etwa zwölftausend Jahre vor unserer Zeitrechnung:

»Und was ist das nun für ein Stoff, Herr Stubenrauch?«

Der berühmte Historiker und Plagiatsforscher verschränkt die Arme vor der Brust.

»Es ist der Stoff aller Stoffe. Alles andere sind Varianten. Sehen Sie sich die Höhlenmalerei genau an.«

Ich beuge mich über das Werk des ersten Künstlers.

»Jetzt begreife ich! Jemand steht vor einem Eingang. Er will hinein. Doch der Eingang ist verschlossen.«

»Ja, so ist es. Es gibt nur diese eine Geschichte. Und wie oft sie schon plagiiert worden ist!«

(Quelle: Unbekannt, vielleicht Franz K.)

Dieses Kapitel enthält Produktplatzierungen.

40

Dirschbiegel drückte ab. Gott sei Dank. Er hatte die Dose Pfefferspray richtig gehandhabt. Ein scharfer Strahl von Oleoresin fuhr in die Augen seines Peinigers, der aufbrüllte und seine schmutzige Kombizange fallen ließ. Er schlug beide Hände vors Gesicht und sank auf die Knie, wie Polyphem, der geblendete Riese in der Odyssee. Dirschbiegel musste sich beeilen. Bei der Armee und in vielen anderen Verbrecherorganisationen wurde inzwischen trainiert, wie man trotz eines Reizgasangriffs weiterkämpfte. Also schnell weg von hier. Dirschbiegel sprang über den brüllenden Riesen, stürzte aus der Nische, packte seinen Rollkoffer und machte, dass er aus diesem verflixten Tunnel herauskam. Ein Blick zurück: Polyphem rappelte sich schon wieder auf. Dirschbiegel lief weiter, immer Richtung Bahnhof. In den letzten Sekunden hatte er den Schmerz völlig vergessen, jetzt meldete sich die malträtierte Stelle in seinem Kiefer mit umso größerem Zorn zurück. Er zog ein Taschentuch hervor und stopfte es in den Mund, um die Blutung zu stillen. Ein erneuter Blick zurück. Der Riese hatte sich aufgerichtet und stolperte halb blind in seine Richtung.

Dirschbiegels Hemd war über und über mit Blut verschmiert, seine Jacke war vorne eingerissen. So, wie er jetzt aussah, war es unmöglich, unauffällig eine Fahrkarte zu lösen und mit dem Zug zu verschwinden. Verzweifelt sah er sich um. Sein Blick fiel auf ein blaues Schild, das auf einen Parkplatz hinwies, der von mittelhohen Thujen umgeben war. Dirschbiegel wusste, dass er nur wenige Minuten hatte, um dem Kerl mit der Zange zu entkommen, instinktiv lief er in Richtung der parkenden Autos. Herrgott, das waren noch Zeiten, als man einen verschlossenen Personenwagen in zwanzig Sekunden knacken und in weiteren zehn kurzschließen konnte. Heute gab es elektronische Wegfahrsperren, Lenkradblockierungen und was noch alles für Teufelskram. Jede mickrige Rostlaube wurde zur digitalen Festung. Dirschbiegel sah trotzdem keinen anderen Ausweg, als zu dem Parkplatz zu hetzen und dort wenigstens in Deckung zu gehen. Gerade fuhr eine junge Frau schwungvoll auf eine der Stellflächen, sie öffnete die Tür und stieg rasch aus. Dirschbiegel lief keuchend in ihre Richtung. Jetzt sperrte sie das Auto ab und öffnete ihre Handtasche, um den Schlüssel hineinzuwerfen. Sie schien es eilig zu haben. Das war seine Chance. Normalerweise, ohne blutverschmiertes Gesicht und zerrissenen Anzug war das überhaupt kein Problem. Aber jetzt musste er improvisieren. Regel Nummer zehn: Sei in Not und bitte dann um Hilfe. Das löst immer irgendein Unbekümmertheitsgefühl im Menschen aus.

»Entschuldigen Sie –«, rief er aus zwanzig Meter Entfernung.

Die Frau drehte sich um. Als sie ihn erblickte, schlug sie die Hände erschrocken vors Gesicht.

»Keine Angst! Es sieht schlimmer aus, als es ist!«

»Soll ich einen Krankenwagen –«

»Nein, das ist nicht nötig. Glauben Sie mir: Ich bin wohlauf. Ich bin nur gestürzt.« Schwer atmend blieb er bei ihr stehen. »Es sind lediglich Schürfwunden. Sie könnten mir aber trotzdem einen Gefallen tun. Ich habe kein Handy dabei. Es wäre furchtbar nett von Ihnen, wenn Sie meine Frau anrufen würden.« Er hustete. Das Sprechen fiel ihm schwer.

»Natürlich, das mache ich gern für Sie.«

»Mein Name ist – ähem – Weidinger. Verlangen Sie nach Frau Doktor Weidinger.«

Er nannte ihr die Nummer von Bavaria. Die junge Frau kramte in ihrer Handtasche nach dem Handy. Tschakka! Das wars! Sie tippte die Nummer ein und wartete. Endlich ging jemand ran. Aufgeregt sagte sie:

»Erschrecken Sie jetzt nicht, Frau Weidinger, aber Ihr Mann hatte einen Unfall. – Ach, Sie sind gar nicht Frau Weidinger? Entschuldigung, kann ich dann bitte – Wer *ich* bin? Mein Name ist Aschenbrenner. Elke Aschenbrenner. Hören Sie, ich habe Herrn Weidinger einen Gefallen –«

Und schon tanzten Dirschbiegels kecke Finger in der Handtasche. Es war wie bei den großen, greisen Geigern und Pianisten. Sie konnten so gebrechlich sein, dass sie auf die Bühne geführt werden mussten. So dement, dass sie sich nicht mehr an ihren Namen erinnern konnten. Aber die Finger tanzten immer noch geschmeidig auf den Tasten und Saiten. Künstlerfinger wurden nicht alt. So auch die von Dirschbiegel nicht.

»Wie? Warum kann ich nicht mir ihr sprechen? Es geht um ihren Mann. Ja, ihr Mann, der ist hier. Er steht neben mir. Ach, die Frau Doktor ist gar nicht verheira – Moment, was tun Sie in meinem Auto – Halt! Bleiben Sie stehen!«

Dirschbiegel fuhr mit kreischenden Reifen los, er schoss vorwärts aus der Parklücke, walzte einen Teil des Blumenbeets nieder, wich der hilfsbereiten Frau aus, die sich ihm mit den Armen rudernd in den Weg stellte. Dann preschte er davon. Im Rückspiegel sah er den Mann mit der Kombizange, der den Parkplatz ebenfalls erreicht hatte. Der Riese sah sich um, riss dann die Autotür eines parkenden Wagens auf, zerrte den Fahrer heraus und stieß ihn zu Boden. Dann sprang er ins Auto und fuhr los. Dirschbiegel wusste, dass er dieses Ungeheuer nicht so schnell loswerden würde. Er gab Gas und bog in die Straße ein.

Dirschbiegel hatte noch keinen Plan. Er umklammerte das Steuerrad und überlegte fieberhaft. Momentan fuhr er die breite Straße entlang, die vom Bahnhof weg und stadtauswärts führte. Fußgänger und Radfahrer wichen ihm aus, da und dort wurde ihm der Stinkefinger gezeigt. Autos, die er überholt hatte, hupten. Lange konnte er nicht so ungezielt weiterrasen. Ein Blick in den Rückspiegel, und er atmete auf: Polyphem, der Riese mit der Kombizange, war nicht mehr zu sehen. Dirschbiegel nahm den Fuß vom Gas, bog in eine Seitenstraße ein und blieb nach hundert Metern am Straßenrand stehen. Kräftig durchatmen. Alles war noch einmal gutgegangen. Er war schweißgebadet, die Fahrt hatte ihn mehr angestrengt als der Lauf vorhin. Dieses blitzende Gefährt hatte ihn glücklich hierhergeführt, jetzt aber war es klüger, zu Fuß weiterzugehen. Gerade als er die Tür öffnen wollte, sah er den mit der Kombizange langsam an der Querstraße vorbeifahren. Er stoppte jäh, stieß etwas zurück und bog nun ebenfalls in die Seitenstraße ein. Wenn Dirschbiegel jetzt das Auto verließ, war der andere im Vorteil. Der andere war jünger, größer, kräftiger, skrupelloser, wütender. Und er hatte keinen losen Zahn im Mund. Dirschbiegel startete erneut durch. Die Straße war eng, er streifte scheppernd mehrere parkende Autos, er schlingerte und riss ein Verkehrsschild um. Es knirschte hässlich. Dann aber kam er in Fahrt. Er hoffte, dass es in dieser Nebenstraße keine Ampel gab, wenigstens keine rote, und er hatte Glück. Er bog in eine größere Straße ein, immer wieder in den Rückspiegel blickend. Dirschbiegel wusste nicht, ob seine spärlichen Fahrkünste für eine temporeichere Fahrt ausreichten, aber es blieb ihm nichts anderes übrig, als weiter so durch die Straßen zu preschen. Ein kurzer Blick in den Rückspiegel: Der andere war dicht an ihm dran, er schlug wütend auf das Lenkrad ein, sein Gesicht knallrot vom Pfefferspray und von Flüchen und Verwünschungen verzerrt. Jetzt schaltete eine Ampel um, Dirschbiegel legte eine jähe Vollbremsung hin. Der andere fuhr fast auf ihn auf, machte schon Anstalten, aus dem Auto zu springen, doch Dirschbiegel fuhr unter dem wütenden Gehupe der Kreuzenden über die rote Ampel. Der andere tat es ihm nach. Die Polizei war wahrscheinlich schon längst alarmiert worden, sie musste bald da sein. Dirschbiegel spähte nach einer Möglichkeit, das Auto abzustellen, ohne den wütenden Polyphem gleich auf den Fersen zu haben. Dabei geriet er auf einen hohen Randstein, und krachend flogen zwei Mülltonnen aus Hartplastik durch die Luft. Vor ihm lag ein unbelebterer Stadtteil. Vielleicht war es möglich, zu wenden und die Gegenrichtung zu nehmen? Der andere kam wieder näher und fuhr mit einem schauerlichen Geräusch auf ihn auf. Und noch einmal. Und noch ein drittes Mal. Dirschbiegel geriet aus der Spur, schleuderte, konnte sich gerade noch fangen, um einem entgegenkommenden Auto auszuweichen. Als er wieder in den Rückspiegel sah, war der andere zurückgeblieben. Er wurde immer langsamer, blieb schließlich ganz stehen. Dirschbiegels Motor jaulte auf. Er sah auf den Tacho. Siebzig, und das im ersten Gang. Was ein BMW i8 alles aushielt.

Polyphem, der halb geblendete Riese, trat das Gaspedal durch und fuhr zum dritten Mal auf den BMW auf. Diesen Stümper würde er gleich erledigt haben. Er hatte noch nie im Leben jemanden gesehen, der so schlecht Auto fuhr wie Dirschbiegel. Die Augen brannten ihm, als hätten sie Feuer gefangen. Er konnte alles nur undeutlich und verschwommen sehen. Doch gleich hatte er ihn. Noch so ein kräftiger Stoß, und er würde ihn aus der Spur drängen. Doch was war das! Polyphem schluckte. Sein Wagen gehorchte ihm nicht mehr! Er trat das Gaspedal bis zum Anschlag durch, keine Beschleunigung! Diese Dreckskarre wurde immer langsamer. Kein Benzin mehr? Der Tank war voll. Das durfte doch nicht wahr sein: Das Auto hatte eine verzögerte elektronische Wegfahrsperre, die auf fünf Minuten programmiert war. Und die fünf Minuten waren jetzt um. Der Wagen kam ganz zum Stehen. Er stieg aus und trat gegen das Blech. Der Kotflügel löste sich und brach aus der Halterung.

Dirschbiegel hatte seinen Verfolger abgehängt. Das Glücksgefühl darüber drängte den Schmerz etwas zurück. Und jetzt sah er schlagartig und mit großer Klarheit den Ausweg. Er wendete. Er fuhr den Weg zurück, den er gekommen war. Von weitem schon sah er das Haus der Kaludrigkeits. Die Polizeisirenen kamen von allen Seiten näher. Es war zu riskant, mit dem Auto weiterzufahren. Schon wieder hatte er ein Straßenschild umgerissen. Und zwei Fahrräder plattgemacht. Aber es war ja nicht mehr weit. Er fuhr über eine Wiese, hielt an, stieg aus, nahm den Rollkoffer heraus und ließ den zerkratzten Wagen eine Böschung hinunterrollen. Der BMW prallte gegen eine Scheune, der Bretterverschlag fiel krachend und knirschend über ihm zusammen. Es würde ein paar Minuten dauern, bis die Polizei das Auto gefunden hatte. Jetzt musste er noch fünfhundert Meter laufen. Es war zu schaffen. Die Polizeisirenen wurden lauter, Dirschbiegel verschwand in einem Maisfeld und tauchte wieder auf. Er war völlig außer Atem, als er vor dem Haus der Kaludrigkeits stand. Er hoffte nur, dass sie noch nicht aus dem Urlaub zurück waren. Ein Blick auf die herumliegenden Kreisboten: Nein, waren sie nicht.

Die Tür ging noch schneller auf als vorher. Er hätte nicht gedacht, dass er noch einmal zurückkommen würde. Dirschbiegel packte seine Kleider in einen Sack und wusch sich. Er steckte mehrere Tempotaschentücher in den Mund. Dann entfernte er seine Fingerabdrücke vom Griff des Rollkoffers und versteckte ihn und den Kleidersack im Keller. Nun kam der spannende Augenblick, ob ihm Herrn Kaludrigkeits Anzug passte. Er hatte Glück. Es war ein Anzug, der schon längst aus der Mode gekommen war, aber was spielte das jetzt für eine Rolle.

Dirschbiegel schloss die Augen und atmete durch. Er musste die höllischen Zahnschmerzen noch eine Weile aushalten. Er durfte sich nichts anmerken lassen, wenn er draußen war. Bevor er die Wohnung verließ, warf er noch einen Blick auf den Nussbaumstuhl, den er in Augenhöhe an die Wand geschraubt hatte. Ein kurzes, schmerzverzerrtes Lächeln erschien auf seinem Gesicht.

Frisch eingekleidet ging er den Weg zum Bahnhof zurück. Ein Polizeiauto kam ihm entgegen, das ihn nicht weiter beachtete. Trotzdem war Dirschbiegel vorsichtshalber in ein Bushäuschen getreten. Er ging zum Bahnhofsschalter. Als er den Mund öffnete, um sein Reiseziel anzugeben, raubte ihm der Schmerz fast den Verstand. Er betrat den Bahnsteig. Er wusste, dass er sich in höchster Gefahr befand, aber er musste diese achtzehn Minuten abwarten. Es wurden die längsten achtzehn Minuten seines Lebens. Überall sah er den Mann mit der Kombizange: hinter einer Werbesäule, auf der Rolltreppe, sogar im Führerhäuschen einer Bahn. Jemand sprach ihn an. Er zuckte zusammen. Gottlob nur ein Euroschnorrer. Er gab ihm einen Zehner. Endlich fuhr der Zug ein. Er atmete tief durch. Die frische Luft tat ihm gut. Aber er ertrank gerade in einem Meer von Schmerzen.

Der Mann mit der Kombizange war auf hundert. So etwas war ihm noch nie passiert. Das konnte er sich nicht bieten lassen. Er kehrte dem Auto den Rücken zu und verschwand im nächsten Hauseingang. Er wischte das blutbeschmierte Folterwerkzeug vom Baumarkt mit einem Taschentuch ab.

»So eine Sauerei«, sagte er.

Jemand musste ihn hier abholen. Frédéric. Auf den war Verlass. Frédéric war in einer halben Stunde hier. Und dann würde er den Auftrag zu Ende bringen. Der Mann, den sie den Zahnarzt nannten, zückte sein Handy.

41

Später, sehr viel später, Jahrzehnte später stöberte einer der Nachfahren von Angelika und Walter im Keller des Hauses Kaludrigkeit, wiewohl die Familie schon längst nicht mehr diesen Namen trug. Beim Entrümpeln stieß er auf eine alte, mottenzerfressene Jacke, die in einem Sack unter die Werkbank gestopft war. Er zog die Jacke mit spitzen Fingern heraus und wollte sie schon in den Abfall werfen, dann aber griff er, einer plötzlichen Laune folgend, in die Taschen des schmutzigen Lappens. Vielleicht war ja noch ein altes Euro-Stück drin zu finden. In der Innentasche steckte jedoch ein vergilbtes Kuvert an einen gewissen Herrn Tomanke. Der Inhalt war eine Einladung zu einer Kräuterwanderung, die das Hotel Nirwana, das es schon längst nicht mehr gab, vor urdenklichen Zeiten veranstaltet hatte. Auf der Rückseite hatte jemand handschriftlich notiert:

> *Zinseszinsrechnung für Dirschi*
> *Im Jahre 1971 bringt jemand 2 Millionen Deutsche Mark nach den Cayman Islands, legt das Geld auf der Butterfield Bank an. Der Zinssatz beträgt 5 Prozent. Wie lautet die Endsumme 45 Jahre später?*

Der Mann tippte ein paar Zahlen in sein implantiertes Smartphone am Unterarm. Auf dem Bioscreen erschien eine Summe, die knapp unter 18 Millionen Mark lag.

»Stolze Summe!«, murmelte er und zerknüllte den Zettel. »Vorausgesetzt, dieser Dirschi hat in den 45 Jahren niemals etwas abgehoben.«

42

Der Blitz schlägt nie zweimal an derselben Stelle ein, heißt es im Volksmund, doch wenn er das ausnahmsweise einmal tut, dann schlägt er, wie um das Sprichwort vollends zu desavouieren, drei-, vier-, fünfmal ein, bis er, erschöpft vom penetranten Verstoß gegen uralte Weisheit, im Boden versickert wie schmutziges Wasser.

Elke Aschenbrenner war vorige Woche der Freund davongelaufen, gleich darauf war ihr eine Zahnkrone herausgebrochen, gestern hatte ihr die Chefin betriebsbedingt gekündigt. Zack, zack, zack. Der Blitz würde nicht noch ein viertes Mal einschlagen, dachte sie. Elke Aschenbrenner saß im Auto und war auf dem Weg zum Bahnhof. Sie wollte mit der S-Bahn zu einem Vorstellungsgespräch fahren, um ausgeruht dort anzukommen. Das Auto wollte sie auf dem Parkplatz abstellen, es war der neue BMW i8, den sie sich von ihrem Vater ausgeliehen hatte. Sie hatte ihm geschworen, ihn vollkommen kratzerlos zurückzubringen. Sie war eine hervorragende, unfallfreie, sichere, kratzerlose Fahrerin, kein Problem. Sie parkte, stieg aus, sperrte ab, warf den Schlüssel in die Handtasche. Als sie aufblickte, erschrak sie furchtbar. Ein Mann mit blutverschmiertem Gesicht und zerfetzter Kleidung lief wild gestikulierend auf sie zu. Dann erkannte sie, dass er nichts Böses im Sinn hatte. Er bat sie lediglich darum, seine Frau anzurufen. Ein Gentleman, der Hilfe benötigte. Klar, logisch, das konnte sie nicht ablehnen, sie würde ja trotzdem pünktlich am Bahnsteig sein. Elke Aschenbrenner zückte ihr Handy und tippte die Nummer ein, die er ihr diktierte. Sie wartete ewig, nach dem zehnten Klingeln ging endlich jemand ran.

»Erschrecken Sie jetzt nicht, Frau Weidinger, aber Ihr Mann hatte einen Unfall.«

Kommissarin Weber war hochnervös. Es war ihr erster Fall in ihrer Eigenschaft als Leiterin der Mordkommission, und dann gleich solch eine undurchsichtige Sache. Eine Rechtsanwältin mit einem fehlenden Backenzahn. Todeszeitpunkt war vor zwei Tagen zwischen 11 und 14 Uhr. Die Dame war in diverse krumme Geschäfte verwickelt gewesen. Die wertvollen Folianten, die in den Bücherregalen standen, waren sonderbarerweise unberührt. Kommissarin Weber sah sich um. Auf dem Tisch lag ein Exemplar von Friedrich Schillers ›Die Räuber‹. Sie schlug es auf, die Signatur lautete *Meiner lieben Freundin, der Freiin Charlotte von Kalb – Dein Friedrich.* Das Buch musste Unsummen wert sein. Kommissarin Weber schüttelte den Kopf. Als Mörderin hätte sie wenigstens dieses Buch noch eingesteckt. Sie blätterte gerade die erste Seite auf – *Aber ist Euch auch wohl, Vater? Ihr seht so blass* –, da klingelte das Telefon. Sie ließ es zehnmal läuten, dann erst hob sie ab.

»Wer spricht dort bitte?«

»Hallo? Sind Sie denn nicht Frau Weidinger?«

»Nein. Aber darf ich bitte Ihren Namen erfahren?«

Kommissarin Weber machte ihren Kollegen ein Zeichen: Mitschneiden. Anruf zurückverfolgen, Person lokalisieren. SEK in Alarmbereitschaft bringen.

Elke Aschenbrenner blickte auf die Uhr. Verdammt nochmal, gleich ging ihr Zug. Langsam bereute sie es, dem Mann geholfen zu haben. Seine Frau wollte partout nicht ans Telefon kommen. Was war denn das für ein Zirkus, den diese Sekretärin veranstaltete? Sie blickte auf. Sie traute ihren Augen nicht. Dieser blutverschmierte Mann saß plötzlich in ihrem Auto! Und jetzt fuhr er auch noch los! Mit kreischenden Reifen raus aus der Parklücke, mitten durch die Blumenstauden und Büsche! Und sie hatte doch ihrem Vater schwören müssen, den Wagen kratzerlos zurückzubringen.

Er saß im parkenden Auto und rauchte zum Fenster hinaus. Im Radio lief ein Song, der ihm nicht gefiel. Er seufzte und drehte leise. Auf dem Beifahrersitz lag sein geöffnetes Notebook. Er tippte ein paar Zeilen. Er warf den Kopf zurück und überlegte. Dabei schloss er die Augen wie ein Lyriker auf Reimsuche. Er war Weinhändler und arbeitete gerade an einem neuen Prospekt. Wie sollte er diesen Rioja beschreiben? *Das fruchtige Bouquet erinnert an Bratäpfel mit deutlichen Barrique-Noten. Kräftig und frech im Gaumen* – oder doch lieber nur *vollmundig*. Plötzlich kam ihm die zündende Idee. Er steckte die glimmende Zigarette in den Mund und beugte sich tief über den Beifahrersitz – da wurde die Tür aufgerissen, eine furchtbar grobe, baggerschaufelähnliche Hand packte ihn am Kragen, riss ihn hoch und schleuderte ihn hinaus auf die Straße. Er stürzte zu Boden und begriff überhaupt nichts. Dann rappelte er sich auf. Ein Autodieb. Aber so dreist? Der Motor sprang an, der Wagen setzte zurück und schoss davon. Jetzt erst spürte er die Schmerzen in seinen Knochen. Als sein Blick auf die leere Parklücke fiel, brach es aus ihm heraus. Er lachte los, er kriegte sich fast nicht mehr ein vor Lachen. Er hatte den Wagen vor einem Jahr gekauft, und er hatte sich vom Verkäufer eine Wegfahrsperre aufschwatzen lassen. Erst jetzt nahm er die Zigarette aus dem Mund.

Kommissarin Weber schüttelte den Kopf. Sogar ihren Namen hatte die Anruferin ihr verraten. Wie konnte man denn so blöd sein, hier am Tatort anzurufen, irgendeine Räuberpistole aufzutischen und dann nach dem Mordopfer verlangen! Kommissarin Weber war sich sicher: Diese Frau hatte sie ausquetschen wollen. Die wollte was wissen. Oder war es eine Finte gewesen?

Was für ein Tag. Vorgestern hatte er nichts aus der hünenhaften Kuh herausgebracht, jetzt war ihm dieser alte Knacker entwischt. Nicht nur das: Dieser abgewrackte Langfinger hatte ihm doch glatt eine Ladung FUZZIS PFEFFERSPRAY ins Gesicht geblasen. Aber nicht mit ihm, dem Zahnarzt! Gerade rauschte der Alte in einem blitzenden BMW an ihm vorbei. Der fuhr vielleicht einen Stiefel zusammen! Aber gleich hatte er ihn. Der würde eine Abreibung bekommen! Polyphem blinzelte mit einem Auge. Dann griff er in die Tasche und umschloss die Kombizange.

»Oh, là, là!«, sagte Kommissar Delacroix, kippte den Pastis in einem Zug hinunter und blickte hinaus aufs Meer. Die Brandung donnerte gegen die Steilküste der Normandie an, seine Assistentin Madeleine Dujardin trippelte ins Zimmer.

»In den letzten beiden Jahren hat er fünfmal in unserer Gegend zugeschlagen!«, sagte sie und warf dem neuen, jungen Wachtmeister am Nebentisch einen heimlichen Blick zu.

»Wer?«, brummte Kommissar Delacroix.

»Der Mann, den sie den Zahnarzt nennen.«

»Am Tatort lässt er immer eine Kombizange zurück«, sagte der neue, junge Wachtmeister.

»Wie heißen Sie eigentlich mit Vornamen«, fragte ihn Madeleine leise.

»Maurice«, antwortete der Junge mit niedergeschlagenen Augen.

Kommissar Delacroix biss in sein Baguette mit Camembert.

»Dann kauft er also immer wieder neue?«

»Neue was?«

»Kombizangen.«

Kommissar Delacroix schloss die Augen.

»Das ist seine Schwachstelle«, sagte er schließlich. »So können wir ihn fassen.«

Elke Aschenbrenner atmete auf. Endlich kamen sie! Von allen Seiten fuhren blankgeputzte, dunkle Limousinen auf den Parkplatz, bremsten geräuschvoll, und aus den Türen quollen kohlrabenschwarze Gestalten heraus.

»Auf den Boden! Legen Sie sich sofort auf den Boden. Schnell!«

Die Stimme war irgendwie von oben gekommen. Wie Gottes Stimme, nur blecherner. Elke Aschenbrenner blickte sich um. War sie damit gemeint? Aber warum sollte sie sich auf den Boden legen? Sie trat einen Schritt vor. Sofort richteten sich zehn Gewehrläufe auf sie.

»Ein blutüberströmter alter Mann!«, schrie sie. »Er ist mit meinem Auto weggefahren! Schnell, Sie erwischen ihn bestimmt noch! Und ich muss jetzt zum Vorstellungsgespräch!«

Die SEK-Männer drängten sich um Elke Aschenbrenner wie die Zicklein um die Geiß.

Zack zack zack – zack! Und der Blitz schlug abermals ein.

43

Marco Zunterer blickte auf die Uhr. Fünf Stunden waren seit dem Absturz vergangen. Der Himmel war wolkenlos, die Mittagssonne brannte unbarmherzig auf die Alpengipfel. Die kleine, schattige Stelle hinter der Felsnadel war als Liegeplatz für den Dünser Karli reserviert, der von Zeit zu Zeit die Augen aufriss und unverständliches Zeug murmelte. Niemand konnte sich um ihn kümmern. Alle hatten selbst genug Probleme.

»Die Hubschrauber werden als Erstes die Gegend zwischen der Zugspitze und dem Spitzingsee abgeflogen haben«, sagte Marco, und er versuchte einen selbstverständlichen, lässigen Ton in seine Stimme zu legen. »Sie sind unterwegs. Sie suchen uns.«

»Aber suchen sie uns auch hier?«, fragte der Anonymus leise. Es waren die ersten Worte, die sie von ihm hörten.

Niemand antwortete. Alle blickten zu Boden.

»Es tut mir so schrecklich leid, dass Sie Ihren Begleiter verloren haben«, sagte Marco mit belegter Stimme.

Marco Zunterer wusste, dass es eigentlich nicht sehr wahrscheinlich war, dass man sie in den nächsten Stunden entdeckte. Sie waren über dem Kurort vom Kurs abgekommen. Durch die Explosion waren sie viel weiter aufgestiegen als geplant. In dieser Höhe herrschte starker Nordföhn. Und der hatte sie wohl südlich in die Alpen getragen. Er war selbst Hubschrauberpilot gewesen. Das Areal, das die Bergwacht absuchen musste, war riesengroß, wenn sie Pech hatten, würde es Tage dauern, bis sie entdeckt wurden. Er wusste darüber hinaus, dass sie sich an einem Platz befanden, der äußerst schlecht einsehbar war. Die Nische war durch die Felsnadel verdeckt, und sie hatten nichts, womit sie sich bemerkbar machen konnten. Eine kleine Hoffnung war der abgestürzte Ballon. Vielleicht war er an einer Stelle hängengeblieben, an der er weithin sichtbar war. Marco hatte sich noch einmal hinausgebeugt. Er konnte ihn jedenfalls nicht mehr sehen. Sie waren hier in einer gottverlassenen Gegend. Er hatte wenig Hoffnung auf schnelle Rettung. Aber das behielt Marco Zunterer für sich.

»Wir müssen uns für die nächsten Stunden einrichten«, sagte er stattdessen. »Wir sind am Leben, wir sind hier sicher, wir müssen nur auf unsere Rettung warten. Was habt ihr in euren Taschen? Vielleicht ist etwas darunter, womit wir uns bemerkbar machen können.«

Der Namenlose deutete zum Abgrund.

»*Er* hätte ein Funkgerät gehabt. Ein Handy. Eine Leuchtpistole.«

Alle schwiegen betreten. Der Dünser Karli stöhnte auf. Er war nicht mehr bei Bewusstsein. Schweiß stand auf seiner Stirn. Er hatte Fieber. Sein Knöchel war gebrochen, der Fuß stand in unnatürlichem Winkel ab.

»Entschuldige, Dünser«, sagte Margret. »Ich leere dir jetzt deine Taschen aus.«

Bekam er noch etwas mit?

Sie setzten sich, so gut es ging, im Kreis und legten ihre Habseligkeiten in die Mitte. Das Ergebnis der Bestandsaufnahme war ernüchternd. Natürlich kein Funkgerät, kein Handy, keine Leuchtpistole. Nichts dergleichen. Auch Marco, der Pilot mit Überlebenstraining-Erfahrung, konnte wenig Brauchbares aufweisen: Die Landeleine, vollkommen brüchig geworden durch seine Rettungsaktion. Eine Dose Seilfett. Ein Fläschchen mit billigem Parfüm. Ein angebrochenes Päckchen Kaugummi. Ein USB-Stick mit Marcos sämtlichen Computerdaten.

»Sehr witzig«, sagte er, als er den Stick auf den Felsboden legte. »Der Computer selbst liegt zerschmettert im Tal.«

Die Tascheninhalte des Dünser Karli waren ebenfalls wenig geeignet, eine große Rettungsaktion einzuleiten, wenigstens nicht auf den ersten Blick. Ein kleiner, altmodischer Fotoapparat, ein Täschchen Ersatzobjektive dazu, alles vorsintflutlich analog. Ein stumpfes Brotzeitmesser, eine ausgelaufene Flasche Bier, ein zerlesenes Buch: *Altbayrische Witze.* Margret die Fernhandelskauffrau legte eine Flasche Sonnenöl und einen roten Lippenstift auf den Boden.

»Sonst nichts?«

»Meine Handtasche ist leider weg. Da war mein Handy drin. Ein kleines Verbandset. Und noch ein paar andere nützliche Sachen.«

Marco glaubte ihr nicht. Dieser Frau war nicht zu trauen. Doch er sagte nichts.

»Weg! Alles weg!«, murmelte der Dünser Karli. »Chippendale … van de Velde … täuschend echt. Alles weg!«

Der No Name seufzte, als er an die Reihe kam. Er hatte es bisher nicht für nötig gehalten, seine Identität preiszugeben, und er blieb dabei. Zunächst zog er einen Stapel Blätter aus der Innentasche seines Anzugs. Er warf sie in die Mitte. Es war eine computererstellte Analyse des Aktienmarktes der Vorwoche.

»Auch särr witzig«, entfuhr es Ödön. »Das können Sie gleich wieder einpacken.«

Anonymus hatte noch dreitausend Euro Bargeld bei sich, die Scheine zu trinkgeldtauglichen Hundertern zusammengefaltet. Auch die steckte er wieder ein. Die Gegenstände, die sich in der Mitte der Felsnische anhäuften, wurden immer nutzloser. Dann aber die Überraschung: Eine kleine Pistole.

»Leider ohne Munition«, sagte der Großkopferte.

»Sonst haben Sie nichts bei sich?«, fragte Marco.

Der Mann schwieg.

»Ausbeute särr mager!«

Ödön holte eine Hasenpfote aus der Tasche und hielt sie hoch.

»Hat mir der Schweizer Clown Grock gä-schänkt. Bringt Glück in großen Höhän.«

Er lachte bitter. In der anderen Tasche hatte Ödön ein Döschen mit Magnesia stecken.

»Das können wir vielleicht brauchen«, sagte Marco. »Das ist nicht nur für Turner und Artisten, Bergsteiger verwenden es ebenfalls.«

Es war in der Tat eine magere Ausbeute. Doch keiner von den erschöpften Passagieren wusste zu diesem Zeitpunkt, dass eines dieser Dinge durchaus geeignet war, sie aus der misslichen Lage zu befreien und ihr Leben zu retten. Es war ausgerechnet der Talisman des Ungarn. Sie versuchten ein wenig zu schlafen. Die Kälte und die beengte Situation hinderten sie daran. Sie bekamen in immer kürzeren Abständen schmerzhafte Krämpfe. Der Durst wurde unerträglich. Und dann stand da auch noch eine Frage im Raum. Niemand brauchte sie laut auszusprechen. Es war die Frage, wer für diese Katastrophe verantwortlich war.

»Ich weiß, was Sie alle denken«, sagte der Anonymus schließlich. »Sie nehmen an, dass es ein Anschlag war. Und dass dieser Anschlag mir gegolten hat.«

»Können Sie das ausschließen?«, fragte Margret.

»Natürlich nicht hundertprozentig. Aber ich halte es für äußerst unwahrscheinlich. Ich bin kein Politiker, kein Verbandsfunktionär, kein berühmter Popstar, keiner, den man von Angesicht her kennt. Ich habe etwas erfunden, genauer gesagt, ich war zum richtigen Zeitpunkt mit dem richtigen Getränk am richtigen Ort, und jetzt stehe ich auf Platz 116 der World's Billionaires List.«

»Oh, ich verstähä«, sagte Ödön. »Sie haben viel Feinde. Einer dieser Feinde war es. Vielleicht ein Kónkurränt?«

Der Anonymus schüttelte den Kopf.

»Wenn mich jemand aus meinen Kreisen erledigen wollte, dann wäre ich jetzt schon längst tot. Nein, der Anschlag muss jemand anderem gegolten haben.« Er blickte in die Runde. »Jemandem von Ihnen.«

Die nächsten Stunden verrannen zäh. Die Passagiere begannen sich auf die Nerven zu gehen. Sie brachen in Weinkrämpfe aus. Aggressive Wortgefechte flammten auf. Sie schrien sich an. Marco versuchte zu schlichten. Doch auch er wurde schließlich angegiftet.

»Halts Maul«, schrie ihn Margret an, als er zum hundertsten Mal feststellte, dass die Hubschrauber bald kommen würden. Schließlich hatte niemand mehr Kraft zum Streiten. Sie hockten apathisch da und warteten auf den Abend.

»Wollen Sie uns nicht sagen, wer Sie sind?«, fragte Margret gereizt. »Jetzt ist es doch sowieso schon egal.«

»Vergessen Sies«, sagte er mit leiser Stimme. »Ich glaube schon, dass wir das hier durchstehen. Meine Leute suchen mit firmeneigenen Hubschraubern nach mir – und nach Ihnen selbstverständlich. Aber wenn das alles vorbei ist, dann werden sich unsere Wege trennen.«

Marco lachte bitter auf. Er stellte sich vor, dass in der Ferne ein Hubschrauber auftauchte, ein Aldi-Hubschrauber, ein BMW-Hubschrauber, ein Rossmann-Hubschrauber, wie auch immer, und dass dieser Großkopferte als Erstes gleich üppige Trinkgelder an die Crew verteilte. Die Abenddämmerung kündigte sich langsam an. Bisher war nicht einmal die Andeutung eines Hubschraubermotorengeräusches zu hören gewesen.

Die beengte Situation wurde langsam unerträglich. Ödön schoss in die Höhe und dehnte sich. Krämpfe schüttelten ihn, doch er bekam sie durch einige Turnübungen halbwegs in Griff.

»Ich halts hier nicht mehr aus«, sagte er verzweifelt.

»Was willst du tun?«, fragte Marco entsetzt.

»Ich werde versuchen zu klettern. Ja, jetzt hab ich noch die Power dazu. Die Nacht, die Kälte, der Frost, das würde mir die letzten Kräfte rauben.«

»Nein, das tust du nicht!«, schrie Margret. »Du hast doch keine Chance! Ich habe die Wand vorhin gesehen. Sie ist glatt wie ein Kinderpopo, und wir sind genau in der Mitte. Wo willst du hinklettern?«

Ödön schwieg. Er machte weiter seine Aufwärm- und Dehnübungen. Margret und Marco erhoben sich und starrten auf die gegenüberliegenden Berge.

Der Dünser Karli lag als Einziger. Er verbrauchte dadurch den meisten Platz in der Felsnische. Man hatte sich an sein Röcheln gewöhnt. Plötzlich fiel auf, dass er nicht mehr röchelte. Marco Zunterer bückte sich und fühlte seinen Puls. Der Dünser Karli war tot.

44

Sehr geehrter Herr Kriminalhauptkommissar Jennerwein!

Ich habe mir lange überlegt, ob ich Ihnen diesen Brief überhaupt schreiben soll. Nach Ihrem Besuch bei mir bin ich aber davon überzeugt, dass Sie ein anständiger Mensch sind, der der Wahrheit ins Auge sehen kann. Ich vertraue Ihnen. Ich habe lange geschwiegen, aus Angst. Nur der Polizeipräsident wusste Bescheid. Kommissar Jennerwein, die Wahrheit ist schrecklich!

Es war damals so, dass kurz vor Mitternacht Schüsse gefallen sind. Klar, ich war noch ein Kind. Aber auch ein Kind hat Augen. Ich bin auf den Schultern meines Vaters gesessen, und von meiner Perspektive aus konnte ich alles sehen. Die Schüsse sind nämlich weder von der Polizei noch von einem der Gangster, noch von den Scharfschützen auf den Dächern gekommen. Hinten, am Ende der Prinzregentenstraße ist vielmehr ein riesiges Raumschiff gelandet. Völlig lautlos. Keiner hat hingeschaut, weil jeder bloß den Bankraub im Kopf gehabt hat. Außerirdische in Raumfahreranzügen sind herausgestiegen und haben einen nach dem anderen ins Raumschiff geführt. Nach einiger Zeit sind die Außerirdischen mit den Kopien von diesen Leuten wieder herausgekommen! Und weil alle durch die Schüsse abgelenkt waren, hat niemand etwas bemerkt. Mein Vater ist ausgetauscht worden, der Mann mit dem kleinen Hut, der Mann in dem Trachtenjanker, die Polizisten, alle. Nur mich wollten die Außerirdischen nicht, ich war ihnen vielleicht noch zu klein. Später

aber haben sie mich gesucht. Seitdem bin ich auf der Flucht. Hier in der Nervenklinik bin ich vorläufig sicher, zwischen all den Verrückten. In die Nervenklinik kommen sie nicht, die Außerirdischen, an den Verrückten sind sie nicht interessiert. Ich habe recherchiert. Die Hälfte der Bevölkerung ist wahrscheinlich inzwischen ausgetauscht worden. Helfen Sie mir, Herr Kommissar, dass die Welt wieder so wird, wie sie vor dem 4. August 1971 war. Sie und ich, wir beide, wir könnten es schaffen.
Mit vielen Grüßen
Kasimir Binz

PS Wie Sie sicherlich wissen, soll ich meinen Vater getötet haben. Aber es war nicht mein Vater. Es war nur die Kopie von ihm.

45

Nicole Schwattke löffelte ihren Joghurt und starrte nachdenklich aus dem Fenster. Im Besprechungszimmer war gerade Pause. Marias feingliedrige Hand tarantelte nervös auf dem Tisch herum.

»Was suchen Sie denn?«, fragte Becker. »Bringen Sie bloß meine Fotos nicht durcheinander.«

»Hier ist es ja: das Kaffeelöffelchen!«

Ostler biss in seine Leberkäsesemmel.

»Gestern Abend muss im Kongresshaus ja ziemlich was los gewesen sein. Schade, dass wir nicht dabei waren.«

»Was hat es denn gegeben?«, fragte Hansjochen Becker. »Weitere Vorträge zum Thema Prävention?«

»Nein, im Gegenteil: der große Unterhaltungsteil. Erst ein Polizeichor. Dann hat eine Band aufgespielt. Aber was für eine! Die *Heraustrennbaren Rätselteile*. Das ist eine Punkrapband, da geht die Post ab, mein lieber Schwan. Mein Ältester spielt als Schlagzeuger mit. Er war natürlich sehr enttäuscht, dass ich nicht dabei war. Aber der Dienst –«

»Er will wahrscheinlich ebenfalls Polizist werden?«, fragte Nicole.

»Aber selbstverständlich, was denn sonst! Darum hat ers ja verstanden, dass ich nicht kommen konnte.«

Die Abendstimmung draußen war überwältigend. Gelbliche Gewitterwolken zogen sich über den Bergen zusammen, türmten sich auf und entluden sich wohl schon hinter dem

Karwendelgebirge. Doch niemand hatte einen Blick dafür. Jeder bereitete sich auf die Begehung des Anwesens Trockenschlaf vor. Der Einzige, der die Pause draußen zubrachte, war Ludwig Stengele, seit einiger Zeit Hundebesitzer. Der *Sogenannte Hund* war eine undefinierbare Promenadenmischung, so dass die Bezeichnung durchaus zutreffend war. Er war der treue Begleiter eines Mordopfers im Kurort gewesen, er wäre ins Tierheim gekommen, doch Stengele hatte sich seiner erbarmt und ihm den Namen *Quasi* gegeben. Er wollte ihn zum Suchhund und Mantrailer ausbilden. Momentan konnte man sich Stengele ohne Quasi gar nicht mehr vorstellen.

»Und? Kann er schon ein Kunststück?«, fragte Nicole, als Stengele wieder hereinkam.

»Ich fürchte, das Kunststück muss warten«, unterbrach Jennerwein. »Gehen wir wieder an die Arbeit.«

Franz Hölleisen saß im angrenzenden Raum. Er erledigte die normalen Tagesgeschäfte. Strafzettel, Beschwerden über Partylärm, Sperrstundenüberschreitungen, Beleidigungen. Er blickte aus dem Fenster. Eine wundersame Gestalt kam eilig über den Hof gelaufen. Der Mann schien aus der Zeit gefallen zu sein. Er trug braune Knickerbocker mit großkarierten Strümpfen, senffarbene Schuhe mit Gamaschen und eine Schiebermütze, wie sie vor hundertfünfzig Jahren modern war. Es hätte bloß noch gefehlt, dass er in Schwarzweiß über den Hof gehastet wäre. Vor dem Eingang blieb er stehen, nahm sein sepiafarbenes Einstecktuch aus der Brusttasche und tupfte sich schwer atmend den rechten Mundwinkel ab. Dann sah er sich noch einmal kurz um und trat ein.

»Guten Abend«, sagte er gehetzt. »Ich muss dringend Kommissar Jennerwein sprechen.«

»Um was gehts denn?«, fragte Hölleisen höflich.

»Menschenskinder, bis ich Ihnen das erkläre … Hören Sie, es ist wichtig. Ist er denn nun da, der Chef?«

»Ihren Namen wollen Sie mir nicht sagen? Nein? Geht es vielleicht um den Ballonunfall? Sind Sie Zeuge?«

»Ballonunfall? Was für ein Ballonunfall? Hören Sie: Ich befinde mich in großer Bedrängnis. Ich muss ihn sprechen, den Kommissar. Sie sind Franz Hölleisen, nicht wahr? Nett, Sie kennenzulernen. Er hat mir nämlich viel von Ihnen erzählt.«

»So? Aha. Ja, dann.«

»Natürlich nur das Beste, das können Sie mir glauben.«

Ein Verrückter, dachte Hölleisen. Gerade am Abend kamen oft Verrückte ins Polizeirevier. Angeheiterte Müßiggänger, die sich hier einen Kick holen wollten. Jugendliche, die gewettet hatten, dass sie sich nicht trauen würden, einen fiktiven Mord zu gestehen. Wichtigtuer (›Gschaftlhuber‹), Denunzianten (›Klaghaferl‹) und zwanghafte Lügner (›Schmarrnkübi‹). Der Pfarrer hatte ihm ähnliche Geschichten erzählt. Zur Abendbeichte standen die Verrückten Schlange. Und dieser Typ in Faschingskleidung, der sich nervös umblickte, der war auch nicht ganz sauber.

»Am besten wäre es«, sagte Hölleisen, »wenn Sie mir Ihren Namen verraten, dann kann ich Sie unter Umständen zum Herrn Hauptkommissar vorlassen.«

Der Knickerbockermann strich sich in regelmäßigen Abständen mit dem Einstecktuch über den Mundwinkel. Eine Marotte? Maria Schmalfuß würde das sicher gleich wieder deuten. Wahrscheinlich versteckte Minderwertigkeitskomplexe. Oder im Gegenteil: Mundabtupfen als latenter Ausdruck von größenwahnsinnigen Allmachtsphantasien. Doch dann bemerkte Hölleisen, dass das Einstecktuch mit kleinen Blutflecken bedeckt war. Jetzt kam ihm die Sache doch komisch vor.

»Sie sind ja verletzt! Sind Sie in eine Schlägerei hineingeraten? Wollen Sie Anzeige erstatten? Dann sagen Sies halt gleich.«

»Nein, es ist nur ein wackliger Backenzahn. Sie als junger Mann können natürlich nicht wissen, dass das in meinem Alter nichts Ungewöhnliches ist.«

»Wenn Sie meinen.«

»Wie ist es jetzt mit Kommissar Jennerwein? Kann ich zu ihm?«

Franz Hölleisen seufzte.

»Ja, gut, dass eine Ruh ist, dann hole ich ihn halt. Begeistert wird er aber nicht sein.«

»Ich weiß«, sagte der Mister Knickerbocker leise.

Hölleisen steckte den Kopf ins Besprechungszimmer.

»Entschuldigen Sie die Störung. Da haben wir schon wieder einen, der nur mit Ihnen sprechen will, Chef.«

Alle waren über die Fotos gebeugt, die Becker bei den Trockenschlafs gemacht hatte.

»Dann bitten Sie ihn, sich eine Weile zu gedulden.«

»Der lässt sich nicht abwimmeln, das ist ein hartnäckiger, bockbeiniger Knochen. Seinen Namen sagt er auch nicht, der Sturkopf. Ein ausg'machter Depp, wie er im Buch steht!«

Jennerwein zog genervt die Augenbrauen hoch. Doch er erhob sich und folgte Hölleisen ins Nebenzimmer. Als er Dirschbiegel erblickte, schnappte er nach Luft.

»Was tust du denn hier!«, entfuhr es ihm. »Und was soll dieser Aufzug?«

»Gott sei Dank bist du da. Du musst mir helfen. Am besten, du sperrst mich gleich ein oder so was.«

»Polizeiobermeister Hölleisen, lassen Sie uns bitte allein.«

»Sind Sie sicher, Chef?«

»Ja, ganz sicher.«

»Gut, dann – wenn Sie was brauchen, rufen Sie halt.«

»Sag einmal, spinnst du, Dirschbiegel?! Kannst du mich nicht vorher anrufen? Ich bin hier in einer wichtigen Besprechung. Wir stecken bis zum Hals in Arbeit.«

»Jennerwein, ich brauche deine Hilfe. Jemand ist hinter mir her. Solch einen brutalen Typen habe ich meiner Lebtag noch nicht gesehen. Und das will was heißen.«

Jennerwein hatte mit allem gerechnet, nur nicht damit, dass sein Vater im Polizeirevier auftauchen würde. Das passte ihm überhaupt nicht ins Konzept. Es war ihm sogar ausgesprochen peinlich. Aber andererseits konnte er sich auch nicht beschweren: Die Graseggers hatten wohl schnell gehandelt. Sie hatten Dirschbiegel aufgeschreckt und offensichtlich zunächst einmal von seinem hohen Ross heruntergeholt. So derangiert hatte er seinen Vater noch nie erlebt. Die Strategie, ihn in seine Schranken zu weisen, hatte also funktioniert. Jennerwein musste nun versuchen, ihn wieder von hier weg zu bringen, bevor sein Team von der ganzen Sache Wind bekam oder vielleicht sogar mit hineingezogen wurde.

»Dein Vertrauen ehrt mich«, sagte er ruhig. »Aber es ist vielleicht besser, wenn ein Kollege von mir deinen Fall behandelt.«

»Komm, Jennerwein, stell dich nicht so an. Sperr mich einfach ein! Ich brauche ein bisschen Zeit, um zu überlegen, wer da dahinterstecken könnte. Dann brauche ich eine Prepaid-Karte für mein Handy, um ein paar Leute anzurufen.«

Vielleicht auch noch ein Kaviarbrötchen und eine Nackenmassage, dachte Jennerwein. Doch er verkniff sich die Bemerkung.

»Gut, dann erzähl mal«, sagte er stattdessen, und er suchte in seine Stimme eine väterlichen, verständnisvollen Ton zu legen. »Dich hat also jemand bedroht. Wann? Wie? Wo? Du musst mir schon ein paar Details verraten. Ich bin Polizist, weißt du.«

»Ach so, jetzt, wo du es sagst! – Also, ein Einzeltäter war das nicht. Es könnte jemand aus einer organisierten Bande gewesen sein. Er hat sehr professionell gearbeitet. Vielleicht ist es sogar irgendeine staatliche Schweinerei.«

Jennerwein lachte spöttisch auf.

»Staatliche Schweinerei? Meinst du vielleicht den berühmten supergeheimen Nachrichtendienst, von dem selbst der Innenminister nicht weiß? Komm, mach dich doch nicht lächerlich.« Jennerwein fand es an der Zeit, einen direkten Vorstoß zu wagen. »Erzähl mir von deinem Bruch, den du vorhast. Dann kann ich vielleicht etwas für dich tun.«

Dirschbiegel schüttelte den Kopf.

»Ich habe keinen Bruch vor. Hast du das immer noch nicht kapiert? Ich will endgültig aufhören.«

»Du wirst verstehen, dass ich dir das nicht glaube.«

»Das ist mir so was von egal, Jennerwein!«

Er fasste sich an die Wange. Die Schmerzen wurden wieder stärker. Doch er versuchte, sie zu ignorieren. Jennerwein bemerkte Dirschbiegels Nervosität. Er entschloss sich dazu, einen Schritt weiter zu gehen. Es war ein Schuss ins Blaue.

»Man hört so Geschichten, dass es sich zur Zeit lohnt, in Kunst zu investieren.«

Er sah Dirschbiegel dabei scharf an. Der zeigte keinerlei verdächtige Regungen.

»Kunstraub?«, sagte er schließlich verblüfft. »Dazu braucht man heutzutage ein Team von – pfff – mindestens zehn Leuten.«

»Warum nicht gleich elf? Wie in *Ocean's Eleven*. Kennst du den Film?«

»Ja klar, auswendig. Jedenfalls habe ich in meinem Alter keine Lust mehr, mich mit neunmalklugen Jungspunden herumzuschlagen. Ich stehe eher auf *Dirschbiegel's One*. Aber auch damit ist es aus und vorbei.«

»Also schön. Du bist also das reine Unschuldslamm und wirst aus heiterem Himmel und ohne jeden Grund bedroht.«

Dirschbiegel ballte wütend die Faust und holte spielerisch aus.

»Vielleicht sollte ich dir einfach eine Ohrfeige geben. Dann bleibt dir nichts anderes übrig, als mich einzusperren.«

»Weißt du, was? Wir machen es so. Ich organisiere dir ein Zimmer in einer schönen Pension. Dort nimmst du ein heißes Bad, ich komme in zwei, drei Stunden, dann können wir uns in Ruhe unterhalten. Einverstanden? Ich habe nämlich zu tun. Und ich kann meine Leute nicht so lange warten lassen.«

In Dirschbiegels Augen erschien ein flehentlicher Ausdruck.

»Nein, zum Teufel!«, rief er. »Ich will nicht alleine auf die Straße gehen! Ich brauche keine verdammte Pension! Und ich hasse heiße Bäder! Kann du mich denn nicht in Schutzhaft nehmen?«

So aufgeregt hatte Jennerwein seinen Vater noch nie gesehen. Die Graseggers hatten wirklich ganze Arbeit geleistet.

»Schutzhaft? Mein Lieber, das gibt es schon lange nicht mehr. Du meinst wohl ›Schutzgewahrsam‹. Oder ›Unterbindungsgewahrsam‹.«

»Ist mir doch piepegal, wie das heißt!«

»Oder wie wäre es gleich mit ›Sicherungsverwahrung‹. Das geht aber alles nicht so Hopphopp. Da brauchen wir eine richterliche Anordnung. Und vor allem müsstest du sagen, was los ist. Wer, was, wie – du weißt schon. Also stell dich nicht so an. Die Pension Alpenrose hat einen schönen Blick auf die Berge.

Dort erzählst du mir später alles, am Kaminfeuer, bei einem Glas Wein.«

»Und dem Tölzer Schützenmarsch, gespielt von den Original Egerländern. Nein danke!«

Jennerwein sah, dass er seinen Vater in die Enge getrieben hatte. Einen Kunstraub konnte er allerdings ausschließen. Jetzt war es vielleicht an der Zeit, den Bohrer an einer anderen Stelle anzusetzen.

»Sag einmal, Dirschbiegel: Dieser Bankraub 1971 in München, in der Prinzregentenstraße – weißt du etwas darüber, was die Polizei nicht weiß? Hast du irgendetwas damit zu tun?«

Jennerwein glaubte ein erschrecktes Blitzen in Dirschbiegels Augen zu sehen. Aber er konnte sich auch täuschen.

»1971? Ach so, die Sache mit der Geiselnahme! Das stand ja damals in allen Zeitungen. Ich habe davon gelesen, ja.«

»Warst du eigentlich damals politisch aktiv? Hast du mit der RAF sympathisiert?«

»Das haben viele. Damals war man entweder Franz Josef Strauß oder Andreas Baader. Verrückte Zeiten.«

Jennerwein bemerkte, dass ihm Dirschbiegel auswich. Vielleicht war ja die Idee, ihn eine Nacht hier in der Zelle zu behalten, gar nicht so schlecht. Wie aber sollte er das seinem Team erklären? Er musste improvisieren.

»Weißt du, was«, sagte er. »Ich bin einverstanden. Du kommst in Polizeigewahrsam. Da musst du nur unterschreiben, dass du das freiwillig machst, dass du auf einen Rechtsanwalt verzichtest, dass du zur Aufklärung eines Verbrechens beitragen willst, und so weiter. Komm, ich zeige dir deine Zelle.«

»Danke, Jennerwein.«

Sein Vater sah erleichtert aus. Und ziemlich kläglich.

Sie verließen das Vorzimmer und gingen den Korridor entlang, der zum Zellentrakt führte. Die Tür zum Besprechungsraum stand offen, gerade kamen Maria Schmalfuß und Nicole Schwattke heraus, um nach Jennerwein zu sehen. Dem blieb nichts anderes übrig, als den alten Knickerbocker vorzustellen.

»Das ist – Herr Dirschbiegel, ein Schützling von mir. Er ist in Schwierigkeiten, und ich habe vor, ihn –«

Zu seiner Überraschung und nicht geringen Verärgerung ging sein Vater auf die beiden zu und begrüßte sie mit einem Handkuss. Dabei fiel die Angst, die er vorher gezeigt hatte, völlig von ihm ab.

»Ein Schützling von Ihnen, Chef?«, sagte Nicole lächelnd. »Was hat er denn ausgefressen?«

»Nun ja, das ist eine längere –«, begann Jennerwein.

Doch Dirschbiegel unterbrach ihn.

»Ich bin gerade aus dem Knast entlassen worden.« Seine Offenheit war entwaffnend. »Ein Eigentumsdelikt, damit Sie gleich wissen, mit wem Sie es zu tun haben. Der Herr Kommissar kümmert sich rührend um mich, er besorgt mir eine Wohnung, vermittelt Kontakte zu Arbeitgebern, berät mich in rechtlichen Dingen. Er tut wirklich alles, um zu verhindern, dass ich wieder auf die schiefe Bahn gerate. Er lässt mir sogar manchmal heiße Bäder ein.«

»Wollen Sie etwas zu trinken, Herr Dirschbiegel?«, sagte Maria. »Sie sehen müde aus. Wir machen gerade Pause. Einen Tee vielleicht?«

Maria fiel sofort die Ähnlichkeit zwischen beiden auf. Nicht vom äußeren Erscheinungsbild her, da waren sie grundverschieden. Eher von der Art, aufzutreten und zu kommunizieren. Natürlich, klar: Es suchten sich immer diejenigen, die sich wesensgleich waren. Der Polizeipsychologin Maria

Schmalfuß kam plötzlich ein ganz anderer Gedanke. War dieser Dirschbiegel vielleicht sogar – Nein, das war unmöglich. Ganz und gar unmöglich.

Dieser elende Schleimer, dachte Jennerwein. Er schafft es noch, das Team auf seine Seite zu ziehen. Die Aktion hätte ein Warnschuss sein sollen, eine aufwändige Präventionsmaßnahme. Und jetzt spielte der hier den großen Max! Lief das Ganze aus dem Ruder? War es eine Schnapsidee gewesen, die Graseggers um Unterstützung zu bitten? Jennerwein musste ihn so schnell wie möglich von seinem Team trennen.

Jennerwein ist härter drauf als angenommen, dachte Dirschbiegel. Er schickt mich vielleicht wieder hinaus in die Nacht. Das muss ich verhindern, sonst gehts mir an den Kragen. Wenn ich aber sein Team auf meiner Seite habe, wird er das nicht wagen.

Dirschbiegel ließ sich noch mehrmals bitten, nahm dann aber schließlich im Besprechungszimmer Platz. Er wurde von den anderen Teammitgliedern mit der gebotenen professionellen Distanz, aber doch freundlich begrüßt. Dirschbiegel ließ wohl die Polizistenherzen höher schlagen. Er war das sprichwörtliche verlorene Schaf, das wieder auf den rechten Weg zurückgekommen war. Jennerwein hätte im Boden versinken können. Sollte er seinem Team die ganze Wahrheit verraten? Er setzte sich ebenfalls in die Runde. Es blieb ihm nichts anderes übrig, als alle Anwesenden vorzustellen.

»Ach, das ist also Hansjochen Becker, der König der Fährtenleser!«, rief Dirschbiegel. »Ich habe schon viel von Ihnen gehört.«

»Tatsächlich?«

»Die Pause ist zu Ende«, sagte Jennerwein mit Nachdruck. »Wir müssen unseren aktuellen Fall wieder anpacken. Die Zeit läuft uns davon. Dirschbiegel, wenn ich dich bitten dürfte –«

»Aber Sie bluten ja!«, sagte Maria.

»Das ist mein Backenzahn. In meinem Alter gibt es manchmal Probleme damit. Mit einer Schmerztablette wäre mir sehr geholfen. Haben Sie so was hier?«

»Und Ihre Backe ist stark geschwollen«, bemerkte Nicole.

»Ich habe mich in die Wange gebissen. Es ist weiter nichts. Wirklich nicht.«

»Sie wirken auf einmal so blass, Herr Dirschbiegel!«

Franz Hölleisen beugte sich zu Jennerwein und flüsterte ihm ins Ohr:

»Darf ich Sie einmal alleine sprechen, Chef?«

»Was gibts?«, fragte Jennerwein draußen auf dem Gang.

»Mit dem stimmt etwas nicht, Chef. Der ist vorher über den Hof gerannt, als wenn der Leibhaftige hinter ihm her wäre. Und dabei hat er sich dauernd umgeschaut. Er blutet, und zwar im Bereich des rechten Unterkiefers. An die Stelle hat er sich vor der Tür auch dauernd hingegriffen. Und genau das hat mich an den Mordfall mit der Rechtsanwältin erinnert, der gerade über den Ticker gelaufen ist. Ich glaube, die Kollegin Weber bearbeitet den Fall. Da geht es um einen mit einer Zange herausgerissenen rechten Backenzahn! Der Mörder muss ein brutaler Hund gewesen sein. Und so, wie dieser Dirschbiegel vorhin über den Hof gelaufen ist –«

Jennerwein winkte seinen Vater zu sich her.

»Ein herausgerissener Zahn?«, zischte er ihm zu. »Was soll das? Warum hast du nichts davon gesagt?«

»Ein Typ mit einer Kombizange«, antwortete Dirschbiegel zerknirscht. »Ich dachte, dass die Schmerzen nachlassen würden. Aber momentan tut es wieder höllisch weh.«

»Könntest du einmal im Leben der Polizei vertrauen?! Wir haben weitaus mehr Möglichkeiten, solch einen Typen aufzuspüren als du. Du musst nur endlich mit der Wahrheit rausrücken! Die Verletzung lässt du im Krankenhaus behandeln. Wir fahren dich gleich danach hin. Ich habe noch was zu erledigen, du bleibst inzwischen hier, gibst keinen Mucks von dir und wartest, bis ich wiederkomme.«

Jennerweins Miene hatte sich verändert. Zorn stand in seinem Gesicht geschrieben.

Er riss die Tür zum Besprechungszimmer auf.

»Ich muss noch mal weg. Eine äußerst dringende Sache. Ich bin in einer halben Stunde zurück. Lassen Sie Dirschbiegel nicht aus den Augen. Behandeln Sie ihn wie einen Gefangenen.«

Leise, aber dringlich fügte er hinzu:

»Und lassen Sie sich auf gar keinen Fall von ihm einlullen.«

46

Jennerwein stürzte wutentbrannt hinaus in die Nacht. Das, was er den beiden zu sagen hatte, das wollte er ihnen persönlich mitteilen. Er lief auf die Straße, die vom Revier in den Ort führte, vorbei an der Werkstatt des Steinmetzes, am Supermarkt, am Autohaus. Nach einem energischen Zwischenspurt hatte er sich wieder einigermaßen beruhigt. Er durfte sich nicht von seinem Zorn hinreißen lassen. Er musste klaren Verstand bewahren. Er rannte die Schröttelkopfstraße entlang und bog in die Wassersteingasse ein. Dann stapfte er quer durch ein herbstliches Stoppelfeld. Schließlich war er am Ziel. Er sprang über den Gartenzaun, ging um das Haus herum und klingelte an der Hintertür. Ein verdutztes Gesicht erschien im Türspalt.

»Ja, Herr Kommissar, grüß Sie Gott! Was verschafft uns denn die erneute Ehre? Sie werden ja langsam zum Dauerbesucher.«

»Lassen Sie mich sofort rein, ich bin nicht zu Späßen aufgelegt.«

Die Graseggers waren gerade beim Abendbrot. In einem perfekt rosa gegarten Braten steckte ein großes, scharfes Messer. Sämige, noch blubbernde Saucen in verschiedenen Farben waren in kleinen Töpfchen angerichtet, purpurviolette Artischocken lagen auf einer Platte wie gierige fleischfressende Pflanzen, die noch nicht wussten, dass sie selbst die

Speise waren. Bayrische Volksmusik ertönte aus den großen, bis an die Decke reichenden Lautsprechern, und der Tattelhofer Dreig'sang schmetterte ♫ *Auf der Alm, da wachst a kuglats Gras* – was auch immer das sein mochte. Der kroatische Hausl schlurfte vergnügt lächelnd im Hintergrund herum und pfiff mit.

»Wollen Sie nichts essen, Herr Kommissar?«

»Nein, ganz bestimmt nicht.«

»Setzen Sie sich erst einmal hin, Sie sind ja ganz außer Atem. Ich richte Ihnen einen Teller zusammen!«

»Danke, nein. Ich bin wegen etwas anderem hier.« Jennerwein blickte Ursel scharf an. »So war das nämlich nicht ausgemacht! Ich habe Ihnen vertraut, und Sie haben meinem Schützling einen Schläger auf den Hals geschickt!«

»Was haben wir?«

»Tun Sie nicht so. Sie schulden mir eine Erklärung.«

Der kroatische Hausl warf einen kurzen Blick zu ihnen her. Irgendwo hatte Jennerwein diesen Typen schon einmal gesehen, aber er wusste nicht, wo und wann. Aber er hatte natürlich schon viele schräge Vögel gesehen.

»Was ist denn schiefgelaufen, Herr Kommissar? Wir sind ganz elegant und gefühlvoll vorgegangen. Was reden Sie denn da von einem brutalen Schläger?«

Der Tisch wackelte. Das Messer zitterte im Braten. Er dampfte nur noch leicht. Jennerwein erzählte knapp und zornig, in welchem Zustand Dirschbiegel ins Revier gekommen war. Skurril verkleidet, verletzt und in großer Angst vor einem weiteren Angriff mit der Kombizange. Die Graseggers wirkten ehrlich erstaunt.

»Also, eines kann ich Ihnen sagen, Kommissar«, sagte Ursel entrüstet. »Das ist nicht unsere Handschrift. Damit haben wir nichts an der Kruste. Wir haben dem Herrn Dirschbiegel vielmehr eine diskrete Nachricht zukommen lassen. Es war ein Briefchen mit dunklen Andeutungen, dass jemand Bescheid über ihn wüsste. Der Plan war der, ihn in seiner Ehre als Dieb anzugreifen, nichts weiter. Und wir haben ihm das Briefchen nicht einmal zugesteckt – er hat es sich sozusagen selbst geholt. Er hat es geklaut, ohne dass er gewusst hat, was er da klaut.«

»Er ist auf einen Köder hereingefallen«, sagte Ignaz, »Das hat kein Dieb gern. Das ist die Archimedesferse eines jeden Diebes.«

»Das heißt Aristotelesferse, Ignaz.«

Jennerwein schüttelte den Kopf.

»Und dann haben Sie ihn, um der Sache mehr Nachdruck zu verleihen, noch zusammengeschlagen? Oder zusammenschlagen lassen?«

»Das haben wir ganz bestimmt nicht«, sagte Ursel. »Das machen wir nicht. Wir haben ihm gezeigt, dass es jemanden gibt, der ihn unter Kontrolle hat.«

»Der herausgerissene Zahn kommt nicht von uns«, sagte Ignaz.

Jennerwein blickte immer noch skeptisch drein. Ignaz und Ursel schauten sich fragend an. Dann nickten sie sich zu.

»Sagen wirs ihm, was schadet es denn schon.«

»Große Brutalität, ein herausgerissener Zahn – das klingt nach jemand ganz anderem«, sagte Ursel. »Das könnte der Zahnarzt sein, und der arbeitet ganz bestimmt nicht für uns. Er ist im Französischen unterwegs, reist aus großen Entfernungen an. Der macht ganz andere Sachen.«

»Wie auch immer«, unterbrach Jennerwein giftig. »Wenn so etwas nochmals vorkommt, dann leite ich ganz offiziell Ermittlungen gegen Sie ein.«

Jennerwein verließ das Haus der Graseggers. Er hätte sich

auf diese Sache nicht einlassen dürfen. Niemals. Doch jetzt war es zu spät.

Die Graseggers starrten auf das große Messer, das in der Rehschulter steckte und nur noch unmerklich zitterte. Ignaz schüttelte den Kopf.

»Der Zahnarzt? Das ist wirklich übel. Wenn der dem Dirschbiegel im Genick hockt, dann gute Nacht.«

»Weißt du, was ich mich frage, Ignaz: Der Dirschbiegel, der ist nichts weiter als ein kleiner Dieb. Wer um alles in der Welt setzt denn so ein großes Kaliber auf den an? Da muss es doch um viel mehr gehen! Swoboda, kannst du einmal in Erfahrung bringen, für wen der Zahnarzt zur Zeit arbeitet?«

Karl Swoboda mutierte vom kroatischen Hausl zum österreichischen Striezi.

»Ich kann es versuchen. Ich glaube allerdings nicht, dass es jemand von der Familie ist. Aber wir haben ja ein Mitglied im Haus.«

Er hielt die Hände trichterförmig an den Mund und schrie nach oben:

»dschah-KEEN-tah!«

Giacinta Spalanzani, der letzte Spross der Ehrenwerten Familie, trippelte die breite Zirbelholztreppe herunter.

»Schön, dass du meinen Namen endlich richtig aussprichst, Swoboda. Was gibts?«

»Kennst du einen, der mit einer Kombizange arbeitet?«

»Swoboda, wir sind spät dran. Darüber können wir auf dem Weg zum Theater reden.«

»Öha«, sagte Ignaz. »Jetzt geht ihr schon ins Theater miteinander.«

»Was läuft denn?«, fragte Ursel.

»Irgendein Boulevardstück.«

»Und wie heißts?«
»Wenn der Tod am Bettrand jodelt.«
»Klingt vielversprechend.«

Im Besprechungszimmer des Reviers waren die üblichen Urlaubspostkarten *(›Heiß hier!‹)* an die Wand gepinnt, und Dirschbiegel betrachtete sie zerstreut, während die Beamten hinter ihm uninteressante logistische Probleme erörterten. Die Schmerzen in seinem Kiefer schwollen wieder an. Zudem gingen ihm viele Fragen durch den Kopf. Hatte der Brief, der ihm zugespielt worden war, etwas mit dem brutalen Angriff zu tun? War das so etwas wie ein Doppelschlag gewesen? Und noch etwas anderes beschäftigte ihn. Wieso war Jennerwein ausgerechnet auf den unseligen Bankraub von 1971 gekommen? Mit der Geiselnahme in der Münchner Prinzregentenstraße konnte der Kombizangenangriff doch wohl nichts zu tun haben. Steckte etwa Lazlo dahinter? Aber Lazlo war seit über zwanzig Jahren aus dem Knast – warum sollte der sich jetzt erst melden? Er hatte es die ganze Zeit über nicht getan. Dirschbiegel konnte sich noch gut an den Tag erinnern, als die Autobiographie von Lazlo auf dem Markt erschienen war. Er hatte sie gierig und hochnervös verschlungen – Gott sei Dank kam er selbst nicht drin vor. Plötzlich tauchte ein Bild vor Dirschbiegel auf. Das Bild einer schwarzhaarigen Frau mit einem spöttisch geschnittenen Mund, markant geschwungenen Augenbrauen und katzenhaftem, sich in der Ferne verlierendem Blick. Dirschbiegel versuchte das Bild beiseitezuschieben. Weg mit dieser orientalischen Katzenfrau! Das durfte doch nicht wahr sein, dass ihm die Vergangenheit so auf die Pelle rückte!

Die Erinnerung ist eine miese, undankbare Sau. Du fütterst sie dein Leben lang jeden Tag mit bunten Bildern, sie aber frisst alles in sich hinein und gibt dir schließlich ein paar unscharfe, belanglose Nichtswürdigkeiten zurück, die sie dir umso schärfer einbrennt. So sah es zumindest in Lazlos Kopf aus. Die einstmals grellen Erinnerungen an den 4. August des Jahres 1971 verblassten immer mehr. Umso deutlicher wurde das Bild, wie er und Mayr am frühen Nachmittag dieses Tages, eine Stunde vor dem Bankraub, im Englischen Garten mit leuchtend orangen Motorradhelmen losgezogen waren, und wie sie beide Riesenschiss davor hatten, jetzt schon aufgehalten und verhaftet zu werden, mit der auffälligen Kluft und den verdächtig großen Taschen. Vor der Bank hatten sie die großen Waffentaschen sogar kurz abgestellt. Da wäre es noch möglich gewesen, abzuhauen! Heimzugehen und einen richtigen Plan für einen großen, lohnenden Bruch zu schmieden, so Ronald-Biggs-mäßig. Sie hätten das Für und Wider bedenken, die Sache immer und immer wieder durchspielen können, sich Jahre dafür Zeit lassen, schließlich ganz groß und unerwartet zuschlagen können. Lazlo musste jeden Tag an die Motorradhelme denken. Was verblasste, waren die gesamten 22 Jahre im Knast, auch das schreckliche Ende des Bankraubs und der Tod von Mayr. Aber die orangen Motorradhelme hatten sich eingeätzt in die Hirnrinde, als ob das das Wichtigste gewesen wäre an dem Tag. Obwohl: Manchmal tauchten schon auch noch andere Details auf. Was war zum Beispiel aus dem Mann mit dem viel zu kleinen Hut geworden? Der wahrscheinlich *Zugriff*! gerufen und die Katastrophe erst ins Rollen gebracht hatte. Jetzt klingelte es an Lazlos Haustür. Normalerweise gab er keine Interviews. Schon lange nicht mehr. Aber bei dieser Schülerzeitung hatte er eine Ausnahme gemacht. Die Fragen waren kurz. Bereuen Sie Ihre Tat? Lohnt sich Verbrechen?

Sind Sie jetzt ein guter Mensch? Denken Sie manchmal an die beiden Toten?

Irre! Kasimir Binz klatschte vor Freude in die Hände. Er war zwar nicht in den Endlauf der besten Acht gekommen, aber trotzdem war er in Hochstimmung. Auf die jährlich stattfindenden Schwimmmeisterschaften der Kliniken des Bezirks Oberbayern hatte er sich schon das ganze Jahr gefreut. Eine bärige Sache! Ärzte, Pfleger, Patienten, alle machten mit. Die Schwimmhalle war gesteckt voll, überall wurden KBO-Fähnchen geschwungen. Ein wuchtiger Gong, und der erste Finalteilnehmer stieg aufs Podest. Es war ein junger, muskulöser Mann. Kasimir hatte gehört, dass er Walter hieß und an der panischen Angst litt, unter aufgehängten Gegenständen durchzugehen. Wie hieß das nochmals: Suspensophobie? Damokles-Syndrom? Egal. Hier waren sie alle gleich. Podest Nummer zwei: kein Patient, sondern ein Psychotherapeut. Herr Doktor Verständnisvoll verneigte sich nach allen Seiten. Den Schwimmer auf Podest drei kannte Kasimir Binz nicht. Es war ein übergewichtiger Mann, der sich das Gesicht vor dem Sprung überflüssigerweise mit seinem blütenweißen Handtuch abrieb. Er war sicher ein Pfleger aus einer anderen Abteilung. Aus Kasimirs ramponiertem Bewusstsein stieg eine klitzekleine Erinnerung auf. Er auf den Schultern seines Vaters … ein dicker Mann … der sich das Gesicht mit einem Tuch abwischte … immer wieder abwischte … ein Dicker mit Hornbrille … Aber jetzt: Auf die Plätze – fertig – los! Die acht Finalisten hechteten ins Wasser. Besonders viele Chancen gab er dem Mädchen auf Bahn sieben, einer bekannten und gefürchteten Pyromanin. Sanft und schlank glitt sie durch das feuchte Element. Jetzt tauchte die Zündlerin auf und begann sich mit wuchtigen Kraulbewegungen nach vorne zu schieben. Das nächste Mal würde auch er dabei sein, ganz bestimmt. Wie war das nochmals mit dem Dicken gewesen? Er war die ganze Zeit dagestanden und hatte auf den Sack gestarrt. Als die Schüsse fielen, hatte er … sich zu Boden geworfen … Und danach war der Sack weggewesen … Wer … Die Erinnerung entglitt ihm wieder. Kasimir Binz sprang von seinem Sitz auf. Die Pyromanin lag schon eine halbe Länge vorn.

47

Der massive Klumpen zerschmetterte die Glasscheibe, dann flog er direkt auf Franz Hölleisens Kopf zu. Geistesgegenwärtig duckte der sich weg, das gurkenglasgroße Geschoss zischte millimeterbreit an ihm vorbei und schlug in die Eckvitrine ein, direkt zwischen die Pokale des Polizeisportvereins. Alle im Besprechungsraum hatten sich zu Boden geworfen und die Arme schützend über den Kopf gerissen. Hölleisen wagte als Erster einen Blick.

»Gott sei Dank! Es ist nur ein Stein! Und keine Bombe.«

Niemand wusste, ob nicht noch weitere Steinwürfe folgten. Oder Schlimmeres. Bange Sekunden verrannen. Doch nur die Zinn- und Blechpokale kullerten auf dem Boden umher, und einzelne Splitter der zerbröckelten Glasscheibe lösten sich geräuschvoll aus der Fassung.

»Ist jemand verletzt?«, rief Stengele.

Nein, niemand war verletzt, auch Dirschbiegel nicht, der sich wie die Polizisten zu Boden geworfen hatte. Stengele richtete sich langsam in die Hocke auf und bewegte sich vom Fenster weg Richtung Tür. Draußen auf dem Gang rannte er zum Haupteingang. Er öffnete die Tür einen Spalt und lugte vorsichtig hinaus in die dunkle Nacht. Draußen war kein Laut zu hören. Dann das Geräusch eines in der Ferne startenden Autos. Stengele überlegte. Sollte er versuchen, den Steinewerfer zu verfolgen? Keine Chance. Man konnte vom Polizeirevier aus in jede Richtung fliehen, mit dem Auto war man sofort auf der Bundesstraße, die sowohl südlich als auch nördlich aus dem Kurort führte. Selbst Stengele, der Draufgänger, der husarische Naturbursch und leibhaftige Blücher im Team, musste passen. Vielleicht kam man dem Angreifer über seine zurückgelassenen Spuren auf die Schliche. Denn irgendwo musste er ja gestanden, irgendwo musste er den Stein aufgeklaubt haben. Aber vielleicht war es auch bloß ein Dummejungenstreich. Stengele richtete seinen Blick nach unten. Auf der obersten Stufe der Eingangstreppe lag eine billige, verschmutzte, blutbeschmierte Kombizange. Es war kein Dummejungenstreich.

»Das ist wahrscheinlich ein unbehauener Granitstein vom Steinmetz gegenüber«, sagte Ostler im Korridor. Alle hatten das Besprechungszimmer verlassen. Stengele reichte Becker die Kombizange in einem durchsichtigen Plastikbeutel.

»Er ist entwischt. Es gibt so viele Richtungen, in die er geflohen sein könnte. Keine Chance. Tut mir leid.«

»Na, dann werde ich mal Spurensicherung in eigener Sache betreiben«, sagte Becker und griff zum Telefonhörer. »Ich rufe mein Team Fasern/Haare/Boden an. Die sollen das erledigen. Sie wollen mich sicher bei den Trockenschlafs dabei haben. Ich brauche Ihnen ja wohl nicht zu sagen, dass Sie alles so lassen sollen, wie es ist.«

Dirschbiegel räusperte sich.

»Tut mir leid: Das haben Sie sicher mir zu verdanken.«

»Möglich«, erwiderte Ostler. »Aber gleich ein Steinwurf! Mit solch einem Trumm! Wer will Ihnen denn ans Leder?«

Dirschbiegel sah betreten drein. Aber er sagte nichts.

»Was da alles passieren hätte können«, fuhr Ostler fort. »Ich will gar nicht daran denken. – Und was machen wir jetzt? Sollen wir auf den Chef warten?«

In Nicole Schwattkes Gesicht erschien wieder der entschlossene Zug.

»Ich schlage Folgendes vor. Wir teilen uns auf. Ich denke nicht, dass der Angreifer vorhat, dieses Revier zu erobern. Das war eine Warnung. Also. Stengele, Sie bleiben hier und unterstützen die Spurensicherung. Sehen Sie sich auch draußen um.«

»Ich will aber bei den Trockenschlafs –«, wandte der Allgäuer ein.

»Als alter Fährtenleser sind Sie am besten dafür geeignet. Das war ein Kompliment, und damit basta. Hölleisen, Sie würde ich bitten, Kontakt zur Kollegin Weber aufzunehmen, wegen der Sache mit diesem Zahnarzt.«

Sie wandte sich an Ostler.

»Polizeihauptmeister, Sie bleiben ebenfalls auf der Dienststelle.«

»Spezialauftrag?«

»Ja. Wir haben über Trockenschlafs Firma Hoch & Tief auf dem offiziellen Weg nichts herausgebracht. Könnten Sie mal Ihre Verbindungen zu der einheimischen Szene spielen lassen? Die Schreiner und Installateure, die für die beiden gearbeitet haben, die müssten doch etwas über die Firma wissen.«

»Gute Idee. Mach ich.«

Nicole Schwattke sah auf die Uhr.

»Ich würde sagen, wir warten noch zehn Minuten auf den Chef. Wenn er bis dahin nicht zurückgekommen ist, fahren wir allein zur Wohnung des Ehepaars.«

»Und was soll aus mir werden?«, fragte Dirschbiegel besorgt.

»Nichts für ungut«, sagte Ostler. »Aber am besten wird es sein, wenn wir Sie in eine Zelle sperren. Das heißt: Wenn Sie einverstanden sind.«

»Nein, hier ist er nicht sicher, wenn wir unterwegs sind«, sagte Nicole. »Zudem braucht er ärztliche Behandlung. Wir nehmen Sie mit, Herr Dirschbiegel.«

»Ich gehe äußerst ungern da raus, Frau Kommissarin.«

Nicole schnitt ein pfiffiges Gesicht.

»Nicht *Sie* gehen da raus. Sondern ein unverdächtiger Polizeiobermeister!« Alle zogen fragend die Augenbrauen hoch. »Ganz einfach. Wir stecken ihn in eine Polizeiuniform. Da hinten auf dem Kleiderständer hängt eine. Los, ziehen Sie sich bitte schnell um, dann fahren wir. Zuerst zum Krankenhaus –«

»Da verlieren wir viel zu viel Zeit, Frau Schwattke«, wandte Hölleisen ein. »Ich weiß nicht, ob es das bei Ihnen in Westfalen gibt, aber bei uns ist man früher wegen allen möglichen Zahnproblemen zum Bader oder Bader-Wastl gegangen. Der Cousin von der zweiten Frau vom Bruder meiner ersten Frau, der macht so was. Der Castani Peter ist mir noch einen Gefallen schuldig. Und der wird sich um den Herrn Dirschbiegel kümmern.«

»Gut, einverstanden. Fahren wir zuerst da vorbei. Mit der Kollegin Weber nehmen Sie später Kontakt auf.«

Ludwig Stengele war eigentlich bisher nicht als Hundeliebhaber bekannt. Die Kollegen von der Hundestaffel hatte er schon einmal als Karnickeltruppe bezeichnet, die diesbezügliche Rüge zierte (unter anderem) seine Personalakte. Und genau dieser Ludwig Stengele beugte sich jetzt über seinen neuen Liebling Quasi, den Sogenannten Hund.

»Brav dableiben!«, befahl er, und das Tier setzte sich sogar. Stengele überprüfte seine Dienstwaffe und holte die Taschenlampe aus dem Spind. Dann verließ er die Polizeistation durch den Hinterausgang. Er schritt um das Gebäude herum und suchte nach frischen Spuren auf dem Boden. Er leuchtete abgeknickte Zweige an. Dann lief er über die Straße, sprang über die Mauer des Steinmetzbetriebes und sah auch gleich einen großen Haufen mit gurkenglasgroßen Granitsteinen. Er trat näher. Am Boden fiel ihm ein kleiner, glitzernder Gegenstand auf. Er bückte sich. Noch ehe er zugreifen konnte, spürte er einen Schlag auf den Hinterkopf. Dann versank er ins Nichts. Eine riesengroße, schrundige Pratze griff nach dem silbernen Kaugummipapierchen und hob es auf.

»Einer weniger, der da drin im Revier ist«, murmelte eine Stimme. »So komm ich langsam an dich ran, Dirschbiegel.«

Der Bader (›Bohda‹) ist ein sehr alter Beruf. Früher war er hauptsächlich Friseur und Bademeister, nebenbei riss er Zähne, ließ zur Ader, schröpfte, versorgte kleinere Wunden, und ging, nicht zu vergessen, dem Feldscher im Krieg zur Hand, um den Schwerverletzten den Gnadenstoß (mit dem austernmesserähnlichen ›Gnadgott‹) zu versetzen. So einer war der Castani Peter. Hölleisen klingelte, der Castani Peter schaute misstrauisch aus der Tür, erkannte aber seinen alten Schafkopffreund Hölleisen und ließ beide herein.

»Au weh zwick«, sagte er, als er einen Blick in Dirschbiegels Mund warf. Er tätschelte dessen Wange, schlurfte davon und kam mit zwei kleinen Fläschchen wieder, die er kräftig schüttelte.

»Uralte Betäubungsmittel. Bilsenkraut und Nelkenöl. Da brauchst du keinen Doktor und kein Krankenhaus.«

Der Vorhang hebt sich, auf der Bühne ist ein steril wirkendes, aber geräumiges Krankenhauszimmer zu sehen. Das große Schiebefenster im Hintergrund gestattet die Aussicht auf das ferne, schneebedeckte Wettersteingebirge. Im Vordergrund steht ein Tischchen mit einem verwelkten Blumenstrauß, einer vergessenen Knochensäge und einem halb geleerten Röhrchen Valium. Es ist ein Einbettzimmer. Im Bett liegt ein Patient in einem weißen, dünnen Krankenhaushemdchen, durch das er hilflos und zerbrechlich wirkt. Seine Blicke schweifen nervös und besorgt durch den Raum. Er richtet sich halb auf und schaut hoch zur Infusionsflasche, in der eine bläuliche Flüssigkeit blubbert. Sein Blick fällt auf das Nachtkästchen, das er lange fixiert. Langsam hellt sich das Gesicht des Patienten auf. Er scheint einen Entschluss gefasst zu haben. Eine Schwester mit Haarknoten tritt wortlos ins Zimmer und droht mit dem Zeigefinger. Er nickt und macht eine beschwichtigende Geste mit den Händen. Sie verlässt das Zimmer wieder und schließt die Tür. Der Patient scheint einen schweren Kampf zu kämpfen. Unruhig wirft er sich im Bett hin und her. Schließlich steht er auf und zieht die Vorhänge zu. Es wird fast ganz dunkel im Zimmer. Dann geht er zum Nachttischchen, öffnet die Schublade und nimmt ein Päckchen Zigaretten heraus. Er zündet sich eine an und bläst genussvoll den Rauch aus. Man sieht die Glut im Halbdunkel aufglimmen. Die Türe öffnet sich erneut. Der Patient bemerkt den Besucher zunächst nicht und raucht weiter. Der undefinierbare Schatten, dessen Gesicht man nicht erkennen kann, steigt lautlos ins Bett und deckt sich zu. Der Patient raucht weiter. Genussvoll bläst er den Rauch aus. Dann dreht er sich um, sieht den Besucher im Bett und erschrickt.

»Wer sind Sie? Was wollen Sie hier?«

Schnell und unwillkürlich versteckt er die brennende Zigarette hinter dem Rücken. Nach einer Pause ertönt aus dem Bett eine feste, tiefe Stimme:

»ICH BIN DER TOD.«

Die Worte wabern noch lange durchs Zimmer. Das Licht wird schwächer, bis man schließlich nur noch die Zigarettenglut des Patienten sieht. Während die Zuschauer gebannt auf die Szene starren, fällt der Vorhang. Nach einer Weile der Nachdenklichkeit erschallt großartig anschwellender, lang anhaltender Applaus im Saal.

Karl Swoboda beugte sich stirnrunzelnd zu Giacinta Spalanzani, die neben ihm saß.

»Pech für uns. Wenn das Stück jetzt jeden Abend gespielt wird, dann können wir unser Projekt ja wohl vergessen.«

»Das kannst du laut sagen. Aber wer hat uns die Idee geklaut?«, fragte Giacinta.

»Manche Ideen liegen eben in der Luft«, erwiderte Karl Swoboda.

Die Welt der Oper, die Welt des Theaters –

– das sind die Welten des gewaltsamen Entreißens, trickreichen Entwendens und listigen Unterschlagens. Und was da nicht alles verstohlen und illegal den Besitzer wechselt! Vor allem in der Oper: Verfängliche Briefe, verräterische Schnupftücher, Schwerter, Golddukaten, Schatullen, Herzen, Identitäten, Schmetterlingssammlungen, Königreiche. »Komponisten kennen sich mit dem Klauen aus«, verrät uns die Musikwissenschaftlerin Bernadette von Bülow-Stubenrauch. »Richard Wagner aber hat dem Raub ein besonders markantes Denkmal gesetzt.« In der Tat! Gleich in der ersten Szene von Wagners ›Ring des Nibelungen‹ stiehlt Alberich den Schatz der Rheintöchter. »Und wenn man die Musik dazu nicht hören muss«, gibt Bernadette von Bülow-Stubenrauch zu bedenken, »ist es wirklich große Literatur, was Richard Wagner da geschrieben hat.«

WOGLINDE (auf dem Grund des Rheins)
Weia! Waga! Woge, du Welle!
walle zur Wiege! Wagalaweia!
Wallala weiala weia!
WELLGUNDE
Woglinde, wachst du allein?
WOGLINDE
Mit Wellgunde wär' ich zu zwei.

ALBERICH
Garstig glatter glitschriger Glimmer!
Wie gleit' ich aus! Mit Händen und Füßen
nicht fasse noch halt' ich das schlecke Geschlüpfer!
WELLGUNDE
Lugt, wer uns belauscht!
WOGLINDE, WELLGUNDE
Pfui! der Garstige!
FLOSSHILDE
Hütet das Gold!
Vater warnte vor solchem Feind.
ALBERICH
Das Licht lösch' ich euch aus;
entreiße dem Riff das Gold,
schmiede den rächenden Ring;
FLOSSHILDE
Haltet den Räuber!
WELLGUNDE
Rettet das Gold!
WOGLINDE, WELLGUNDE
Hilfe! Hilfe! Weh! Weh!
(Vorhang)

(Quelle: Richard Wagner, ›Das Rheingold‹, Erste Szene)

48

Marco Zunterer und Ödön Székesfehérzítető fühlten abwechselnd und mehrmals den Puls. Es war kein Zweifel möglich. Der Dünser Karli war tot. Richtig unwiederbringlich mausetot.

»Was machen wir jetzt mit ihm?«, fragte Margret nach einer langen Zeit des Schweigens. Die Bekanntschaft mit dem umtriebigen bayrischen Original war kurz, aber einprägsam gewesen.

»Was meinst du damit?«, fragte Marco.

Das erneute lange Schweigen wurde nur durch die Stöhnlaute von Ödön unterbrochen. Seine Wadenkrämpfe waren heftiger geworden und brachen in immer kürzeren Intervallen aus. Dann belastete er die verkrampften Beinmuskeln, machte Kniebeugen, schrie seine Schmerzen hinaus ins dämmrige Tal – es half alles nichts.

»Was werde ich schon damit meinen?«, erwiderte Margret. »Ich halte es die Nacht nicht neben einem Toten aus. Nicht so dicht an ihn gepresst. Wir können uns doch nicht einfach hinlegen und ruhig einschlafen.«

»Was sollen wir sonst tun?«, fragte der Namenlose. »Wollen Sie ihn beerdigen? Eine Schaufel steht im Schuppen um die Ecke.«

Ironie konnte die Fernhandelskauffrau jetzt gar nicht brauchen. Ihre Augen blitzten vor Wut, sie brüllte auf und ließ einen Schwall Schimpfworte aus dem Käfig, die der Namenlose unbewegt zur Kenntnis nahm. Das machte sie nur noch rasender. Sie versuchte, mit Fäusten auf ihn einzuschlagen. Das war bei den engen Platzverhältnissen gar nicht so leicht. Ödön versuchte zu schlichten.

»Härrschaften! Béruhigen Sie sich!«

Margret setzte sich schließlich, doch atmete sie schwer vor Wut. Am Himmel tauchte ein Gänsegeier-Pärchen auf, mit ihren rätschenden, keckernden Rufen und dem untrüglichen Gespür für Aas. Sie zogen ihre Kreise, kamen bis auf zwanzig Meter heran, drehten jedoch wieder ab, als sie bemerkten, dass noch Leben in der Felsnische war. Jetzt müsste man Zugang zum Internet haben, dachte Marco. Nachschauen, wie hoch Gänsegeier im Allgemeinen steigen. Recherchieren, wo genau sie beheimatet sind. Locklaute runterladen, anlocken. War nicht einer beringt gewesen? Marco kam eine vage Rettungsidee. Falls die Hubschrauber sie auch morgen nicht finden würden, dann wollte er den verrückten Einfall in die Tat umsetzen.

»Wir sollten den Dünser Karli bestatten«, schlug Margret vor. »Wir legen ihn an den Rand, sprechen ein Gebet und empfehlen ihn der Natur. Viele Bergvölker haben es früher so gehalten. Kein Mensch wird uns einen Vorwurf daraus machen.«

Niemand entgegnete etwas. Alle starrten auf den Dünser Karli. Durch sein Schweigen schien er die unabwendbare Vernünftigkeit von Margrets Vorschlag nur zu bestätigen.

»Wer ist dafür?«, fragte Marco schließlich.

Einer nach dem anderen hob die Hand. Es gab keine Gegenstimmen. Marco und Ödön zogen den wackeren Schreinermeister zum Rand der Felsnische.

»Wer spricht ein Gäbät, bevor wir es machen? Ich bin im sozialistischen Ostblock aufgewachsen. Ich weiß keins.«

Auch Marco zuckte mit den Schultern. Er beherrschte das Vaterunser, aber lediglich auf Rätoromanisch. Die graubündnerische Großmutter hatte das Bab noss immer bei Tisch gebetet. *Bab noss, ti che es en tschiel …* Doch weiter kam Marco nicht. Flüche hätte er viele gewusst auf Rätoromanisch. Aber Gebete …

»Wer kann das Vaterunser?«, fragte er.

»Ich kann es«, sagte Margret. »Aber ich finde es lächerlich, einfach so eine olle Schote herzubeten. Es muss etwas Beziehungsreiches sein. Etwas von der letzten Reise. – Was ist mit Ihnen, Herr Unbekannt? Nummer 116 auf der Weltrangliste! Finden Sie die passenden Worte? Ich meine, weil Sie doch sozusagen zur Elite gehören.«

Der Namenlose lächelte.

»Wir sollten, als Erinnerung an ihn, einen seiner Witze wiederholen. Das würde ihm gefallen.«

Die Nacht legte sich vollständig über die Berge. Vier verzweifelte Überlebende knieten vor einem Toten, der bequem auf dem Rücken zu liegen schien, die klare Nacht der Alpen über sich still und ergeben betrachtend.

»Ein schwerhöriger Geiger geht in der Wüste spazieren –«, begann Marco Zunterer, und er versuchte, einen pietätvollen, pfarrerhaften Ton in den Witz zu legen.

»Wieso *schwerhöriger* Geiger?«, unterbrach Margret. »Du hast die Pointe verdorben.«

»Es geht aber doch um einen schwerhörigen Geiger.«

»Nein, es geht um einen schwerhörigen Löwen.«

»Ein Geiger geht also in der Wüste spazieren. Da gerät er in eine Löwenherde –«

Der Witz ging seinen Gang, begleitet von der bitter lächelnden alpinen Trauergesellschaft. Die Pointe lag lange unergründlich in der Luft. Keiner lachte. Natürlich nicht. Erstens kannte den Witz schon jeder. Der Dünser Karli hatte ihn schon beim Ballonaufbauen erzählt. Und dann war niemandem zum Lachen zumute.

»Auf gehts!«

Sie griffen mit den Händen gleichzeitig an seinen kalten Körper und hoben ihn ein wenig an. Dann ließen sie ihn gleichzeitig wieder ab. Niemand hatte den Mut dazu.

»Ich muss hier weg«, sagte Ödön leise. »Ich halte es nicht mehr aus.«

Alle schwiegen.

Marco Zunterer legte sich auf den Rücken und betrachtete den Sternenhimmel. Der Mond war so hell, dass die gegenüberliegende Gebirgskette vollständig beleuchtet war. Er versuchte zu schlafen. Doch die Wucht des Firmaments blendete ihn. Schlagrahmwolken schwammen im schwarzen Nachtkaffee, die Sterne blitzten wie kleine Kandiszuckerchen, und als sich das lunare Riesenplätzchen dort oben selbst in die nebligen Schlagobersschwaden tunkte, da spürte Marco Zunterer den Zuckerentzug. Die letzten Pralinen hatte er vor zehn Stunden gegessen, der Schwall an Verlangen überkam ihn so heftig und plötzlich, dass er aufstöhnte. Er drehte sich um, um die nächtliche Landschaftspatisserie nicht mehr sehen zu müssen. Doch es nützte nichts. Er befand sich schon mitten im kalten Entzug. Sonderbar, sehr sonderbar, dass heute Nachmittag, als alle ihre Taschen geleert hatten, nichts Essbares zum Vorschein gekommen war. Hatte er nicht den Großkopferten am Vormittag im Ballon dabei beobachtet, wie er Bonbons aus der Tasche genommen hatte? Marco richtete sich langsam und zitternd auf. Er rutschte näher an ihn ran und griff dem Schlafenden vorsichtig in die Tasche. Ganz langsam schob er die Finger hinein, da spürte er auch schon eine Hand an der Schulter, die ihn zurückriss und zu Boden drückte. Ein Faustschlag ins Gesicht. Ein Tritt.

»Du Sau! Kameradenschwein! Verräter! Pralinensüchtling!«

Hände, die sich ineinanderknoteten, ein zähes Ringen ohne Sieger. Niemand sprach mehr etwas. Keiner konnte sich entziehen, alle vier waren in die drangvolle Rauferei verwickelt. Es gab Versuche, zu schlichten, auseinanderzuhalten. Sie waren jedoch nicht zu unterscheiden von dem stetigen Getrete und Gezerre. Keuchen, ungezielte Fußtritte. Plötzlich ein Rutschen, bröckelnde Steine, dann Stille. Der Dünser Karli war hinuntergestürzt. Jemand war in der engen Nische an ihn geraten und hatte ihn unabsichtlich weggedrückt. Alle setzen sich, schwer atmend vor Erschöpfung, auf und starrten auf die leere Stelle, wo der Biertraglträger bisher gelegen hatte. Lippen bewegten sich lautlos. Jeder dachte sich insgeheim ein plumpes, unbeholfenes Gebet aus.

»Amen«, sagte der Großkopferte.

»Schnauze, du Klugscheißer«, sagte Margret, noch völlig außer Atem.

Als sie am nächsten Tag aufwachten, waren sie nur noch zu dritt. Ödön, der Artist, ehemaliges Mitglied des ungarischen Staatszirkus, war verschwunden. Mit ihm das Döschen Magnesia. Die brüchige Landeleine hatte er ihnen zurückgelassen.

49

Nicole Schwattke, Hansjochen Becker und Maria Schmalfuß kamen vor den Kollegen am Haus der Trockenschlafs an. Die Außenbeleuchtung war angeschaltet, und man konnte auf den ersten Blick sehen, dass Architekten das Sagen gehabt hatten. Überall verspielte Verbauungen, markante Blickfangpunkte und unergründliche Symbolismen. Der gestalterische Wille war enorm, selbst dem Müllhäuschen war der Stempel des Bedeutungsvollen aufgedrückt worden. Die Lieblingsfarben der Trockenschlafs waren offensichtlich Ocker, Beige und sämtliche Mischungen davon. Die Pflastersteine der Garagenauffahrt waren im Ton von frisch gebrühtem Latte macchiato gehalten, die Hauswände zeigten sich eierschalengelb und waldhonigbraun, der Holzbalkon war reinstes Babykacka. Die Trockenschlafs schienen Ocker-Beige-Fetischisten zu sein.

»Wenn mans mag«, sagte Becker.

Nicoles Handy klingelte.

»Ich habe mich umgehört«, sagte Ostler. »War gar nicht so einfach, jetzt nach Feierabend. Und ich habe nicht das Allerbeste über Hoch & Tief erfahren. Früher soll es eine gute, solide Baufirma gewesen sein. Die alten Morawskis haben sie über Generationen aufgebaut, bis schließlich der Christian eingeheiratet hat. Ein paar Jahre ist es auch gut gelaufen, aber dann: riskante Auslandsinvestitionen, viel zu viele Projekte gleichzeitig, teure Hobbys, Pech mit zwielichtigen Partnern,

Rechnungen nicht bezahlt. Das ist natürlich alles nur ein G'red, nicht gerichtsverwertbar, aber es ist ein erster Eindruck. Wenn Sie mich fragen: Die beiden haben weit über ihre Verhältnisse gelebt. Die Schulden haben sich angehäuft, und jetzt steht die Baufirma kurz vor der Pleite.«

»Danke, Ostler, das ist schon einmal ein guter Anhaltspunkt.«

»Soll ich morgen bei der BaFin eine Abfrage starten?«

»Nein, kümmern Sie sich bitte zuerst um die Mordsache der Kollegin Weber.«

»Ja, das werde ich machen, Frau Kommissarin.«

Ein zweites Polizeiauto bog in die Einfahrt, Franz Hölleisen und ein weiterer Uniformierter sprangen heraus. Abgesehen davon, dass er das Pensionsalter eines Polizeibeamten längst überschritten hatte, konnte man bei näherer Betrachtung erkennen, dass dieser Mann alles andere als ein Polizist war. Die Körpersprache, dachte Maria, die Körpersprache stimmt nicht. Der Gang, der Habitus, der Blick, all das war irgendwie nicht staatstragend, so gar nicht dem Allgemeinwohl verpflichtet, eben alles in allem nicht polizeilich. Es war irgendwie zu locker.

»Es ist schön, die Chose einmal von der anderen Seite aus zu sehen«, sagte Dirschbiegel. Er nuschelte ein wenig, ansonsten war er wohlauf und bester Laune.

»Wie gut, dass ich aus meinen früheren Geschäften raus bin«, fuhr er fort. »Wenn ich mich in dieser Kluft sehe, dann hätte ich schon einige Ideen, was man damit alles anstellen könnte.«

»Wie gehts dem Zahn?«, fragte Maria.

»Dem Zahn – genauer gesagt dem Nicht-mehr-Zahn – gehts prächtig. Dieser Bader, bei dem ich gerade war, hat gute Arbeit geleistet.« Er grinste. »Eines muss ich schon sagen: Die Polizei hat wirklich kompetente Helfer!«

»Na gut, Herr Dirschbiegel«, sagte Nicole. »Dann ruhen Sie sich einmal ein wenig aus. Hier sind Sie sicher.«

Die Beamten zückten ihre Taschenlampen und durchsuchten das Gelände, Dirschbiegel trottete hinterdrein und befühlte dabei ab und zu die rechte Wange. Das Nelkenöl hatte Wirkung gezeigt, die Schmerzen waren fast vollständig verschwunden. Aber die Angst saß ihm weiterhin im Nacken. Wer waren die Auftraggeber des Mannes mit der Kombizange? Hing es mit einer seiner alten Unternehmungen zusammen? Aber Dirschbiegel hatte bei so vielen Brüchen, Überfällen und Raubzügen mitgemischt, sei es als Berater, Kundschafter oder aktiver Einbrecher, dass er sich beim besten Willen nicht mehr an alles erinnern konnte. Und so etwas wie ein Einbruchstagebuch (*3. März. Regnerisches Wetter. Villa Bergblick. Zwei echte Wotzgössels. Todesangst. Abends gefeiert.*) hatte er natürlich auch nicht geführt. Es musste sich um einen ehemaligen Kumpel handeln, der bei einer größeren Sache mitgemacht hatte und sich damals einen fetteren Anteil erhoffte. Aber eine gewaltsame Nachforderung nach so langer Zeit? Er hatte schon lange nicht mehr im Team gearbeitet, die ganzen letzten Jahre war er erfolgreich solo unterwegs gewesen. Dirschbiegel seufzte. Wenn er es sich recht überlegte, hätte er das schon von Anfang an so halten sollen.

Inzwischen hatten sich die Polizeibeamten auf der Terrasse des Bauunternehmerehepaars versammelt.

»Sehen Sie her«, sagte Becker, »hier haben die Täter eine Scheibe eingeschlagen. Deswegen können es schon einmal keine Profis gewesen sein. Eine Scheibe einzuschlagen ist viel zu riskant, zu laut, auch zu gefährlich. Profis hebeln ein Fenster auf. Sie stimmen mir doch zu, Herr Dirschbiegel?«

Dirschbiegel stand dicht neben dem Spurensicherer.

»Ja, da haben Sie wohl recht, Herr Becker. Alles deutet auf einen Gelegenheitsdieb hin. Wenn ich mir allerdings noch eine Bemerkung erlauben dürfte –«

»Sprechen Sie nur, Herr Dirschbiegel«, sagte Nicole.

»Es wäre natürlich auch möglich, dass es zwar ein Profi war, aber einer, der genau das verschleiern will. Und zwar aus gutem Grund. Richtige Profis gibt es nämlich nicht so viele.« Über Dirschbiegels Gesicht huschte ein kleines, stolzes Lächeln. »Richtige Profis haben eine eigene, markante Vorgehensweise, und die ist polizeibekannt. Wenn ein Bruch nach einem bestimmten Muster durchgeführt wird, arbeitet die Polizei natürlich ihre Liste der Verdächtigen ab. Da heißt es dann schnell: ›Aha, Kollegen: Dirschbiegel ist da gewesen!‹ Dirschbiegel nur mal so als Platzhalter. Also macht man es bewusst stümperhaft. Dann heißt es bei der Polizei: ›Aha, Beschaffungskriminalität!‹ Da lohnt die Suche nicht.«

Die Beamten horchten ihm interessiert zu. Das war nicht mehr der ängstliche Zufluchtsuchende von vorhin. Er war in seinem Metier. Und er kam deutlich in Schwung.

»Stellen Sie sich einen Kunstraub vor. Ein wertvoller Ölschinken sollte abgeholt werden. Ein Tiepolo. Tiepolo nur wieder so als Platzhalter. Wir gehen spurenlos rein und wären auch spurenlos wieder rausgegangen mit dem Schinken unterm Arm, da hält mich mein Kumpel auf.

›Weißt du eigentlich, was für ein Idiot das ist?‹, sagt er.

›Unser Auftraggeber?‹

›Nö, der, dem dieses Bild hier gehört. Ein korrupter Politiker, ein richtig mieses Stück. Wollen wir dem nicht einen Streich spielen?‹

Gesagt, getan. Wir haben dann die Scheibe von innen nach außen eingeschlagen, sodass er am Ende selbst wegen Versicherungsbetrug in Verdacht kam. Wir haben praktisch über die Nullspur noch eine saubere Fake-Spur gelegt.«

Hölleisen, Maria, Nicole und Becker hingen an den Lippen Dirschbiegels. Man muss dem Mann einfach zuhören, dachte Maria.

»Zurück zu unserem Fall«, sagte Nicole. »Ich hätte gerne, dass Sie sich auch drinnen umsehen«

Becker entfernte die Versiegelung, bald standen sie im Foyer des Hauses. Die Kunstdrucke an den Wänden zeigten Ocker-Felsen bei Roussillon, Ocker-Höhlenmalerei aus Lascaux und van Goghs ockrige Maisfelder. Stylisches Kunstgewerbe, jedoch nichts auf den ersten Blick besonders Wertvolles. Becker führte sie ins Wohnzimmer.

»Der Tresor hat sie anscheinend überhaupt nicht interessiert, es führen keine Spuren hierher. Wir haben ihn geöffnet, es waren ein paar Dokumente zu finden, aber keine Wertgegenstände. Wir haben den Boden mit einem speziellen Verfahren chemisch analysiert. Vielleicht war hier Schmuck aufbewahrt, dem relativ hohen Silbergehalt nach zu urteilen.«

Dirschbiegel hob verschmitzt lächelnd den Finger.

»Noch eine winzige Anmerkung vielleicht. Dass der Tresor völlig unberührt geblieben ist, das spricht wieder *gegen* Dilettanten. Ein Gelegenheitsdieb sucht als Erstes nach dem Tresor. Denn es kommt nicht selten vor, dass der sperrangelweit aufsteht. Oder dass ein Zettel mit der Kombination direkt daneben hängt. Oder dass die Kombination 123456 lautet, oder ABCDEF. Manchmal ist der Tresor auch so stümperhaft in die Wand eingelassen, dass man ihn leicht herausbrechen und mitnehmen kann. Aber auch als Profi würde ich zumindest einen Blick drauf werfen. Auch wenn man einen anderen Auftrag hat – so einen Beifang lässt man nicht liegen. Dass da gar niemand dran war, das finde ich irgendwie merkwürdig. Als Ermittler würde ich mir darüber Gedanken machen.«

»Lieber Herr Dirschbiegel«, sagte Becker lächelnd. »Wann wollen Sie bei uns in der Spurensicherung anfangen?«

Alle blickten nach draußen. Ein Taxi fuhr in die Einfahrt. Der Leitende Kriminalhauptkommissar Jennerwein stieg aus und kam rasch ins Haus gelaufen. Sein Vater fiel ihm natürlich als Erstes ins Auge.

»Was um alle Welt ist denn das?!«

Nicole Schwattke erzählte ihm in kurzen Worten von dem Überfall.

»Kompliment«, sagte er anerkennend. »Eine schnelle und flexible Lösung.« Seufzend fügte er hinzu: »Wenn auch ganz gegen die Vorschriften.«

»Wollen wir uns das Schlafzimmer mit den Koffern vornehmen?«, fragte Becker.

»Ja, zur Sache! Wir haben ohnehin schon so viel Zeit verloren.«

Die ausgeleerten Koffer hatten alle schon auf den Fotos gesehen. Jennerwein ließ seinen Blick durch das ganze Zimmer wandern. Seine besondere Begabung war es, aus jedem beliebigen Tableau das Außergewöhnliche, nicht Passende, Unregelmäßige herauszufiltern. Der große, begehbare Kleiderschrank (selbstredend in Goldocker) stand einen kleinen Spalt offen, auf dem Boden und auf dem Bett lagen acht oder neun Koffer in verschiedenen Größen herum. Kleidungsstücke, Wäsche und Unterwäsche waren dazwischen und darüber verstreut.

»Ich muss mir das also so vorstellen«, begann Jennerwein konzentriert, »dass jemand einbricht, zielstrebig ins Schlafzimmer eilt, weil er schon weiß, dass das, was er sucht, im Schrank versteckt ist. Er durchwühlt ihn, reißt Kleider, Wäsche und Koffer heraus, findet das Gesuchte, lässt alles andere so liegen – – – und schließt dann die Schiebetür des Kleiderschranks wieder sorgsam?«

»Stimmt, jetzt wo Sie es sagen, fällts mir auch auf, Chef«, sagte Hölleisen.

»Wenn ich noch eine Kleinigkeit beisteuern darf«, sagte Dirschbiegel, fast schüchtern. Er blickte Jennerwein fragend an, der nickte. »Wenn ich was im Kleiderschrank suche, dann nehme ich eine Hose heraus, greife in alle Hosentaschen, werfe die Hose, wenn ich nichts gefunden habe, in die Ecke. Dann nehme ich eine Jacke heraus, mache dasselbe mit ihr, und so weiter, und so weiter. Am Ende entsteht jedenfalls nicht solch ein Saustall, wie wir ihn hier sehen.«

»Was schließt du daraus?«, fragte Jennerwein.

»Hier wurde gar nichts gesucht.«

»Sondern?«

»Hier wurde etwas kaschiert.«

»Was aber kann man mit Unordnung kaschieren?«

»Ordnung. Die Klamotten waren vorher ordentlich zusammengelegt.«

»Woher weißt du das?«

»Das sieht man an den Knickfalten.«

»Wo befinden sich ordentlich zusammengelegte Klamotten?«

»Im Schrank.«

»Oder –?«

»– Im Koffer!«

»Aber was bedeutet das? Warum erst Koffer packen und dann wieder leeren?«

»Vielleicht wollte ja nur einer verreisen.«

»Und der andere –«

»– wollte es verhindern.«

»Oder einer von den Trockenschlafs hat dem anderen die Koffer hingestellt. Das sollten wir Ermittler aber nicht mitbekommen. Er oder sie hat es mit einem wilden Durchwühlen der Kleidung kaschiert. Die Koffer wieder auszupacken und wieder in den Schrank zu räumen –«

»– hätte viel zu viel Zeit in Anspruch genommen«, ergänzte Dirschbiegel.

Alle hatten das Pingpongspiel der beiden mit wachsender Faszination beobachtet. Toll, dachte Maria, ein wirklich eingespieltes Team. Da können wir ja noch was lernen. Ein wenig Eifersucht flammte auf.

»Sie meinen, wir haben es mit einem Ehedrama zu tun?«, fragte Nicole.

»Die Schlussfolgerungen überlasse ich der Polizei«, sagte Dirschbiegel und deutete auf den Kleiderhaufen. »Ich kann nur eines sagen: Nicht überall, wo Späne liegen, ist auch gehobelt worden.«

»Karl Walentin?«

»Ffffalentin!«, verbesserte Hölleisen mit Nachdruck. »Aber eines verstehe ich nicht: Wie passt jetzt ein Ehedrama zu dem verschwundenen Ballon?«

Die Dante'sche Hölle ist ein in neun konzentrischen Kreisen angeordneter Krater. In der Vorhölle drängen sich die Gleichgültigen und Wertlosen, die weder Himmel noch Hölle aufnehmen will. In der Liebeshölle werden die Sünder aus Leidenschaft von furchtbaren Orkanen gepeitscht. Im dritten Höllenkreis stecken die Gefräßigen und Unmäßigen bis zum Hals in Kot und Unrat. Im vierten Höllenkreis wälzen Geizige und Verschwender heulend und wehklagend riesige Steine durch die Gegend. Und es wird immer schlimmer mit den Sünden und den dafür vorgesehenen beziehungsreichen Strafen: Im fünften Höllenkreis, im Stygischen Sumpf, zerfleischen sich die Jähzornigen gegenseitig. Im sechsten Höllenkreis schreien die von der Kirche Geächteten im ewigen Feuer. Im siebenten Höllenkreis lungern Tyrannen, Mörder, Straßenräuber, Gotteslästerer und Wucherer herum. Im achten Höllenkreis herrscht die ewige Nacht. Hier tappen Verführer, bestechliche Beamte, Heuchler und Diebe, böse Ratgeber und hinterlistige Fälscher durchs Dunkel. Im neunten Höllenkreis ist die Eishölle: Hier leiden die Verräter, Bruder-, Massen- und Vatermörder. Und im tiefsten Inneren dieses neunten Höllenkreises liegt schließlich, gefesselt in einem unvorstellbar schauerlichen Kerker, mit siedendem Öl übergossen, jeden Tag mit sieben anderen Martern gequält, der unglücklichste aller Missetäter. Es ist derjenige, der die Ehe erfunden hat.

50

... alles deine Schuld ... keinen Tag länger mit dir ... brauchst gar nicht so blöd ... Schnauze endgültig voll ...

»Es war ein richtig hässlicher Ehestreit, der da ablief.«

»Sonderbar, ich habe davon nichts mitbekommen.«

»Die beiden haben sich flüsternd angefaucht, und ich war ja wesentlich näher dran als du. Ich habe aber auch nur ein paar Gesprächsfetzen aufgeschnappt: *... deine ständigen Ausflüchte ... Schlussstrich ... glaubst du, ich habe davon nichts gewusst?* ... Eigentlich das Übliche. Ich habe, so gut es ging, weggehört, ich wollte es gar nicht so genau wissen. Das war unmittelbar vor der Explosion.«

Margret Hahn und Marco Zunterer saßen am Morgen des zweiten Tages frierend und zitternd in der nasskalten Felsnische. Trübes Schmelzwasser plätscherte die Felswand herunter, in unregelmäßigen Abständen pfiff ein eisiger, bösartiger Oktoberwind. Sie hatten eben erst entdeckt, dass Ödön seinen verrückten Plan wahrgemacht und abgestiegen war. Es gab zudem immer noch keinerlei Anzeichen von Hubschraubern am Himmel. Die Lage schien hoffnungslos.

... falsches Spiel, das du treibst ... kann deine Visage nicht mehr sehen ... Koffer bereits gepackt ...

»Wer war der Aggressivere: er oder sie?«

»Keine Ahnung, der Streit ging hin und her, es war ein undefinierbares Gezischel und Geflüster. Jedenfalls war ich stinkesauer. Erst die Sache mit dir, für die ich mich dann doch sehr geschämt habe, und dann gleich die nächste üble Auseinandersetzung.«

Den ganzen gestrigen Tag war nicht darüber gesprochen worden, was eigentlich zu diesem Ballonunfall geführt und wer ihn verursacht hatte. Solche Spekulationen hätte Marco in den ersten Stunden auch nicht zugelassen. Es ging ums nackte Überleben, Schuldzuweisungen waren da fehl am Platz. Einzelkämpferausbildung, Überlebenstraining: Keinen Gedanken daran verschwenden, wie und warum man in diese missliche Lage geraten ist, sondern alle Gedanken auf die Rettung bündeln. Jetzt aber hatte sich das *Warum?* wie von alleine zwischen die beiden gedrängt. Der Namenlose schlief, nur ab und zu öffnete er die Augen einen winzigen Spalt. Marco kämpfte überdies gegen sein Zuckerdelir. Er war jetzt schon zwanzig Stunden auf Entzug, für ein Stückchen billigste Schokolade hätte er momentan alles gegeben. Jede Möglichkeit, nicht an Süßes zu denken, war ihm willkommen. Also konzentrierte er sich auf die Frage, wer den Absturz verursacht hatte. Dann kam wieder ein Gänsegeierpärchen in Sicht. Vielleicht war es dasselbe wie gestern.

»Was sind das für Vögel?«, fragte Margret.

»Adler«, log Marco. »Wahrscheinlich Tiroler Steinadler. Ganz liebe Tiere. Vielleicht haben wir ihnen den Nistplatz weggenommen.«

… die ganzen Jahre nichts als Lügen … leere Versprechungen … Vertrauen missbraucht …

Plötzlich fuhren beide hoch. Marco legte den Zeigefinger auf den Mund und machte Zeichen, auf eventuelle Geräusche in der Ferne zu lauschen. War dort nicht Motorenlärm zu hören? Da, schon wieder! Sie versuchten, sich zu konzentrieren. Dann suchten sie den Himmel Zentimeter für Zentimeter ab. Margret zog schließlich ihre Jacke aus und schwenkte sie in der Luft. Schließlich zwangen sie ihre Muskelkrämpfe, damit aufzuhören. Dann lauschten sie wieder. Nichts. Kein Laut.

»Die Hubschrauber werden uns im Lauf des Tages finden«, sagte Marco mit einem zuversichtlichen Leuchten in den Augen, von dem er selbst nicht wusste, wo er es hernahm.

»Da bist du dir ganz sicher?«

»Ja. Die Bergwacht hat ihre Routine bei solchen Suchaktionen. Das sind Jungs, die nicht aufgeben. Ich habe in meiner Bundeswehrzeit öfter solche Einsätze geflogen.« Er deutete mit dem Daumen hinter sich, auf den Schlafenden. »Und dann haben wir auch noch ihn hier. Er ist unsere Lebensversicherung.«

Margret zog die Augenbrauen fragend in die Höhe. »Seine Firma, seine Familie, seine politischen Freunde, was weiß ich –, die setzen sicher gerade Himmel und Hölle in Bewegung, um ihn zu finden.«

»Hast du denn eine Ahnung, wer er ist?«, flüsterte Margret.

»Nein, das interessiert mich auch nicht mehr«, entgegnete Marco. »Mich interessiert nur noch eins: So schnell als möglich von hier wegzukommen.« Nach einer Pause setzte er hinzu: »Und das möglichst lebend.«

Ein winzig kleines, bitteres Lächeln erschien auf Margrets Gesicht. Sie musste an den verrückten Ungarn denken.

»Ich hoffe, dass er noch irgendwo in der Wand hängt. Ich stelle mir gerade vor, wie er elegant und mit tausend Pirouetten ins rettende Tal hinunterklettert. Und unten verbeugt er sich artig vor den klatschenden Zuschauern.«

»Ich gebe ihm ehrlich gesagt keine große Chance.«

Margret nickte.

Der Namenlose schlief immer noch, sie betrachtete ihn eingehend.

»Du meinst also, dass dieser Großkotz hier überhaupt nichts mit dem Unfall zu tun hat? Dass er gar nicht Ziel des Angriffs war?«

»Zunächst bin ich schon davon ausgegangen, dass es wegen ihm passiert ist. Aber jetzt glaube ich das nicht mehr. Mein Verdacht geht in eine andere Richtung. Auch ich habe nämlich etwas beobachtet. Ich hatte es schon wieder vergessen, aber jetzt, wo du von dem Ehestreit erzählt hast, ist es mir wieder eingefallen. Es muss so etwa zehn Minuten vor dem Unfall gewesen sein. Ich habe gerade die Instrumente kontrolliert und mich dabei über eine der Trennwände gebeugt, da ist mein Blick auf einen Rucksack gefallen, der am Boden lag. Er war halb geöffnet, und ein Stofffetzen hing heraus. Es handelte sich um ziemlich dicken Stoff, so etwas wie eine Zeltplane oder einen Regenumhang. Dann habe ich das Firmenlogo gesehen. Es war eine Fachfirma für Militärtextilien. Ich war fünf Jahre bei der Truppe, ich hätte es sofort checken müssen. Es war ein Fallschirm, der in diesem Rucksack steckte. Und eine Frage hätte ich mir sofort stellen müssen: Warum nehmen die bei einem kurzen Ballonausflug einen Fallschirm mit? Vor allem, wenn die angeblich so ängstlich sind? Deine und meine Geschichte passen irgendwie zusammen. Ich glaube, dass wir die ganze Katastrophe dem Ehepaar Trockenschlaf zu verdanken haben. Meine Theorie: Nachdem der Ballon eine bestimmte Höhe erreicht hat –«

»– sind sie mit dem Fallschirm aus dem Korb gesprungen und sicher auf einer Wiese in der Umgebung von Hammersbach gelandet. Der Heißluftballon aber ist kurz nach dem Absprung mit einer Fernzündung zur Explosion gebracht worden. Ein scharfer Nordwind – und die Überreste waren über eine Fläche in der Größe des Saarlandes verteilt. Eine perfekte Möglichkeit, spurlos zu verschwinden und woanders neu und unverschuldet anzufangen!«

Kommissar Jennerwein blickte sich im Kreis der Teammitglieder um und sah einen nach dem anderen an.

»Das wäre in der Tat ein perfektes Verbrechen«, stellte Nicole fast anerkennend fest. »Vor allem, wenn die eigene Firma vor dem Aus steht.«

»Warum aber sind sie nochmals zurückgekommen?«, fragte Hölleisen. »Wollten sie noch ihr Geld holen? Das wäre aber ganz schön riskant.«

»Erstens das«, überlegte Maria. »Außerdem brauchen sie deswegen doch ihr Haus nicht zu verwüsten.«

... deinen Krempel kannst du heute Abend noch abholen ... ich habe alles zusammengepackt ... vergiss es, ich betrete dieses Haus nie wieder ... dann werfe ich es weg ... mir doch egal ...

Margret nickte.

»So könnte es gewesen sein. Wahnsinn! Nur damit die ein neues Leben beginnen können, sollten wir sterben!«

Dann schwiegen sie wieder. Kein Hubschrauber, kein Motorengeräusch. Nichts.

»Wenn ich es mir recht überlege, glaube ich jedoch nicht, dass das Ehepaar gemeinsam abgesprungen ist«, sagte Jennerwein. »Schauen Sie doch: Das sind nur Männerklamotten, die hier verstreut herumliegen. Ist denn nicht Folgendes wahrscheinlicher: Sie hat entdeckt, dass er die Firma an die Wand gefahren hat, sie wollte ihn rauswerfen, hat seine Koffer auch schon gepackt. Was sie aber nicht wusste: Er wollte sie genau zu diesem Zeitpunkt durch die Ballonexplosion beseitigen, alleine abspringen und noch einmal von vorn beginnen. Ausgerechnet während der Ballonfahrt sagt sie ihm, dass es aus ist. Und dass seine Koffer schon gepackt im Haus stehen. Er führt seinen Plan trotzdem durch, sprengt den Ballon und springt ab. Aber jetzt muss er die Spuren im Haus beseitigen. Deswegen fingiert er den Einbruch. Dann sucht er das Weite.«

»Nicht schlecht, Chef«, sagte Becker. »Das scheint mir alles genau zusammenzupassen. Auf dem Glastisch hat vermutlich ein Brief von ihr gelegen. Den hat er wohl auch entfernt.«

»Ein Profi war das sicher nicht«, sagte Dirschbiegel halblaut.

»Er ist jedenfalls über alle Berge«, stellte Nicole fest. »Er hat sechsunddreißig Stunden Vorsprung.«

»Und er hat wahrscheinlich das Konto leergeräumt, um irgendwo eine neue Existenz aufzubauen«, fügte Hölleisen hinzu.

»Das glaube ich nicht«, widersprach Nicole. »Wenn er das letzte Geld aus der Firma gezogen hätte, dann hätte er ja den Verdacht geradewegs auf sich gelenkt.«

Dirschbiegel wiegte den Kopf und machte ein jungenhaftes Gesicht. Damit ist er durchs Leben gekommen, dachte Maria. Mit einem jungenhaften Gesicht und einem superseriösen Auftreten.

»Wenn ich dazu nochmals eine klitzekleine Anmerkung machen dürfte –«

Bevor er weiterreden konnte, ertönte draußen eine grelle mehrstimmige Hupe. Eine Limousine war in die Einfahrt gebogen, der geschniegelte Maßanzugträger mit den ondulierten Haaren sprang heraus.

»Kann ich nochmals Kommissar Jennerwein sprechen?«, rief er hinauf. »Es ist sehr wichtig.«

»Diesmal will ich kein Geld von Ihnen sehen«, sagte Jennerwein, als er unten angekommen war. »Ich habe mein Team angewiesen, Sie vom Fenster aus zu beobachten. Also, was gibts?«

»Ich wollte Sie bloß informieren, dass wir inzwischen zehn zusätzliche Hubschrauber im Einsatz haben, die nach dem Ballon oder nach den Resten des Ballons suchen.«

»Haben Sie inzwischen irgendwelche Spuren?«

»Nein, leider nicht. Ich lasse Sie sofort wissen, wenn wir was gefunden haben. Wir stellen alle Informationen zur Verfügung. Ich finde, wir sollten zusammenarbeiten. Im Gegenzug vergessen Sie mein – Trinkgeld.«

»Nein, ich vergesse Ihr Trinkgeld erst dann, wenn Sie mir die Namen der beiden Männer sagen, die mit an Bord waren. Ich muss das wissen, und ich verspreche Ihnen, dass es unter uns bleibt.«

Der Geschniegelte nickte. Alle Teammitglieder beobachteten die Szene, Maria Schmalfuß sah besonders genau hin. Hubertus machte gerade eine entschiedene, drängende Geste, so etwas wie eine Aufforderung. Der Geschniegelte beugte sich leicht vor, als ob er dem Kommissar etwas anvertrauen wollte. Daraufhin schüttelte Hubertus verwundert und erstaunt den Kopf. Der Geschniegelte nickte bestätigend. Die beiden trennten sich.

»Er hat Ihnen den Namen seines Chefs genannt, nicht wahr, Hubertus?«, fragte Maria, als Jennerwein wieder zurück war.

»Ja, das hat er.«

»Und, wer ist es dann?«, fragte Hölleisen neugierig. »Der amerikanische Präsident? Der Papst?«

»Ich habe ihm versprochen, es für mich zu behalten. Für unsere Ermittlungen spielt es auch gar keine Rolle, wer das ist. Wir suchen nicht diesen Mann, sondern den, der den Ballon zum Absturz gebracht hat. Auch wenn die Bergwacht und unsere neuen Helfer immer noch nach dem Ballon suchen – wir müssen damit rechnen, dass alle Insassen tot sind.«

… werde morgen gleich zum Rechtsanwalt … wirst schon sehen, Freundchen … Rechnung ohne den Wirt … was tust du da?! … was ist das für Zeugs in deinem Rucksack? …

Ein Pressluftbohrer schrieb die Worte von innen in seinen Schädel. Christian Trockenschlaf gingen die letzten Worte von Katharina nicht mehr aus dem Kopf. Sie summten in seinen Ohren, sie dröhnten wie Kirchenglocken, sie hämmerten immer lauter auf ihn ein. Er schüttelte sich, er lief schneller, er konzentrierte sich auf sein Ziel. Aber die Worte waren immer noch da, genauso wie die gewaltige Explosion. Er hatte den ohrenbetäubenden Knall direkt über sich gehört, kurz nach seinem Absprung. Aber jetzt fegte die Erleichterung alle bösen Geister, die ihn plagten, mit einem Mal weg. Beinahe wäre alles schiefgegangen durch Katharinas Rauswurf. Er hatte improvisieren müssen. Aber das war ihm gut gelungen. Da vorne stand sein Fluchtauto, unauffällig zwischen anderen Wagen geparkt. Die Tür zu einem neuen Leben stand nun doch sperrangelweit auf. Als er am Auto angelangt war, sah er sich lange und sorgfältig um, ob ihm auch wirklich niemand gefolgt war. Alles in Ordnung, alles nach Plan. Er öffnete die Tür, nahm eine große Mülltüte heraus und schüttelte sie auf. Er hatte vor, alles hineinzuwerfen, was er später endgültig entsorgen wollte. Seine Kleidung. Die Werkzeuge, mit denen er gestern gleich nach dem Absprung den Fallschirm vergraben hatte. Den Abschiedsbrief von Katharina. Den Rucksack. Als er den ockerbeigen Lederrucksack von Valentino in die Mülltüte stopfen wollte, zögerte er. Ihm fielen die Zündschläuche mit dem Sprengstoff ein, die immer noch im Rucksack lagen. Das war auch eine kleine Panne gewesen. In der Eile hatte er gestern im Heißluftballon nur vier von den sechs Zündschläuchen herausgenommen. Aber es hatte trotzdem funktioniert. Sollte er die unbenützten Zündschläuche ebenfalls entsorgen? Aber was schadete es, sie mitzunehmen? Vielleicht brauchte er nochmals Sprengstoff. Er steckte die kleinen, unscheinbaren Schläuche in die Jackentasche. Dann öffnete er den Kofferraum und prüfte nach, ob alles an seinem Platz war. Er blickte auf die Uhr. Er würde rechtzeitig zum vereinbarten Treffpunkt gelangen. Alles lief nach Plan.

»Also, Herr Dirschbiegel, was wollten Sie sagen?«

»Ganz einfach«, erwiderte dieser. »Ich habe einige interessante Beobachtungen gemacht. Ich habe im Kleiderschrank und auf einem der Fotos, die in der Diele hängen, etwas sehr Außergewöhnliches gesehen. Dann hat Herr Becker eine recht aufschlussreiche Bemerkung gemacht. Schließlich liegt eine allgemeine politische Tendenz in der Luft, nämlich die, das Bargeld abzuschaffen. Das alles zusammen führt uns zu diesem Christian Trockenschlaf. Ich glaube, ich kenne seine nächsten Schritte. Und ich weiß, wo er sich zur Zeit –«

Dirschbiegel wurde schon wieder unterbrochen, diesmal vom Klingeln des Telefons.

»Wer? – Stengele? – Einen Schlag auf den Kopf? – Er ist verletzt? – Wie geht es ihm?«

... werde morgen gleich zum Rechtsanwalt ... wirst schon sehen, Freundchen ... Rechnung ohne den Wirt ... was tust du da?! ... was ist das für Zeugs in deinem Rucksack? ...

Margret bekam die Worte, die sie gehört hatte, nicht mehr aus dem Kopf. Sie verbarg das Gesicht in den Händen und weinte. Dann spürte sie einen kräftigen Schlag auf der Schulter. Sie schreckte auf. Marco packte sie an den Armen und riss sie hoch.

»Ein Hubschrauber! Steh auf und sieh ihn dir an! Er kommt direkt auf uns zugeflogen!«

Ein irres Glitzern erschien in Marcos Augen. Höhenkoller. Er war durchgedreht! Doch da stieg ein schwarzer Helikopter mit dem Logo eines großen Getränkeherstellers über der Felsnadel auf. Die Motorengeräusche verschluckten alles.

51

Ein großer feuchter Schwamm fuhr ihm übers Gesicht. Er war warm, rau und roch nach Essig. Stengele öffnete die Augen. Es war kein Schwamm. Quasi leckte ihm gerade die Stirn ab, Ostler stand daneben.

»Gott sei Dank, der Hund hat Sie gefunden!«, rief er. »Er hat so komisch gebellt. Dann hat er mich zu Ihnen geführt. Gehts Ihnen gut?«

Stengele griff sich an den Hinterkopf.

»Ein sauberer Schlag mit einem Stein«, knurrte er. »Das nehme ich persönlich.«

»Sollen wir ins Krankenhaus – ?«

»Fährt ein Boxer ins Krankenhaus, wenn er zu Boden geht? Nein, er steht wieder auf.«

Der Sogenannte Hund leckte ihm immer noch im Gesicht herum.

»Es ist gut, Quasi«, sagte Stengele. »Bist schon bald ein echter Polizeihund.«

Drüben im Revier klebte ihm Ostler ein Pflaster auf die Platzwunde, schlang einen Kopfverband drum herum, und schon bald war Stengele wieder obenauf.

»Wo ist Dirschbiegel jetzt?«

»Im Haus der Trockenschlafs, mit dem restlichen Team.«

»Dann ist er ja in Sicherheit. Ich muss mir was überlegen, wie ich den Pflastersteinwerfer anlocken könnte.«

»Wir sollten doch zunächst einmal den aktuellen –«

Stengele deutete auf seinen Hinterkopf.

»Das ist jetzt mein aktueller Fall. Und noch kann ich den Täter erwischen.«

In der Ferne, vom Skistadion her, ertönte eine Lautsprecherdurchsage, die auf ein Wahnsinnsevent in der Itzi-Bitzy-Jaagerteehütte oder so ähnlich hinwies, man konnte es nicht so genau verstehen. Stengele sprang auf.

»Ich habe eine Idee.«

»Wo wollen Sie hin?«

»Ich bin über Funk zu erreichen, Ostler.«

Der Allgäuer lief Richtung Skistadion. Sein Hinterkopf schmerzte. Das spornte ihn nur an. Als er um die Ecke bog, erblickte er den Lautsprecherwagen, der langsam durch die Straßen fuhr. Aus den Billiglautsprechern dröhnte noch billigere Musik, die Leute, die ganz nahe standen, hielten sich die Ohren zu. Ein Sprecher unterbrach mit blecherner Stimme das Getöse:

»Achtung, Achtung! Morgen 20.00 Uhr, im Itzi Bitzy, das Wahnsinnsevent …«

Der Lautsprecherwagen hielt an einer Ampel, Stengele spurtete hin und hielt seine Dienstmarke an die Scheibe. Der Fahrer kurbelte herunter:

»Was wollen Sie denn, ich habe eine Erlaubnis –«

»Laufende Ermittlungen. Ich bräuchte den Wagen bloß ein paar Minuten.«

Wenig später fuhr ein Lautsprecherwagen durch das Zentrum des Kurorts, zwischen Polizeistation und Kongresshaus, diesmal ohne Trennmusik, sondern gleich mit Text. Dem kundigen Hörer wäre der Allgäuer Dialekt sofort aufgefallen:

»Achtung, Achtung, hier spricht die Polizei. Wir laden

herzlich zu dem Vortrag ›Trickdiebstahl und wie Sie sich davor schützen‹ ein. Großer Saal des Kongresshauses. Referent ist der international anerkannte Experte Dirschbiegel. – Achtung, Achtung, hier spricht die Polizei. In einer halben Stunde –«

Der Mann, den sie den Zahnarzt nannten, rieb sich das schmerzende Auge. Polyphem spürte immer noch die Nachwirkungen des Pfeffersprayangriffs. Doch er wollte den Job erledigen, sein Auftraggeber hatte eine Menge Kohle dafür springen lassen, diesen Dirschbiegel weichzuklopfen. Er beobachtete immer noch das Polizeirevier. Momentan kam er nicht an ihn ran, viel zu viel Polizei drum herum. Jetzt wusste er auch, weswegen der Typ unter Polizeischutz stand. Der hielt einen Vortrag bei diesem komischen Präventions-Treffen, das im Kongresshaus stattfand. Er war schon ein paarmal hier im Kurort gewesen, Jobs erledigen oder nur Urlaub machen. Das Kongresshaus kannte er, das war schön verwinkelt, und es gab mehrere Eingänge. Er musste nur irgendwie sein Aussehen verändern.

Er betrat das Gebäude durch den Hintereingang, die Gänge waren menschenleer, alle waren wohl vorn in der Lobby oder schon im Saal. Eine kleine schmutzige Tür mit dem Schild *Nur für Personal* fiel ihm ins Auge. Volltreffer: Er fand einen Blaumann mit der Aufschrift *Technischer Dienst*, auch einen eisernen, abgeschabten Werkzeugkoffer. Er nahm eine Kombizange heraus und steckte sie in die Brusttasche des Blaumanns. Er ging ins Foyer, in dem einzelne Grüppchen zusammenstanden, und sah sich unauffällig nach seinem Opfer um. Keine Spur von Dirschbiegel. Lauter Polizeibeamte. Dem Zahnarzt wurde fast übel. Es war auf die Dauer zu gefährlich, sich hier herumzutreiben. Er stieg eine Treppe hinauf und noch eine. Eine angelehnte Leiter, die auf den Dachboden führte. Er stellte den Werkzeugkasten ab und stieg hinauf. Er kroch in die Mitte des Dachbodens. Er war jetzt über der Bühne des Vortragssaals. Perfekt. Er löste eines der morschen Bretter und sah hinunter. Die Zuhörer strömten in den Saal. So viele Bullen auf einem Haufen, unglaublich. Und kein Dirschbiegel weit und breit. Auch die Referentin, die jetzt auf die Bühne kam, war alles andere als Dirschbiegel. Es war eine kleine Person mit einer unfassbar leisen Stimme. Sie sagte etwas, aber er verstand es nicht. Sie schrieb etwas ans Whiteboard, aber er konnte es nicht entziffern. Irgendetwas mit Gewalt, und wie man sie vermeiden konnte. Er beugte sich vor, um besser sehen zu können. Da rutschte die Kombizange aus seiner Brusttasche, polterte auf die Abdeckplatte, schlidderte durch den Spalt und fiel hinunter in den Saal, direkt vor die Referentin mit der leisen Stimme. Fünfhundert Polizisten blickten nach oben.

Die Vortäuschung amtlicher Eigenschaft oder einer sonstigen Befugnis

Sie kommen angeblich von den Elektrizitäts-, Gas- oder Wasserwerken, von der Hausverwaltung, von der Kirche, von der Krankenkasse, von der Rentenversicherung, von der Post, vom Sozialamt – und immer wieder gerne von der Polizei.

»Es ist die neueste Masche von Trickbetrügern, sich als öffentliche Personen oder Amtsträger auszugeben«, verrät mir Hauptkommissar Edgar Stubenrauch vom Diebstahlsdezernat. Sein elegant körpernah geschnittenes Jackett ist in herbstlichen Cognactönen gehalten. Ich hätte nicht gedacht, dass sich Polizisten so lifestylig kleiden. Ich schreibe einen Artikel für die Vogue, als neugierige Journalistin will ich natürlich Beispiele für diese neuesten ›Maschen‹ wissen.

»Beispiele? Die gibt es mehr als genug«, versetzt Stubenrauch lachend. »Da haben wir zunächst einmal den beliebten *Falschen Zivilfahnder*, der Ihr Auto auf der Straße anhält, um es für einen angeblichen Sondereinsatz auszuleihen.«

Ich mache mir Notizen. Wir haben uns in einer belebten Geschäfts- und Einkaufsstraße getroffen. Ich werfe einen Blick in die neuen Winterauslagen von Burberry und Dior. Tolle Farben, schicke Schnitte – meine innerliche Wishlist füllt sich.

»Dann gibt es die gefakte *Allgemeine Personenkontrolle* auf dem Bürgersteig«, fährt Stubenrauch fort. »Der Kontrolleur erzählt Ihnen etwas von einem flüchtigen Täter, währenddessen greift er in aller Ruhe in Ihre Tasche, um nach der angeblichen Beute zu suchen.«

»Es müssen aber nicht immer Amtspersonen sein?«

»Aber nein, es müssen nur solche mit irgendeiner Befugnis sein.«

Wir kommen an der Promenade eines dicht besetzten Straßencafés vorüber. Der Sommer ist perdu, im kalten Herbstwetter sehe ich viele aufwändig verzierte Ankle Boots und Lederjacken in Schwarz – das ist Retro-Punk auf höchstem Niveau.

»Sehen Sie dort«, erläutert Kommissar Stubenrauch. »Der oft inszenierte *Falsche Ober* hätte es hier ganz leicht, einen Tisch nach dem anderen abzukassieren. Sie kennen ja das Sprichwort: Ein Dieb ist ein auf den Kopf gestellter Kellner.«

Ich bin beeindruckt. Mein Handy klingelt.

»Was gibts?«, frage ich.

»Diebstahlsdezernat Sechs. Herr Kommissar Stubenrauch verspätet sich leider ein paar Minuten.«

»Wie bitte? Aber Kommissar Stubenrauch ist doch schon –«

Ich drehe mich um, der Mann, der mir all diese Trickdiebereien so anschaulich erklärt hat, ist verschwunden. Mit ihm meine sündteure Facchinetti-Handtasche, meine Geldbörse und der Schlüsselbund. Ich suche nach meinem Auto, es steht nicht mehr da, wo ich es geparkt habe. Zu Hause angekommen, klingle ich bei meinem Nachbarn, der den Ersatzschlüssel hat. Ich ahne es schon: Die Wohnung ist vollkommen leergeräumt. Das Bankkonto ebenfalls, wie sich später herausstellt. Meine Jimmy Choos! Und mein Kate-Moss-Autogramm! O my god! Mein Barcelona-Bag von der London Fashion Week! Ich muss in Zukunft bei Amtspersonen wirklich besser aufpassen.

(Quelle: Vogue, Sonderheft, Mein erster Tag im neuen Beruf)

52

»Wie bitte? Stengele ist verletzt?«

»Ja, nur eine Platzwunde, ein Kratzer, eine Beule, nichts weiter. Der Quasi hat ihn aufgespürt, sonst läge der Kommissar jetzt noch drüben zwischen den halbfertigen Grabsteinen. Jedenfalls geht es ihm so gut, dass er schon wieder unterwegs ist.«

Hölleisen hatte sein Mobilfunkgerät auf laut gestellt, alle konnten Ostlers Bericht mithören. Auch Dirschbiegel. Der vor allem.

»Was macht er denn schon wieder unterwegs, unser Allgäuer?«, fragte Nicole.

»Ehrlich gesagt weiß ich das nicht so genau. Er hat mir bloß gesagt, dass er dem Täter auf der Spur ist.«

Jennerwein schaltete sich ein.

»Ostler, wir haben es bei diesem Zahnarzt mit einem der gefürchtetsten Geldeintreiber der Szene zu tun. Es ist wohl schon zu spät, um Stengele zu sagen, dass er äußerst vorsichtig sein soll.«

»Dazu ist es doch bei Stengele immer zu spät. Aber machen Sie sich keine Sorgen, der hat so einen entschlossenen Gesichtsausdruck draufgehabt. Ich glaube, er hat einen guten Plan, der beißt sich schon durch.«

»Wenn Sie meinen.«

»Ich habe übrigens mit der Kollegin Weber gesprochen. Das ist die Kommissarin, die in dem Mordfall der Rechtsanwältin Josepha Weidinger ermittelt. Eine reichlich undurchsichtige Geschichte, das muss ich schon sagen!«

Sie standen immer noch vor den geöffneten Koffern von Christian Trockenschlaf. Dirschbiegel war geschockt. Seine Rechtsanwältin, die szenebekannte Bavaria, war ermordet worden? Das war ja entsetzlich! Er versuchte, sein Erschrecken zu verbergen, indem er sich unauffällig abwandte – bei dieser spindeldürren Psychologin wusste man ja nie. Er betrachtete einige ockerfarbene Kunstdrucke an der Schlafzimmerwand und tat so, als ob er höflich weghören würde. Polizistenkram, ging ihn ja nichts an.

»Der Mord ist vorgestern geschehen«, tönte Ostlers Stimme aus dem Handy. »Heute hat eine verdächtige Frau direkt am Tatort angerufen, hat prompt Kommissarin Weber an die Strippe bekommen und sich dabei um Kopf und Kragen geredet. Der Anruf wurde zurückverfolgt. Die Frau wurde gefasst. Mitten auf einem Parkplatz. In der Folge hat es einen Verletzten gegeben, zwei total demolierte Autos und einen Großeinsatz des SEK. Wie alles genau zusammenhängt, hat die Kollegin Weber noch nicht rausgebracht. Da gibt es zum Beispiel die widersprüchlichen Aussagen von dieser Frau, die angeblich von einem blutverschmierten Rentner bedroht worden wäre, der sie gezwungen hätte, am Tatort anzurufen. Vielleicht spinnt die Frau auch ein bisschen. Sie wird gerade verhört.«

Dirschbiegel staunte nicht schlecht. Die nette junge Dame, die ihm freundlicherweise das Auto geliehen hatte – die hatten sie festgenommen? Aber wieso hatte seine Retterin in der Not etwas mit Bavaria zu tun? Ach so, klar: Er selbst hatte ihr die Nummer gegeben. Vielleicht war später noch Zeit, diese Sache aufzuklären. Noch wusste ja offensichtlich niemand, dass er den nagelneuen BMW i8 zu Schrott gefahren hatte.

»Die junge Frau heißt Elke Aschenbrenner«, fuhr Ostler fort. »Sie hat eine genaue Beschreibung des Mannes geliefert, der sie überfallen hat. Trotz seiner Verletzungen und seiner zerrissenen Kleidung soll er eine gepflegte Erscheinung in reiferen Jahren gewesen sein. Eins fünfundsiebzig groß, sorgfältig geschnittene, graumelierte Haare, glatt rasiert, sauber geputzte Schuhe.«

Dirschbiegel drehte sich wieder um. Er hatte den Eindruck, dass ihn alle Polizisten anstarrten oder wenigstens kritisch beäugten.

»Komisch«, sagte Jennerwein. »Der würde ja dann genauso aussehen wie du. Du hast uns diesen Zahnarzt aber doch ganz anders beschrieben! Jünger, größer, nicht so gepflegt. Was stimmt jetzt?«

Dirschbiegel zuckte die Schultern.

»Manche Zeugen sind eben unzuverlässig.«

Jennerwein machte eine unwirsche Handbewegung und sprach in Hölleisens Mobiltelefon.

»Ostler, lassen Sie sich bitte laufend über den aktuellen Ermittlungsstand informieren. Wir müssen uns hier um unseren Fall kümmern.«

»Geht klar, Chef.«

Jennerwein wandte sich an Hansjochen Becker.

»Sie haben gesagt, dass Sie im Tresor Silberrückstände gefunden hätten. Können Sie denn Rückschlüsse auf die entsprechenden Gegenstände ziehen?«

Gott sei Dank, dachte Dirschbiegel: Themawechsel! Er musste sich hier unentbehrlich machen, ohne allzu besserwisserisch aufzutreten. Silberrückstände im Tresor. Ihm war längst klar, was das für Gegenstände waren, momentan war es jedoch klüger, den stillen Beobachter zu spielen. Er durfte seinen Bonus, den er beim Team hatte, nicht leichtfertig verspielen.

»Nun ja«, knurrte Becker, »alles deutet auf eine bestimmte Edelmetalllegierung hin. 92,5 Prozent Silber, die restlichen 7,5 Prozent sind eine Mischung aus Kupfer und ein paar anderen Stoffen.«

»So genau kann man das heutzutage feststellen!«, warf Hölleisen bewundernd ein. »Respekt! Sind das dann Silberbarren oder so was?«

Nein, du Laie, dachte Dirschbiegel. Das ist –

»– Sterlingsilber«, fuhr Becker fort. »Daraus werden zum Beispiel wertvolle Querflöten gemacht, Tafelbesteck und Schmuck.«

Auch Silberbriefmarken und Lackierungen von Leichtmetallfelgen, ergänzte Dirschbiegel insgeheim. Er bemerkte, dass Maria ihn beobachtete. Ihre Blicke trafen sich. Sie ahnte sicherlich, dass er die Lösung schon kannte und sie aus taktischen Gründen nicht verriet. Als sie sich abwandte, betrachtete er sie genauer. Sie war ihm nicht unsympathisch, aber auf den ersten Blick war sie doch ein reichlich dürres Gestell, die Arme und Beine so dünn, als hätte man einen Haufen Mikadostäbchen ausgeworfen. Dirschbiegel seufzte. Der Junge sucht sich auch immer die Frauen aus, die nicht zu ihm passen.

»Ich habe einen Blick in den Schrank geworfen«, sagte Maria. »Dort hängen viele Trachten, und zwar alte, historische soweit ich das beurteilen kann.«

»Gut beobachtet«, stimmte Hölleisen zu. »Es sind nicht nur Werdenfelser Trachten, sondern alle möglichen landsmannschaftlichen Festtagskleider. Ich bin jetzt kein Spezialist, aber es scheinen auf jeden Fall wertvolle Stücke zu sein.«

Gut erkannt, dachte Dirschbiegel. Ein bisschen langsam, aber doch beharrlich und zielführend.

»Und dazu trägt man nun einmal Schmuck«, fuhr Mikado-Maria fort. »Der Tresor enthielt wahrscheinlich eine ganze Menge silbernen Trachtenschmuck.«

»Das ist vermutlich eine gute Anlagemöglichkeit«, sagte Jennerwein. »Da kommt zum Materialwert noch der historische Mehrwert, der Erinnerungswert, der Sammlerwert –«

Das kannst du laut sagen, dachte Dirschbiegel. Mensch, Leute, ihr seid schon ganz nah dran! Soll ich euch einen Tipp geben, oder schafft ihr es auch ohne mich?

»Dazu passen auch die Bilder, die im Eingangsbereich hängen«, fügte Nicole hinzu. »Christian und Katharina als Original Werdenfelser. Als Original Schwarzwälder. Und überall glitzert es von Ohrpendeln, Granaten, Charivaris, Broschen und was weiß ich noch alles.« Nicole wandte sich an Dirschbiegel. »Herr Meisterdieb, eine Frage an Sie: Kann man Trachtenschmuck denn bequem zu Geld machen?«

Dirschbiegel zelebrierte eine wohldosierte Kunstpause, um die Spannung und die Wichtigkeit seiner Aussage ins Unbegreifbare zu steigern. Der Kerl regt mich so was von auf, dachte Jennerwein. Maria betrachtete das Schauspiel fasziniert.

»Das will ich meinen«, begann Dirschbiegel, aufreizend nachdenklich. »Aber es darf natürlich nichts sein, was man im nächsten Laden kaufen kann. Bloßes Silber allein genügt nicht. Ich kenne jedoch Russen, die ein Vermögen für eine Spange zahlen würden, auf der *Gsund samma!* oder *Toni & Vroni anno 1783* eingraviert ist. Auch arabische Scheichs stehen auf solchen historischen Firlefanz. Die Geschichte drum herum macht den Wert des Schmuckstücks aus.«

»Sie würden es also klauen?«, fragte Nicole. »Entschuldigung: Sie hätten es also geklaut? Noch mal Entschuldigung: Sie kennen welche, die –?«

»Äh – Ich persönlich würde Trachtenschmuck nicht mitnehmen. Er ist zwar leicht transportierbar, aber das ist ein echter Spezialmarkt. Es gibt nur wenige Hehler, die diese Art von Ware schnell auf dem Markt umschlagen könnten. Wenn ich allerdings genug Vorbereitungszeit hätte, dann würde ich solch eine Aktion eventuell ins Auge fassen.«

»Klingt ja fast so, als ob Sie dabei gewesen wären, Herr Dirschbiegel«, sagte Maria Schmalfuß lächelnd.

Dirschbiegel verbeugte sich charmant.

»Für vorgestern habe ich ein sehr gutes Alibi, Frau Kriminalpsychologin.«

Der Alte ist wirklich peinlich, dachte Jennerwein.

»Ich darf noch einmal zusammenfassen«, sagte er mit einem tadelnden Seitenblick auf seinen Vater. »Katharina hat ihre wertvollen Ohrgehänge im Tresor aufbewahrt. Auch Christian hat Zugriff darauf. Sie hat am Tag der Abfahrt festgestellt, dass der Schmuck fehlt. Das war der Tropfen, der das Fass zum Überlaufen gebracht hat. Sie wusste (oder ahnte), dass er viel Geld aus der Firma abgezweigt hat, die deswegen kurz vor der Pleite steht. Fünfter Hochzeitstag, eine schon lange geplante Ausflugsfahrt, sie stellt ihn im Ballon zur Rede. So etwas kommt vor. Das Frappierende ist aber das: All dies passiert parallel zu dem perfiden Mordplan, den *er* sich ausgedacht hat. Im Ballon erwähnt sie, dass sie seine Koffer schon gepackt hat. Das ist der Grund, warum er nach dem Absprung nochmals zum Haus geht, dort einbricht, die gepackten Koffer entpackt, und einen Brief, den sie ihm auf den Küchentisch gelegt hat, entfernt. Den Trachtenschmuck hat er vorher irgendwo versteckt, vielleicht in einem Schließfach oder in einem geparkten Auto, dort holt er ihn ab. Vielleicht hat er ihn auch im Rucksack dabei gehabt.«

»Eine ganz dumme Frage«, sagte Nicole. »Warum bricht Christian Trockenschlaf überhaupt ein? Warum schließt er nicht einfach mit dem Schlüssel auf?«

»Vielleicht hat er gar keinen mehr dabei gehabt. Er nimmt doch an, dass er das Haus nie mehr betreten wird. Außerdem ist es bei Ehepaaren ja oft so, dass sie etwas zusammen unternehmen und nur einer den Hausschlüssel mitnimmt.«

Was weißt du denn schon von Ehepaaren, dachte Dirschbiegel. Marias Gedanken gingen in eine ähnliche Richtung.

Hätte er doch nur den Schlüssel mitgenommen. Dann hätte er sich diesen blöden Einbruch erspart. Es war gar nicht so leicht gewesen, eine Fensterscheibe einzuschlagen. Fünf-, sechsmal hatte er mit einem Stein auf dieselbe Stelle eingedroschen. Und beim Reinlangen hätte er sich fast geschnitten. Aber schließlich war ja alles gutgegangen. Jetzt saß er im bereitgestellten Wagen, gleich würde er losfahren. Christian Trockenschlaf nahm den Brief aus dem Kuvert, den er vom Tisch genommen hatte. Gott sei Dank hatte er ihn noch entdeckt. Im letzten Augenblick. Er faltete ihn auf und überflog ihn nochmals.

... Wahnsinnsenttäuschung ... null Vertrauensbasis ... nicht mehr wie früher ... einzige Katastrophe ... kannst mich mal ...

Es war das übliche Vokabular, das jedoch überhaupt nicht zu Katharinas schwungvoller, verschnörkelter Handschrift passte. Sie hatte die Baufirma Trockenschlaf Hoch & Tief, den Familienbetrieb mit dem guten Namen, vollständig ausgeblutet und schließlich ruiniert. Schuld daran waren nur ihr Einkaufswahn und ihre elende Schmucksammelei. Sie fuhr voll auf Stücke ab, an denen eine längst vergangene oder absurde Geschichte klebte. Ein silberner Schmetterling, den Therese von Bayern an ihrem Mieder getragen hatte. Ein Siegelring, den der Münchner Kammerherr Edler von Molch seiner Verlobten Luise von Auckspurg-Hendingsheim geschenkt hatte. Inschrift: *Insa Liab brennt wiad Sunn.* Christian konnte wenig mit solchen Dingen anfangen. Zu Beginn ihrer Ehe hatte er ihr selbst noch Trachtenschmuck geschenkt. Dann aber hatte Katharina sich auf dem Schwarzmarkt eingedeckt, ihre Sucht hatte immer größere Löcher in die Finanzen der Firma gerissen. Vor allem das Silber hatte es ihr angetan. Wenn sie Silberschmuck sah, kam ein Glitzern in ihre Augen, das er sonst gar nicht kannte. Aber damit war ja nun endgültig Schluss. Christian Trockenschlaf steckte den Zündschlüssel ins Schloss und startete. Jetzt gab es nur eines: Das ganze Zeug zu Geld machen. Er fuhr los.

Jennerwein wandte sich an Dirschbiegel.

»Wenn ich mich recht erinnere, hast du vorhin eine Andeutung gemacht, du hättest eine Ahnung, was Trockenschlaf vorhat?«

»Die habe ich in der Tat. Und es ist ehrlich gesagt weniger eine Ahnung als eine feste Vorstellung. Über eines müssen wir uns klar sein: Wenn er den arabischen Scheich XY persönlich kennt, oder den russischen Oligarchen Z, und einem von denen die Klunker mit eigenen Händen vertickt, dann haben wir Pech gehabt. Dann kann ich euch auch nicht weiterhelfen. Denn in diesem Fall hat er schon längst Bares eingewechselt und ist über alle Berge. Aber das halte ich für unwahrscheinlich. An solche Leute kommt man schwer ran. Meistens braucht es dazu Mittelsmänner.«

»Hehler eben.«

»Ja, Hehler. Obwohl ich den weniger diskriminierenden

Ausdruck *Salesmanager mit produktübergreifender Verantwortung* vorziehe.«

»Deine Vermutungen zielen also wohin?«, fragte Jennerwein in scharfem Ton. »Komm schon, lass dir nicht alles der Nase ziehen.«

»Er ist unterwegs zu einem Hehler. Oder, was ich eher befürchte: Er war schon dort. Allerdings ist die Anzahl der Typen, die auf historische Dinge spezialisiert sind, relativ überschaubar.«

Schweigen breitete sich aus. Alle blickten Dirschbiegel gespannt an. Jeder dachte dasselbe.

»Ja, ja, ich kenne ein paar Adressen, gleich in der Nähe«, sagte der Burglar King schließlich.

»Und?«, fragte Jennerwein ungeduldig. »Hilfst du uns weiter?«

»Nein, alles was recht ist, aber so weit geht die Liebe nicht! Jennerwein, du weißt doch am besten, dass ich keinen Hehler verrate. Das ist so ziemlich das Letzte. Ein Dieb, der einen Hehler verrät, ist wie ein korrupter Bulle.«

»Aber Herr Dirschbiegel! Es sind unschuldige Menschen umgekommen!«, wandte Maria ein. »Bedenken Sie doch: Christian Trockenschlafs ahnungslose Frau. Dann ein einheimischer Schreiner, der dort oben nur ein paar Stunden Spaß haben wollte.« Sie legte ihre ganze Überzeugungskraft in ihre Worte. »Insgesamt sieben Menschen! Unser Täter ist nichts anderes als ein hundsgemeiner Mörder.«

Dirschbiegel schüttelte nachdenklich den Kopf. Dann ging er ein paar Schritte auf und ab, blieb beim Schlafzimmerfenster stehen und blickte hinaus in die Nacht. Er atmete mehrmals tief ein und aus. Mit dem Rücken zum Team, sagte er leise:

»Ich habe eine Bedingung.« Er zögerte einen Augenblick. »Zwei Bedingungen.«

»Ach so?«, sagte Jennerwein, mühsam seinen Zorn beherrschend.

»Ihr fasst diesen Irren mit der Kombizange und sperrt ihn weg. Und ihr lasst mich von jetzt ab in Ruhe.«

»Ich muss dich allein sprechen, Dirschbiegel«, sagte Jennerwein.

Beide gingen hinaus auf den Balkon. Die Luft war kühl, Hunde jaulten in der Ferne. Eine Kompanie Gewitterwolken war aufmarschiert und formierte sich über dem Werdenfelser Talkessel zu einem nassen Husarenritt.

»Nun, was gibts?«, fragte Dirschbiegel.

»Das ist reine Nötigung. So kannst du nicht mit uns arbeiten.«

»Die Zeit drängt«, sagte Dirschbiegel, ohne darauf einzugehen. »Ich muss ein paar Telefonate führen. Ungestört. Habt ihr noch eine Prepaidkarte für mich?«

»Wir gehen auf deine Bedingungen ein. Aber ich habe auch eine: Du sagst mir jetzt, weswegen dich der Zahnarzt angegriffen hat. Es muss ja eine große Sache gewesen sein.«

»Für die Polizei ist sie verjährt.«

»Das entscheidest nicht du. Du sagst es mir jetzt.«

»Nachher.«

»Hat es was mit dem Bankraub 1971 zu tun?«

Dirschbiegel zögerte.

»Ja. Aber nicht so, wie du denkst. Ich habe nichts gemacht, was die Polizei groß interessieren würde. Wenn du es genau wissen willst: Ich habe keinen umgelegt. Ich habe niemanden verletzt. Ich habe keiner Person Schaden zugefügt. Und jetzt lass mich in Ruhe, ich muss recherchieren.«

Nach einiger Zeit kamen beide wieder ins Haus.

»Ich habe vier Hehler in der engeren Auswahl, die dieser Trockenschlaf angesteuert haben könnte«, sagte Dirschbiegel. »Die Hehlerei ist heutzutage ein schwieriges Geschäft. Es gibt nur noch wenige, die ihre Sache gut und korrekt machen.« Er seufzte wehmütig. »Es ist nicht mehr das, was es einmal war.«

»Dann los. Nenn uns die Namen und die Adressen«, sagte Jennerwein ungeduldig.

»Nein, so wird das nicht laufen. Ich bin sicherlich alt und aus dem Geschäft, aber ich habe noch einen Funken Ehrgefühl im Leib. Ich fahre allein da hin. Ich zeige ein Foto von Trockenschlaf her, stelle fest, ob er schon da war. In diesem Milieu habt ihr ohnehin keine Chance. Ihr brecht da rein wie die Wildschweine ins Unterholz und erfahrt gar nichts. Ich kenne meine Pappenheimer. Wenn einer weiß, wie Hehler ticken, dann ist es Meister Dirschbiegel. Wenn wir Glück haben, ist dieser Trockenschlaf noch nicht dort gewesen. Ihr schnappt ihn euch, *bevor* er reingeht. Er wird den Schmuck bei sich haben, das genügt euch als Beweis.«

»Wir dachten eher daran, dass wir den Hehler durch einen Beamten ersetzen –«, warf Nicole ein.

»Ja, ganz typisch, das ist euer 08/15-Schema. Drum habt ihr ja auch so wenig Erfolg, Leute. Die Aufklärungsquote bei Diebstahl geht doch gegen Null.«

»Gut, also einverstanden«, sagte Jennerwein. »Wann machen wir das?«

»Wann wir das machen? Ja, wer ist denn jetzt hier der leitende Ermittler? – Sofort natürlich.«

53

... ohne Kombizange fühlte er sich nackt ...
Peter Handke, Der Hausierer

... ohne meine Kombizange fühle ich mich immer so nackt ...
Harold Pinter, Der Hausmeister

... ohne Kombizange fühlte er sich furchtbar nackt ...
D. H. Lawrence, Lady Chatterleys Liebhaber

... ohne unsere Kombizangen fühlten wir uns recht nackt ...
Jules Verne, Reise zum Mittelpunkt der Erde

Tausend Augen, fünfhundert Polizisten, ein Blick. Die kollektive Aufmerksamkeit war auf einen kleinen Spalt gerichtet, auf ein loses Brett, über das die Kombizange nach unten gefallen war. Fünfhundert Polizisten waren verunsichert. War das jetzt ein Teil des Referats? Nach all dem, was man bisher an Verrücktheiten zum Thema Gewaltprävention gehört und gesehen hatte, war das durchaus möglich. Die aus der Decke gefallene, jetzt am Boden liegende Kombizange als Symbol der allgegenwärtigen Bedrohung in unserer modernen Welt. Zu der Frau mit der leisen Stimme und den zwei Doktortiteln passte es.

Die Soziologin starrte ebenfalls zur Decke. Dann drehte sie sich um, rannte von der Bühne und verschwand nach hinten in die Künstlergarderobe. Im Saal kam Unruhe auf, Gemurmel, Geflüster, Kopfschütteln. Einige notierten sich etwas auf ihren Blöcken. Doch dann wurde hinten im Saal die Tür aufgerissen und ein kantiger Typ lief den Mittelgang entlang. Der Kopfverband war aufgelöst, die Hemdsärmel hatte er hochgekrempelt. Er legte einen Finger auf den Mund und deutete nach oben. Niemand verstand. Dann machte er ein paar eckige, militärisch anmutende Handzeichen. Die Verwirrung steigerte sich. Was war denn das schon wieder für ein Spinner?

Ludwig Stengele lief wieder nach hinten und beugte sich in die letzte Reihe.

»Ich brauche sofort drei, vier Mann für einen Einsatz. Es ist ein hochgefährlicher, gewaltbereiter Geldeintreiber.«

»Wirklich kein Teil des Referats? Kein Theater?«

»Nein, überhaupt nicht.«

Die Kollegen folgten ihm. Zu fünft kletterten sie die Leiter hinauf, die zum Dachboden führte. Der Dachboden war leer.

Polyphem kniff das verletzte Auge zusammen. Das Pfefferspray brannte immer noch teuflisch. Er schüttelte sich und blickte hinunter in den Vortragssaal. Jetzt war ihm klar, dass er in eine Falle getappt war. Keine Spur von Dirschbiegel, aber dieser grobe Klotz, den er vorher zu Boden geschickt hatte, war aufgetaucht. Er hätte fester zuschlagen sollen. Er sah sich auf dem Speicher um. An einer Seite des Dachbodens bemerkte er eine Bretterverschalung mit frischen Renovierungsspuren: Zementsäcke, Farbkübel, Absperrbänder. Er kroch hinüber und entdeckte einen Spalt, der sich ins Stockwerk darunter öffnete. Er zwängte sich hinein, fasste auf einer Feuerleiter Tritt, dann sprang er. Er fiel zwei Meter tief und stürzte geräuschvoll zu Boden. Der Mann, den sie den Zahnarzt nannten, fluchte. Er sah sich in dem dunklen Gang um und tappte nach einem Lichtschalter. Er öffnete eine Tür und erkannte den Korridor, der zu den Aufenthaltsräumen für die Orchestermusiker führte. An der Wand ein Schild: Zur Künstlergarderobe. Leise öffnete er die Tür und drückte sich ins Zimmer. Auf einem Stuhl saß, in ihr Smartphone vertieft, die furchtbar kleine Frau mit der leisen Stimme und der winzigen Schrift. Sie drehte sich um und öffnete bei seinem Anblick den Mund, um zu schreien, doch er war schneller und umfasste ihren Hals mit seiner Riesenpranke. Sie röchelte.

Ohne Kombizange fühlte er sich nackt.

Aber es musste auch so gehen. Er tastete sie nach Waffen ab.

»Dir passiert nichts, wenn du mich hier rausbringst«, sagte er. »Du gehst vor mir her. Beim geringsten Mucks bist du tot.«

Die kleine Frau nickte. So klein ihre Schrift und ihre Stimme waren, so groß war ihr Nicken. Der Zahnarzt lockerte den Griff um ihre Kehle und packte sie am Genick, wobei seine Hand ihren Hals vollständig umschloss. Mit der anderen Hand umfasste er das Handy, das in seiner Jackentasche steckte, und bohrte es ihr mit einer Ecke in den Rücken.

»Gehen wir. Los.«

Die kleine Soziologin schluckte und hustete.

»Ich wars. Ich gebe es zu«, stieß sie ängstlich hervor.

»Was gibst du zu?«

Er lockerte den Griff wieder.

»Es war ein Unfall. Ich – oder Professor Held. Einer von uns beiden sollte den Lehrstuhl bekommen. Die ganze Abteilung machte eine Wanderung. Eine Bergwanderung. Ich habe ihn gestoßen. Aber mehr aus Scherz. Es war ein Unfall. Aber wie hätte das ausgesehen, wenn ich – ?«

Auch das noch, dachte der Zahnarzt.

Als er dicht hinter der Soziologin auf den Gang hinaustrat, sah er sich schnell rechts und links um. Hätte er etwas Verdächtiges gesehen, hätte er die Frau zurückgerissen in die Garderobe. Sicherheitshalber wartete er einige Sekunden und lauschte. Er schob die Frau noch ein Stück vor, trat einen weiteren Schritt aus dem Türrahmen. Und dann spürte der Zahnarzt einen Schlag auf beide Schultern, von einem gigantischen Vorschlaghammer. Ein Gewicht von mehreren Tonnen traf ihn im Genick, er ging keuchend zu Boden. Stengele war auf den Schrank neben der Tür geklettert und hatte den einäugigen Riesen Polyphem durch einen kühnen Sprung in die Knie gezwungen. Der keuchte und strampelte. Die Kumpels, die Stengele unterstützt hatten, nutzten seine Verwirrung aus. Einer trennte die Frau sauber von der Quelle der Gewalt, drei fixierten Polyphem, und drei Mann waren auch nötig, so sehr wehrte er sich. Er schlug wild und ungezielt auf seine Angreifer ein.

»Hat jemand Handschellen dabei?«

Natürlich hatte niemand bei einem Kongress über Gewaltprävention Handschellen dabei, alle waren in Zivil, so konnte der Zahnarzt noch eine Weile rangeln, zwei blaue Augen schlagen, ein Schlüsselbein brechen, einen Schneidezahn lockern, bis Stengele dem Spuk mit einem Kabelbinder ein Ende bereitete.

»Ich würde Sie bitten, dass Sie mir helfen, ihn ins Revier zu schaffen«, sagte Stengele, schwer atmend.

»Und wem gehört eigentlich diese –«

Keiner achtete auf den Hausmeister, der mit der Kombizange in der Hand um die Ecke schaute und erschreckt davonlief. Ihm war die Szene im Gang äußerst befremdlich vorgekommen: Ein paar wilde, grimmig dreinblickende Typen, die einen sich verzweifelt wehrenden Mann auf den Boden drückten. Das Opfer, das ihn mit großen, flehenden Augen anblickte. Dazu noch ein knochiger Typ mit schmutzigem Kopfverband, der gerade große Plastikkabelbinder um die Handgelenke des Unglücklichen zurrte. Schließlich noch eine kleine, zierliche Frau, die in der Ecke saß und sich hustend und würgend an den Hals fasste. Der Hausmeister holte Hilfe. Sechs Polizeibeamte donnerten den Gang entlang. Sie stürzten sich sofort auf Stengele und seine Helfer, um sie von dem unglücklichen Mann am Boden zu trennen.

»Wir sind Polizisten, ihr Knallköpfe!«, rief Stengele. »Das da ist der Mann, der die Zange in den Saal geworfen hat!«

Der Zahnarzt sah seine Chance gekommen. Er richtete sich auf, um sich zu verdrücken. Mit einem Hechtsprung war Stengele bei ihm.

»Ruft im Revier an«, keuchte Stengele. »Verlangt Polizeihauptmeister Ostler. Er soll einen Wagen schicken.«

Im Auto schwieg der Zahnarzt. Keine Angaben zur Person, kein Mucks. Stengele versuchte es trotzdem.

»Wer ist dein Auftraggeber?«

Schweigen. Schließlich sagte der Zahnarzt:

»Ich will den Sohn von diesem Dirschbiegel sprechen.«

»Und wer bitte ist das?«

»Wer das ist? Na, du bist lustig. Euer Kommissar Jennerwein.«

Ludwig Stengele klappte der Kiefer nach unten. Dirschbiegel war Jennerweins Vater? Wahnsinn. Jetzt wurde ihm einiges klar. Aber er hatte keine Zeit, darüber nachzudenken. In der Zelle tobte und randalierte der Mann noch eine Weile herum. Stengele gab nicht auf.

»Wer ist dein Auftraggeber?«

»Den Namen weiß ich nicht.«

Stengele fiel auf, dass der Mann, den sie den Zahnarzt nannten, mit stark französischem Akzent sprach. Dazu passte auch der Tattoospruch auf dem Unterarm: *Sans ma pince, je suis tout nu.*

»Was heißt denn das?«, fragte Ostler.

»Ich glaube, das ist ein Zitat von Louis de Funès. Ohne Zange bin ich nackt.«

»Da haben Sie ja einen eingefangen!«, sagte Ostler.

Die kleine Soziologin saß immer noch im Gang auf dem Boden. Sie war in eine Ecke gekrochen, niemand beachtete sie. Sie atmete schwer. Hatten die Verwandten von Professor Held diesen entsetzlichen Menschen auf sie gehetzt? Einen gedungenen Mörder? Aber woher wussten sie von dem Vorfall beim Semesterausflug? Sie sah sich um. Alle waren verschwunden. Der böse Spuk war vorbei. Und die Pistole in ihrem Rücken war nur ein Handy gewesen! Sie hatte beobachtet, dass es der Unmensch im Lauf des Kampfes weggeschleudert hatte. Es war unter den Schrank gerutscht. Erneut erschrak sie. Auf dem Handy war doch sicherlich die Telefonnummer seines Auftraggebers gespeichert. Die Spur führte also über kurz oder lang zu ihr! Die kleine Soziologin legte sich auf den Bauch, griff unter den Schrank und versuchte, das Handy hervorzuholen. Es lag ganz hinten. Sie war zu klein, ihre Arme waren zu kurz.

»Das alles hat sowieso keinen Sinn«, flüsterte sie halblaut. »Dieser Mann wird mich bestimmt bei der Polizei verraten.«

Sie erhob sich, klopfte den Schmutz von der Kleidung und ging mit hängenden Schultern in den Saal zurück. Viele der Zuhörer waren sitzengeblieben. Unter allgemeinem Applaus betrat sie die Bühne. Sie klopfte ans Mikrophon.

»Um es kurz zu machen: Ich gestehe die Tat«, sagte sie mit zitternder Stimme. »Vor einem halben Jahr habe ich Professor Held eine Bergschlucht hinuntergestoßen. Seitdem bin ich Inhaberin des Lehrstuhls für angewandte Soziologie. Nehmen Sie mich fest.«

Sie streckte ihre gekreuzten Arme aus. Der Schlussapplaus war ohrenbetäubend. Alle erhoben sich. Standing ovations.

»Das war bisher das beste Referat«, sagte ein Zuhörer in der ersten Reihe zu seinem Nachbarn. »Am Schluss ein bisschen dick aufgetragen. Aber sonst – nicht mehr zu toppen.«

54

Der erste Hehler war lediglich ein halbe Stunde vom Kurort entfernt. Sie fuhren mit einem unauffälligen Zivilauto hin und hielten am Ortsrand an. Dirschbiegel hatte sich umgezogen. Er hatte die Polizeikluft abgelegt, es war keine Zeit mehr gewesen, ins Revier zurückzufahren, so war nichts anderes übriggeblieben, als sich eine erdfarbene Tweedkombination von Christian Trockenschlaf auszuleihen. Wie viele Menschen, die sich jünger anziehen, als sie sind, sah Dirschbiegel jetzt wesentlich älter aus. Er sah uralt und abgewrackt aus. Aber genau das passte zu seinem Plan.

Er stieg aus dem Auto und ging zu Fuß weiter. Begleitet wurde er von einer jungen Frau mit wippendem Pferdeschwanz. Im Auto zurück blieben Kommissar Jennerwein, Polizeipsychologin Maria Schmalfuß und Polizeiobermeister Franz Hölleisen.

»Wir müssen das jetzt durchziehen«, sagte Jennerwein zähneknirschend. »Es bleibt uns gar nichts anderes übrig.«

Die Gewitterwolken hatten sich zu einer Angriffsfront zusammengezogen, erste Regentropfen fielen, und die schmutzige Fensterscheibe zauberte Lichtreflexe aus dem Hut. Dirschbiegel trat in einen Hauseingang, die junge Frau wartete auf der Straße. Er erschien nach wenigen Minuten wieder. Vater und Tochter kamen zum Auto zurück.

»Fehlanzeige«, sagte Dirschbiegel knapp. »Der alte – huch,

jetzt hätte ich fast den Namen verraten – macht so was nicht mehr. Hat sich ins Privatleben zurückgezogen. Schade, er war einer der Besten. Ich sags ja: Es ist nichts mehr so wie früher. Gut, dass ich nicht mehr –«

Sie fuhren das nächste Ziel an. Wieder dasselbe Spiel. Dirschbiegel nannte weder Straße noch Hausnummer, gab nur Anweisungen wie »Jetzt links« und »Scharf rechts«.

»Hier halten.«

Vater und Tochter stiegen aus dem Auto, für den unaufmerksamen Betrachter führten sie ein launiges Gespräch, vielleicht über alte Zeiten oder Zukunftspläne. Maria beobachtete die beiden genau. Nicole war es gelungen, alles Polizistische und Staatstragende abzulegen, sie schien ihren Dad gerade zu fragen, ob er ihr nicht ein paar Mäuse leihen könnte, nur vorübergehend, ein kleiner Engpass, sonst nichts. Dirschbiegel schüttelte mit väterlicher Güte den Kopf.

»Was soll denn dieser Zirkus?«, murmelte Jennerwein.

»Für den Fall, dass sie jemand beobachtet?«, schlug Maria vor.

»Können wir dem denn überhaupt vertrauen?«, fragte Hölleisen. »Ich meine: bei seiner Vergangenheit?«

»Ich denke schon«, antwortete Jennerwein. »Er ist ein exzellenter Dieb, aber ein miserabler Lügner. Ich kenne ihn.«

»Wie lange denn eigentlich schon?«, fragte Maria forschend dazwischen.

»Sehr lange. Länger als mir lieb ist. – Und was hätte er denn für einen Grund, Trockenschlaf zu schützen? Nein, er hat großes Interesse, uns zu helfen.«

Ein Klopfen am Autofenster.

»Fehlanzeige«, sagte Dirschbiegel. »Nächste Adresse.«

Hehler Nummer drei war eine Stunde entfernt.

»Tja, den gibts gar nicht mehr«, sagte Dirschbiegel beim

Zurückkommen. »Der hat seine Knasttasche schon vor geraumer Zeit gepackt.«

Vierter Versuch. Dirschbiegel betrat das kleine Schuhgeschäft. Es roch nach Leder und Leim.

»Ist der Chef zu sprechen?«

»Wer will ihn sprechen?«

»Ich möchte ihm ein Angebot machen.«

»Wir kaufen nichts.«

»Das dachte ich mir.«

»Dann zisch ab.«

Die Tochter mit dem wippenden Pferdeschwanz wartete wie immer draußen, in sicherer Entfernung. Jetzt aber trat sie vorsichtig näher. Sie beobachtete das Gespräch aufmerksam. Hier ging es nicht um das, was gesprochen wurde, sondern um das Wie. Fasziniert verfolgte sie, wie der alte Fuchs den Hehler während des Dialogs musterte und taxierte.

»Das ist er«, sagte Dirschbiegel, als er wieder im Auto saß. »Er erwartet Trockenschlaf. Noch heute Nacht. Ich bin fest überzeugt davon.«

»Wir werden ihn abfangen«, entschied Jennerwein. »Du bleibst mit Maria im Auto. Wir drei gehen raus und kontrollieren die Zufahrtswege.«

»Sie haben Ihren Bestimmungsort erreicht. Ihr Ziel befindet sich in zweihundert Metern.«

Christian Trockenschlaf spürte die Müdigkeit und Erschöpfung des ganzen Tages. Sein Rücken schmerzte. Langsam fuhr er mit dem Wagen, den ihm der Hehler zur Verfügung gestellt hatte, durch die Straßen der kleinen Ortschaft. Gleich hatte er das Haus erreicht. Das überwältigende Gefühl des nahen Triumphes stieg in ihm auf. Der Typ würde die Klunker und Gehänge und Nadeln und Broschen bloß überprüfen, er kannte sie ja schon. Christian hatte ihm schon vor Wochen Fotos von jedem Exemplar geschickt. Eine eingefasste Brosche aus dem Besitz von Amalie ›Mali‹ Hohenester, der Kurpfuscherin und Wunderheilerin aus dem 19. Jahrhundert. Ein Medaillon eines Leutnants aus dem bayrisch-österreichischen Krieg. Es waren seine Tickets zu Geld und Freiheit. Trockenschlaf schaltete das Navi aus. Da vorne war das Gebäude. Ein unscheinbares Wohnhaus, ein kleiner Laden im Erdgeschoß, in einem Fenster des zweiten Stockes brannte Licht, wie besprochen. Er verlangsamte das Tempo. Eine funzelige Straßenbeleuchtung, leichter Regen, kein Mensch war unterwegs. Es war ausgemacht worden, dass er das Auto im Hinterhof parken und das Haus durch den Vordereingang betreten sollte. Zum hundertsten Mal griff er zum Rucksack, der auf dem Beifahrersitz lag. Siebzehn Kilo reines Silber. Er hatte den aktuellen Silberpreis nachgeschlagen. 32 Cent pro Gramm, das machte bei 17 Kilo gerade mal 5440 Euro. Damit wäre er nicht weit gekommen. Silber hatte einen geringeren Wert, als er gedacht hatte. Die Verarbeitung machte es teuer. Und die Geschichten, die daran hingen. Er griff in die Außentaschen des Rucksacks. Ja, auch die wichtigen Zertifikate waren noch da. Er hatte überlegt, ob er das Ganze nicht nach oben in den Ballon mitnehmen sollte, um es gleich bei sich zu haben. Jetzt war er froh, dass er das nicht gemacht hatte: viel zu riskant. Er fuhr im Schritttempo weiter und wartete auf das vereinbarte Zeichen, dass die Luft rein war. Bald würde er ein neues Leben beginnen. Ohne eine marode Firma am Hals. Ohne eine verschwendungssüchtige Frau. Er entspannte sich. Die Müdigkeit war wie weggeblasen. Wieder griff er zum Rucksack und tätschelte sein Startkapital.

Er schreckte zusammen. Das Lichtzeichen! Dreimal dunkel und wieder hell. Christian Trockenschlaf durchfuhr es eiskalt. Hastig warf er den Gang ein und startete durch. Mit kreischenden Reifen fuhr er auf das Haus zu und daran vorbei, durch den Ort hinaus in die dunkle Nacht, die ihn gierig verschlang.

55

Der glänzende schwarze Helikopter mit dem Logo eines großen alpenländischen Getränkeherstellers legte sich quer. Er schwebte nur wenige Meter über der Felsnadel. Die Motorengeräusche waren so laut, dass auch eine geschriene Unterhaltung unmöglich war. Jetzt zog der Pilot höher. Die drei Überlebenden in der Felsnische konnten ihn in der Kanzel erkennen sowie zwei weitere Gestalten, alle schwarz gekleidet, alle mit dem Logo des Getränkeherstellers auf der Brust. Der Hubschrauber war wesentlich kleiner als der, den die Bergwacht benutzte, doch Marco stellte beruhigt fest, dass der Platz für sechs Personen reichte.

Ein Mann seilte sich ab und schwang sich mit geschickten Drehungen und Fußstößen in die Nische. Er ließ das Seil los, sprang auf den Boden, riss den Helm herunter und machte dem Piloten Zeichen, wegzufliegen.

»Nur Sie drei?«, schrie er. »Keine weiteren Überlebenden?«

Sie mussten ein erbärmliches Bild abgeben. Bibbernd vor Kälte, verschmutzt, blutend, mit schmerzverzerrten Gesichtern. Die Lippen aufgesprungen, die Augen glasig und von solchen Muskelkrämpfen geplagt, dass sie kaum fähig waren, aufrecht zu stehen. Der Hubschrauber hatte sich jetzt mehrere hundert Meter entfernt, es war wieder etwas ruhiger geworden. Der Retter fixierte den Namenlosen in seiner schwarzen Kluft und rüttelte ihn an den Schultern.

»Wo ist der Chef?«, fragte er ihn scharf und unfreundlich.

»Abgestürzt«, versetzte dieser und deutete mit der Hand nach unten ins Tal.

»Wann?«

»Gestern schon.«

»Und wer sind Sie?«

»Einer seiner Leibwächter.«

»Tagesparole?«

»Weiß ich nicht. Gestern war sie ›New York‹.«

»Sind Sie bereit?«

»Ja, natürlich.«

Der Retter stellte sich an den Abgrund, hielt sich an der Felsnadel fest und winkte dem Hubschrauberpiloten. Die Maschine kam wieder näher. Der zweite Mann im Laderaum ließ einen kleinen Ein-Mann-Bergungskorb herunter, der erste zog ihn in die Nische. Und nun geschah das Unfassbare. Der Namenlose, den die Passagiere zwei Tage für ein ganz großes Tier gehalten hatten, fasste das Seil, stieg in den Korb und schwang sich, ohne ein Wort und ohne sie überhaupt nur anzusehen, mit dem Helfer aus der Felsnische. Die beiden wurden hochgezogen, der Hubschrauber entfernte sich rasch.

Als die Motorengeräusche gänzlich verklungen waren, saßen Marco und Margret noch eine Zeitlang still und mit ungläubigem Entsetzen da. Marco Zunterer fasste sich als Erster.

»Sie werden bald wiederkommen.«

Er versuchte, großen, hoffnungsvollen Ernst in seine Stimme zu legen. Margret reagierte nicht darauf.

»Sie werden ganz bestimmt wiederkommen«, wiederholte er.

Zu zweit schienen sie noch jämmerlicher dazusitzen als vorher, sie wechselten schließlich die Sitzpositionen und lehnten sich Rücken an Rücken, um sich zu wärmen.

»Ich hab mir das eh gedacht«, sagte Marco.

»Was hast du dir gedacht?«

»Er war viel zu muskulös und durchtrainiert für eine verweichlichte Nummer 116 der Weltrangliste.«

»Die Großkopferten sind nicht mehr so verweichlicht wie früher«, entgegnete Margret matt. »Die sind von klein auf durchtrainiert. Die haben doch den ganzen Tag nichts anderes als Wellness und Fitness im Sinn.«

Sie versuchten sich zu wärmen. Die Kälte fraß ihnen jedes Gefühl aus dem Leib.

»Ich glaube ganz fest daran, dass der Hubschrauber wiederkommt«, sagte Marco. »Ganz bestimmt. Schau her: Die haben nicht einmal einen Überlebenssack dagelassen. Nicht mal was zu trinken.«

»Schweine.«

»Nein, im Gegenteil! Genau das spricht dafür, dass sie vorhaben, wiederzukommen und uns aufzusammeln.«

»Aber einfach wortlos abzuhauen!«

»Glaub mir: Bei solchen Rettungsaktionen spart man sich jedes überflüssige Wort. Gerettet wird schweigend.«

Eine Stunde später. Kein Hubschrauber. Nirgendwo.

»Ich habe einen Plan«, murmelte Marco plötzlich. »Ja, genau, so könnte es gehen.«

Er fuhr hoch, wühlte die Gegenstände durch, die die Passagiere bei sich gehabt hatten und die in einer Ecke der Felsnische aufeinanderlagen. Margret wachte davon auf.

»Was ist denn los?«

»Es ist nur der Plan B, um ganz sicher zu gehen. Falls der Hubschrauber doch nicht mehr kommt.«

Der Zuckerentzug machte ihn manisch und hyperaktiv. Margret tätschelte ihn am Arm.

»Komm, beruhig dich. Der Hubschrauber kommt. Das hast du selbst gesagt.«

»Aber wenn doch nicht!« Seine Stimme überschlug sich. »Wenn doch nicht! Dann habe ich eine Idee!«

»Und wie soll die aussehen?«

»Das Gänsegeierpärchen. Wir locken es an.«

»Ich dachte, es ist ein Adlerpärchen.«

»Habe ich das gesagt? Nein, es sind Geier. Wir locken sie an.«

»Und dann?«

»Ich habe gesehen, dass sie beringt sind. Sie werden also regelmäßig beobachtet. Irgendjemand kontrolliert ihren Bestand. Wenn wir einen fangen könnten, dann könnten wir ihm eine Nachricht an seinen Ring stecken.«

»Und wie willst du ihn fangen? Geier interessieren sich doch nur für Aas. Für totes Fleisch. Für Leichen.«

Beide schwiegen wieder. Diesmal betreten. Denn die Konsequenz dieser Bemerkung lag unangenehm deutlich in der Luft. Niemand mochte den Gedanken zu Ende denken.

»Warum hast du mich eigentlich nie angerufen?«, fragte Margret, um von der unangenehmen Stille abzulenken. »Du hättest dich doch mal melden können. Nur einfach so.«

Marco Zunterer nickte. Seine Augen waren zu schmalen Schlitzen verengt.

»Nur einfach so«, wiederholte er müde. »Und was hätte ich dann sagen sollen, einfach nur so?«

»Hast du nie dran gedacht?«

»Doch, schon ein paarmal«, log er.

»Zugegeben, ich hätte natürlich auch den ersten Schritt tun können«, fuhr Margret fort. »Aber ich war irgendwie zu stolz.«

Der Wind pfiff jetzt kalt und böse in die Nische. Ihnen blieb gar nichts anderes übrig, als enger zusammenzurücken. Die Sonne versank zur Hälfte hinter einem der Berge. Schlagartig wurde es noch kälter und unwirtlicher. Beide schwiegen lange.

»Wir sind die Letzten von der Ballonfahrt«, murmelte Margret. »Der Dünser Karli. Ödön mit dem unaussprechlichen Nachnamen. Die Trockenschlafs. Die beiden Wichtigtuer. Alle weg.«

Die Silhouette des Berges, hinter dem die Sonne jetzt vollends verschwunden war, stand schwarz und starr vor ihnen. So schwarz wie der Trauerflor von Kaiserin Sisi, als ihre heimliche Liebe, Graf Gyula Andrássy, gestorben war.

Achthundert Meter weiter unten, im unwirtlichen und kalten Hochtal, lag der schlaffe Ballon. Er war auf unbewohntem Gebiet gelandet, mitten in einem dichten Nadelwald. Er war durch die Bäume gerutscht und hing nun in den Ästen, zwei, drei Meter über dem Waldboden. In unregelmäßigen Abständen packten ihn leichte Windstöße und schaukelten ihn hin und her. Plötzlich bewegte sich etwas in seinem Inneren. Am unteren, von der Explosion ausgefransten Ende des Stoffes schoben sich zwei Arme mühsam heraus. Dann ein ganzer Körper. Die Frau hatte die Augen zusammengekniffen und stöhnte vor Schmerzen. Als sie sich vollständig aus dem Ballon befreit hatte, kletterte sie langsam und vorsichtig hinunter auf den Waldboden, dort versuchte sie sich aufzurichten und ein paar Schritte zu gehen. Nach wenigen Metern brach sie zusammen. Sie atmete durch und hob den Blick hinauf zu den dichten Baumkronen. Die Abenddämmerung kündigte sich an, bald würde es noch kälter werden, als es ohnehin schon war. Sie versuchte, sich wieder aufzurappeln, doch ihr war so übel, dass sie sich ächzend auf den Rücken legen musste. Sie versuchte, ihre Gedanken zu ordnen. Wo war sie? Was war geschehen? Die Heißluftballonfahrt. Ihr Streit. Dann die Explosion. Der brennende Ballon. Verzweifelte Rettungsversuche. Vereinzelte Schreie. Der eklige Geruch nach Verbranntem. Gut, dass sie sich sofort in das Innere des Ballons gerettet hatte.

Katharina Trockenschlaf stand auf. Sie musste raus aus diesem Wald. Mühsam stapfte sie los.

56

Sie saßen zu fünft im Auto und warteten darauf, dass Christian Trockenschlaf auftauchte. Dass sein Wagen endlich um die Ecke bog. Vielleicht kam er auch zu Fuß. Oder gar nicht.

Hölleisen öffnete die Tür und stieg leise aus dem Wagen. Nach ein paar Schritten hatte er das Haus des Hehlers Nummer vier voll und ganz im Blick. Sie waren jederzeit bereit, auszuschwärmen und zuzugreifen. Es konnte sein, dass sie hier die ganze Nacht ausharren mussten. Es konnte sein, dass Trockenschlaf überhaupt nicht kam. Theoretisch war es natürlich auch möglich, dass der schuhkundige Hehler Dirschbiegel belogen hatte und dass Trockenschlaf schon da gewesen war. Das hatte der alte Fuchs jedoch ausgeschlossen.

»Er wird kommen. Glaubt es mir.«

»Du hast uns sehr geholfen, Dirschbiegel«, sagte Jennerwein. »Ab jetzt hältst du dich aber bitte im Hintergrund.«

»Geht klar, Chef«, sagte Dirschbiegel mit seinem frechen, jungenhaften Unterton.

Nicole und Maria mussten schmunzeln, und Jennerwein entging das nicht. Die paar Stunden noch, dann war er den Alten los.

»Was machen wir, wenn er die Silberlinge nicht dabei hat?«, fragte Nicole. »Dann können wir ihm eigentlich nichts nachweisen. Er könnte doch dann behaupten, den Unfall überlebt zu haben und ziellos umhergeirrt zu sein.«

»So ziellos, dass er plötzlich in der Nähe eines Hehlers auftaucht?«, fragte Maria. »Aber es stimmt, er wird auf jeden Fall einen Plan B geschmiedet haben, falls er erwischt wird. Vielleicht kommt er ja auch ohne Schmuck und gibt dem Hehler nur den Ort bekannt, an dem die Pretiosen liegen. Was meinen Sie, Herr Dirschbiegel?«

»Tja, ich darf ja nichts sagen«, sagte dieser gespielt entrüstet. »Ich habe Befehle erhalten, mich aus allem rauszuhalten.«

Hölleisen kam zurück, Dirschbiegel war an der Reihe, sich mit gymnastischen Übungen fit und wach zu halten. Alte Polizeiroutine. Aber auch alte Ganovenroutine. Dirschbiegel stieg aus und schloss die Tür leise. Jennerweins Smartphone plodderte.

»Oh, das ist einmal eine gute Nachricht!«, rief er, nachdem er die Mitteilung gelesen hatte. »Stengele meldet, dass er wohlauf ist. Und vor allem: Der Zahnarzt ist hinter Schloss und Riegel. Stengele hat ihm im Kongresshaus eine Falle gestellt und ihn festgenommen. Das wird vor allem meinen Vater freuen.«

Nun war es raus. Es wurde still im Auto. Man hörte nur vier scharfe Atemzüge. Jennerwein fragte sich, warum niemand reagierte. Doch dann begriff er.

»Ach, so. Ich – Ja, ich wollte es Ihnen die ganze Zeit schon sagen. Aber die meisten von Ihnen haben es vermutlich schon gewusst.«

»Logo«, sagte Nicole. »Und wenn nicht, dann wissen wir es jetzt. Es ändert auch nichts.«

»So ist es.«

»Also, ich persönlich muss das zuerst einmal verdauen, Chef«, sagte Hölleisen, ohne den Blick vom Haus zu wenden.

»Wer hätte denn gedacht, dass Sie aus einer solchen ... Vielleicht haben Sie ja deswegen den Polizistenberuf ... Warum haben Sie uns nichts gesagt?«

»Beobachten Sie die Straße«, sagte Jennerwein barsch.

Als Dirschbiegel wieder eingestiegen war, blickten ihn alle verstohlen an.

»Ist was?«

»Du kannst aufatmen. Der Mann mit der Kombizange ist hinter Schloss und Riegel«, antwortete Jennerwein.

»Na endlich! Das freut mich zu hören.« Dirschbiegels Erleichterung war zu spüren. »Hat er denn gesagt, warum er gerade mich –?«

»Wir sollten uns auf den Flüchtigen konzentrieren«, unterbrach Jennerwein.

Kein Geräusch von draußen. Drinnen im Auto das Atmen von fünf Menschen. Langsame, zeitlupenartige Bewegungen, nur ab und zu ein schneller Blick in eine andere Richtung. Und plötzlich war es so weit. Zwei Scheinwerferkegel tauchten auf, sie schoben sich auf die Kreuzung und beleuchteten sie grell. Das Fahrzeug drosselte die Geschwindigkeit. Schließlich bewegte es sich nur noch im Schritttempo.

»Sollen wir –?«, flüsterte Hölleisen.

»Nein, wir lassen ihn aussteigen«, antwortete Jennerwein. »Wir wollen ganz sicher gehen, dass es Trockenschlaf ist.«

Das Fahrzeug kam fast zum Stehen. Es schwenkte jetzt leicht nach links. Der Fahrer suchte vermutlich nach der Hofeinfahrt. Dann aber jaulte der Motor auf und der Wagen fuhr mit kreischenden Reifen in die andere Richtung, an dem Haus vorbei, Richtung Ortsausfahrt. Innerhalb weniger Sekunden war er verschwunden.

»Zefix, er hat uns bemerkt«, fluchte Hölleisen und startete den Wagen.

»Nein, er ist gewarnt worden«, versetzte Maria. »Haben Sie es nicht gesehen: Das Licht im Fenster hat geflackert.«

»Tempo, Hölleisen«, rief Jennerwein. »Schnall dich an, Dirschbiegel!«

Der gehorchte widerwillig. Hölleisen bretterte durch die kleine Ortschaft. Bald hatten sie die Landstraße erreicht. Weit vorne konnten sie die Rücklichter des Fliehenden erkennen. Nicole, die auf dem Beifahrersitz saß, pflanzte das Blaulicht auf.

»Sirenen?«

»Noch nicht.«

Dann explodierte das Auto vor ihnen.

Ein greller Lichtblitz schoss hoch, Funkengarben zischten kreuz und quer durch den Nachthimmel, Hölleisen trat unwillkürlich auf die Bremse.

»Weiterfahren! Weiterfahren!«, schrie Dirschbiegel. »Das ist nur eine Finte! Weiterfahren, das ist pure Ablenkung. Er sitzt nicht mehr drin. Er ist in den Wald gelaufen.«

»Ja, denke ich auch«, pflichtete Jennerwein bei. »Hölleisen, fahren Sie so nah wie möglich ran. Aber Vorsicht, wir wissen nicht, ob er nicht doch in der Nähe ist. Sie kommen mit mir, alle anderen bleiben im Auto. Nicole, Sie fordern inzwischen Verstärkung an.«

Wie hatte das geschehen können? Was war schiefgegangen? Egal, er musste nun an seine Flucht denken. Trockenschlaf war aus dem Auto gesprungen und hatte es die Straßensenke hinunterrollen lassen. Dann hatte er den Sprengstoffschlauch, der auf dem Beifahrersitz lag, mit dem Handy gezündet. Er wusste, dass die Polizisten ihn verfolgen würden. Vielleicht konnte er sie dadurch ablenken. Trockenschlaf rannte querfeldein. Er lief in die Richtung, aus der er gekommen war. Er hatte einen Plan. Dann sah er das Polizeiauto. Drei Personen saßen drin, vermutlich bewaffnet und in regem Funkkontakt zur Zentrale. Er zurrte seinen Rucksack mit den siebzehn Kilo fest und näherte sich dem Auto gebückt. Dann riss er die Tür auf. Er hielt sein Handy hoch, so dass es für alle Insassen sichtbar war.

»Damit kann ich die nächste Explosion zünden!«, schrie Trockenschlaf. Seine Stimme überschlug sich. Maria, Nicole und der alte Meisterdieb saßen erstarrt da.

»Schalten Sie den Funk aus und steigen Sie nacheinander aus dem Auto. Bei der geringsten Dummheit zünde ich. Ich war Sprengmeister, ich mache das nicht zum ersten Mal. Halten Sie Ihre Waffen hoch und werfen Sie sie dort hinüber.«

Nicole sah das irre Glitzern in Trockenschlafs Augen. Der war verzweifelt. Der war am Ende. Der hatte keine Hoffnung mehr. Er würde zünden.

Maria versuchte, das Zittern aus ihrer Stimme zu verbannen.

»Herr Trockenschlaf, Sie tragen den Sprengstoff bei sich am Körper. Er wird Sie töten. Uns aber, die wir am Boden liegen –«

»Schweigen Sie!«, schrie Trockenschlaf. »Die Explosion tötet alle im Umkreis von zwanzig Metern. Und Ihre Kollegen sind hoffentlich nicht so dumm, auf mich zu schießen!« Trockenschlaf erhob die Stimme und schrie es in alle Richtungen. »Auf mich zu schießen! Das Handy kann ich immer noch bedienen! DAS HANDY KANN ICH IMMER NOCH BEDIENEN!«

Da vorne in fünfhundert Meter Entfernung stand ihr Auto. Polizeiobermeister Franz Hölleisen lief schnell darauf zu, den Blick immer auf den Boden gerichtet, denn er befürchtete, über das Wurzelwerk zu stolpern, das sich hier ausgebreitet hatte. Er wäre fast schon einmal ausgerutscht. Erst ein paar Meter vor dem Auto sah er auf, und dann erblickte er Trockenschlaf. Da war es schon zu spät.

»Lassen Sie Ihre Waffe stecken. Ich bin schneller als Sie. Jetzt warten wir nur noch auf den Letzten. Ich habe fünf Personen im Auto gezählt.«

Jennerwein begriff, dass es keinen Zweck hatte, im Wald weiter nach Trockenschlaf zu suchen. Noch dazu in der Dunkelheit. Wo blieb die Verstärkung? Aber bis die Kollegen eintrafen, war es vielleicht schon zu spät. Hier in diesem unwegsamen Gelände war es schon vorgekommen, dass ein Täter trotz einer Hundertschaft von SEK'lern über Berg und Tal verschwunden war. Vermutlich hatte Trockenschlaf einen zweiten Fluchtwagen irgendwo in der Nähe geparkt und war schon unterwegs. In den Süden. In den Osten. Zu einem weiteren Hehler. Wohin auch immer. Doch jetzt konnte Jennerwein in einigen hundert Meter Entfernung ihr eigenes Auto erkennen. Er blieb stehen. Er bemerkte, dass niemand mehr im Wagen saß und die Scheinwerfer ausgeschaltet waren. Die waren doch nicht etwa alle ausgestiegen? Große Unruhe breitete sich in ihm aus. Hier stimmte etwas nicht. Hier war etwas oberfaul. Doch es war keine Zeit mehr, das Fahrzeug in weitem Umkreis zu umgehen. Er musste handeln. Trockenschlaf war aus dem fahrenden Auto gesprungen und hatte dann die Explosion ausgelöst … ausgelöst? … womit? Sein Unbehagen wuchs. Doch plötzlich fiel ihm etwas ein.

»Ich kann den Zünder jederzeit betätigen!«, schrie Trockenschlaf, als er den Kommissar im Schein des Mondlichts näherkommen sah. Seine Stimme überschlug sich wieder. »Bleiben Sie stehen, sonst sind Ihre Kollegen tot!«

Jennerwein wusste, dass er jetzt keinen Fehler machen durfte. Polizeiobermeister Hölleisen, sein Vater und die beiden Frauen lagen mit dem Gesicht zur Erde auf dem Boden. Jennerwein spürte eine leichte Brise Föhnwind auf seiner schweißnassen Stirn. Er musste diesem Typen zuerst ein kleines Erfolgserlebnis gönnen, bevor der bereit war, ihm zuzuhören.

»Ziehen Sie Ihre Waffe und werfen Sie sie da hinüber!«, schrie Trockenschlaf. »Langsam. Und so, dass ich es sehen kann. Wenn Sie Dummheiten machen, fliegen wir alle in die Luft.«

Jennerwein gehorchte den Befehlen.

»Und jetzt legen Sie sich zu den anderen.«

»Nein, das werde ich nicht tun.«

»Wie bitte? Sind Sie wahnsinnig, Mann?!«

»Sehen Sie, was ich hier in der Hand habe?«

»Ein Handy, na und? Werfen Sie es weg, Mann. Los, machen Sie schon, ich habe nicht ewig Zeit.«

»Natürlich, wie Sie wollen.«

Jennerwein warf das Mobiltelefon mit einer deutlichen Geste zur Seite. Nicole Schwattke, die mit dem Gesicht nach unten auf dem Boden lag, lächelte. Jetzt begriff sie, was Jennerwein vorhatte.

»Dass ich das Handy nicht mehr habe, hilft Ihnen auch nichts«, sagte der Kommissar ruhig. »Es hat seinen Dienst schon erfüllt. Ich habe Ihren Fernzünder mit einer speziellen App außer Funktion gesetzt. Die Verbindung ist unterbrochen, Sie können die Explosion nicht mehr auslösen.«

»Wollen Sie mich nerven? Legen Sie sich sofort dorthin, sonst –«

»Was: sonst? Herr Trockenschlaf, Sie haben das Ganze so perfekt vorbereitet, dass Sie Ihre Tat vor Gericht vielleicht sogar noch als Unfall darstellen können. Dass Sie uns jetzt bedrohen, kann ein geschickter Verteidiger auf eine Stressreaktion Ihrerseits herunterschrauben. Aber wenn Sie jetzt drücken, dann ist das ein nachweisbarer Mordversuch. Und aus der Nummer kommen Sie nicht mehr heraus.«

»Ich werde drücken, und ich nehme Sie alle mit!«

Jennerwein sah, dass Maria den Kopf drehte. Mit schreckgeweiteten Augen starrte sie ihn an.

»Ich rate Ihnen sehr davon ab, zu drücken, Herr Trockenschlaf. Seien Sie vernünftig. Geben Sie mir das Handy.«

Jennerwein ging langsam auf ihn zu.

Trockenschlaf hob das Gerät hoch, so dass es waagerecht in seiner flachen Hand lag. Er schloss die Augen, murmelte etwas Unhörbares und atmete tief durch. Er bewegte den Daumen nach oben und führt ihn in Richtung Display. Dann drückte er.

57

Die Uhr schlug Mitternacht. Big Ben polterte los. Doch nicht das schwere Glockengeläute hub an, sondern ein feines, ungewohntes Diing-doong-dööng-daang durchzirpte die kalte Nacht. Katharina Trockenschlaf warf einen Blick auf ihre stylische Cartier-Uhr, die selbstredend aus Silber war, das Krokodillederarmband natürlich in zartem Ocker. Sie hatte die Uhr in London gekauft, deshalb das elektronisch erzeugte Big-Ben-Motiv. Das Gebimmel verstummte. Sie musste aus diesem verdammten Wald herauskommen. Der rasende Zorn auf Christian hielt sie aufrecht, ließ sie einen Schritt vor den anderen setzen, verlieh ihr noch mehr Kraft. Langsam stiegen Erinnerungsfetzen auf. Sie dachte an den Morgen der Ballonfahrt, kurz vor dem Verlassen des Hauses. Warum hatte Christian den Wohnungsschlüssel nicht mitgenommen, als sie zum Hammersbacher Hölzl aufgebrochen waren? Er hatte ihn doch sonst immer eingesteckt. Und dann der Rucksack.

»Warum ist der so dick?«
»Wegen der Wasserflaschen.«
»So viele?«
»Und eine Überraschung für dich.«
»Überraschung?«
»Du weißt schon: fünfter Hochzeitstag.«

Ein Mordplan! Sie konnte es immer noch nicht fassen. Sie stapfte mühsam weiter. Taumelte. Stürzte. Rappelte sich wieder auf. Sie leckte gierig an Gräsern mit Tautropfen und trank aus kleinen Wasserpfützen. Sie kaute Tannennadeln und Flechtenmoos. Zweige zerkratzten ihr das Gesicht. Aber es war zu schaffen. Sie durfte die Orientierung nicht verlieren. Sie musste nur aus diesem Hochwald herauskommen. Ein kleiner Trampelpfad führte nach unten.

Zur selben Zeit herrschte Hochbetrieb im Spielkasino des Kurorts. Inmitten all der flackeräugigen Glücksspielzocker saß ein feiner Pinkel und ordnete seine Jetons. Auf dem freien Stuhl neben ihm nahmen zwei blaue Lidschatten Platz. Die dazugehörige Dame drehte sich zu dem feinen Pinkel und flüsterte ihm etwas ins Ohr. Er blickte sie an, lächelte und schob ihr die Hälfte seiner Jetons zu. Dann spielten sie. Die Croupiers bemerkten es sofort. Das waren keine Süchtlinge, die setzten eher lustlos auf Rot und noch einmal auf Rot, sie wollten nicht hasardieren und am Rande des Existenzminimums dahinschrammen, sie wollten lediglich das Terrain sondieren. Und das taten sie auch. Viele ältere Herrschaften lungerten herum. Solche, die mit einer Plastiktüte voll Geld in die Spielbank kamen. Hier war etwas zu holen.

»Fjodor Michailowitsch Dostojewski war damals auch da«, sagte Karl Swoboda und zupfte seinen falschen Bart zurecht. »Ich glaube, dort drüben hat er gesessen und Haus und Hof verspielt.«

»Tatsächlich?«, fragte Giacinta und setzte auf die Siebzehn. »Der war doch ständig in Baden-Baden.«

»Hier im Kurort war er auch gern. Inkognito. Und deswegen kommen noch heute die Russen gern hierher. Alles Schuld-und-Sühne-feste Dostojewski-Fans.«

Giacinta stupste Swoboda an.

»Wie sieht es mit der Dame dort drüben aus? Die hat während unseres Gesprächs eine ziemliche Glückssträhne gehabt.«

»Alles klar. Dann bis später auf der Terrasse.«

»Ciao, Giacinta.«

»Ciao, Carlo.«

»Aber Schatz! Diese Installation! So etwas habe ich mir schon lange gewünscht!«

Kaum hatte Angelika Kaludrigkeit zusammen mit ihrem Gatten Walter das Wohnzimmer ihres Häuschens im Halbgrünen betreten, war aller Frust vergessen. Vor dem Esstisch mit dem an die Wand genagelten Stuhl blieb sie stehen. Walter war verwirrt. Das war nicht sein Werk. Auf so einen absurden Gedanken wäre er nie gekommen. Aber er sagte nichts. Er musterte sie vorsichtig. Solch ein Lächeln hatte er schon lange nicht mehr auf ihrem Gesicht gesehen.

»Eine größere Freude könntest du mir gar nicht machen! Du bist wunderbar.«

Sie fiel ihm um den Hals. Welcher gute Geist auch immer hier gewirkt und geschraubt hatte – Walter Kaludrigkeit dankte ihm.

Elke Aschenbrenner verabschiedete sich von Kommissarin Weber und verließ das Polizeirevier in relativ guter Stimmung. Sie war auf freiem Fuß. Endlich hatte man auch das Auto ihres Vaters gefunden. Totalschaden. Der Vater zeigte sich wenig begeistert. Aber sie durfte endlich nach Hause. Das war das Wichtigste. Ihr Freund hatte sie natürlich nicht vom Revier abgeholt. Er hatte ja Schluss gemacht mit ihr. Sie hatte ihn angerufen, aber er war schon mit der Neuen zusammen, und Gaby wollte nicht, dass er sie abholte. Ausgerechnet Gaby! Die zählte für zwei Blitzschläge. Sie schritt die breite Treppe des Polizeireviers herunter. Aus dem Vorstellungsgespräch war natürlich auch nichts mehr geworden. Gedankenverloren trat sie auf ein Steinchen, rutschte aus und stürzte die Treppe hinunter. Unten schlug sie hart auf, ein heranrollendes Polizeiauto musste scharf bremsen, das nachfolgende fuhr krachend auf. Schleudertrauma, und sie hatte sich die Schulter gebrochen. Der Blitz hatte zum siebten Mal eingeschlagen.

Johann Ostler und Ludwig Stengele saßen im Revier.

»Wussten Sie, dass Dirschbiegel Jennerweins Vater ist?«, fragte Stengele plötzlich.

»Also, nicht direkt«, antwortete Ostler zögernd. »Aber irgendetwas Verwandtschaftliches hat man da schon durchblitzen sehen. Ein schwarzes Schaf gibt es in vielen Familien.«

»In Ihrer auch?«

»In Ihrer etwa nicht?«

58

»Waren Sie sich denn ganz sicher, Chef, dass es funktioniert?«

»Aber ja«, sagte Jennerwein schmunzelnd. »Ich gebe zu, dass ich es schon das eine oder andere Mal eingesetzt habe. Meistens bei meinen Zugfahrten. Mich haben die lauten und zudem völlig überflüssigen Handygespräche gestört. Mit dieser Jammer-GPS-App kann man alle Mobilfunkgeräte im Umkreis von zehn Metern blockieren, zumindest eine gewisse Zeitlang.«

»Ist das legal?«

»Ich wüsste jetzt nicht, nach welchem Paragraphen so etwas geahndet werden könnte. Gefährlicher Eingriff in den Funkverkehr? Verletzung des Rechts auf nerviges Verhalten und überflüssiges Gequatsche? Jedenfalls hat es geklappt.«

Der Morgen war angenehm und herbstlich mild, der Himmel hatte sich wieder entwölkt, im Polizeirevier feierte man die errungenen Teilerfolge mit Kaffee und Weckerl. Es klopfte an der Tür. Dirschbiegel streckte den Kopf herein, er wurde mit großem Applaus willkommen geheißen und hereingebeten. Er hatte sich inzwischen neu eingekleidet, diesmal aber mit einer selbstgekauften, nichts anderes als unauffällig zu nennenden Kombination grau/grau. Er wird Hubertus immer ähnlicher, dachte Maria.

»Großes Lob für Sie!«, sagte Ostler. »Ohne Sie hätten wir Trockenschlaf nie und nimmer gefasst. Ich darf vielleicht für alle sprechen: Wir danken für Ihre Hilfe.«

»Es ist doch gleich was anderes, wenn man mit einem richtigen Experten arbeitet«, fügte Hölleisen hinzu. »Kaffee?«

»Mit Milch und Zucker«, entgegnete Dirschbiegel.

Er war in prächtiger Stimmung und sonnte sich im Lob der Beamten. Er hatte sich überreden lassen, in der Pension Alpenrose zu nächtigen, in der auch Jennerwein oft abstieg.

»Ein wirklich schöner Blick auf die Berge, das muss ich sagen.«

Hansjochen Becker brachte eine schwere, durchsichtige Plastiktüte und legte sie behutsam auf den Tisch. Er verzog sein Gesicht zu einem kleinen Grinsen.

»Lassen wir Herrn Dirschbiegel lieber nicht damit alleine. Denn das Glitzerzeug dürfte ziemlich viel wert sein. Und Gelegenheit macht Diebe.«

Hölleisen holte sich eine Lupe und betrachtete einige Stücke genauer. Bei einem entfuhr ihm ein überraschter Schrei.

»Öha! Das da ist ein Haftel.«

»Was in aller Welt ist ein Haftel?«

»Eine Agraffe. Also eine Schürzenschließe. Da braucht man bei der Werdenfelser Sonntagstracht schon zehn oder zwanzig Stück davon. Vielleicht auch dreißig. Je mehr und je silberner, desto besser ist die Partie, mit der man tanzt.«

»Sie kennen sich gut mit Trachtenschmuck aus, Herr Hölleisen«, bemerkte Dirschbiegel.

»Ein bisserl, ja. Ich bin Mitglied im Volkstrachtenerhaltungsverein. Da lernt man so was.«

Maria Schmalfuß ließ den Löffel geräuschvoll in ihrer Kaffeetasse kreisen.

»Siebzehn Kilo historisches Silber – das wird natürlich in allen Zeitungen stehen. Hoffentlich inspiriert das nicht die Diebeszunft.«

Dirschbiegel schüttelte den Kopf.

»Nein, rein professionell gesehen, ist die Methode unterm Strich viel zu aufwändig. Die momentane Tendenz geht mehr zum sogenannten *Napping*. Vielleicht haben Sie schon einmal von Art-Napping gehört. Man ›entführt‹ das Bild oder das Schmuckstück und erpresst Lösegeld. Wirklich eine saubere Sache, das muss ich schon sagen. Aber was erzähle ich Ihnen! Das wissen Sie doch wahrscheinlich besser.«

Ludwig Stengele kam ins Zimmer. Er hatte eine halbe Stunde mit Christian Trockenschlaf im Vernehmungsraum verbracht.

»Keine Chance mit dem Kerl. Ich bekomme nichts aus ihm heraus. Vielleicht weiß er aber auch nichts.«

»Lassen Sie mich mit ihm reden«, sagte Dirschbiegel.

Alle blickten zu Jennerwein.

»Es spricht eigentlich nichts dagegen. Ich werde jedoch mitgehen.« Dann fügte er spitz hinzu: »Natürlich nur, wenn du nichts dagegen hast, Dirschbiegel.«

Christian Trockenschlaf saß am Tisch und hatte das Gesicht in die Hände gelegt.

»Was wollen Sie schon wieder?«, sagte er, ohne aufzublicken.

Dirschbiegel und Jennerwein schlossen die Tür des Vernehmungsraums. Dirschbiegel setzte sich schweigend, Jennerwein lehnte sich mit dem Rücken an die Wand. Trockenschlaf sah immer noch nicht auf.

»Wenn Sie nicht aufpassen«, begann Dirschbiegel beiläufig und fast kameradschaftlich, »dann droht Ihnen die Klapse. Das biegen die Gemütsdeuter so hin, verlassen Sie sich drauf. Ihnen wird ein Mord vorgeworfen, bei dem Sie noch weitere sieben Leute hopsgehen haben lassen, ohne mit der Wimper zu zucken. Dann kommt noch ein Angriff auf Polizeibeamte dazu, der nur zufällig glimpflich ausgegangen ist. Aus so viel krimineller Energie stricken die mit Leichtigkeit was Krankhaftes. Und aus der Nummer kommen Sie nie mehr raus.«

»Sind Sie Psychologe oder so was?«

»Nein, ich bin fast die Hälfte meines Lebens im Knast gesessen. Ich weiß, wie der Hase läuft. Sie sind sich sicher im Klaren darüber, dass Sie hinter Gitter kommen. Aber sehen Sie um Gottes willen zu, dass Sie nicht in der Psychiatrie landen.«

Jetzt erst blickte Trockenschlaf auf und musterte den eleganten Mann.

»Wer sind Sie? Was haben Sie für eine Funktion?«

»Ich helfe.«

»Der Polizei?«

»Ihnen.«

Eine lange Pause entstand.

»Es ist ja wohl aussichtslos«, sagte Christian Trockenschlaf schließlich mit dünner Stimme.

Dirschbiegel beugte sich über den Tisch.

»Haben Sie nicht irgendwas, das die polizeilichen Ermittlungen erleichtern würde?«, fragte er sanft und leise. »Werfen Sie denen nur einen kleinen Brocken hin. Nur, um guten Willen zu zeigen. Das hilft ungemein.«

»Einen Brocken hinwerfen?«, fragte Trockenschlaf mit erstickter Stimme. »Was meinen Sie damit?«

Jennerwein bedeutete Dirschbiegel, dass er übernehmen wollte.

»Haben Sie nicht eine Information, die uns bei der Suche nach dem verschwundenen Ballon helfen würde?«, fragte der Kommissar.

»Wie: Suche?«, fragte Trockenschlaf verwundert. »Suchen

Sie denn noch nach dem Ballon? Aber der ist doch abgestürzt, oder?«

»Wir werden ihn finden – so oder so. Die Bergwacht sucht nach wie vor mit mehreren Maschinen. Und nicht nur das. Die Mitarbeiter des prominenten Zeitgenossen, der mit im Ballon war, fliegen mit eigenen Hubschraubern. Wir finden ihn. Verlassen Sie sich drauf.«

Trockenschlaf machte keinen Hehl aus seiner Verblüffung. Nach einer Pause sagte er:

»Ich kann nichts zum weiteren Geschehen dort oben sagen. Ich bin mit meinem Fallschirm abgesprungen, und der Ballon über mir ist explodiert. Mehr habe ich nicht mitbekommen.«

»Haben Sie den gleichen Sprengstoff verwendet wie heute Nacht?«

»Ja. Ich wollte eigentlich alle sechs Sprengstoffschläuche zünden. Aber in der Eile konnte ich nur vier anbringen.«

»Woher haben Sie den Sprengstoff?«

»Aus der Apotheke. Ich bin Bauingenieur und habe im Studium als Hilfs-Sprengmeister gearbeitet.«

»Haben Sie beide denn Handys dabeigehabt?«

»Dieser Zunterer hat uns gesagt, sie funktionieren in diesen Höhen nicht. Was natürlich Unsinn ist. Er wollte nur kein Handy-Gequatsche haben. Katharina hat ihres gar nicht erst mitgenommen. Ich hatte meines natürlich dabei.«

»Haben Sie oder Ihre Frau sonst irgendeinen Gegenstand mitgenommen, der uns bei der Suche helfen könnte?«

Trockenschlaf überlegte lange.

»Na, vielleicht –«

»Ja?«

»Sie hatte so eine Uhr. Von Cartier. Mit einem ätzenden Glockenschlag. Eine Funkuhr mit GPS-Steuerung. Irgendein spezielles Relais –«

Mit wenigen Schritten war Jennerwein draußen, um Becker, den technisch Versiertesten im Team, hinzuzuziehen.

»Eine GPS-Funkuhr sagen Sie? Mit Cadmium-Relais?«

»Ja. Ist es denn möglich, solch eine Uhr zu orten?«

»Nein, das nicht. GPS sendet kein Ortungssignal. Man kann aber mit einigem Aufwand feststellen, wo das GPS-Signal empfangen wird. Ich mache mich gleich dran.«

Jennerwein stand auf und warf sich eine Jacke über.

»Gut, Becker, tun Sie das. Ich entschuldige mich für eine halbe Stunde. Ich habe noch etwas Wichtiges zu erledigen.«

»Geht klar, Chef.«

»Gibt es schon etwas Neues von der Bergwacht?«, fragte Ostler, als er Stengele auf dem Gang traf.

»Nein, nicht dass ich wüsste«, antwortete der Allgäuer. »Die Burschen würden mir sofort Bescheid geben, wenn sie auch nur ein Fuzzelchen von dem Ballon finden würden.«

»Und unsere geheimnisvollen unbekannten Helfer?«

»Zu denen haben wir keinen laufenden Funkkontakt. Die melden sich, wann sie wollen. Einer hat mich ganz aufgeregt angerufen. Aber es war wohl doch falscher Alarm. Das ist ein ziemlicher Chaotenhaufen. Ich würde mich nicht auf die verlassen.«

Auf dem Viersternefriedhof des Kurorts standen Ursel und Ignaz Grasegger vor dem Grab Eulalia Lippls.

»Es hat sie nie gegeben und es wird sie auch nie geben«, sinnierte Ignaz. »Und trotzdem hat sie ein Grab. Das ist doch verrückt, oder?«

Ursel zog die Stirn in Falten.

»Ich weiß schon, Ignaz. Bei Föhn kriegst du immer deinen Philosophischen.«

Ein drahtiger Mann mit scheinbar ziellos von Punkt zu Punkt springenden Augen trat zu ihnen.

»Was geschieht denn jetzt mit der Dirschbiegel-Sache? Wie soll ich da weiterverfahren? Gibt es neue Aufträge von Jennerwein?«

»Wir haben nichts dergleichen von ihm gehört, Swoboda.«

»Um so besser. Dann hat ja der eine Brief von mir anscheinend schon voll eingeschlagen.«

»Der Meinung bin ich auch«, pflichtete Ursel bei. »Allerdings treffen wir uns jetzt gleich mit Jennerwein, er ist schon auf dem Weg hierher. Mal schauen, was er will.«

»Hast dus schon gehört?«, fragte Ignaz. »Die haben den Zahnarzt geschnappt. Heute Nacht.«

Swoboda pfiff durch die Zähne.

»Das allerdings ist noch niemandem gelungen. Man sagt, dass der wirklich mal als Dentist praktiziert hat. Irgendwo in der Normandie.«

»Oh, là, là!«, sagte Ignaz.

»Eine reife Leistung, den zu fassen. Der Jennerwein und seine Truppe, die müssten auf unserer Seite stehen! Aber da kommt er ja schon. Ich glaube, ich lasse mich lieber nicht blicken.«

Swoboda verschwand zwischen den Gräbern und Koniferen.

»Ich muss mich für meinen voreiligen Verdacht entschuldigen«, sagte Jennerwein zu Ursel und Ignaz. »Das wollte ich Ihnen persönlich sagen. Deshalb das Treffen hier.«

»Gilt schon«, antwortete Ursel. »Wollen Sie noch zum zweiten Frühstück zu uns kommen, Herr Kommissar? Oder sind Sie dienstlich da? Aber auch das könnten wir bei einem Erdäpfelsalat besprechen.«

»Nein danke, ich bin in Eile.«

»Die Apoplexie trifft die G'schwinden«, sagte Ignaz.

»Sie haben Ihre Sache sehr gut gemacht«, fuhr Jennerwein fort. »Der zugesteckte Brief – ein genialer Streich. Ich habe aber noch einen Auftrag für Sie. Es wird der letzte sein. Dann werden sich unsere Wege wieder trennen.«

»Weiß mans«, murmelte Ignaz. »Unsere Wege haben sich bisher immer wieder gekreuzt.«

»Ich habe Ihnen hier einen Text in Stichworten aufgeschrieben. Der muss entsprechend umformuliert werden, Sie wissen schon: im Szene-Jargon. Der Brief sollte dann wieder bei Dirschbiegel landen.«

»Beim Dirschbiegel?«, rief Ignaz erstaunt. »Das wird aber schwierig werden. Meinen Sie, der lässt sich zweimal hintereinander austricksen?«

Jennerwein wandte sich zum Gehen.

»Sie werden sicher eine Möglichkeit finden, Dirschbiegel die Nachricht zukommen zu lassen. Sehen Sie es als Herausforderung. Sie würden mir – und Dirschbiegel – damit einen großen Gefallen tun. Und vernichten Sie bitte diesen Zettel mit den Stichworten. Aber wem sage ich das.«

Jennerwein verabschiedete sich. Swoboda kroch wieder aus dem Gebüsch.

»Da braucht es einen guten Plan«, sagte er unternehmungslustig, nachdem ihm die Graseggers von Jennerweins Auftrag erzählt hatten. »Der Dirschbiegel wird sich nämlich nicht mehr so leicht übertölpeln lassen. Ich bin ja kein professioneller Taschendieb.«

»Vielleicht hilft dir die Giacinta«, sagte Ignaz. »Ich persönlich würde die hohe Kunst des Betrugs sowieso in geübte italienische Hände legen.«

»Wie wäre es denn mit der Liebespaar-Nummer?«, schlug

Ursel vor. »So ein alter Krauterer wie der Dirschbiegel fällt hundertprozentig darauf rein.«

»Die Liebespaar-Nummer?«, fragte Swoboda. »Die kenn ich gar nicht.«

»Dann wird es höchste Zeit.«

59

Nicole war als Nächste mit dem Versuch dran, den Mann mit der Kombizange zum Reden zu bringen. Doch auch sie hatte wie die anderen kein Glück. Er schien ihr zwar gelangweilt zuzuhören, nickte auch ab und zu, machte aber keinerlei Anstalten, ihre Fragen zu beantworten oder gar eine Aussage zu machen.

»Wer ist Ihr Auftraggeber?«

» – «

»Warum haben Sie gerade Dirschbiegel angegriffen?«

» – «

»Aus welchem Grund musste Frau Dr. Weidinger sterben?«

» – «

»Nochmals: Wer ist der Auftraggeber?«

» – «

Was hatte Jennerwein immer zu ihr gesagt? Sich von einer Situation ein Bild machen. Durchchecken, was normalerweise zu diesem Bild gehört. Dann innerlich einen Schritt zurücktreten. Nochmals durchchecken. Feststellen, was nicht zu diesem Bild passt. Was störte hier? Was war fremd? Was fiel aus dem Rahmen?

Nicole brach mitten im Satz ab, lehnte sich zurück und beobachtete den schweigsamen Klotz aufmerksam. Sein Gesicht erstarrte. Vollkommen reglos glotzte er sie an. Sie war sich sicher: Irgendetwas arbeitete in dem. Über irgendetwas dachte er nach. Er schien jetzt fast ärgerlich darüber zu sein, dass sie ihm wortlos gegenübersaß. Das vorherige Frage-keine-Antwort-Frage-keine-Antwort-Spiel schien ihm besser gefallen zu haben. Nicole stand abrupt auf und verließ wortlos den Raum. Sie nahm sich nochmals Stengeles Vernehmungsprotokoll vor. Keine Auffälligkeiten, auch hier hatte der Zahnarzt beharrlich geschwiegen. Das war selten bei Stengele. Der Allgäuer war sehr geschickt bei Befragungen, er bekam immer etwas heraus. Er hätte auch einen Stein ausgequetscht und ihm ein Geständnis entlockt. Dann las sie das Protokoll durch, das Stengele bezüglich der Festnahme des Zahnarztes angefertigt hatte. Eine wüste Sache! Auch dieser französische Kommissar Delacroix hatte seine Bemerkungen zu dem Mann mit der Zange geschickt. Er charakterisierte ihn als brutal, gradlinig, zielstrebig, unverschnörkelt. Nicole seufzte. Ein paar Dinge in diesem ganzen Protokollwust passten nicht zusammen. Sie nahm sich nochmals Stengeles Festnahmebericht vor. Sie versuchte, die Schilderung der Geschehnisse so zu lesen, als würde sie die das allererste Mal zu Gesicht bekommen:

»... Der Täter schlug um sich und versuchte sich der Fixierung mit dem Kabelbinder vehement zu entziehen, ohne Rücksicht auf Selbstverletzung, über das normale Maß hinaus. Wir hätten ihn schon fast gehabt, da kamen Polizeikollegen hinzu, die die Situation gründlich missverstanden haben. Der Täter schlug mir mit einem harten Gegenstand auf die Hand, so dass ich den Kabelbinder kurz losließ ...«

Mit einem harten Gegenstand? Bei der Durchsuchung des Zahnarzts wurde kein solcher Gegenstand gefunden. Ohne Rücksicht auf Selbstverletzung? Über das normale Maß hinaus? Wollte der Zahnarzt mit diesem übertrieben dramatischen Gewaltexzess etwas verdecken? Dabei war er doch laut Delacroix ein gradliniger Typ, der nur das Nötigste tat und auch scheinbar ausweglose Situationen gut einschätzen konnte. Wie war er diesen ›harten Gegenstand‹ losgeworden? Und was war das für ein Gegenstand: noch eine Kombizange? Irgendein anderes Werkzeug, das er bei sich hatte? Niemand konnte sich daran erinnern.

Nicole sprang plötzlich auf. Sie wusste jetzt, wonach sie suchte.

»Ich bin gleich wieder da«, rief sie ins Besprechungszimmer zu den verdutzten Kollegen. Ein paar Sekunden später saß sie im Auto. Mit kreischenden Bremsen hielt sie vor dem Kongresshaus. Im Foyer war es still. Alle saßen wohl schon wieder im Vortragssaal und lauschten gebannt einem neuen Referat zur Gewaltprävention. Nicole suchte in den Papierkörben. Sie suchte in und hinter den Blumenkästen. Sie suchte unter den Teppichen. Auf den Schränken. Hinter den Balustraden.

»Haben Sie was verloren, Fräulein?«

»Ja, mein Handy. Könnten Sie mir suchen helfen?«

Jetzt kroch der Hausmeister ebenfalls auf dem Boden herum. Mit der Taschenlampe leuchtete er unter die Schränke.

»Da hinten liegt eins!«, rief der Hausmeister.

»Nicht anfassen!«

Das Handy war an. Im Speicher eine einzige Nummer. Eine Münchner Nummer. Ohne Namen. Klar, sie hatte nichts anderes erwartet. Sie wählte.

»Ja, bitte?«

Der Stimme nach ein älterer Herr.

»Hallo?«

»Ja?«

Knistern in der Leitung.

»Ja? Was wollen Sie?«

»Äh – Ich glaube, ich habe mich verwählt.«

Der Mann erwiderte nichts darauf. Kein *Macht nichts!*, kein *Pech für Sie!*, nichts. Er beendete das Gespräch auch nicht. Er blieb in der Leitung. Sie hörte ihn atmen. Er wartete auf etwas. Als Nicole nichts weiter sagte, legte er schließlich doch auf. Nicole spürte es über hundert Kilometer hinweg: Dieser Mann hatte einen anderen Anruf erwartet. Einen ganz anderen.

»Gut gemacht, Nicole«, sagte Jennerwein im Revier. »Sie glauben, dass das der Auftraggeber des Zahnarztes ist?«

Er sagte es zögerlich. Wenn der Auftraggeber wirklich aufflöge, dann könnten Dinge über Dirschbiegel ans Tageslicht kommen, die äußerst unangenehm wären. Für Dirschbiegel. Und für ihn selbst.

»Ich bin mir nicht sicher«, sagte Nicole, der das Zögern des Chefs durchaus aufgefallen war. »Aber ich denke, wir sollten ihn überprüfen. Ich habe schon eine Personenauskunft angefordert.«

»Ach. Sie haben schon –«

»Ja. Sein Name ist Erwin Hofmeister. Braver Bürger, solide Existenz, ohne jede polizeiliche Auffälligkeiten. Er war Bankangestellter, ist aber schon längst pensioniert.«

Jennerwein richtete sich erschrocken auf.

»Bankangestellter? Doch wohl nicht etwa bei der Deutschen Bank?«

»Das geht aus dem Profil nicht hervor. Aber das bekommt man ja schnell heraus. Soll ich –«

»Nein, nein, das erledige ich selbst«, sagte Jennerwein schnell, etwas zu schnell, denn er bemerkte den verwunderten Blick von Nicole. Blitzte bei ihr nicht sogar eine Spur Misstrauen auf?

»Oberste Priorität hat der Trockenschlaf-Fall«, sagte er so selbstverständlich wie möglich. »Wir müssen unbedingt dieser Cartier-Uhr-Spur nachgehen.«

»Ja klar, das hat Priorität«, sagte Nicole mit einem Unterton, den er nicht von ihr kannte. »Ich frage bei Becker nach, wie weit er mit der Ortung ist.«

Jennerwein ging ins Nebenzimmer und setzte sich an den Computer. Erwin Hofmeister. Bankangestellter. Wie er vermutet hatte. Hofmeister war der Mann, der 1971 den Geldsack mit den zwei Millionen Mark zum Fluchtauto gebracht hatte. Seinem Antrag auf Frühpensionierung war stattgegeben worden. Erwin Hofmeister. Jennerwein erinnerte sich. Er hatte den Namen auch im Archiv des Präsidiums gelesen.

Und jetzt erkannte Jennerwein die Zusammenhänge.

Das Foto von Erwin Hofmeister war in allen Zeitungen abgebildet gewesen, er druckte eines davon aus. Er ließ den Mann, den sie den Zahnarzt nannten, von Ostler nochmals in den Vernehmungsraum führen.

»Danke, Polizeihauptmeister. Ich komme allein zurecht.«

»Soll ich nicht lieber –«

»Nein, gehen Sie nur. Priorität hat der Trockenschlaf-Fall.«

»Ja, da haben Sie recht, Chef.«

Jennerwein zeigte dem schweigsamen Zahnarzt das Foto und beobachtete ihn dabei genau.

»Kenne ich nicht«, sagte der regungslos.

Regungslos. Wirklich regungslos?

»Sehen Sie genau hin.«

»Habe ich doch gerade gesagt: Kenn ich nicht.«

Abgesehen von einem nervösen Augenzucken, das wohl noch von der Pfefferspray-Attacke herrührte, fiel Jennerwein die winzige Veränderung im Gesicht des anderen auf. Kenn ich nicht. Dabei hatte er die Lippen leicht vorgeschoben, wie wenn er drauf und dran wäre, ein pf! auszustoßen. Kenn ich nicht. Zusätzlich hatte er den Kopf leicht schräg gelegt, die Augen jedoch nicht von Jennerwein abgewandt, was den Eindruck des Schielens vermittelte. Kenn ich nicht. ... *so suche ich den Ausdruck meines Gesichtes so viel als möglich dem seinigen anzupassen, und dann warte ich ab, was für Gedanken oder Gefühle in mir aufsteigen* ... Jennerwein versuchte das Mienenspiel des Mannes zu imitieren. Lippen vor, Kopf schräg, Augen starr auf das Gegenüber. Und wieder funktionierte es. Ein ängstliches Gefühl stieg in Jennerwein auf, ein Gefühl, als ob er sich furchtbar beherrschen müsste. Das Gefühl der Qual, etwas nicht äußern zu dürfen.

Jennerwein wusste jetzt, welche Rolle sein Vater bei dem Bankraub gespielt hatte. Und es war ihm überhaupt nicht wohl dabei.

60

Natürlich, klar, es war eine eiserne Regel: Man sollte niemals zum Tatort zurückkehren. Und Lazlo war bisher auch gar nicht auf den Gedanken gekommen, das zu tun. Aber jetzt, nach so langer Zeit! Er war zweiundzwanzig Jahre im Knast gesessen, er hatte danach einige Jobs bekommen, bessere und schlechtere. Er hatte studiert, er hatte ein Buch geschrieben. Viele Dinge hatte er darin verschweigen müssen. Und jetzt war er wieder in München. Was war schon dabei, einen Blick auf die Bank in dieser verfluchten Prinzregentenstraße zu werfen. Vierundvierzig Jahre war das jetzt her. Kein Mensch konnte ihn davon abhalten. Er stieg in die U-Bahn. Er wollte vermeiden, denselben Weg zu nehmen, den er damals mit Mayr gegangen war. Keine Sentimentalitäten. Er wollte sich einfach die Straße vor der Hausnummer 70 ansehen und sich dann wieder verdrücken. In der Einsteinstraße stieg er zögerlich aus. Als er am Prinzregententheater vorbeikam, beschlich ihn freilich doch ein mulmiges Gefühl. Roch es nicht wie damals? Nach Hopfen und verschüttetem Bier von der nahe gelegenen Brauerei? Er blickte auf und erschrak. Es hatte sich nicht so arg viel verändert. In einiger Entfernung konnte er schon den Feinkostladen erkennen, der sie mit Brotzeitpackerl beliefert hatte. Qualität aus Leidenschaft. Gegenüber lag die kleine Filiale der Deutschen Bank. Lazlo zögerte. Er wechselte die Straßenseite und blieb stehen. Hier war die Stelle, an der Mayr verreckt war wie ein Hund. An den Füßen hatten sie ihn zum Randstein geschleift. Die Menge hatte vor Begeisterung getobt und geklatscht.

Lazlo ging weiter und geriet in eine Gruppe von Spaziergängern, die angestrengt in die Höhe blinzelten. Ach, so: eine Touristengruppe. Ein Fremdenführer zeigte dahin und dorthin, er sprach von Richard Wagner und Ludwig II. und erklärte, was der Komponist in München getrieben hatte und wie viel Geld er dem König abgeknöpft hatte. Lazlo tappte mit der Gruppe mit. Der Fremdenführer beschrieb, wo das ehemalige Wohnhaus Hitlers stand, er zeigte auf die Eissporthalle, schließlich auf den Feinkostladen. Auf die Deutsche Bank zeigte er allerdings nicht. Das war wohl kein historischer Ort. Die Filiale war kleiner, als Lazlo sie in Erinnerung hatte. Die Außenfassade hätte einen Anstrich vertragen. Als die Touristengruppe weiterzog, betrat Lazlo kurzentschlossen die Bank. Er stellte sich an einem Schalter an, doch als er an der Reihe war, wusste er nicht, was er sagen sollte. Draußen auf der Straße stolperte er fast über eine ältere Dame, die ihren Hund Gassi führte. Sie sprach ihn in geziertem Münchner Dialekt an.

»So, aufpassen, gell! Sind Sie fremd hier? Was suchen Sie denn?«

»Ist das die Bank, wo damals der Raubüberfall stattgefunden hat?«

Etwas anderes war Lazlo nicht eingefallen. Die Frau nickte. Sie beugte sich über ihren Hund. Dort drüben hatte das Fluchtauto gestanden. Ein dicker Mann, der irgendwie wie Heinz Erhardt aussah, nur nicht so lustig, hatte den Geldsack gebracht und ihn an den Autoreifen gelehnt. Im Knast hatte Lazlo Gerüchte gehört, dass die zwei Millionen im Trubel um den Zugriff verschwunden wären. Dass die Bank bloß nichts davon gesagt hat, um sich nicht noch mehr zu blamieren.

»Ja, freilich ist das die Bank. August 1971. Ich kann mich noch gut erinnern.«

»Wohnen Sie in der Gegend?«

»Im Haus nebenan. Ich bin spazieren gegangen damals. Als ich wieder heimwollte, hat mich die Polizei nicht mehr durchgelassen. Alles war voller Leute! So viel Leute habe ich nie mehr auf einem Haufen gesehen.«

Lazlo verabschiedete sich von der Dame. Er ging noch einmal in die Bank und stellte sich hinter das Fenster, durch das er damals in der roten Ku-Klux-Klan-Mütze nach draußen geschaut hatte. Ein Gedanke ließ ihn nicht los: Es hätte klappen können. Er versuchte, den Gedanken abzuschütteln. Er war jetzt achtundsechzig Jahre alt. Er sah aus wie ein seriöser älterer Herr, vielleicht wie ein pensionierter Bankfilialleiter. Verbrechen war etwas für junge Leute, dachte Lazlo. Er griff in seine Jackentasche und holte eine kleine, zerdrückte Rose heraus. Er ging zu der Stelle, wo Mayr von Kugeln durchsiebt gelegen hatte, und warf sie auf den Boden. Der Fahrtwind der Autos wehte sie sofort weg.

»Wir müssen jetzt die Gänsegeier anlocken«, sagte Marco Zunterer in der Nordwand der Großen Klaislspitze. »Wir reißen eine Seite aus Dünsers Witzebuch heraus, schreiben eine Nachricht drauf und befestigen sie am Erkennungsring des Vogels. Und wir malen die Viecher rot an. Mit deinem Lippenstift. Auf diese Weise fallen sie dem Wildhüter von der Vogelwarte auf, er schaut dann mit Sicherheit nach, was da los ist.«

Migränemargret schüttelte skeptisch den Kopf.

»Und was schreiben wir? Wir wissen nicht, wo wir sind.«

»Ich fertige eine Skizze der gegenüberliegenden Berge an. Ich zeichne die Positionen des Sonnenaufgangs und -untergangs ein. Das müsste genügen, um uns zu lokalisieren.«

Beide schwiegen.

»Der Plan ist gut. Bleibt bloß die Frage, wie wir einen Geier dazu bringen, hier zu landen.«

Marco zuckte die Schultern. Dann hob er die linke Hand und betrachtete seinen ausgestreckten kleinen Finger.

»Was hast du vor?«, fragte Margret erschrocken.

Wortlos legte Marco den Finger auf eine kleine, scharfkantige Felserhebung am Boden.

»Du hast feste Bergschuhe an, Margret. Du musst es tun.«

»Was muss ich tun?«, fragte sie entgeistert.

»Einfach draufspringen.«

Wieder verging eine lange Zeit.

»Ich kann das nicht«, sagte Margret schließlich. »Und außerdem: Was, wenn es beim ersten Mal nicht klappt? Wer von uns bringt die Disziplin auf, es noch mal zu versuchen?«

»Ich habe eine Einzelkämpferausbildung«, sagte Marco matt. »Ich steh das durch.«

Seine Euphorie war wieder verflogen.

»Nein, es muss eine andere Möglichkeit geben«, fuhr Margret fort. »Da hinten an der Wand fließt dauernd Wasser runter. Das ist doch sicher für kleine Viecher interessant. Irgendwelche Bergmäuse. Insekten, was weiß ich. Die könnten wir als Köder benutzen. Und nicht deinen Finger.«

Marco Zunterer richtete sich plötzlich auf.

»Mensch, bin ich ein Idiot!«

»Was ist los?«

»Kannst du dich noch erinnern, was Ödön gesagt hat? *Hasenpfotä. Hat mir der Schweizer Clown Grock gä-schänkt. Bringt Glück in großen Höhän.* Das Teil habe ich ganz vergessen.«

In einer Ecke lagen die Habseligkeiten der Ballonteilnehmer. Die Altbayrischen Witze von Dünser. Ein Seil. Und eben auch Ödöns Hasenpfote, die ihm kein Glück gebracht hatte.

»Vielleicht bringt sie uns Glück.«

Sie nahmen den Talisman aus dem Säckchen und befestigten ihn am Seil. Sie legten ihn an den Rand der Felsnische. Dann verzogen sie sich in die entfernteste Ecke.

Sie warteten schweigend. Eine Stunde. Zwei Stunden. Immer wieder glaubte Margret ferne Motorengeräusche zu hören. Dann stieß sie Marco an, und beide lauschten verzweifelt. Marco schüttelte jedes Mal den Kopf. Wieder nichts. Sie warteten weiter.

Plötzlich rissen beide die Augen auf und hielten den Atem an, dass ihnen die Brust schmerzte. Ein riesiger, schwarzbrauner Vogel mit schneeweißem Kopf war über der Felsnadel erschienen. Sie hörten sein aufgeregtes Keckern. Er war so nah, dass sie den Wind seiner Flügelschläge spüren konnten. Und dann ließ er sich in der Nische nieder.

61

»Ich habe mir geschworen, dass ich meinen Beruf an den Nagel hänge, falls ich diese Kombizangensache heil überstehe«, sagte Dirschbiegel zu Jennerwein. »Und ich höre auf. Darauf kannst du dich voll und ganz verlassen.«

Inzwischen waren einige Tage vergangen, Vater und Sohn fuhren in dreitausend Meter Höhe mit einem Heißluftballon über die Alpen. Sie befanden sich auf dem Weg vom Kurort nach Venedig, irgendwo in der Mitte der Strecke, auf dem Rücken des mächtigen Nordföhns. Die Wolkenformationen um sie herum ballten sich zusammen wie die Sixpacks auf dem Bauch eines blassen Muskelprotzes. Die Sonne glühte so heiß wie das Herz von Kaiserin Sisi, als sie nach all den mühsamen Jahren in Österreich endlich wieder bayrischen Boden betrat.

»Zeig mir doch mal den Drohbrief«, sagte Jennerwein.

»Ich habe ihn weggeworfen«, antwortete Dirschbiegel mit einem kleinen, spitzbübischen Lächeln. »Was da geschrieben stand, wirft kein besonders gutes Licht auf mich.«

»Und was stand geschrieben?«

»Gemeiner und ehrabschneiderischer Kram.« Dirschbiegel lachte verächtlich. »Zum Beispiel, dass ich nicht mehr tragbar wäre für die Zunft, wenn ich mir so leicht etwas in die Tasche stecken ließe. Dass ich für diskrete Aufträge sowieso nicht mehr zu gebrauchen wäre, wenn ich sooo furchtbar engen

Kontakt zur Polizei hätte. Und so weiter. Mein Ruf in der Szene ist ruiniert. Ich frage mich, wer solche Detailkenntnisse hat.«

»Wie bist du zu dem Brief gekommen?«

»Das ist das Peinlichste an der Sache: Ich habe keine Ahnung! Ich habe aufgepasst wie der sprichwörtliche Haftelmacher, aber es müssen Meister ihres Fachs gewesen sein. Vielleicht war es das italienische Liebespärchen, das mich gebeten hat, ein Foto von ihnen zu schießen.«

Jennerwein konnte sich ein Grinsen nicht verkneifen.

»Ein italienisches Liebespärchen, sagst du?«

»Ja, Touristen auf Hochzeitsreise, keine Ahnung. Wenn sie es waren, dann beherrschen sie ihr Handwerk.«

»Ich könnte natürlich mein Team darauf ansetzen. Du hast meine Mitarbeiter ja kennengelernt.«

»Hervorragende Leute sind das! Gratuliere. Aber lass mal. Wenn mir noch einmal ein Brief zugesteckt wird, dann melde ich mich wieder. Aber ich glaube nicht, dass da noch was nachkommt. Der Brief hat ziemlich endgültig geklungen.«

Jennerwein nickte zufrieden. Die Graseggers hatten sich sichtlich Mühe gegeben.

»Läuft da eigentlich was mit der Psychologin?«, fragte Dirschbiegel unvermittelt.

Jennerwein wandte sich um und zeigte über den Ballonkorb hinweg auf eine markante Bergkette.

»Das dürfte der Oberkogler Dreispitz sein. Bei Föhn sind die Berge zum Greifen nah. Schau: Man sieht sogar Kletterer.«

»Ja, manches ist zum Greifen nah. Und doch so weit weg.«

Sie fuhren eine Weile schweigend dahin. Es gab zwar ein Pilotenabteil, aber niemand steuerte. Der Heißluftballon fungierte als Drohne, die Bayrische Polizei verwendete das Gefährt für unbemannte Beobachtungseinsätze. Der Ballon war noch in der Versuchsphase und wurde vollautomatisch von einem Techniker der Leitstelle gefahren. Die Mitglieder des Familientreffens hatten den Himmel also ganz für sich alleine. Ein Blick auf die Instrumentenanzeige: Sie befanden sich auf dreitausend Meter Höhe, über unbewohntem Gebiet. Dirschbiegel öffnete die große Tasche, die er mitgebracht hatte.

»Sag einmal, Jennerwein –«

»Ja?«

»Wollen wir uns nicht endlich mit Vornamen anreden? Das ist ja langsam lächerlich. Jetzt, wo ich ein anständiger Bürger geworden bin.«

Ein leises Lachen ertönte.

»Einverstanden.«

Sie gaben sich die Hand und umarmten sich. Dann schwiegen sie wieder. Jennerwein bemerkte, dass Dirschbiegel nach Worten rang. Er ließ ihm Zeit. Eine Sache musste noch besprochen werden. Der Bankraub.

»Was soll ich groß drumherumreden«, begann Dirschbiegel zögerlich. »Du hast ja sicherlich bei deinen Recherchen schon einiges herausbekommen. Ich war damals bei der Geiselnahme 1971 unter den Zuschauern.«

Jennerwein blickte seinen Vater ruhig an. »Ja, ich weiß. Ich habe einen Zeugen gefunden, der dich dort gesehen hat.«

»Ich glaube, den Zeugen kenne ich. Kasimir. Kasimir Binz. Der arme Kerl. Ich habe ihn einmal in der Psychiatrie besucht. Stell dir vor: Er hat mich für einen Außerirdischen gehalten.«

Wieder erklang dieses Lachen. Ein angenehmes, perlendes Lachen.

»Welche Rolle hast du bei dem Bankraub gespielt?«, fragte Jennerwein. Er bemerkte, dass seine Stimme leicht zitterte.

Kam jetzt doch eine Wahrheit ans Tageslicht, die er gar nicht wissen wollte?

»Ich habe nicht aktiv teilgenommen«, antwortete Dirschbiegel. »Du kannst ganz beruhigt sein. Als Polizist, als Ehrenmann, als Sohn, was weiß ich. Es waren politisch aufgeheizte Zeiten. Man war gegen das Bürgertum. Banken und Sparkassen waren finstere Orte, Symbole des Kapitalismus. Ich war im Stadtteil Ramersdorf Mitglied einer kriminellen Clique. Da kam der Plan mit der Deutschen Bank auf. Reingehen, Knarre hoch, Geld in den Sack, raus, reich. So haben wir uns das vorgestellt. Ich habe mich überreden lassen, als Berater und Koordinator mitzumachen.«

»Berater? Rein juristisch bist du dadurch Mittäter.«

»Ich weiß. Und ich bereue das zutiefst. Es war der einzige Bankraub, an dem ich beteiligt war und bei dem Blut geflossen ist. Ich habe Lazlo und Mayr beraten, aber sie haben nicht auf mich gehört. Wie oft habe ich auf sie eingeredet: Keine geladenen Waffen. Keine Geiselnahme. Kein Geld, das erst von außen herangeschafft werden muss. Pustekuchen! Wie das Ganze ausgegangen ist, weißt du ja.«

Jennerwein lächelte bitter und bedauernd.

»Auch der Polizei hätte ein Berater damals nicht geschadet.«

»Das ist wohl wahr. Ich dachte sogar kurz daran, durch irgendeine skurrile Aktion Panik zu erzeugen, um der Polizei die Möglichkeit zu nehmen, zu schießen. Aber dann ist mir so ein Idiot zuvorgekommen und hat ›Zugriff‹ geschrien. Eine Katastrophe.«

»Du hättest es mir sagen können.«

»Damit du die verfahrene Geschichte auch noch mit dir herumschleppen musst?!«

»Es war sicher nicht leicht für dich, die Erinnerungen all die Jahre allein mit dir herumzutragen.«

»Das ist richtig. Ich habe auch jeden Tag damit gerechnet, dass mich Lazlo verrät. Aber Hut ab: Er schweigt bis heute.«

»Dann hättest du mir nicht mehr den unschuldigen Rebellen vorspielen können.«

Dirschbiegel kratzte sich verlegen am Kopf.

»Das auch. Als der Mann mit der Kombizange vor mir stand, in der dunklen Unterführung, da dachte ich kurz, dass Lazlo ihn geschickt hat. Aber ich halte das für unwahrscheinlich. Lazlo ist 1993, vor über zwanzig Jahren, aus dem Knast entlassen worden. Warum sollte er mir jetzt erst jemanden auf den Hals hetzen? Warum nicht damals?«

»Es war nicht Lazlo, der den Zahnarzt engagiert hat. Es war der hier.«

Jennerwein zeigte seinem Vater das Foto von Erwin Hofmeister. Dirschbiegel riss erstaunt die Augen auf und pfiff durch die Zähne.

»Moment mal, den kenne ich doch! Das ist der Dicke von der Deutschen Bank. Der hat damals den Geldsack mit den zwei Millionen gebracht.«

Jennerwein lächelte geheimnisvoll.

»Wir haben ihn verhaftet. Und wie der geschimpft hat! Wie viele Jahre er gebraucht hätte, um dich zu finden!«

»Mich?«

Dirschbiegel pfiff nochmals durch die Zähne.

»Jetzt verstehe ich! Der Dicke! Das war so ein Heinz-Erhardt-Typ. Er hatte sogar die gleiche Hornbrille. Als er das Geld zum Fluchtwagen brachte, hat er so gezittert, dass ich dachte, er schafft es nicht. Geschwitzt hat er. Nervös war er. Beim Schusswechsel hat er sich auf den Boden geworfen.« Nach einer Pause sagte Dirschbiegel: »Ich hätte nicht gedacht, dass er mich beobachtet hat.«

»Und beim Schusswechsel hast du das Geld genommen?«

Dirschbiegel schwieg lange. Dann nickte er.

»Wann soll ich es sonst genommen haben! Eine größere Ablenkung gibt es nicht. Ich habe mir den Sack mit den zwei Millionen gegriffen und mich davon gemacht. Ich habe ihn versteckt. Ganz in der Nähe. Dann habe ich ihn an einem sicheren Ort deponiert. Genauer gesagt: deponieren lassen. Ich habe es nie mehr angetastet. Es ist schmutziges Geld. Außerdem habe ich befürchtet, dass es präpariert ist.«

»War es das?«

»Nein. Das ist erst später herausgekommen. Selbst dazu war die Bank zu blöd.« Dirschbiegel schüttelte verwundert den Kopf. »Der Dicke! Der also. Er lag am Boden und muss gesehen haben, wie ich mit dem Geld abgehauen bin. Er kannte mich natürlich nicht.«

Jennerwein nickte zustimmend.

»Er hat von der Bank den Auftrag bekommen, dich zu suchen. Diskret. Denn die Bank wollte das peinliche Detail mit dem verschwundenen Geldsack nicht an die Öffentlichkeit gelangen lassen. Nach seiner Pensionierung hat er auf eigene Faust weitergesucht.«

Wieder schwiegen beide. Jennerwein war zutiefst erleichtert.

»Wie hast du das Geld angelegt?«

»Auf einem Offshore-Konto in der Karibik. Dort wird nicht nach der Herkunft des Geldes gefragt. Ich hätte es übrigens jederzeit abheben können. Ich habe es aber nie angerührt. Aber stell dir vor: Es wäre im Fall meines Todes an dich bar ausbezahlt worden.«

Jennerwein zeigte keine Reaktion.

»Es sind inzwischen fast achtzehn Millionen. Also über neun Millionen Euro«.

Abermals war Gekicher zu hören.

»*Acht* Millionen, meine Herren. Das Geld in der Karibik unterzubringen hat ja schließlich auch was gekostet.«

Die Stimme war von der anderen Seite des Ballons gekommen. Die Frau hatte bisher die Berge betrachtet. Jetzt drehte sie sich zu den beiden Männern um und öffnete ihren schon von Haus aus spöttisch geschnittenen Mund zu einem breiten Lächeln. Der blaugetönte Himmel gab einen perfekten Hintergrund ab zu ihrer Erscheinung: hervortretendes, energisches Kinn, mandelförmige, fast orientalisch geschwungene Augen, katzenhafter, sich in der Ferne verlierender Blick. Sie hatte einen Seidenschal um ihren Kopf geschlungen, deshalb sah sie trotz ihres reiferen Alters immer noch aus wie Nofretete, die altägyptische Königin. Sie pfiff einen alten Schlager, der wie *Chirpy Chirpy Cheep Cheep* klang.

»Dann wollen wir mal«, sagte Dirschbiegel.

Er griff als Erster in die große Tasche, die am Boden stand und holte ein Bündel Banknoten heraus. Er löste die Banderole und warf die Scheine über Bord. Jennerwein tat es ihm nach. Die Papierfetzen flatterten langsam nach unten, dann wurden sie von einem Windstoß durcheinandergewirbelt. Abwechselnd versenkten die beiden Männer das schmutzige Geld in der Tiefe der Alpen, vielleicht an der Stelle, an der sich das Herz der großen, steinernen Eidechse befand.

Dann packte auch Jennerweins Mutter mit an.

Jeder Schritt schmerzte. Katharina Trockenschlaf fühlte, dass ihre Kräfte langsam versiegten. Seit Tagen hatte sie sich nur von Beeren ernährt und Tautropfen getrunken. Sie hatte an feuchten Rinden geleckt und Fichtennadelspitzen gekaut. Ihre Arme und ihr Gesicht waren zerkratzt vom struppigen Unterholz. Doch sie gab die Hoffnung nicht auf. Maßloser Zorn und Rachegefühle trieben sie an. Sie musste nur raus aus diesem Wald. Sie orientierte sich am Sonnenstand und stolperte weiter. Plötzlich wehte ihr ein Papierfetzen vor die Füße, der überhaupt nicht in diese Umgebung passte. Sie bückte sich, um ihn aufzuheben. Ein Fünfhundert-Euro-Schein. Wütend zerknüllte sie ihn und warf ihn weg. Doch da streifte noch ein Fetzen ihr Gesicht. Sie blickte nach oben.

Von den sonnendurchfluteten Baumkronen flatterten weitere lilafarbene Scheine auf sie herab. Sie glänzten im Licht, schaukelten im leicht säuselnden Wind des Hochwalds, blinkten und blitzten, als sie sanft durch die Luft schwebten. Katharina Trockenschlaf hob die Arme und drehte sich im Kreis. Sie sammelte die Scheine ein und war reich für ihr Lebtag.

Jetzt musste sie nur noch raus aus diesem Wald.

Zu guter Letzt: Sieben Tipps, um mit dem Klauen aufzuhören

Eins vorweg: Es ist nicht leicht, einen Schlussstrich unter dieses weitverbreitete Laster zu ziehen! Nicht nur, dass regelmäßiger Diebstahl durch die ständige Ausschüttung von Glucocorticoiden eine körperliche Abhängigkeit erzeugt. Viel schwerer wiegt bei vielen die psychische Gewöhnung. Viele Alltagssituationen (Kaufhaus, belebte Straße, Schmuckgeschäft, Schwimmbadgarderobe) sind gedanklich so fest mit der süßen Inbesitznahme fremden Eigentums verbunden, dass sich der Süchtige gar nicht vorstellen kann, wie er diese Situationen überstehen soll, ohne zuzugreifen. Hier erhalten Sie sieben wirkungsvolle Tipps für den Weg in die Freiheit.

1. Legen Sie ein Datum fest – am leichtesten ist es, von einem Tag auf den anderen aufzuhören. Wählen Sie einen Zeitpunkt innerhalb der nächsten zwei bis drei Wochen.
2. Verticken Sie bis dahin alle Einbruchsutensilien bei eBay! Werfen Sie Ihre Spreizhämmer, Peilsender und Nachschlüssel ins Wasser! Fangen Sie lieber mit dem Rauchen an. Erwerben Sie die Zigaretten aber unbedingt legal.
3. Trinken Sie möglichst viel, halten Sie auch auf der Straße oder im Juweliergeschäft stets ein Glas Wasser oder Saft bereit und nippen Sie ab und zu daran.
4. Trainieren Sie zu Hause den Erwerb von Gegenständen und Konsumgütern. Üben Sie die entsprechenden Sätze vor dem Spiegel, bis Sie diese fließend beherrschen: »Ich möchte

diese Flasche Wein kaufen. Ja, Sie haben richtig gehört: kaufen!« – »Nein, das ist kein Überfall. Ich habe ein Konto bei Ihrer Bank und möchte Geld abheben.«

5. Achten Sie auf gesunde, ausgewogene Ernährung mit viel Obst und Gemüse. Überkommt Sie die Lust, dem Nachbarn in der S-Bahn in die Tasche zu greifen, fassen Sie in die eigene und holen Sie einen Apfel heraus. Das beugt auch der unvermeidlichen Gewichtszunahme vor, die der Entzug mit sich bringt. Sehen Sie sich um: Haben Sie sich schon einmal gewundert, warum dicke Menschen so glücklich dreinschauen? Die haben alle ohne Ausnahme mit dem Klauen aufgehört.
6. Gehen Sie zu Ihrem Arzt. Zur Erleichterung des Entwöhnungsprozesses kann der süße Kick durch eine ähnliche medikamentöse Gabe ersetzt werden. Diese Ersatztherapie mildert die Entzugssymptomatik. Lassen Sie sich von Ihrem Apotheker oder Drogenhändler beraten! Halten Sie aber auch dort Ihre Hände unter Kontrolle.
7. Wenn gar nichts hilft: Steigen Sie auf harmlosere, gesündere und gesellschaftlich akzeptierte Laster um. Mobben Sie. Lösen Sie Konflikte handgreiflich. Oder denken Sie einfach mal über Ihren Partner nach. Achten Sie darauf, dass es wie ein Unfall aussieht.

(Quelle: Dipl.-Psych. Peter Stubenrauch,
Deutsches Suchtforschungszentrum)

Die geschilderten Ereignisse basieren detailgenau auf dem Banküberfall von Dimitri Todorov und Hans Georg Rammelmayr am 4. August 1971 in München. Lediglich unbedeutendere Nebenumstände und Namen wurden geändert. Die beiden Bankräuber forderten damals von der Deutschen Bank zwei Millionen Mark, es war der erste Fall einer bewaffneten Geiselnahme in der Bundesrepublik Deutschland. Rammelmayr und eine der Geiseln kamen dabei ums Leben. Einige Umstände des Überfalls konnten nie ganz aufgeklärt werden.

*In den Hauptrollen:**

HUBERTUS JENNERWEIN

›BURGLAR KING‹ DIRSCHBIEGEL

In weiteren Hauptrollen:
Polizeihauptmeister Johann ›Joey‹ Ostler
Polizeiobermeister Franz ›Hölli‹ Hölleisen
Polizeipsychologin Dr. Maria Schmalfuß
Hauptkommissar Ludwig Stengele
Kommissarin Nicole Schwattke
Spurensicherer Hansjochen Becker

Marco Zunterer · Migränemargret ·
Mann mit Sonnenbrille ·
Der Großkopferte · Székesfehérzítető Ödön ·
Dünser Karli · Katharina Trockenschlaf ·
Christian Trockenschlaf · Lazlo Mayr ·
Giacinta Spalanzani · Karl Swoboda ·
Der Mann, den sie den Zahnarzt nannten ·
Ursel Grasegger · Ignaz Grasegger

---

* Apropos Rollen. Um den gewohnten cineastischen Roll-Effekt zu gewährleisten, halten Sie bitte das Buch nach unten und bewegen Sie es dann langsam nach oben.

Special Guests:
Kasimir Binz als Kind
Kasimir Binz als Erwachsener

Ferner wirkten mit (in der Reihenfolge ihres Auftretens):
Mann im Trachtenjanker • Mann mit zu kleinem Hut • Schaulustige • Kinder • Mann mit Polaroidkamera • Zwei Polizisten in speckigen Lederjacken • Papa des kleinen Kasimir • Pressefotografen • Kriminalberichterstatter • Witzbold mit Hund • Weitere Polizisten in speckigen Lederjacken • Gefängnispförtner • Junger Justizvollzugsbeamter mit roten Flecken im Gesicht • Gonzo • Gefängnisinsassen • Danny-DeVito-Typ • Riesenmäusischer Gefängnisdirektor • Der Geschniegelte • Drogenhändler • Zwei Insolvenzbetrüger • Brandstifter • Mann mit Mundharmonika • Mann mit Taschenradio • Bulliger Mann • Gefängnispsychologe • Geiseln • Franz Josef Strauß • Verkäuferin im Feinkostladen • Mitarbeiter des Bayrischen Fernsehens • Padrone Spalanzani • Mitglieder der Ehrenwerten Familie Spalanzani • Herr Zabel • Imbissbuden-Willi • Rechtsanwältin Dr. ›Bavaria‹ Weidinger • Junger Mann mit Smartphone-Kenntnissen • Polizeipräsident • Mutiger Journalist auf dem Glasdach • ›Chief‹ Pucholdinger • Mann mit verschlafener Stimme am anderen Ende der Leitung • Ein Straßenmusiker • Ober • Knülle • Grimmig aussehender Zweimetermann mit langen, im Nacken zusammengebundenen Haaren und geschmeidigem Gang • Gemeinderätin • Kongressteilnehmer •

BKA-Mitarbeiterin • Frau mit Nickelbrille und Holzsandalen •
Professor für Forensische Psychiatrie • Informantin •
Der Dicke, der aussieht wie Heinz Erhardt • Zwei
buntgekleidete Freundinnen • Bankkassierer •
Scharfschütze 1 • Scharfschütze 2 • Kleine Soziologin mit leiser
Stimme • Team Spurensicherung • Beate Plaul aus
Zwickau-Schlunzig • Sanitäter • Klaus Jakobshagen • Die alte
Heinzlingerin • Grimm Loisl • Hacklberger Balthasar •
Apotheker Blaschek • Pfarrer • Bedienung • Egon Schott •
Erika, Materialkundlerin • Lehrerin von Kasimir •
Kasimirs Mitschüler • Sekretärin • Herr Beckmann,
Geschäftsführer • Trinkgeldgebender Araber •
Rezeptionist des Hotels Nirwana • Zwei sehr junge Mädchen •
Pförtner des Polizeipräsidiums • Junge Polizistin auf
Bibliotheksleiter • Polizeioberrat Dr. Rosenberger • Damals
junger Journalist, heute Herausgeber eines
Nachrichtenmagazins • Ein Pulk Gärtner • Onkel Kurti,
Wilderer • Elke Aschenbrenner • Kommissarin Weber •
Weinhändler • Euroschnorrer • Nachfahre des Ehepaars
Kaludrigkeit in ferner Zukunft • Mitglieder des SEK •
Kommissar Delacroix • Madeleine Dujardin • Wachtmeister
Maurice • Junger muskulöser Mann mit
Damokles-Syndrom • Herr Doktor Verständnisvoll •
Übergewichtiger Mann in Badehose • Gefürchtete
Zündlerin • Castani Peter, Bader-Wastl • Fahrer des
Lautsprecherwagens • Hausmeister Kongresshaus •
Hehler 1 • Hehler 2 • Hehler 3 • Hehler 4 •
Rettungshubschrauber-Crew • Flackeräugige
Glücksspielzocker • Angelika Kaludrigkeit • Walter
Kaludrigkeit • Polizisten, Unfallfahrer •
Touristengruppe • Fremdenführer • Ältere Dame in der
Prinzregentenstraße

Stargast:

NOFRETETE

und

QUASI, DER SOGENANNTE HUND

sowie

EIN GÄNSEGEIERPÄRCHEN

Hinweis:
Für diese Produktion sind keine Tiere
zu Schaden oder zu Tode gekommen.

Regie, Schnitt:	Cordelia Borchardt
Supervision:	Julia Schade
Fachberatung Heißluftballon:	Stefan Prestel, Limes Ballooning
Stunts:	Nicolo Witte
Spezialeffekte Pickpocketing:	Thomas Fraps
Catering:	Ursel Grasegger
Postproduktion:	Annette Scheerer
Unit Publicist:	Mirjam Schenk
Continuity:	Gisela Thomas und Kerstin Seydler
Make-up Artist:	Indra Heinz
Betreuung am Set (*swing gang*):	Anja Hruschka und Tanja Fuß
Distribution Unit:	Vertreterteam S. Fischer
Produktion, Technik:	Marion Schreiber
Buch:	Jörg Maurer

Musik:

♫ Chirpy Chirpy Cheep Cheep – Middle of the Road, 1971
♫ Heart Of Gold – Neil Young, 1971
♫ Auf der Alm, da wachst a kuglats Gras –
Tattelhofer Dreig'sang (unbek.)
♫ Widerstehe doch der Sünde – Kirchenkantate, BWV 54,
Johann Sebastian Bach, 1714

Besonderer Dank geht an:

Laienensemble des Theaterstücks
›Wenn der Tod am Bettrand jodelt‹

Wissenschaftliche Beratung:

Dr. Klaus Stubenrauch, Naturheilkundler • Dr. Stefan Stubenrauch, Kinderarzt • Dr. Niklas Stubenrauch, Literaturwissenschaftler • Dr. Tobias Stubenrauch, Religionswissenschaftler • Volker Stubenrauch, Volkskundler • Moderator Stubenrauch-TV • Georg Friedrich Stubenrauch, Heimatpfleger • Herr Stubenrauch, Plagiatsforscher • Bernadette von Bülow-Stubenrauch, Musikwissenschaftlerin • Edgar Stubenrauch, Hauptkommissar • Dipl.-Psych. Peter Stubenrauch, Suchtforscher

S. Fischer Productions MMXVI

Jörg Maurers Alpenkrimis im Hörbuch, von ihm selbst gelesen

Föhnlage
4 CDs

Hochsaison
4 CDs

Niedertracht
5 CDs

Oberwasser
5 CDs

Unterholz
6 CDs

Felsenfest
6 CDs

Der Tod greift nicht daneben
6 CDs

Schwindelfrei ist nur der Tod
6 CDs

Im Grab schaust du nach oben
6 CDs

»Große deutsche Unterhaltungsliteratur: endlich!«
Denis Scheck, SWR

Das gesamte Programm gibt es unter
www.fischerverlage.de

fi 666 048 / 9

Jörg Maurer
Föhnlage
Alpenkrimi
Band 18237

Sterben, wo andere Urlaub machen

Bei einem Konzert in einem idyllischen bayrischen Alpen-Kurort stürzt ein Mann von der Decke ins Publikum – tot. Und der Zuhörer, auf den er fiel, auch. Kommissar Jennerwein nimmt die Ermittlungen auf: War es ein Unfall, Selbstmord, Mord? Und warum ist der hoch angesehene Bestattungsunternehmer Ignaz Grasegger auf einmal so nervös? Während die Einheimischen genussvoll bei Föhn und Bier spekulieren, muss Jennerwein einen verdächtigen Trachtler durch den Ort jagen und stößt unverhofft auf eine heiße Spur …

»Mit morbidem Humor, wilden Wendungen und skurrilen Figuren passt sich das Buch perfekt in das Genre des Alpenkrimis ein, bleibt aber dank der kabarettistischen Vorbildung Maurers im Ton eigen und dank seiner Herkunft aus Garmisch-Partenkirchen authentisch.«
Süddeutsche Zeitung

»Wunderbar unernster, heiterironischer Alpenkrimi.«
Westdeutsche Allgemeine

»Virtuos komponiertes Kriminalrätsel.«
Frankfurter Allgemeine Zeitung

Fischer Taschenbuch Verlag

fi 18237 / 1

Jörg Maurer
Felsenfest
Alpenkrimi
Band 19697

Am Abgrund macht der Tod den ersten Schritt.
Der sechste Alpenkrimi von Bestseller-Autor Jörg Maurer

Geiselnahme und Mord hoch über dem idyllischen alpenländischen Kurort! Kommissar Jennerwein kennt alle Opfer persönlich – aus der Schulzeit. Auch den Mörder? Hat der Fall etwas mit seiner eigenen Vergangenheit zu tun? Während sein Team grantige Geocacher jagt, macht das Bestatterehepaar a.D. Grasegger in Grabgruften und Grundbüchern eine brisante Entdeckung. Jetzt muss Jennerwein alles anzweifeln, woran er felsenfest geglaubt hat …

»Erneut ein sprachspielerisch kriminalistischer Glücksfall.«
Volker Albers, Hamburger Abendblatt

»Ein Buch wie eine Woche Urlaub in den Alpen.«
Denis Scheck, Druckfrisch ARD

fi 19697 / 1

Jörg Maurer

Der Tod greift nicht daneben

Alpenkrimi

Band 03144

Der Tod hat seine Hand im Spiel – der siebte Alpenkrimi von Bestseller-Autor Jörg Maurer.

Ein Häcksler im Garten ist die letzte Station von Ex-Nobelpreisjuror Bertil Carlsson. Ein grausiger Unfall im idyllisch gelegenen Kurort? Oder Mord? Kommissar Jennerwein forscht mit seinem Team bei Trachtenvereinen und enttäuschten Nobelpreiskandidaten und stößt dabei auf ein schier unfassbares Forschungsprojekt …

»Das ist Unterhaltungsliteratur deluxe.«
Volker Albers, Hamburger Abendblatt

»Ich liebe die Romane von Jörg Maurer.
Er schreibt in meinen Augen die amüsantesten
Serienkrimis der deutschen Gegenwartsliteratur.«
Denis Scheck, Deutschlandfunk

fi 03144 / 2

Jörg Maurer

Bayern für die Hosentasche

Was Reiseführer verschweigen

Band 52101

Auch als Hörbuch, vom Autor selbst gelesen

Wussten Sie, dass die Alpen nur fünf Prozent des bayrischen Staatsgebiets bilden? Dass Bierzelte und Jodelwettbewerbe seltener sind, als man denkt? Dass Bayrisch sein bedeutet blau sein, ohne zu trinken? Bestsellerautor Jörg Maurer erklärt seinen Blick auf Bayern: originell, mit Witz und vielen erstaunlichen Fakten über Land und Leute. Er führt an Orte, die keiner kennt, und entdeckt Typisches, wo wenige es vermuten. Ein Brevier für Genießer und Freunde des Unerwarteten.

»Der Autor trifft genau ins Schwarze.«
Süddeutsche Zeitung